Jenny Colgan
In unseren Träumen ist imm‹

PIPER

Jenny Colgan

In unseren Träumen ist immer Sommer

Roman

Aus dem Englischen von
Sonja Hagemann

PIPER

MIX
Papier | Fördert
gute Waldnutzung
FSC® C083411
www.fsc.org

Deutsche Erstausgabe
ISBN 978-3-492-32152-5
April 2025
© Jenny Colgan 2024
Titel der englischen Originalausgabe:
»Close Knit«, Hodder & Stoughton Limited, An Hachette UK company 2024
© der deutschsprachigen Ausgabe 2025:
Piper Verlag GmbH, Georgenstraße 4, 80799 München, *www.piper.de*
Für direkten Kontakt und Fragen zum Produkt wenden Sie sich an: *info@piper.de*
Redaktion: Kerstin Kubitz
Satz: Fotosatz Amann, Memmingen
Gesetzt aus der Dante
Druck und Bindung: CPI books GmbH, Leck
Printed in the EU

Fehler beim Stricken gehören zu den wenigen Verfehlungen im Leben, die keine negativen Konsequenzen haben.

Stephanie Pearl-McPhee

Vorbemerkung zum schottischen Schulsystem

In Schottland wird man in dem Jahr eingeschult, in dem man seinen fünften Geburtstag feiert, und geht dann sieben Jahre lang zur Grundschule. Dort werden die Schulklassen bis sieben durchgezählt; danach fängt man an der weiterführenden Schule in dem Jahr, in dem man zwölf wird, wieder bei eins an. Daher schließen die achtzehnjährigen Absolventen die sechste Klasse ab.

Prolog

Der kleine Ort Carso im hohen Norden von Schottland kann kaum als Stadt bezeichnet werden, die Einwohner wären aber tödlich beleidigt, wenn man von einem Dorf sprechen würde.

Schließlich gibt es dort sogar eine – winzige, aber doch waschechte – weiterführende Schule. (Die nächste befindet sich etwa hundertzwanzig Kilometer weit weg in Kinlochbervie, was sowohl Liebeleien als auch Fehden mit Schülern von dort schwierig macht.) Carso hat auch ein paar Lebensmittelgeschäfte, unter anderem Supermärkte von Co-op und ScotNorth (aber leider keinen so coolen wie Tesco oder Greggs).

Es handelt sich um eine hübsche Ortschaft mit niedrigen, lang gezogenen, weiß getünchten Häuschen, die an einer Hauptstraße mit Kopfsteinpflaster liegen, mit kleinen Pubs und einer schönen alten Kirche. Dass die auf dem Gelände des alten Friedhofs nach und nach immer weiter absackt, ignorieren die Bewohner gegenwärtig noch.

Die Westseite von Carso geht aufs Meer hinaus. Der Ort selbst liegt am äußersten Ende von Schottland, wo die Wasser von Arktis und Atlantik brodelnd und sprudelnd aufeinandertreffen, miteinander ringen.

Draußen auf dem Meer ist eine Gruppe winziger Inseln – Cairn, Inchborn, Larbh und Archland – zu erkennen, die sich wie Perlen an einem Armband aneinanderreihen und sich in der Ferne verlieren.

Die Sonne steht hier an der Nordküste tief und wirft oft breite goldene Strahlen über das Land. Auf dem Meer, wo sich die strudelnden Wasser treffen, kann man nach Westen und über den gewaltigen atlantischen Ozean hinwegblicken oder hinüber zur Nordsee und zu den skandinavischen Vettern der Schotten. Das Wetter schlägt hier oft dramatisch schnell um, huscht von den nördlichen Highlands von hinten heran und kann jeden Tag zu jedem erdenklichen Zeitpunkt mit Nebel, Regen oder auch glasklarem, strahlendem Sonnenschein überraschen.

Das Seegras wogt, und der Strand ist lang und breit und weiß, das Meer allerdings immer gefährlich und unbarmherzig kalt. Deshalb kann man darin höchstens ein bisschen herumplanschen. Aber das saubere Wasser der darin mündenden Flüsse ist perfekt zum Baden, wenn man kein Problem damit hat, gelegentlich von einer großen Forelle gestreift zu werden oder den – Menschen gegenüber argwöhnischen – Ottern nahe zu kommen.

Natürlich sind an der Küste auch überall Seehunde zu Hause, die einander so einiges zu sagen haben und auch dir ordentlich was erzählen werden, wenn du dich an ihren Fischen vergreifen willst. Tatsächlich ist die Fischerei die Haupteinnahmequelle des kleinen Ortes, der einst die Heringhauptstadt der Welt war. Darüber hinaus gibt es viele in der flachen Landschaft verstreute Milchbauernhöfe. Es machen aber auch Touristen bei ihrem Weg auf der North 500 halt, um den nördlichsten Zipfel des Landes zu bestaunen.

Das Wasser und die Luft sind hier sauber, die Menschen sind freundlich und leben in einer verschworenen Gemeinschaft. Viele, die diese Gegend ihre Heimat nennen, erachten sie als einen der angenehmsten, sichersten, besten Orte der Welt, vor allem wenn man eine Familie gründen will. (Okay, an ein bisschen Regen darf man sich nicht stören, aber warum sollte man, wenn man dafür Turmfalken ihre Kreise ziehen oder Reiher über den Strand staksen sehen kann, wenn kleine Lämmer über Frühlingspfützen springen und man einfach nur eine vernünftige Jacke und Mütze braucht.)

Die Gegend wird regelmäßig von einer fahrenden Buchhandlung besucht, und ein winziges Flugzeug steuert die Inseln im Norden an. Wenn man sich mal ganz weltläufig fühlt, kann man sogar nach Glasgow oder London fliegen. Jedenfalls handelt es sich um einen ganz besonderen, einzigartigen Landstrich, in dem es mehr Tiere als Menschen gibt und der nicht nach jedermanns Geschmack sein mag, den viele aber als befreiend empfinden. An diesem Ort kann man den Trecker vor sich auf der Straße eben nicht zur Eile antreiben, und es hat ja auch etwas für sich, die gedrungenen Highlandkühe mit ihrem unfassbar prächtigen Fell zu betrachten, den wandernden Sand der Dünen oder die vielen, vielen Burgen, die in allen Buchten versteckt sind. Überall finden sich Hinweise auf eine jahrhundertealte Geschichte voller Könige und Clans und Schlachten und Festungen, aus einer Zeit, in der dieses raue Land von Blut getränkt war.

Heutzutage ist es so friedlich, wie eine von Amazon gerade eben noch belieferte Gegend nun einmal sein kann. Viele Menschen haben ihr ganzes Leben hier verbracht und sind nie über Glasgow hinausgekommen. Warum sollte man auch?

Gertie Mooney ging am Meeresufer entlang nach Hause und träumte wie üblich mit offenen Augen vor sich hin.

Dass sich Gertie in Tagträumen verlor, war nichts Neues – das kannte ihre Mutter, Jean, nur zu gut, und auch ihre Lehrer hatte es früher in der Schule nicht überrascht, genauso wenig wie ihren Chef beim ScotNorth Supermarkt, Mr Wainwright. Vor dem hatte Gertie furchtbare Angst, weil er so ein knurriger Typ war, dabei war er selten ihr gegenüber knurrig (mal abgesehen von den Momenten, in denen er sie eben wegen ihrer Tagträumereien rügte) und nahm auch an Autorennen für wohltätige Zwecke teil.

Gertie konnte es nicht gut haben, wenn Männer ihr gegenüber laut wurden, da sie mehr oder weniger komplett von Frauen großgezogen worden war.

Sie lebte zusammen mit Jean und ihrer Großmutter, Elspeth, in einem der kleinen geweißten Häuschen am Shore Close in der Nähe des Strandes. Die wirkten von außen so winzig, dass manche Leute als Bewohner eher Hobbits vermuteten als Menschen.

Heute drehten sich Gerties Tagträume um eine neue Wohnung, da ihr Zuhause momentan voller Wolle war. In dem Häuschen wohnte nämlich nicht nur ihre Familie, es war auch das Hauptquartier eines von Carsos Strickzirkeln, bekannt als »die Strickdamen«. Diese Truppe wurde nicht bloß wegen ihrer Fähigkeiten im Umgang mit 2-mm-Nadeln und einem Knäuel Angorawolle bewundert und gefürchtet, sondern auch wegen ihrer spitzen Zunge.

Gerties Vater hatte sich aus dem Staub gemacht, als sie noch ein Baby gewesen war, und lebte mittlerweile mit einer jüngeren Frau zusammen, worüber Jean nur äußerst ungern sprach. Jedenfalls waren Jean und Elspeth deshalb für Gertie ihr Ein und Alles, und die Strickdamen hatten

10

ebenfalls bei jedem Schritt des Weges hilfreich zur Seite gestanden. Sie waren dabei gewesen, als Gertie (ganz in Gelb gekleidet) einst laufen gelernt hatte. (Das entsprechende Outfit hatten vermutlich die Zwillinge Tara und Cara gestrickt, die diese Farbe so sehr liebten.) Sie hatten auch ihre erste Schuluniform bewundert und kratzige Strickjacken dazu beigesteuert, die Gertie aus ganzer Seele gehasst hatte. Wenn sie sich diesbezüglich beschwert hatte, war aber nur missbilligend mit der Zunge geschnalzt und verkündet worden, dass sie sich ganz schön anstellte. Und als sie zum ersten Mal auf einem Fahrrad gesessen hatte, hatte die resolute Majabeen sie angeschoben.

Aber mittlerweile wurde Gertie alles ein bisschen viel, und seit der Pandemie schien die Wolle in ihrem Haus wie eine Schlingpflanze nach und nach alles zu überwuchern. Obwohl sich die Leute doch ums Klopapier gerissen hatten, nicht um Black-Isle-Wolle, stapelte die sich noch immer ein wenig provokant in Gerties winzig kleinem Schlafzimmer.

Und deshalb träumte sie heute von einer eigenen Wohnung. Also, mal sehen. *Irgendein gut aussehender Millionär ist hierhergezogen und hat beschlossen ... an unserer kalten, wilden Küste Luxuswohnungen bauen zu lassen. Rein theoretisch könnte das doch passieren. Und in die tollste davon, das Penthouse mit Whirlpool, zieht er selbst ein, um mal alles hinter sich zu lassen. Aber er ist furchtbar einsam und begegnet eines Tages dann der liebreizenden Gertrude ...*

Gertie seufzte. Sie hasste ihren Namen, der so gar nicht sexy oder romantisch war. Vielmehr garantierte er doch bereits im Voraus, wie sie Jean gegenüber oft klagte, dass sie nie jemanden kennenlernen würde. Da Jean ihr Leben lang Jean geheißen hatte, fand sie »Gertrude« ganz zauberhaft und exotisch, außerdem war es doch ein bisschen kauzig und passte deshalb perfekt zu ihrer Tochter. Bei solchen Kommentaren verzog Gertie nur finster das Gesicht und wollte wissen, was das denn nun bedeuten sollte. Dann sagte Jean rasch: »Ach, nichts«, weil das Haus wirklich zu klein war, um sich darin mehr zu streiten als unbedingt nötig.

Die Dämmerung brach bereits herein, als Gertie in ihre Straße einbog, und durch die kleinen Fenster fiel Licht nach draußen, was Gertie wirklich hübsch fand.

Sie kniff die Augen zusammen, bis – wie einst vor langer Zeit – weder Mülltonnen der Gemeinde noch Ford Fiestas zu erkennen waren … und verlor sich plötzlich in einem Traum. Die moderne Welt um sie herum verschwand, und sie fand sich in alten Zeiten wieder, in denen sich attraktive Fischer zu den Strickerinnen gesellten, um ihre Netze zu flicken …

Im Sommer saßen die Frauen draußen und strickten in den langen Nächten, in denen es bis Mitternacht hell war. Und wenn die Männer nicht unterwegs waren, setzten sie sich mit auszubessernden Segeln dazu. Dann flogen Komplimente und spitze Bemerkungen hin und her, es wurde starker Tee und bei besonderen Anlässen auch mal ein Schlückchen Whisky getrunken. Schürzen flatterten im Wind, man konnte jenseits der Gärten einen Blick aufs Meer erhaschen, und auf einen jungen Burschen … vielleicht den feschen Iain, dachte Gertie, der ein tief ausgeschnittenes Kilthemd trug – O ja! Und der flirtete mal wieder mit … mal sehen. Da musste ein hübscher Name her. Rosamund? Nein, von denen hatte es in alten Zeiten in den Highlands wohl nicht viele gegeben. Was dann? Ah, vielleicht Maggie, die Tochter des Pferdebauern. Ja, genau, die schöne Maggie. Maggie warf lachend den Kopf in den Nacken, während sie sich ein Stück trockenen Käse teilten, und dachte, dass das nun wirklich keine schlechte Art war, einen

Abend – oder vielleicht sogar ein ganzes Leben – zu verbringen: in einem Häuschen am Meer zu wohnen und im Garten zu stricken, während von den Pfeifen der Männer Rauch herüberzog. Früher oder später begann in einer Ecke jemand, die Fiddle zu spielen, weil es sich mit ein bisschen Rhythmus gleich viel leichter strickte.

Reiher flogen über die Bucht, und Gertie konnte die beiden beinahe vor sich sehen. Mittlerweile hatte der schöne junge Iain die Arme um Maggies Taille geschlungen, seine Hände berührten ihr Kleid aus rauem Leinen und ihre dienstagssaubere Schürze. Wie nett und adrett sie war! Die beiden tanzten, drehten sich im dunstigen Abendlicht, den süßen Geruch von frischem Gras in der Nase. Gelächter erklang, und die Nadeln klimperten. Als er sie im Kreis herumwirbelte, lösten ein paar der älteren Damen den Blick von ihrer Handarbeit und schauten zu. Es war einfach wunderschön, an diesem Abend hier zu sitzen, während die Vögel zurückkehrten, riesige Schwärme von Schwalben und Spatzen über die Köpfe hinwegzogen und sich im Meer so viele Fische tummelten, dass man auf ihren Rücken von hier bis zur Neuen Welt hinüberlaufen könnte. Noch bevor die Kälte zurückkehren würde, würden Maggie und Iain in der Kirche gemeinsam vor den Altar treten, und Maggie würde einen Kranz aus späten Sommerrosen im Haar tragen …

Einerseits musste sich Gertie selbst eingestehen, wie hart das Leben damals gewesen war, keine Frage. Andererseits würden die Menschen das später vielleicht auch über diese Generation sagen: »Oh, in den 2020ern hatten die Menschen es wirklich nicht leicht. Damals hat es einen ganzen Tag gedauert, nach Australien zu fliegen, und es sind noch Leute bei Autounfällen gestorben!«

Während sie sich der kleinen Haustür näherte, die direkt auf die Straße hinausging, dachte Gertie, dass manches schon unkomplizierter gewesen war: Damals hatte man eben mit siebzehn festgestellt, dass man eine Person vom anderen Ende der Straße furchtbar gern mochte, hatte sie geheiratet und war dann für immer zusammengeblieben. Auch das war nicht einfach gewesen, aber verglichen mit einem Leben voll unerwiderter Schwärmereien, Instagram, übler Apps und Verabredungen in den heutigen Zeiten ... Oft sagte sich Gertie, dass sie persönlich ja lieber bei einer Geburt sterben würde, statt sich mit der Hölle modernen Datens auseinanderzusetzen. Damals hatte man auch für weniger als ein Vermögen ein Haus kaufen können, um darin tatsächlich zu leben, statt das zu machen, was die Leute heute taten: einen ordentlichen Batzen Geld für eine Wohnung an einem halbwegs schönen Ort zu bezahlen, um dann einmal im Jahr für vierzehn Tage herzukommen, über das Wetter zu klagen und sich darüber zu wundern, dass die Einheimischen über ihr Auftauchen nicht begeisterter waren.

Wenigstens, dachte Gertie, die sich immer noch in das Carso von früher zurückträumte, war damals der Wechsel der Jahreszeiten mehr oder weniger vorhersehbar und die Luft nicht verschmutzt. Die Menschen aßen frische, saubere Lebensmittel vom eigenen Land und hatten noch nie von Instagram oder Promis gehört, hatten sich zum Teil ja noch nicht einmal selbst im Spiegel gesehen. Es gab ein altes gälisches Sprichwort, das noch immer benutzt wurde: *Èist ri gaoth nam beann gus an traogh na h-uisgeachan.* Wörtlich bedeutete es: *Lausch dem Wind in den Hügeln, bis das Wasser zurückgeht,* und gemeint war damit: *Auch das wird wieder vorbeigehen,* was einfach hieß: *So ist es jetzt nun mal.*

Teil 1

Kapitel 1

So ist es jetzt nun mal«, murmelte Jean Mooney, als eine immer noch von romantischen Highlandern aus alten Zeiten träumende Gertie durch die niedrige Haustür eingetreten und nach oben gegangen war, um ihren Arbeitskittel auszuziehen, und dort auf zweiunddreißig Pakete melierte Mohairwolle in unterschiedlichen Farben gestoßen war.

»Mum!«, brüllte Gertie wütend. »Am Ende muss ich hier noch auf einem Bett aus Wolle schlafen!«

Das Wohnzimmer des Häuschens ging nach vorne raus und hatte einen großen Kamin. Der Raum selbst war klein und der Fußboden uneben, aber rund um den offenen Kamin waren große Holzscheite gestapelt, die vor einiger Zeit aus einer Schiffswerft ihren Weg hierhergefunden hatten.

Vor Jahren hatten sie mal in Erwägung gezogen, auf eine Gasheizung umzusteigen. Die Idee hatten sie irgendwann aber wieder verworfen, worüber Gertie mittlerweile froh war. Sie blickte gern in die tanzenden Flammen.

»Das klingt doch toll«, erwiderte Jean.

»Du hamsterst.«

Jean schniefte. »Ich bin einfach nur vorsichtig. Wolle wird schließlich teurer.«

Sie blickte durch eins der rückwärtigen Fenster nach draußen, wo auf den Wiesen Schafe fröhlich smaragdgrünes Frühlingsgras mampften, das nach mehreren Wochen mit heftigem Regen üppig und köstlich spross.

»Obwohl ich wirklich nicht verstehe, warum. Bis hierher muss sie doch nur einen kurzen Weg zurücklegen.«

»Hast du mit der Wolle etwa krumme Geschäfte vor?«

»Ich weiß wirklich nicht, was du meinst.«

»Du willst sie an das Wollgeschäft verkaufen, wenn die Preise noch weiter steigen, oder?«

Jean und die Dame aus dem Wollladen verband eine weithin bekannte Feindschaft, an deren Gründe sich längst niemand mehr erinnerte.

»Ich hab echt keine Ahnung, wie du auf so etwas kommst.«

Gertie starrte die Wolle finster an, zog dann die Zimmertür hinter sich zu und stapfte nach unten. »Man könnte fast denken, dass du nicht nur Profit machen, sondern nebenbei auch noch mich loswerden willst.«

»Was denn, glaubst du etwa, ich will mein einziges, geliebtes Kind aus dem Haus haben, damit es etwas von der Welt sieht, die Flügel ausbreitet und sich ein selbstständiges Leben als erwachsene Frau jenseits dieser winzig kleinen Stadt aufbaut? Was für ein lächerlicher Gedanke!«, sagte Jean, während sie den Wasserkocher anstellte.

»Hm«, machte Gertie mit gerunzelter Stirn.

Jetzt klingelte es an der Tür, und die Strickdamen eilten in den engen Flur, in dem man eine stets in Strick gehüllte Gertie auf jeder Menge Schulfotos heranwachsen sehen konnte. Ihre sanften schwarzen Locken waren auf den Bildern mal zu Rattenschwänzen gebunden, mal zu Zöpfen geflochten.

»Hey, Gertie«, sagte Cara (oder Tara, da man sie nur schwer auseinanderhalten konnte, wenn sie die gleiche Strickmütze aufhatten). Cara und Tara waren Zwillinge, die einander hassten und aus irgendeinem Grund mit dieser lebenslangen Abneigung umgingen, indem sie den Großteil ihrer Zeit miteinander verbrachten, unter anderem die meisten Abende. Sie arbeiteten beide im Büro des Gemeinderats und gehörten in der Kirche dem Ältestenrat an. Dort meckerte eine wie die andere konstant über ihre Schwester bei der Geistlichen, die es als ihr auferlegte Buße und als Zeichen ihrer unendlichen Geduld sah, dass sie diese Dynamik nicht unterband. Dieses Arrangement funktionierte also für alle ganz gut. Die Zwillinge strickten viele leuchtend gelbe Mützen für die »Babys in Afrika«. Niemand traute sich, ihnen zu sagen, dass dieser boomende Kontinent für Wollmützen im Moment eher wenig Verwendung hatte. Falls sie traurig darüber waren, dass sie nie eigene Babys zum Bestricken gehabt hatten, dann hatten die beiden es zumindest nie zum Ausdruck gebracht.

»Na, was geht dir denn heute so im Kopf herum?«

Tara und Cara waren davon überzeugt, dass Gerties Tendenz zur Tagträumerei ein Zeichen enormer Intelligenz war, während es in der Schule tatsächlich eher ein Problem dargestellt hatte. Gertie fand es aber nicht schlimm, im ScotNorth zu arbeiten. Es war keine anstrengende Tätigkeit, die Kollegen waren nett, und sie hatte jede Menge Zeit, um ihren Gedanken nachzuhängen.

»Vor allem die Frage, wie ich mein früheres Zimmer am besten zu einem Nest umgestalte«, schnaubte Gertie.

Als Nächste kam Marian zur Tür herein, bei der das mit dem Stricken nicht so gut klappte, weil sie so große Hände hatte. Auch beim Schminken hatte sie aus diesem Grund gewisse Schwierigkeiten. Aber das alles war für sie ja auch noch relativ neu, weil sie viele Jahre auf Fischerbooten gearbeitet hatte, bevor sie sich in Bezug auf sich selbst über gewisse Dinge klar geworden war, deshalb fand das niemand schlimm.

Außerdem würde jeder ordentlich was zu hören kriegen, der auf diese Dinge hinwies, sich womöglich daran störte, sonst irgendetwas darüber zu sagen hatte oder auch nur so aussah, als wollte er den Mund aufmachen. Das lief eigentlich ganz gut, mal abgesehen davon, dass gelegentlich Passanten unbeabsichtigt ins Starren gerieten und es dann mit Jean zu tun bekamen, was schon unter idealen Umständen heikel war.

»Hey«, sagte Marian. »Ich hab gehört, dass ein neuer Mann im Lande ist.«

Alle spitzten die Ohren und drehten sich zu Gertie um, außer Majabeen, die gerade erst zur Tür hereinkam.

Majabeen liebte zauberhafte Kaffe-Fassett-Strickprojekte, die akribisch genaues Arbeiten erforderten. Generell hätten die anderen ihre Werke mehr bewundert, wenn sie nicht ohne Unterlass davon schwärmen würde, wie unglaublich ihre Kinder und Enkel waren und wie weit sie es im Leben gebracht hatten. Ein gewisses Maß an Prahlerei war nicht nur akzeptiert, sondern wurde geradezu erwartet – wenn zum Beispiel Marians Tochter befördert oder der Cousin der Zwillinge früher als erwartet aus dem Knast entlassen wurde –, aber Majabeens Nachkommen erhielten ständig irgendwelche Stipendien und Auszeichnungen. So toll das auch war, irgendwann hatte man von diesen Geschichten einfach die Nase voll. Majabeen stellte es außerdem so hin, als sei das alles eine furchtbare Last, und klagte den anderen ihr Leid darüber, dass eins ihrer Enkelkinder womöglich nicht Kardiologe, sondern nur Kieferorthopäde werden könnte. Dass Jean Gertie die ganze Tagträumerei durchgehen ließ, fand Majabeen absolut lächerlich.

»Jetzt hört schon auf!«, murmelte Gertie und vergrub das Gesicht in ihrem Strickzeug.

Jean liebte Mohair und extravagante Oberteile, auf die sie riesige selbst gestrickte Blumen nähte, um ihnen das »gewisse Etwas« hinzuzufügen, während sich bei Elspeth alles um Fair-Isle-Muster in dunklen Grün- und Blautönen drehte. Die Zwillinge blieben bei Gelb, und Majabeen bevorzugte leuchtende Farben wie Smaragdgrün und Rubinrot, die sie nach Belieben miteinander kombinierte. Marian war nicht nur eher Strickanfängerin, sondern auch farbenblind. Weil sie außerdem eine große Abneigung gegen die Idee hegte, dass Mädchen Rosa und Jungen Blau tragen sollten, war ihre Farbwahl oft eher exzentrisch.

Es erinnerten sich noch alle gut an den Gesichtsausdruck der jungen Eltern, die hier in die Gegend gezogen waren und als Willkommensgeschenk eine Babyerstausstattung ganz in Schwarz bekommen hatten.

Gertie liebte sanfte Farben, ganz helle Blau- und Grautöne, die zum sich ständig wandelnden Himmel passten. Manchmal fügte sie einen feinen Streifen einer leuchtenden Farbe hinzu – Gold oder ein helles Rosa, das die Morgendämmerung nachzuempfinden schien. Sie arbeitete mit erdigen, zarten Schattierungen, die die Landschaft und das Wasser widerspiegelten, von denen sie ihr Leben lang umgeben gewesen war. Manchmal drehten sich ihre Fantasien darum, dass ihre Entwürfe weithin gefeiert und auf der ganzen Welt getragen wurden. Im wahren Leben äußerte sich vor allem Jean dazu, die fand, dass ihre Tochter ihre Projekte mal ein wenig »aufpeppen« sollte.

Stricken war für Gertie nicht einfach nur eine Technik, mit der man Gegenstände herstellte, es war viel mehr. Durchs Stricken kam sie wieder zur Ruhe, wenn sie einen schwierigen Tag hinter sich hatte, weil ihr Chef knurrig gewesen war oder die Kunden ungeduldig. Das Stricken bot ihr auch die Gelegenheit, ihre kreative Seite auszuleben (was im Supermarkt beim Auffüllen von Regalen eher schwierig war, aber sie kümmerte sich dort zumindest um die Dekoration zu besonderen Anlässen). Mit unendlicher Sorgfalt wählte Gertie die Farben und Wollstärken aus, entschied sich oft für federleichtes Garn und experimentierte zum Beispiel mit einem Pillbox-Hut oder damit, wie in einer Anleitung aus den 1940ern die Schultern gestrickt wurden.

Sie erfreute sich an der Erfahrung, etwas durch die Arbeit der eigenen Hände entstehen zu sehen, das ganz und gar von ihr selbst erschaffen worden war. Darüber hinaus hatten die vertrauten Bewegungen, die sie einst auf dem Schoß ihrer Großmutter gelernt hatte, so etwas Beruhigendes an sich: reinstechen, durchziehen, abheben.

Wenn sie gestresst oder besorgt war, brauchte sie nur nach ihrem Strickbeutel zu greifen und die Nadeln in die Hand zu nehmen. Sobald sie sich im beruhigenden Rhythmus des Klick-klick-klick verlor, wurden ihre rasenden Gedanken langsamer, und die Anspannung fiel von ihr ab. Dann konnte ihre Fantasie die Flügel ausbreiten und fliegen, wohin auch immer sie wollte. Allerdings wurde ihre Anspannung, wie sie ein wenig kleinlaut dachte, ja oft von den anderen Mitgliedern des Strickzirkels hervorgerufen, vor allem wenn sie mal wieder eine Lasst-uns-Gerties-Liebesleben-regeln-Phase hatten.

»Was für ein neuer Mann?«, fragte Jean jetzt übereifrig.

Jeder Mann, der in ihrem kleinen Ort auftauchte, wurde ausgiebig diskutiert.

»Callum Frost ist zurück«, erklärte Marian selbstzufrieden. »Er hängt wieder am Flughafen rum.«

»Oh!«, sagte Jean zu Gertie. »Dann solltest du dich da auch mal blicken lassen. Aber kämm dir besser vorher die Haare.«

»Jetzt sei doch nicht dämlich, Mum!«, sagte Gertie.

Callum Frost war ein norwegischer Luftfahrtmagnat, dem – neben vielen anderen Dingen – auch die kleine Airline gehörte, die von Carso aus die Inseln ansteuerte. Nachdem die Firma im Sommer zuvor ein Flugzeug verloren hatte, hatte Frost sie, sehr zum Kummer der örtlichen Pilotin, Morag MacIntyre, übernommen. Im Prinzip arbeitete Morag – genau wie ihr Großvater, Murdo – für Callum Frost. Sie führte sich allerdings immer so auf, als wäre das gar nicht so, und Callum ließ sie weitestgehend gewähren.

»Was soll ich denn am Flughafen?«

»Du könntest ein Flugzeug nehmen«, sagte Jean.

»Und wohin, etwa auf die Inseln?«, erwiderte Gertie. »An Orte, an denen es noch weniger zu tun gibt als hier?«

»Oder nach Glasgow!«

»Mach ich, Mum«, antwortete Gertie, weil sie wusste, dass sie ihre Mutter damit am schnellsten zum Schweigen bringen würde.

Tatsächlich meldete sich jetzt Majabeen zu Wort und begann mit einer langen, komplizierten Geschichte über irgendwelche Stipendien. So konnte Gertie zum Klang der klappernden Stricknadeln ins Feuer starren und sich in Gedanken verlieren …

Es wäre doch schön, jemanden zu haben, für den sie gemütliche Strümpfe stricken könnte – einfach schöne große Strümpfe ohne Schnickschnack; so ein Paar geräumige Strümpfe war doch nett. Sie träumte von jemandem – konnte sein Gesicht aber noch nicht genau erkennen. Es brauchte niemand Superschickes zu sein, schließlich war sie auch nicht so schick. Einfach nur jemand, der nett war, der jeden Abend aus der Kälte in ihr warmes Häuschen kommen würde – ah, nein, das nicht! In diesem Häuschen würde sie dann bestimmt nicht mehr wohnen. Okay, na ja, vielleicht in einem anderen Häuschen, aber einem nur für sie beide, mit einer besseren Aufteilung und einem von diesen tollen Wintergärten, den viele Leute nach hinten hinaus hatten anbauen lassen. Dorthin kehrte er nach einem kalten Tag zurück, an dem der Wind an ihm gezerrt hatte. In einem Topf wartete eine schöne Hühnersuppe mit Lauch auf ihn, und er freute sich so, sie zu sehen und wieder zu Hause zu sein, umarmte sie am Herd von hinten und sagte: »Ganz ehrlich, ich wüsste nicht, was ich heute ohne diese Mütze gemacht hätte.« Sie konnte die kalte Luft spüren, die ihn umgab, und drehte sich zu ihm um, um ihn willkommen zu heißen …

Gertie fand, dass das eigentlich nicht zu viel verlangt war, aber es schien meilenweit von ihrer Realität entfernt zu sein.

Kapitel 2

Ganz anders sah es beim Thema Liebe bei Pilotin Morag MacIntyre aus, die zusammen mit ihrem Großvater Murdo (und dem Geld von Callum, auch wenn sie das lieber nicht erwähnte) die örtliche Fluglinie leitete. Sie hätte mit ihrem Freund, Gregor, kaum glücklicher sein können, denn sie war von Tag zu Tag nur noch faszinierter von diesem klugen, neugierigen, zurückhaltenden Mann. Noch hatten sie es mit der frühen Phase der Beziehung zu tun, mit dem Abfärben von Marotten auf den anderen, mit viel Sex, Staunen und Bewunderung sowie Diskussionen über unterschiedliche Methoden beim Abwasch. Sie konnten einfach nicht genug voneinander bekommen, und Morag hatte den Eindruck, als würde das auch in Zukunft so bleiben.

Gregors Wohnort war allerdings, gelinde gesagt, ein Problem: Er lebte auf Inchborn, einer ansonsten unbewohnten Insel, die zweimal am Tag von einer Fähre angesteuert wurde. Dorthin mit dem Flugzeug zu pendeln, war weder praktisch noch finanziell machbar, daher blieben ihnen nur ihre freien Tage, wenn Morag denn irgendwie dort hinkommen konnte. Ansonsten waren sie auf Funkkontakt angewiesen, aber auch das war nicht ideal, weil die Hälfte der Bevölkerung von Carso (vor allem die männliche Hälfte) dabei ihr Funkgerät einschalten und zuhören konnte.

Das wäre alles nicht so schlimm gewesen, wenn Morag nicht bei ihrem Großvater, Murdo, gewohnt hätte. Sie hatte durchaus genug Geld, um sich was anderes zu suchen. Aber im Ort wurden leider nur teure Feriendomizile vermietet, und auch Eigentumswohnungen waren nicht billig. Viele Häuser hier in der Gegend waren leer stehende Zweitwohnsitze, was alle total ätzend fanden, weil es echt unfair war. Nur weil sie an so einem wunderschönen Ort zur Welt gekommen waren, würden sich viele Einheimische hier nie etwas leisten können.

Morag liebte ihren Großvater und hatte ja auch ein eigenes Zimmer. Es war der Raum, den sich ihr Bruder und sie früher während der Sommerferien geteilt hatten. Damals hatte sich Morag immer wie verrückt darauf gefreut, bei ihrem Großvater mitfliegen zu können, während Jamie viel glücklicher am Strand gewesen war, wo er Krebsen hinterhergekrochen war und alle möglichen anderen Schalentiere beobachtet hatte. Mittlerweile war er ein renommierter Wildtierfotograf und -illustrator. Dass er sich ein Stipendium für eine unglaublich berühmte Kunsthochschule gesichert hatte und in der von ihm gewählten Branche äußerst erfolgreich geworden war, hatte seiner Familie das Herz gebrochen (handelte es sich bei dieser Branche eben nicht um das Steuern von Flugzeugen). Unterhaltungen mit Morag begann er normalerweise mit der Frage, wie viele Enten sie diesen Monat schon so umgebracht hatte.

In Morags Zimmer lagen immer noch lauter alte, ein wenig zerfledderte Taschenbücher mit Eselsohren herum, natürlich *Harry-Potter*-Bände, aber auch welche von Garth Nix und eine Gesamtausgabe der Abenteuer von Pilot Biggles. Durch das viktorianische Fenster mit Einfachverglasung blickte man hinaus auf die stürmische See und konnte auch den Flugplatz sehen. Ja, es war ziemlich heruntergekommen, doch das weitläufige, gemütliche Haus war für Morag immer ein tröstlicher Rückzugsort gewesen.

Eine Einschränkung gab es allerdings, und die war rundlich und ernst und hatte immer einen furzenden Hund im Schlepptau: Peigi.

Als Morag noch unten im Süden gelebt hatte, hatte sie an Peigi kaum einen Gedanken verschwendet. Sie war einfach nur froh gewesen, dass Murdo jemanden gehabt hatte, der sich ein bisschen um ihn kümmerte. Peigi war als »Haushälterin« bei ihm eingezogen, und zwar nicht lange nach dem Tod von Murdos geliebter Ehefrau, Morags Großmutter. Wie so viele Männer seiner Generation hatte Murdo nach diesem einschneidenden Erlebnis einfach stoisch weitergemacht und weigerte sich, darüber zu sprechen, was allen Sorge bereitet hatte. Nachdem mitfühlende Nachbarinnen die Lieferung von Lasagnen irgendwann eingestellt hatten, war Peigi auf der Bildfläche erschienen, um zu putzen und zu kochen. Da sie auch Witwe war, war das keine so schlechte Idee gewesen, und Morag hatte gedacht, dass Gramps so wenigstens Gesellschaft hatte.

Als Morag im letzten Sommer hergekommen war, um beim Familienunternehmen einzuspringen, hatte Peigi sie zwar genervt, aber sie hatten nicht viel miteinander zu tun gehabt.

Jetzt lebte Morag allerdings dauerhaft hier und bezahlte Miete. (Murdo hatte von ihr eigentlich nichts annehmen wollen, aber Morag hatte auf einem symbolischen kleinen Betrag beharrt. Den Rest ihres Einkommens zahlte sie auf ein Sparkonto ein, für … na ja, irgendwann mal. Vielleicht.) Jedenfalls passte Peigi die Sache gar nicht, weshalb sie jedes Mal eine finstere Miene aufsetzte, wenn Morag in die Küche kam, um sich eine Tasse Tee zu machen. Sie polterte laut herum, wenn sich Murdo und Morag am Abend zusammensetzten, um den Flugplan und die Wetterlage zu besprechen, und war erst recht darüber wütend, dass Morag Murdo zu Weihnachten einen tollen Simulator gekauft hatte und sie Stunden gemeinsam damit verbrachten, komplexe Routen für den anderen zu entwerfen, oder versuchten, auf dem Dach eines Wolkenkratzers zu landen.

Und Peigi ließ Morag nicht an den Herd. Morag war keine tolle Köchin – das war Gregors Domäne –, aber sie wünschte sich manchmal eben ein bisschen Abwechslung von Peigis faden Aufläufen und Eintöpfen mit sehnigem Fleisch. Murdo war das egal: Er gehörte zu den Menschen, für die Lebensmittel nichts weiter als eine Energiequelle waren. Morag hingegen fand das alles öde und schwer verdaulich. Es war wirklich nicht das, worauf sie nach einem langen Tag mit schwierigen Landungen oder knappen Bodenzeiten zum Beladen Lust hatte, bei einer Rückkehr mit Armen voller Schmierfett, weil sie bei einem mechanischen Defekt nicht auf den Techniker hatte warten können und deshalb selbst im Regen am Flugzeug herumhantiert hatte.

»Also, wie lange bleibst du noch?«, frage Peigi immer mal wieder mit einem Schniefen.

Wenn Morag allerdings das Wochenende bei Gregor verbrachte oder ihre Eltern besuchte, machte Peigi auch Theater, weil sich Murdos Enkelin ihrer Meinung nach benahm, als sei das hier ein Hotel. Als sie das letzte Mal nach ein paar Tagen zurückgekehrt war, hatte Peigi sie sich vorgeknöpft. Wie immer war ihr dabei ihr Hund nicht von der Seite gewichen, der bei jedem Schritt seiner kurzen Beinchen furzte. Er hatte auch mal wieder eine Bindehautentzündung, deretwegen er sich ständig mit den Pfoten über die eitrigen Augen kratzte, während er röchelte wie ein Kettenraucher. Das ganze Haus roch nach nassem Köter.

»Ich muss das jetzt einfach wissen«, sagte Peigi. »Dein Großvater ist zu höflich, um es anzusprechen, deshalb mache ich das jetzt für ihn, damit er endlich Gewissheit hat. Wann gehört sein Haus wieder ihm?«

Morag hatte das Problem Gregor gegenüber erwähnt und gehofft, er könne *vielleicht* vorschlagen, dass sie sich gemeinsam etwas suchten. Leider hatte er sanft zu bedenken gegeben, dass ihre Beziehung ja noch frisch war und sie besser nicht nur wegen unterdurchschnittlicher Eintöpfe übereilt zusammenziehen sollten. Dass Gregor so ein umsichtiger Mann war, gehörte ja zu den Dingen, die Morag so an ihm liebte. Trotzdem war es nervig.

Dieses Problem ging Morag also im Kopf herum, und dann gab es da noch ein weiteres Thema, nämlich dass Nalitha, die Mitarbeiterin ihrer Fluggesellschaft, wieder schwanger war. Natürlich war das toll, ganz klar, aber auch problematisch, weil ihre Freundin Nalitha jetzt schon so lange für das Familienunternehmen arbeitete und sich dort um einfach alles kümmerte. Früher oder später würde Ersatz für sie nötig sein. In den Highlands gab es viel Arbeit, daher war Morag nicht sicher, wie sie jemanden finden sollte, der gern für sie den Check-in übernehmen und Gepäck schleppen würde, der am Schalter in der zugigen Wellblechhütte, die Carso stolz als Flughafengebäude bezeichnete, alles im Griff haben würde. Mal abgesehen davon musste sie sich auch noch mit ihrem neuen Chef, Callum Frost, herumschlagen. Als der die Firma übernommen hatte,

hatte Morag eigentlich gehofft, dass er sich weitestgehend aus allem raushalten würde. Aber es war eher das Gegenteil der Fall, weil er von Carso äußerst angetan schien. Egal, das größte Problem war für sie weiterhin, eine Wohnung zu finden.

Kapitel 3

Sir! Sir! Moss kaut schon wieder auf der Clarsach rum!«
Mit einem Seufzen legte Struan McGhie vorsichtig
die Gitarre zur Seite und rief: »Moss, hör auf!« Der Junge
ließ von der kleinen alten Harfe ab, bei der die oberste
E-Saite fehlte, die ansonsten aber perfekt gestimmt war.

»Okay«, sagte Struan langsam, damit ihn alle verstanden.
»Jetzt probieren wir es noch einmal. Ihr sollt einfach nur
klatschen, und wenn ihr könnt, singt ihr links und ihr rechts
beide eure eigene Melodie, aber GLEICHZEITIG.«

Vor Konzentration machten die Kinder ganz große
Augen. Die allgemeine Ansicht war, dass mehrstimmiger
Gesang mit Kindern unter zwölf nicht klappen würde,
wenn sie nicht besonders begabt waren. Struan hielt das für
Unsinn. Er arbeitete nun schon seit fünf Jahren als Musik-
lehrer und versuchte seitdem, diese Theorie zu widerlegen.

Chaidh mo lothag air chall.

O hù gur h-oil leam.

Sanft, leise und verhalten begannen die Kinder zu singen.
Er nickte.

Um den anderen Schülern zu helfen, hatte Struan die guten
Sänger gleichmäßig unter den beiden Gruppen aufgeteilt
und ließ sie hemmungslos schmettern. Unter den Mädchen
auf der rechten Seite befand sich zum Beispiel Anna-Lise

O'Faoilan, die genau auf den Punkt und ohne Hemmungen loslegte. Okay, leider klang es ein bisschen wie eine gefolterte Katze. Mit den Engelsstimmen, die in Struans Vorstellung am Ende des Schuljahrs bei einem Solo den Eltern Tränen in die Augen trieben, hatte das wenig zu tun. Aber Anna-Lise war als Einsatzgeberin für die anderen einfach zu gut, um sie zu bitten, etwas leiser zu singen.

Auf der linken Seite kniff Moss, dem wie üblich ein Rotzfaden unter der Nase hing, die Augen hinter seinen dicken Brillengläsern fest zusammen. Angestrengt versuchte er, sich auf seine eigene Melodie zu konzentrieren und nicht auf die der anderen Gruppe zu achten.

Struan schloss sich normalerweise der Gruppe an, die die größeren Probleme hatte.

Chaidh mo lothag dhan fhèithidh 'S mòr am beud dhi dhol ann …

Wenn es nach ihm ginge, würde er die Klasse in vier oder sogar fünf Gruppen unterteilen, aber er wusste, dass er bei den Sechstklässlern der St-John's-Grundschule den Bogen nicht überspannen sollte. Und auch so klang es recht hübsch. Was den Kindern an Technik fehlte, machten sie durch ihre reinen Stimmen wieder wett.

Nun gut, Hugh McSticks, bekannt als »Shugs« (oder als »Shugs junior«, um ihn von seinem Vater zu unterscheiden), hatte am Anfang eher rumgegrunzt und war nicht dazu in der Lage gewesen, mehr als einen Ton zu singen. Und der hatte ein wenig an das Nebelhorn eines Schiffes erinnert. Aber selbst Shugs' Stimme war im Laufe der Zeit weicher geworden, und er hatte sich genug entspannt, um die Melodie erkennbar zu singen. Es machte auch nichts, dass er mal bei den Terzen seiner eigenen Gruppe mitsang und mal bei denen der anderen.

Genau in dem Moment, als dem zufriedenen Struan diese Gedanken durch den Kopf gingen, wurde Shugs' Stimme plötzlich mittendrin eine halbe Oktave tiefer, was er selbst gar nicht zu bemerken schien. Dadurch klang das Finale dieses hübschen, sanften Liedes leider wie ein Zusammenstoß mit einem Elefanten.

Trotz Shugs kamen die Kinder zumindest mehr oder weniger gleichzeitig zum Ende. Manche von ihnen hatten sogar daran gedacht, auf die Dirigierbewegungen ihres Lehrers zu achten und zum Schluss hin nach und nach leiser zu werden. Mit breitem Grinsen blickte Struan die Kinder an und schielte dann kurz zu Neuankömmling Oksana aus der Ukraine hinüber. Darauf angesprochen hatte er sie nie, aber es entging ihm natürlich nicht, dass sie nie ein einziges Wort sang.

»Echt super!«, sagte Struan. »Ich denke, das Osterkonzert geht klar. Mit eurem Auftritt werdet ihr die aus der Siebten ganz schön in Verlegenheit bringen – die können wirklich einpacken.«

Das gefiel den Kindern, und sie fingen an zu strahlen.

»Was ist denn mit denen aus der Zweiten?«, fragte Khalid, dem das Thema am Herzen lag, weil er in dieser Klasse eine unerträgliche kleine Schwester hatte.

»Was das angeht, bin ich mir nicht so sicher«, sagte Struan mitfühlend. »Ich glaube, die wollen sich als Kaninchen verkleiden, herummümmeln und zu einem Disneysong niedlich durch die Gegend hopsen.«

Wie aus einem Munde stöhnten alle auf.

»Das ist total unfair!«, protestierte Khalid.

»Da bin ich ganz deiner Meinung«, nickte Struan. »Ich würde jetzt gern behaupten, dass das Leben kein Wettkampf ist ...«

»… aber es ist einer«, murmelte Khalid betrübt.

»Vom musikalischen Standpunkt her werdet ihr auf jeden Fall die Besten sein. Und ich hab mir da was überlegt …« Er zog den Flyer eines Mòd hervor, eines lokalen gälischen Musikfestivals. »Langsam werdet ihr so gut, dass wir vielleicht sogar an einem Festival teilnehmen könnten!«

Es war das ein oder andere »Oh!« zu hören, und der Flyer weckte reges Interesse.

»Na ja, dafür müsst ihr aber am Ball bleiben und beim Singen auch gut auf die Betonung achten: *Chaidh MO* …«

In diesem Moment klingelte die Schulglocke, und alle sprangen augenblicklich auf, um zur Tür zu rennen.

»An ein paar anderen Aspekten müssten wir auch noch feilen, aber mir hört ja keiner mehr zu«, murmelte Struan, während die wilde Meute mit fliegenden Rucksäcken davonstürmte. Es gelang ihm gerade eben noch, die Clarsach aufzufangen, die Moss auf dem Weg nach draußen umwarf. Theoretisch sollten sich die Kinder unter seiner Anleitung in einer Reihe aufstellen und leise in ihren Klassenraum zurückkehren, aber das gelang ihm irgendwie nie.

Nach der Schule hatte Struan Bandprobe und dann noch einen Auftritt mit seiner Band in einem Pub, wobei es ziemlich spät wurde.

Als er nach Hause kam, schlief seine Freundin, Saskia, tief und fest oder tat zumindest so.

Struan wusste, wie sehr Saskia es hasste, wenn er einen Gig hatte und spät zurückkam. Dabei hatte es ihr am Anfang doch gerade so gut gefallen, dass er Musiker war und in einer Band spielte. Mittlerweile konnte sie es aber nicht mehr ertragen. Vor allem weil er sich durch seine Musikerkarriere nicht den Lebensunterhalt verdienen konnte und zusätzlich zu unterrichten begonnen hatte. Er liebte die

Arbeit als Lehrer, durch die er seine Rechnungen bezahlen konnte, wirklich, konnte sich dadurch allerdings nicht kreativ ausleben. Deshalb lud er sich am Ende immer ein bisschen zu viel auf und trank dabei auch noch zu viel Bier. Darum war er ständig erschöpft. Saskia kam auch nicht mehr gern zu seinen Auftritten, um sich dort im Hintergrund zu halten und mit bewunderndem Lächeln immer wieder die gleichen Songs zu hören. Das alles kannte Struan längst.

Sie war weiterhin die Schönste weit und breit, ihr Lächeln sah er aber nur noch selten. Inzwischen musste er sich hingegen oft Bemerkungen darüber anhören, dass sie dieses Loch langsam mal hinter sich lassen sollten. (Er war nicht ganz sicher, ob sie damit Carso oder seine Wohnung meinte.) Selbst war er auf seine Wohnung, die zwei Schlafzimmer hatte und wirklich schön war, eigentlich sehr stolz. Weil sie über einem Antiquitätengeschäft lag, konnte er die ganze Nacht üben oder laut Musik hören, wenn er wollte. Struan mochte Carso und hatte hier seine regelmäßigen Auftritte, daher könnte er es auch nicht nachvollziehen, falls sich Saskia auf den Ort beziehen sollte. Aber die Bemerkung wurde mit immer mehr Nachdruck vorgebracht.

Struan war achtundzwanzig und hatte das alles schon des Öfteren mitgemacht. Frauen fanden die Vorstellung einer Beziehung mit einem Musiker meistens total romantisch, bis sie zum vierten Mal beim Weg vom Bad zurück im Dunkeln über eine Gitarre stolperten. Außerdem konnte man mit ihm zusammen im Sommer nicht groß etwas unternehmen, weil er am Wochenende immer für Hochzeiten, Ceilidhs und andere Tanzveranstaltungen gebucht war. Saskia war auch von seinem Job als Lehrer nicht begeistert – er brachte nämlich jede Erkältung der Kinder mit nach Hause. Einmal hatte er sich auch Läuse eingefangen, weil er am Schlagzeug mit den Haaren zu nah an Shugs Junior herangekommen war. Das vermied er bei seinen Schülern seitdem tunlichst. Na ja, jedenfalls kamen dazu auch noch viele Andeutungen über größere Bands und größere Touren in Städten, womit Saskia in die gleiche Kerbe schlug wie seine Familie.

Struan ging in die Küche und machte ein Bier auf, das er allein trinken würde, obwohl er am nächsten Tag zur Schule musste.

O Mann! Wenn man von allen Seiten zu hören bekam, dass man ein Versager war und es im Leben zu nichts gebracht hatte, sollte man dann darauf hören? Sollte Struan Saskias Rat befolgen und Carso verlassen? Ja, die Wohnung war *wirklich* schön, aber womöglich hatte sie dieses Mal recht. Sollte er es vielleicht noch ein letztes Mal versuchen, bevor es für den Durchbruch zu spät war?

Kapitel 4

Darüber haben wir doch schon so oft gesprochen«, knurrte Mr Wainwright.

Gertie saß hinter der Kasse und hielt die Hände still – mit denen sie gerade noch heimlich gestrickt hatte.

»Wenn nichts los ist, dann machen Sie im Laden sauber.«

Gertie biss sich auf die Lippe.

Eine ihrer Kolleginnen mischte sich zu ihrer Verteidigung ein: »Aber Gertie hat doch für uns alle Mützen gestrickt, als Sie wegen gestiegener Kosten die Heizung runtergedreht haben, wissen Sie nicht mehr?«

»Genau«, sagte eine andere Kollegin, Barb. »Ich meine, die Farbe war zwar ziemlich fade …«

»Der Farbton hieß Sandstein«, wandte Gertie leise ein. »Und ich fand den wunderschön.«

»… trotzdem war es eine gute Lösung.«

Auf solche Situationen bereitete das Handbuch zur Betriebsführung nicht vor, und Mr Wainwright setzte eine genervte Miene auf. »So, Gertie, Sie gehen jetzt die Schaufenster putzen!«

Das war eindeutig als Strafe gedacht, und so schlurfte die junge Frau mit hängendem Kopf davon.

Man hatte ihr durchaus schon mal eine Stelle im Wollgeschäft des Ortes angeboten, doch Jean hatte verkündet, dass sie diese Arbeit auf keinen Fall annehmen durfte, falls sie ihre Mutter nicht früh ins Grab bringen wollte. Gertie überlegte auch schon seit Ewigkeiten, vielleicht mal Handarbeitskurse am College zu belegen. Aber dann war die Pandemie dazwischengekommen, und plötzlich war es so schwierig geworden, sich zu irgendetwas zu motivieren … Sie dachte wirklich nicht gern darüber nach, wie lange sie bereits hier im Supermarkt arbeitete.

Als sie mit dem Eimer am Schwarzen Brett im Eingangsbereich vorbeikam, warf sie einen Blick darauf. Seit sie zum letzten Mal geguckt hatte, waren neue Sachen dazugekommen. Hundespaziergänger, Hundefriseure, Hundesitter – es war so einiges an Hundesachen dabei. Mittlerweile war ScotNorth offiziell der letzte Laden im Ort, den man nicht in Begleitung seines Vierbeiners betreten durfte, worauf etliche Herrchen und Frauchen immer wieder wütend hinwiesen, wenn man sie am Eingang stoppte. Da brachte es auch nichts, wenn Gertie ihnen erklärte, dass es Hunden gegenüber nicht fair war, angesichts von Brötchen auf niedrigen Regalbrettern Disziplin von ihnen zu erwarten.

Am Schwarzen Brett hingen auch ein paar Zettel mit Angeboten von Yoga / Aromatherapie / Homöopathie / Kristall / Tarot-Typen aus. Carso war nicht groß. Wenn man auf der alternativen Schiene unterwegs war, war es also eine gute Idee, ein bisschen was von allem anzubieten. Und dann entdeckte Gertie doch tatsächlich … du meine Güte, war das etwa eine Anzeige für eine Wohnung? Die bekam man heutzutage eigentlich nie zu sehen. *Vielleicht hatte ja einer von diesen Yogalehrern eine wirklich tolle Wohnung, so ein geschmeidiger, wunderschöner Mann, der ein bisschen wie Joe Wicks aussah. Wahrscheinlich hatte er es eigentlich nicht nötig, einen Zettel an das Schwarze Brett in einem Kleinstadtsupermarkt zu hängen. Aber dieser Typ suchte vielleicht bewusst boden-*

ständige Mitbewohner, die auf dem Teppich geblieben waren und zugleich immer schon Yoga hatten ausprobieren wollen, aber zu schüchtern gewesen waren, um bei einem Gruppenkurs mitzumachen. Er würde ihr in seinem zauberhaften, sonnendurchfluteten Wohnzimmer behutsam ein paar Übungen zeigen, durch die sie ganz schlank und straff werden würde und ...

Plötzlich erhaschte Gertie aus den Augenwinkeln einen Blick auf zwei Personen, und es lief ihr kalt den Rücken hinunter. Während die Frauen plaudernd und lachend näher kamen, dachte Gertie an ihre Jugend zurück, aus der sie die beiden nur zu gut kannte. Es waren Morag MacIntyre und Nalitha Khan.

Kapitel 5

Morag war noch nicht lange wieder in Carso und kaufte nur selten Lebensmittel. Wenn sie sich mal selbst etwas holte, dann meistens bei Post & Pantry, einem schicken Laden, in dem es Sauerteigbrot und Taramosalata und kleine Gläschen mit eingelegten Artischocken gab, weil sie (Peigi zufolge) einen »Londoner Schickimickigeschmack« hatte.

Und Nalitha kam eigentlich auch nie in den ScotNorth. Das war heute wirklich eine Ausnahme.

Schon seltsam, dachte Gertie, dass das Gefühl immer noch da war. Es war doch schon so lange her. Warum schmerzten die Kränkungen der Jugend wie eh und je, wenn sie nicht einmal mehr wusste, was sie gestern zu Mittag gegessen hatte? Ihr stieg augenblicklich wieder der seltsame Geruch aus der Schulaula in die Nase, eine Mischung aus Lynx Africa und Haarspray und Turnschuhen. Gertie sah die beiden genau vor sich, Nalitha mit großen goldenen Ohrringen und Morag, die ihre schwarzen Locken gnadenlos geglättet hatte. Selbstbewusst standen die beiden kerzengerade da und lachten zusammen mit den Jungen, na ja, insbesondere mit einem bestimmten Jungen. Selbst so viele Jahre später konnte sie es kaum ertragen, daran zurückzudenken.

Und jetzt marschierten die beiden hier vorbei, sahen besser aus als je zuvor und waren offensichtlich, wie Gertie ein wenig bitter feststellte, immer noch gute Freundinnen. Nalitha trug nicht nur einen fetten Verlobungs- und einen Ehering, sondern war eindeutig auch schwanger.

»Hier will ich mir lieber nichts zu essen holen«, sagte Morag gerade. »Die haben doch nur frittierte Eier und Zwiebelringe.«

»Und was ist daran auszusetzen?«

»Wie wär's denn mit irgendeinem schönen Bistro oder so? Irgendwas, wo wir uns hinsetzen können?«

»Aber ich muss JETZT was essen. Ich meine, JETZT SOFORT. Das gehört zu den seltsamen Phänomenen der Schwangerschaft.«

Während Gertie ihren Eimer anstarrte und darauf hoffte, dass die beiden sie im Vorbeigehen nicht erkennen würden, musste sie sich eingestehen, dass sie mit gespitzten Ohren lauschte.

»Hey«, sagte Nalitha zu Morag. »O mein Gott, guck mal!« Sie deutete auf das Schwarze Brett.

»Oh, da verkauft jemand kleine Katzen!«, sagte Morag und las die Anzeige mit gerunzelter Stirn. »Ach, das wäre wirklich schön, oder? Aber Gregor und Katzen … Dieses Thema will ich gar nicht erst in Angriff nehmen, Ornithologen und Katzen sind nämlich quasi Todfeinde.«

»Wissen die Katzen das auch?«

»Äh, nein«, antwortete Morag. »Aber es schürt die Feindschaft doch nur noch, wenn man seine Feinde ignoriert.« Sie überlegte einen Moment. »Abgesehen davon würde das wohl wie ›WIR HABEN JETZT EIN GEMEINSAMES HAUSTIER!‹ rüberkommen.«

»Okay«, sagte Nalitha. »Na ja, das meinte ich sowieso nicht. Jetzt guck doch mal!«

»Was soll ich mir denn angucken?«

»Ich dachte, deine Sehstärke wäre 20 / 20?«

»Sie ist sogar noch besser!«, entgegnete Morag stolz.

Nalitha beugte sich über ihren Babybauch und klopfte mit den Fingerknöcheln gegen die neuste Anzeige, die mit blauem Kuli handgeschrieben war: *Wohnung mit zwei Schlafzimmern zu vermieten, Nähe Hauptstraße.* Eine Telefonnummer war auch angegeben.

Morag starrte den Zettel an.

»Die könntest du vorübergehend mieten«, schlug Nalitha vor, »während Gregor und du euch überlegt, was ihr machen wollt.«

»Ich glaube kaum, das man da eine Ziege mitbringen darf.«

Gregor war zwar perfekt, hatte allerdings eine Ziege als Haustier. Also war er vielleicht nur *fast perfekt*.

Nalitha verdrehte die Augen. »Komm schon. Guck mal, hier steht explizit, dass die Wohnung nicht auf Airbnb ist!«

»Noch nicht«, murmelte Morag, während Nalitha mit dem Handy ein Foto vom Zettel machte.

»Das könnte genau das Richtige für dich sein. Und jetzt komm – ich muss unbedingt was essen.«

Die beiden betraten den Supermarkt, ohne Gertie zu bemerken, was die einerseits mit Erleichterung erfüllte, sie andererseits erneut unangenehm an ihre Jugend erinnerte.

Eine Wohnung mit zwei Schlafzimmern, dachte Gertie verträumt, während sie das Schaufenster putzte. Ganz für sie allein. Das musste man sich mal vorstellen! Vermutlich würde man sich dort beim Durchschreiten der Haustür nicht bücken müssen, und vielleicht gab es sogar eine Badewanne. In ihrem kleinen Häuschen am Shore Close war dafür nicht genug Platz. Im Schuppen stand ein Zuber, in dem einst Elspeth als Baby vor dem Kamin gewaschen worden war und der jetzt … äh, voller Wolle war, dachte Gertie gereizt.

Aber man musste sich mal vorstellen …

Rasch holte sie ihr Handy hervor und machte ebenfalls ein Foto von der Anzeige.

Während sie den Eimer zurück in den Laden brachte, hoffte Gertie, die beiden Frauen würden schnell finden, was sie suchten, und wieder verschwinden. Es gefiel ihr gar nicht, daran erinnert zu werden, wie ihre Fantasiewelt zum ersten Mal mit der Wirklichkeit kollidiert war, und zwar mit einem lauten Knall.

Langsam lief die zwölfjährige Gertie auf die großen Metalltore der weiterführenden Schule von Carso zu. Sie war über und über mit Sommersprossen übersät, die ihre Mutter ganz toll fand, wie sie ihr immer schwärmerisch versicherte. Gertie selbst sehnte sich trotzdem nach einem makellosen Teint. Die Beine des schlaksigen Mädchens waren so lang, dass es ständig so aussah, als würden gleich die Knie gegeneinanderstoßen. Beim Näherkommen starrte Gertie das Schulgebäude an, das riesig auf sie wirkte. Ihre beste Freundin aus der Grundschule, Amna, war gerade nach Stornoway gezogen, was aus der Sicht von Carso geradezu als pulsierende Großstadt durchging. Deshalb fühlte sich Gertie inmitten all der fremden Kinder furchtbar allein.

Während sie zögerlich auf das Gebäude zuging, kam von hinten ein hagerer Teenager mit Converse-Turnschuhen herbei. Er hatte eine Gitarrentasche dabei und hätte Gertie beinahe über den Haufen gerannt, als sie plötzlich stehen blieb.

»Hey!«, rief er und stolperte zur Seite.

Gertie entschuldigte sich augenblicklich, aber er grinste nur breit.

»Ist okay!«, sagte er. Beim Anblick der schlackernden Blazerärmel und des zu langen Rocks hatte er sich sofort gedacht, dass er da wohl eine aus dem ersten Jahr vor sich hatte. »Kein Problem.«

Mit funkelnden blauen Augen grinste er wieder, und in diesem Moment vergaß Gertie all die Furcht einflößenden Ratschläge der Strickdamen über Männer und schaute dem ersten Schwarm ihres Lebens dabei zu, wie er das Schultor durchschritt. Sein Name war Struan McGhie.

Natürlich würde es später noch andere geben, viele, viele andere, Zac Ephron zum Beispiel, und Mr Brewster, einen jungen Erdkundelehrer, der mit seiner Haartolle ein bisschen wie ein Rockstar aussah und offenkundig nicht fürs Unterrichten gemacht war. (Er blieb nur etwa acht Monate, bevor er den Lehrerberuf an den Nagel hängte, um sich der Käseherstellung zu widmen und ein einfacheres, ruhiges Leben zu führen, bei dem sich nicht ständig alle um ihn herum – aus Kollegium, Schüler- und Elternschaft – in ihn verliebten.) Dazu kamen verschiedene Jonas Brothers und Usher. Was den anging, war es Gertie leider nie recht gelungen, in ihrer Fantasie eine glaubhafte Situation heraufzubeschwören, in der sein Flugzeug eine Notlandung auf dem winzigen Flugplatz von Carso hinlegen musste und er danach im kleinsten Häuschen des Ortes bei ihr, ihrer Mutter und ihrer Großmutter unterkommen würde. Für alle Fälle strickte sie aber ein paar eng anliegende Beanie-Mützen für ihn. Zu Hause sprach sie nie über ihn, da den Strickdamen alle Männer ein Graus waren (natürlich außer Rod Stewart).

Aber die Sache mit Struan war etwas anderes als Gerties Schwärmereien für Popstars, schließlich hatte sie ihn direkt vor der Nase. Er ging in die dritte Klasse der weiterführenden Schule, spielte damals bereits in einer Ceileidh-Band und hing sowohl mit anderen Jungen als auch mit Mädchen ab. Gertie, bei der mit zwölf Jahren praktisch noch völlige Geschlechtertrennung die Norm war, fand das unfassbar cool. Sie lernte seinen Stundenplan auswendig und kriegte es hin, immer zur gleichen Zeit dort zu erscheinen, wo er ein Klassenzimmer betrat oder verließ.

Der vierzehnjährige Struan war randvoll mit Hormonen, die seinen Blick in die Richtung von bereits in die Pubertät gekommenen Mädchen lenkten. Daher war er quasi gar nicht dazu in der Lage, seine Verehrerin zu bemerken.

Obwohl das für sie ganz untypisch war, heckte Gertie einen mutigen Plan aus, einen so gewagten, dass sie deshalb sogar nachts wach lag. Mit den Strickdamen konnte sie darüber nicht sprechen, weil sie die Sache sofort schlechtgemacht hätten und dann eine von den Zwillingen wieder damit angefangen hätte, dass sie besser ihren langen Pony rauswachsen lassen und sich nicht länger dahinter verstecken sollte. (Jahre später musste sie feststellen, dass die Zwillinge zumindest in dieser Hinsicht recht gehabt hatten.)

Aber Struan war ja Musiker und seine Fans bereits so begeistert, dass manche ihm eine große Karriere prophezeiten. Und er würde beim Valentinstagskonzert mitspielen, obwohl da normalerweise nur einschüchternde große Typen aus der fünften und sechsten Klasse teilnahmen.

Gertie wählte für ihn Wolle in den von ihr bevorzugten sanften Farben aus – mehrere Grautöne, zu denen noch ein dünner Streifen Gelb kommen würde, und ein pudriges Rosa am Bündchen. Dann machte sie sich eifrig an die Aufgabe, für Struan fingerlose Handschuhe zu stricken, was wirklich nicht leicht war. Aber die waren ideal für jemanden, der so viel Gitarre übte, dachte Gertie. Er würde so überrascht und begeistert sein, dass er sie endlich bemerken und sie anlächeln würde und …

Gertie machte einige Fehler und musste mehrmals ein Stück aufribbeln. Weil sie für die komplizierten Stellen Unterstützung brauchen würde, erzählte sie dem Strickzirkel, die Handschuhe seien für sie selbst. Und man half ihr gern, allerdings konnten sich die Strickdamen nicht zurückhalten und rieten ihr dazu, doch leuchtendere Farben oder ein paar hübsche Knöpfe hinzuzufügen.

Als die Handschuhe (ohne Knöpfe) schließlich fertig waren, handelte es sich um das erste Strickprojekt, auf das Gertie ohne jede Einschränkung einfach nur stolz war.

Sie legte die Handschuhe in eine Schachtel vom letzten Weihnachtsfest und bemühte sich darum, mit Geschenkband eine besonders schöne Schleife zu binden.

Dann schrieb sie dazu noch eine Valentinskarte, die sie nach langem Abwägen ausgewählt hatte, aber nicht mit ihrem Namen versah. Am Samstag nach dem Valentinstag fand in der Schule ein Tanz statt, bei dem Struan Gitarre spielen würde. Vor dem Konzert stellte Gertie die Schachtel vor seinen Spind, an dem er auf jeden Fall vorbeikommen würde.

Die Zeit bis zum Konzertbeginn war für sie die reinste Qual. Sie war mit ein paar Klassenkameradinnen da, die sich in der Mensa etwas zu essen holen wollten. Gertie würde nichts runterkriegen, deshalb stellte sie sich nicht mit ihnen zusammen an. Aber es waren viele aus Struans großem Freundeskreis da, und sie würde vielleicht einen Blick auf ihn erhaschen können, wenn er sich vor dem Konzert noch ein Sandwich holte. Deshalb drückte sich Gertie in der Nähe von zwei Mädchen herum, mit denen Struan befreundet war, Morag und Nalitha.

Nalitha hatte glänzendes langes Haar bis zur Taille, war unglaublich schön und wirkte in dieser Gegend, in der mit Multikulti nicht viel war, äußerst exotisch. Wenn es sie störte, dass sie auffiel, dann ließ sie es sich nicht anmerken. Sie war jedenfalls immer perfekt gekleidet und gestylt, und Gertie fand sie einfach atemberaubend.

Und Morag – na ja, die MacIntyres kannte jeder. Morags Großvater lebte in einem riesigen, weitläufigen Haus am Meer, das viel größer war als Jeans Häuschen. Und nicht nur das, ihm gehörte auch eine Airline! Er hatte sein eigenes Flugzeug, mit dem Leute von Carso aus auf die Inselgruppe flogen. Außerdem lernte Morag auch selbst das Fliegen, weshalb alle Jungen sie total faszinierend fanden. Sie ignorierte allerdings die meisten, weil sie immer heftig paukte, um an ihrer Schule die besten Noten in Mathe, Physik, Zeichnen, Technologie und Erdkunde zu bekommen.

Wenn Morag vor Ort war, waren Nalitha und sie unzertrennlich. Sie gehörten nicht zur Partytruppe, sondern waren einfach dicke Freundinnen mit ihren eigenen Insiderwitzen. Manchmal flogen sie am Wochenende mit Morags Großvater mit auf die Inseln.

Gertie wäre gern mit ihnen befreundet gewesen, aber das wäre wohl niemals möglich gewesen, selbst dann nicht, wenn nicht eine unüberbrückbare Kluft von zwei Jahren sie voneinander getrennt hätte. Die beiden waren schließlich unglaublich schlau und beliebt, während sie die komische Tagträumerin war, deren komplette Garderobe von Hand genäht oder gestrickt war.

Die beiden waren nett, aber keine Strebertypen, sie gehörten auch nicht zur einschüchternd coolen Truppe, und natürlich hatten sie das große Glück, mit Struan befreundet sein zu dürfen. Brennende Eifersucht überkam Gertie, als sich Struan mit fröhlicher Miene zu ihnen gesellte.

Plötzlich überlief es sie heiß und kalt, als ihr klar wurde, was der Grund für seine Belustigung war: Er zog die Schachtel hervor und zeigte den beiden die Karte und die Handschuhe. Nalitha brach in Gelächter aus. Morag wies sie deshalb offensichtlich zurecht und betrachtete die Handschuhe mit echter Bewunderung, während Struan nur das Gesicht verzog, ungläubig den Kopf schüttelte und wieder äußerst amüsiert aussah. Morag schaute sich hastig im Raum um, falls sich die Verantwortliche in der Nähe befinden sollte. Mittlerweile war Gertie unendlich erleichtert darüber, dass sie niemandem von ihrem Plan erzählt hatte. Als ihre Freundinnen zurückkamen, murmelte sie etwas von »Frauenproblemen« und eilte mit brennenden Wangen auf den Ausgang zu. In diesem Moment kam sie zu dem Schluss, dass die Strickdamen wohl recht hatten: Männer waren schrecklich, man konnte ihnen nicht trauen und war ohne sie viel besser dran. Denn Struan hatte gelacht, und die beiden Mädchen auch.

Inzwischen hatte sich Gertie hinter die Kasse zurückgezogen, während die beiden Frauen vor dem Regal mit Gebäck standen.

»Wir müssen wirklich schnell jemanden finden«, sagte Morag. »Denn lange dauert es ja nicht mehr, bis dieses Baby da ist.«

Nalitha nickte.

Gertie bekam gegen ihren Willen alles mit. Aber sie befanden sich in einem Supermarkt. Wer in aller Öffentlichkeit Gespräche führte, konnte wirklich nicht erwarten, dass die Privatsphäre gewahrt wurde, sagte sie sich, während Perry Albert neun Bananen und eine riesige Packung Hühnerbrustfilets bei ihr bezahlte. Offensichtlich wollte er mit einem neuen Bodybuildingprogramm anfangen, das jedoch wie alle vorherigen zum Scheitern verurteilt war. Wenn er mit seinen Kumpels in den Pub ging, landeten sie am Ende nämlich immer in der Imbissbude und stopften dort Haggis in sich hinein. Aber sie bewunderte ihn dafür, dass er es zumindest versuchte.

»Ich bin ja auf der Suche«, sagte Nalitha. »Aber die Bewerbungen …« Sie verzog das Gesicht.

»Es muss niemand *wie du* sein! Ich erwarte kein Genie, sondern einfach eine nette und höfliche Person, die die Passagiere eincheckt und kein Problem damit hat, gelegentlich beim Einladen von Gepäck mit anzupacken.«

»Und von Nutztieren«, fügte Nalitha hinzu.

»Das brauchen wir in der Anzeige aber nicht zu erwähnen.«

»Hab ich auch nicht«, sagte Nalitha.

»Und, wo liegt bei den Bewerbungen das Problem?«

»Na ja, wir kriegen kaum welche rein.«

»Was willst du damit sagen?«

»Dass niemand Interesse hat. Komm schon, Morag. Rumstehen in der Kälte, übel gelaunte Passagiere, ein Job am Arsch der Welt. Und so super sind die Arbeitszeiten nun auch nicht.«

Morag verdrehte die Augen.

»Das meine ich ernst. Und das Gehalt ist mies. Warum sollte sich jemand etwas suchen, das meilenweit weg von zu Hause ist und wofür er superfrüh aufstehen muss, wenn er zum Beispiel hier im Supermarkt gemütlich von neun bis fünf an der Kasse sitzen und dann zu Fuß nach Hause gehen kann?«

»Ich will doch nur ... Wir brauchen bloß jemanden, der nett ist.«

»Nein, das stimmt so nicht«, widersprach Nalitha trocken. »Ihr braucht jemanden, der mit so einigem klarkommt. Mit Betrunkenen und Gästen mit Flugangst, mit Sicherheitsrisiken und wütenden Leuten und Passagieren, die ihren Flug verpasst oder das falsche Ticket haben oder einen Aufstand wegen ihres Gepäcks machen, und noch mit lauter anderen Dingen. So was packt nicht jeder.«

»Ja, das ist mir doch klar«, sagte Morag mit warmer Stimme. Sie arbeitete wirklich gern mit ihrer besten Freundin zusammen.

»Und ihr bezahlt eben leider wenig.«

»Weil wir auch nur ganz wenig verdienen! In dein Gehalt fließt ja bereits dein Anteil an unserem Gewinn mit ein.«

»Das weiß ich doch«, sagte Nalitha. »Mir ist die Firma wichtig, und ich liebe meinen Job. Aber ich meine ja nur: Ich bin mir einfach nicht sicher, ob wir jemanden finden, der für dieses Gehalt arbeitet.«

»Aber das müssen wir *unbedingt!*«, rief Morag verzweifelt aus. »Schließlich ist bald schon wieder Sommer!«

Gefühlt dauerte der Sommer in den Highlands und auf den schottischen Inseln bis in den sanften, rauchigen Herbst mit seinen wundervollen Orange- und Brauntönen hinein. Die Nächte waren kurz, es war bis um Mitternacht hell, und obgleich auch zu dieser Jahreszeit das Wetter wechselhaft blieb, hatte man manchmal Glück. Es gab immer eine Handvoll schöne Tage, an denen man auf das türkisblaue Meer hinausfahren konnte – das nie warm, dafür herrlich frisch und sauber war –, an goldene Strände unter einem riesigen, weiten, klaren Himmel. Berge spiegelten sich perfekt in Seen, in Wäldern tummelten sich Vögel und anderes Getier, Lachse sprangen in Flüssen. In dieser zauberhaften Jahreszeit hing der schwere Duft von Ginster und Heidekraut in der Luft, die auf Glockenblumen gefolgt waren, die auf Osterglocken gefolgt waren, die wiederum auf Schneeglöckchen gefolgt waren. Rotwild sauste mit wippenden Schwänzen durch die Landschaft (viel zu viel davon, wenn man die Einheimischen fragte, die des Öfteren mal Wild fragwürdiger Herkunft zum Abendessen hatten). In jeder Hecke versteckten sich Kaninchen, Lämmer tollten über Wiesen, und Eichhörnchen flitzten lustig in den Bäumen herum.

Es genossen wohl nur wenige Menschen den Sommer so sehr wie die Schotten selbst, und dazu kamen Besucher aus aller Welt, um spazieren zu gehen, zu wandern und Rad zu fahren, um in gemütlichen Pubs in Bruchsteinhäusern zu sitzen und Irn-Bru zu trinken, um Fähren und kleine Flugzeuge zu Inseln mit so weißem Sand zu nehmen, dass es nach Photoshop aussah. Danach konnte man die ganze Nacht draußen sitzen und dem Himmel dabei zuschauen, wie er sich nur ganz sanft dunkler verfärbte, sodass kaum die Sterne zu sehen waren. Kinder sauten sich in schlammigen Flüssen und Bächen ein, bauten am Strand Staudämme, zündeten Lagerfeuer an und rannten wild und sorglos durch die Gegend. Erwachsene besuchten wunderschöne, abgelegene Burgen, die sich tief im Wald versteckten oder auf Klippen hoch über dem Meer aufragten. Vor Kaminfeuern, die selbst im Juli entzündet wurden, weil es abends frisch wurde, nippten sie an torfigem Whisky. Sie lasen Bücher, lauschten Fiddlemusik und ließen mal den ganzen Stress hinter sich, abgesehen von dem auf der Ferienstraße

North 500, wo oft quälend langsam Wohnmobile unterwegs waren.

Morag war als Berufspilotin weit herumgekommen und wusste also, wovon sie sprach. Für sie gehörten die Highlands und die schottischen Inseln zu den tollsten Orten auf der Welt.

Zu den Gründen dafür gehörte allerdings, dass es dort nicht viele Menschen gab – so wie die Menschen in Ägypten rund um den Nil lebten, gruppierten sich die Schotten um eine Linie im Süden des Landes herum. Und es war ja wirklich schön, all die Landschaft für sich selbst zu haben. Aber jetzt, wo Morag gern jemanden einstellen wollte, führte es zu gewissen Problemen. Junge Leute hatten eher Interesse daran, gen Süden zu ziehen und in Glasgow oder Edinburgh Geld zu verdienen, wo man kein Auto brauchte und eine Wohnung finden konnte, die nicht bei Airbnb gelistet war, statt in Carso zu bleiben, wo es keine Nachtclubs und nur ein paar Pubs gab.

Nalitha griff nach einem in Plastik verpackten Stück Früchtekuchen.

»Nein, lass davon besser die Finger«, stöhnte Morag. »Ich bitte Gregor, dass er dir einen backt.«

Gregor hatte viele Qualitäten. Dass er gut kochen konnte, war eine von denen, die Morag am besten gefielen.

»Nur ist der leider achtzig Kilometer entfernt und sicher gerade bei der Arbeit. Auf einer ansonsten unbewohnten Insel«, sagte Nalitha. »Dir ist offensichtlich nicht klar, dass dieses Baby jetzt sofort etwas zu essen braucht.«

»Und dieses Baby will einen Früchtekuchen, der erst in zwei Jahren abläuft?«, fragte Morag, während sie die Packung kritisch musterte.

»Ja, absolut!«

»Ach, guck mal, da ist ja Whisky drin. Dann darf das Baby ihn sowieso nicht essen.«

»Hm.« Nalitha gab sich geschlagen. Als sie sich nach etwas anderem umsah, bemerkte sie Gertie und runzelte ein wenig die glatte Stirn, so als klingele etwas bei ihr. Während ihr Blick weiterwanderte, versuchte Nalitha, die junge Frau gedanklich einzuordnen. Die Schwangerschaftsdemenz war nicht gerade hilfreich dabei.

»Mor, eine Frage, wie hieß noch mal dieses jüngere Mädchen, das bei mir auf die Schule gegangen ist und in einem Haus mit ganz vielen Frauen gewohnt hat?«

Morag überlegte fieberhaft. Das war das Problem mit so abgelegenen Gegenden: Mit Leuten aus der Jugendzeit hielt man selten den Kontakt, weil sie in alle Winde zerstreut waren.

»Dünne Beine, schwarze Haare. Die hat nie geguckt, wo sie hinläuft, und hatte immer ihr Strickzeug dabei.«

»Gertrude Mooney?«, fiel Morag der Name schließlich ein.

»Genau, Gertie! Ich glaube, das ist sie, da drüben.«

»Okay«, sagte Morag. »Die war nett, oder? Glaube ich. Viel gesagt hat sie ja nicht.«

»Immerhin hat sie nicht zu den Rassisten gehört«, erwiderte Nalitha grimmig. Deren Namen hatten sich ihr tief ins Herz eingebrannt.

Gertie spürte die Blicke und erstarrte. Aber sie war hier ja nicht mehr in der Schule, mahnte sie sich selbst. Und die beiden hatten auch nicht zu den Leuten gehört, die andere drangsaliert hatten.

Gertie war der Meinung, dass sie es ganz gut hingekriegt hatte, den richtig üblen Tyrannen aus dem Weg zu gehen. Sie glaubte, das hatte damit zu tun gehabt, dass sie mit ihrer ständigen Tagträumerei die Lehrer in den Wahnsinn getrieben hatte. Das schien sie für die wirklich fiesen Typen eher uninteressant gemacht zu haben. In Wirklichkeit hatte die Sache ganz anders ausgesehen: Ihre Mitschüler hatten sich einfach nur nicht mit Jean, Elspeth und den anderen Strickdamen anlegen wollen. Immerhin war deren Handarbeitsgruppe auch als »der Hexenzirkel« bekannt.

Aber Nalitha und Morag riefen ihr ebenjene Erniedrigung in Erinnerung, die tatsächlich passiert war. Vor allem in den Monaten danach war es übel gewesen, wenn die Strickdamen immer mal wieder gefragt hatten, warum sie denn ihre hübschen fingerlosen Handschuhe nicht trug. Sie hatte dann behauptet, es wäre tatsächlich nicht die richtige Farbe für sie gewesen, was mit Genugtuung zur Kenntnis genommen worden war. Stattdessen hatte Gertie ein Paar Fäustlinge in leuchtendem Gelb gestrickt und hatte die blöden Dinger dann die nächsten zwei Jahre tragen müssen.

»Weißt du noch, gelbe Handschuhe?«

»Ah, stimmt, Himmel! Ich bin einfach so daran gewöhnt, dass alle aus unserer Jugend hier weggezogen sind.«

»Außer uns Versagerinnen«, sagte Nalitha.

Morag wollte gerade mit einem Lächeln auf Gertie zugehen, da öffneten sich die Schiebetüren, und eine laute Stimme ertönte: »HEY, AYE!« Draußen brüllte jemand irgendwen an. »EY, SCHEISSE, IHR SEID DOCH ALLE ARSCHLÖCHER!« Und dann stolperte ein riesiger, schmuddeliger Mann in den Laden.

Kapitel 6

Nalitha legte sich instinktiv die Hände auf den Bauch, und Morag machte einen kleinen Schritt vor. Am liebsten hätte sie sich schützend vor ihrer Freundin aufgebaut, aber sie wollte auch keine Aufmerksamkeit erregen. Das wollte hier niemand, und die gesamte Kundschaft senkte den Blick, als der enorme Mann mit struppigem Bart und scheinbar mehreren wahllos übereinander angezogenen Pullovern hereinschwankte. Er roch fürchterlich.

»JA, GUCKT RUHIG, IHR ÄRSCHE!«, brüllte er und wedelte mit den Armen herum, während er gegen das Zeitschriftenregal taumelte.

Die Einkaufenden zogen sich alle in den hinteren Teil des Geschäftes zurück und betrachteten unglaublich interessiert den Schnittkäse.

Morag hätte Nalitha ja nach draußen gebracht, aber der Mann befand sich zwischen ihnen und der Tür.

»ICH WILL DOCH NUR …« Er stolperte durch den Laden. »… EIN FLÄSCHCHEN BUCKFAST? BLOSS EINE KLEINE FLASCHE?«

Es wird alles gut gehen, dachte Morag, wenn wir ihn einfach ignorieren. Allerdings war es zu spät, er hatte sie schon bemerkt.

»OCH, AYE, DU HAST DA EIN BABY DRIN, ODER?«, rief er.

Nalitha lief augenblicklich rot an, aber Morag legte ihr die Hand auf den Arm.

»ACH, SAGST DU NICHTS? REDEST DU NICHT MIT MIR? ICH WILL DOCH NUR NETT SEIN, MÄDCHEN. ODER KANNST DU KEIN ENGLISCH?«

Atemlose Stille hatte sich im Laden ausgebreitet, und vor Anspannung und Nervosität standen alle wie erstarrt da.

»Na komm«, sagte Morag leise. Am besten verschwanden sie schnell.

Aber der Mann war so riesig und unberechenbar und Furcht einflößend. Und Nalitha, die normalerweise vor nichts Angst hatte, zitterte an ihrer Seite, weil sie sich durch ihre Schwangerschaft so verletzlich fühlte.

Morag richtete sich auf, um Nalitha hocherhobenen Hauptes nach draußen zu führen, bevor dieser Typ die Chance hatte, irgendwas zu tun. Während ihr dieser Gedanke noch durch den Kopf ging, riss der Mann allerdings den Ständer mit dem Früchtekuchen um, sodass die Packungen durch das ganze Geschäft flogen.

»EY, SCHEISSE, MANN!«, rief er.

Plötzlich trat eine schlaksige Person mit dunklen Haaren vor.

»John Paul McGowan«, sagte Gertie mit leiser, sanfter Stimme, »haben Sie etwa vergessen, dass Sie nicht bei uns in den Laden dürfen? Das hatten wir doch längst geklärt, und jetzt muss ich wieder mit Ihnen schimpfen.«

Während sein Blick konzentrierter wurde, drehte sich der Mann zu ihr um. »Ah, ich wollte doch nur …«

»Das ist mir egal, John Paul«, fuhr sie unerbittlich fort. »Es tut mir wirklich leid, aber Sie haben nun mal Hausverbot hier. Wissen Sie was: Am besten bringe ich Sie zur Anlaufstelle auf der anderen Straßenseite, wo Sie einen schönen Teller Suppe bekommen, in Ordnung? Ich hab Ihnen auch eine neue Mütze gestrickt.«

»Ich will aber keine …«

»Doch, Sie wollen eine neue Mütze«, versicherte Gertie. Sie hatte Angst vor so manchen Dingen und vor vielen Männern, aber wirklich nicht vor John Paul, der doch nur ein armer Tropf war. Einige Strickdamen waren zusammen mit ihm aufgewachsen, kannten seine Geschichte und hatten einfach nur großes Mitleid mit ihm.

»Sie wissen, dass Sie nicht herkommen und unsere netten Kunden erschrecken dürfen, oder, John Paul?«

Sie hatte ihm völlig den Wind aus den Segeln genommen, und er starrte zu Boden wie ein kleiner Junge. »*Aye.*«

»Dann kommen Sie mal mit«, sagte Gertie sanft. »Na los, John Paul, das kriegen wir schon wieder hin, oder? Da drüben kümmert man sich um Sie.«

Sie trat einen Schritt vor und bot dem Mann zu Morags und Nalithas Verblüffung den Arm an. Noch verblüffender war, dass er sich tatsächlich bei ihr unterhakte und sich von ihr mit gesenktem Kopf zur Tür führen ließ.

Als sie den Ausgang erreichten, blickte er noch einmal zurück. »Sorry, Mädchen«, murmelte er in Richtung Nalitha. »Ich hab's nicht böse gemeint.«

Kurz darauf konnten sie hören, wie er draußen beim Überqueren der Straße ein geparktes Auto anbrüllte. Im Supermarkt machte sich Erleichterung breit, und dann begannen alle gleichzeitig zu reden.

»Alles okay bei dir?«, fragte Morag Nalitha, die aussah, als würde sie gleich zu heulen anfangen. Jemand brachte ihr einen Stuhl.

»Nein, es geht schon«, beteuerte sie, obwohl ihr Tränen in den Augen standen. »Gott, das ist so bescheuert. Wenn es nur um mich ginge, wär es mir ja egal. Aber mit dem Baby ... da werde ich ganz komisch und gefühlsduselig.«

»So muss das auch sein«, versicherte Morag. »Aber Situationen dieser Art solltest du wirklich nicht durchmachen müssen. Hier.«

Sie schnappte sich einen eingeschweißten Muffin, riss die Verpackung auf und reichte ihn Nalitha. »Da ist kein Alkohol drin.«

Nalitha wollte zunächst ablehnen, griff dann aber doch danach und stopfte das Gebäck in sich hinein. »Ich komme mir so dämlich vor.«

Gertie kehrte zurück und wurde von ihren Kollegen umringt, während sie sich mit Desinfektionsgel die Hände sauber machte.

Morag ging schnurstracks zu ihr hinüber. »Vielen Dank!«, sagte sie. »Und entschuldige, aber bist du Gertrude Mooney?«

Plötzlich war Gertie wieder die zwölfjährige Schülerin, die Angst davor hatte, von älteren Mädchen zur Rede gestellt zu werden.

John Paul war das eine. Bei dem wusste sie genau, was zu tun war, bei älteren Mädchen aber gar nicht.

Und Morag sah wirklich toll aus, das hatte Gertie bei ihrem Anblick sofort gedacht. Nalitha war natürlich umwerfend wie immer, aber auch Morag hatte mit ihren rosigen Wangen und glänzenden Haaren so etwas Gesundes und Frisches an sich.

»Ja«, sagte Gertie und versuchte, dabei ganz locker zu wirken, was ihr allerdings nicht überzeugend gelang. »Hi. Du bist Morag, oder?«

»Wie du da eingegriffen hast, war echt großartig«, versicherte Morag. »Erinnerst du dich noch an Nalitha?«

Während Nalitha ihr matt zuwinkte und zu ihnen herüberkam, dachte Gertie: Natürlich erinnere ich mich noch an Nalitha, schließlich ist unsere Schulzeit gerade erst vorbei. Aber dann ging sie die Jahre seitdem in Gedanken noch einmal durch. Die Coronazeit galt ja eigentlich nicht. Jedoch war ihre Schulzeit selbst dann, wenn man für die Pandemie ein paar Jahre abzog, SCHON EWIG her. Dieser Gedanke versetzte Gertie ein wenig in Panik. Das konnte doch nicht sein! Arbeitete sie wirklich schon seit fast zehn Jahren hier? Hatte sie die Zeit zwischen ihrem siebzehnten und ihrem sechsundzwanzigsten Lebensjahr damit verbracht, das Kaffeeregal wieder aufzufüllen? Für diese beiden Frauen standen die Dinge natürlich ganz anders …

»Klar, sicher«, sagte Gertie mit brennenden Wangen. »Übrigens hab ich das über dich und dein Flugzeug in der Zeitung gelesen.«

»Äh, ja«, sagte Morag.

Gertie interpretierte das so, dass die Sache für Morag keine große Bedeutung hatte und sie nicht weiter darauf eingehen wollte, weil sich Gertie wie ein seltsamer Fan aufführte. Tatsächlich war eher das Gegenteil der Fall: Morag war es furchtbar peinlich, dass sie durch einen Zeitungsartikel zu einer gewissen Berühmtheit gelangt war, obwohl sie einfach nur ihre Arbeit erledigt hatte.

Gregor fand das total witzig. Er versuchte aber, sie mit dem Thema nicht mehr zu ärgern als absolut notwendig.

»Na ja, es ist jedenfalls schön, dich zu sehen«, sagte Morag. Sie schaute sich im Supermarkt um und suchte nach einem Gesprächsthema. »Du arbeitest also hier im Supermarkt … Und, macht das Spaß?«

Plötzlich rammte Nalitha ihr den Ellbogen in die Rippen.

»Was denn?«, zischte Morag.

Es hatte mehr wehgetan, als Nalitha wohl beabsichtigt hatte.

»Na ja, es ist nicht schlecht«, sagte Gertie und starrte zu Boden.

»Danke«, sagte nun auch Nalitha. »Dieser Typ hat mir wirklich Angst gemacht.«

»Ach, John Paul ist ganz harmlos«, erklärte Gertie. »Aber das ist auf den ersten Blick nicht so klar.«

Beim Verlassen des Supermarktes schauten sich die beiden Freundinnen gut um, falls irgendwo John Paul lauern sollte. Nein, das wagte er nicht, nachdem man so mit ihm geschimpft hatte.

Morag wandte sich an Nalitha. »Warum hast du mich denn angestoßen?«

»Mann, manchmal bist du echt schwer von Begriff. Meinst du nicht, dass sie perfekt wäre?«

»Was meinst du? Ich hab die ganze Zeit nur an dich gedacht.«

Nalitha seufzte schwer. »Gertie sorgt in diesem Supermarkt für Ordnung, schlägt sich mit den John Pauls dieser Welt herum, behält den Bestand im Auge, kassiert, erscheint vermutlich seit vielen Jahren jeden Tag pünktlich zur Arbeit, stellt keine großen Ansprüche … Damit wäre sie doch ideal.«

»Um dich … während der Elternzeit zu vertreten?«

»Ja«, sagte Nalitha. »Für die Aufgabe muss man ein harter Knochen sein.«

Morag runzelte die Stirn. »Aber soweit ich mich erinnere, war sie doch eher … still und verträumt? Wurde sie nicht Schwärmie genannt?«

Das stimmte. Nalitha war mit Struan befreundet gewesen, für den Gertie geschwärmt hatte, und sie hatte es geschafft, in der Schule etwa neun Monate lang immer genau dort aufzutauchen, wo der sich gerade befand.

»Ich will ja nicht fies sein, aber was, wenn sie plötzlich einen Knoten in der Zunge hat und die Sicherheitsansage nicht hinkriegt?«

»Das mit der Sicherheitsansage kann man lernen«, erwiderte Nalitha weise. »Aber man kann nicht lernen, mit jemandem umzugehen, der unberechenbar ist. Dafür hat man von Natur aus ein Händchen oder eben nicht, und sie hat das drauf.«

»Sie müsste auch noch angelernt werden.«

»Ach«, sagte Nalitha. »Es ist ja nicht so, als würde sie im Cockpit sitzen. Das Fliegen übernimmst schließlich du, während sie vor allem am Schalter stehen müsste, was auch ein Affe hinkriegen würde. Vielleicht sollte ich direkt nach einem Affen Ausschau halten, der hätte auch mehr Kraft, um das Gepäck einzuladen.«

Morags Maschine verband Carso mit den winzigen Inseln im hohen Norden, flog von Larbh nach Archland und wieder zurück und legte dabei gelegentlich auch Zwischenlandungen auf Inchborn ein, wo Gregor lebte. Aber es stimmte schon: Einen richtigen Bordservice gab es bei dem kleinen Achtzehnsitzer nicht, daher konnten im Notfall Morag und ihr Co-Pilot Erno auch alles allein erledigen.

Nalitha hatte recht, dachte Morag. »Vielleicht hätte sie ja gar kein Interesse«, überlegte sie dennoch.

Sie schauten dabei zu, wie eine Gruppe Jugendlicher in voluminösen Daunenjacken in den Laden einfiel. Sie riefen alle durcheinander und zogen sich gegenseitig auf, wobei sie sich mit dem Handy filmten. Die Jungen rissen Witze, über die die Mädchen kreischend lachten.

Morag ging noch einmal zum Laden zurück und blickte

durchs Schaufenster hinein. Gertie hatte die Rasselbande problemlos im Griff, kassierte ruckzuck und mahnte den ein oder anderen, die Finger vom Süßigkeitenregal zu lassen – aber nicht streng oder fies, sondern immer mit einem Lächeln.

Als sie sie so in ihrem Element sah, fand Morag Gertie dann doch sehr beeindruckend.

Morag drehte sich zu Nalitha um, die sich gerade auf eine Bank sinken ließ. Offensichtlich ermüdete es sie schon, einfach nur ihren Bauch mit sich herumschleppen zu müssen. Es war wirklich nicht fair, dass sie immer noch den ganzen Tag stehen und dieses Gewicht tragen musste, dessen war sich Morag bewusst.

Aber die meisten Leute, die ihnen das Arbeitsamt schickte, fragten beim Vorstellungsgespräch, ob sie nicht Homeoffice machen könnten. Früher waren während der Sommersaison junge Menschen aus ganz Europa in die Gegend geströmt, aber dem hatte der Brexit ein Ende gemacht.

Vielsagend strich sich Nalitha über die runde Kugel.

»Hm«, machte Morag.

Nach einem kurzen Fußmarsch erreichten sie ein hübsches kleines Café, wo sie Käsescones bestellten.

Als Nalitha ihr Handy hervorzog, fragte Morag misstrauisch: »Was machst du denn da?«

»Ich gucke bloß mal«, antwortete Nalitha und rief Facebook auf.

»Gott, du bist aber 2021-mäßig drauf«, stichelte Morag.

»Jaja«, murmelte Nalitha nur.

Morag verbrachte viel Zeit auf Inchborn, wo es keine Internetverbindung gab. Dadurch war sie inzwischen weitestgehend raus, was soziale Medien anging. Jetzt tat sie so, als sei ihr die Entwöhnung durch moralische Überlegenheit gelungen, während sich das in Wirklichkeit aus der Not heraus ergeben hatte.

Außerdem waren all ihre alten Freunde Piloten in Dubai und veröffentlichten ständig Fotos von sich in Whirlpools oder bei Schaumpartys. Letztlich war so ein Leben für Morag nichts gewesen, und sie war hier viel glücklicher. Trotzdem wollte sie an Tagen mit vier Grad unter Null nicht dauernd solche Fotos sehen.

»Ich schätze, dass Gertie eher der Facebook-Typ ist«, erklärte Nalitha. »Auf Instagram kann ich sie mir weniger vorstellen.«

»Das ist echt fies«, befand Morag. »Findest du nicht? Ich weiß gar nicht recht.«

»Es war wirklich nicht fies gemeint«, versicherte Nalitha. Sie selbst nutzte Facebook nie, während sie ständig Fotos von sich auf Instagram postete, auf denen sie eine Schnute zog und absolut fantastisch aussah.

Sie fanden Gerties Facebook-Seite, auf der nicht viel zu sehen war, abgesehen von jeder Menge Posts zum Thema Stricken, Fotos von gestrickten Sachen und Links zu kostenlosen Strickmustern.

»Na bitte«, sagte Nalitha. »Perfekt. Bei so einem Hobby wird sie nicht mit einem Kater aufkreuzen, weil sie sich die Nacht in Aberdeen um die Ohren geschlagen hat, meinst du nicht?«

Morag sah sich das genauer an. »Ja, aber besteht dann nicht die Gefahr, dass sie bei der Arbeit ständig strickt?«

»Das macht doch nichts.«

Auch Nalitha feilte sich durchaus mal am Schalter die Nägel, wenn wenig los war.

»Pff, ich weiß nicht recht«, murmelte Morag. »Vielleicht liebt sie ja ihren momentanen Job.«

»Bei dem sie Stadtstreicher raus in die eisige Kälte begleiten muss? Ja, klar.«

»Schon, aber Nalitha: Bei uns in der Wellblechhütte ist es
doch auch eiskalt.«

»Na«, fuhr Nalitha unverdrossen fort, »dann ist sie daran
wenigstens gewöhnt. Außerdem kann sie ja dagegen an-
stricken.«

»Äh, entschuldigt mal«, ertönte eine Stimme, und die
beiden fuhren erschrocken herum.

Direkt hinter ihnen stand Gertie und fixierte ihr eigenes
Facebook-Profil auf Nalithas Handy.

Kapitel 7

Gertie hatte sich nur noch mehr wie in der Schule gefühlt, als sie in ihrer Mittagspause ins Café gekommen war, um etwas zu essen. Sie saß hier gern mit ihrem Strickzeug oder mit einem Buch, in dem sie sich verlieren konnte. Das Café war hübsch, und es war nie voll. Wenn sie den ganzen Tag gestanden hatte, gönnte sie sich gern den Luxus, es sich in diesem gemütlichen Lokal bequem zu machen. Manchmal schaute auch ihre Mutter vorbei, wenn im Friseursalon nicht viel los war.

Gertie hatte niemals erwartet, hier die beiden Frauen anzutreffen, die sie aus ihrer Jugend kannte und die zu ihrem absoluten Entsetzen offensichtlich über sie sprachen.

Manchmal fragte sich Gertie, wie es eigentlich anderen Menschen auf der weiterführenden Schule ergangen war, ob die Zeit dort bei jedem so bleibende Spuren hinterlassen hatte. Oder war sie vielleicht die Einzige, für die das so einschneidend gewesen war, die Einzige, die Situationen von damals wiederzuerkennen schien und in der alte Gefühle wieder aufstiegen? Womöglich hatten alle anderen die Schulzeit und die Pubertät ganz unsentimental hinter sich gelassen und ungerührt mit ihrem Leben weitergemacht. Aber vielleicht war das auch einfacher, wenn man aus der Gegend weggezogen war.

Gertie selbst war all dies noch sehr gegenwärtig, und diese Erinnerungen waren für sie lebendiger als viele aus den Jahren danach. Aus der Zeit des Lockdowns wusste sie zum Beispiel nur noch, dass sie im ScotNorth auf dem Fußboden Markierungen mit Klebeband angebracht hatten, damit die Kunden untereinander eine Kuhlänge Abstand hielten.

Aber aus der Schulzeit – da erinnerte sie sich an alles. Den Geruch der Whiteboard-Stifte. Die staubige Bücherei. Die mit Farbspritzern übersäten Kunsträume, an deren Wänden sowohl desinteressiert zu Papier gebrachte Blumensträuße als auch Selbstporträts mit Emo-Vibe gehangen hatten. Die Angespanntheit, wenn sie überlegte, mit wem sie beim Mittagessen zusammensitzen könnte. Das war normalerweise Jeannie McClure gewesen, die es nicht gestört hatte, wenn sie die ganze Zeit über Struan geredet hatte.

Nalitha saß oft bei ihren männlichen Mitschülern, die sich zu ihr hingezogen fühlten, weil sie so schön war. Und wenn in der Ferienzeit Morag in der Gegend war, quatschten die Jungen mit ihr auch gern, weil sie oft über Motoren redete. (Es hätte Morag wirklich überrascht, wenn sie gewusst hätte, dass sie in Gerties Augen zu den beliebten Kids gehört hatte. Für sie und Nalitha war die beliebteste unter ihren Altersgenossen Amelia Mackie gewesen, eine lebhafte Blondine, die alle Kerle umschwärmt hatten.)

Gertie wusste nur zu gut, wie es sich anfühlte, als Letzte ausgesucht zu werden, wenn im Sportunterricht in der Weihnachtszeit schottische Tänze eingeübt wurden. Normalerweise landete sie deshalb bei Banjo Alexander, der sich vor aller Augen Popel aus der Nase holte und sie aufaß. Schlimmer noch war es, wenn am Ende Jeannie McClure und sie übrig blieben und sich nicht darauf einigen konnten, wer führen sollte.

Sie erinnerte sich in allen Einzelheiten an die Verrückten und die Faulen aus dem Lehrerkollegium und an Lehrpersonen, die so lieb und freundlich gewesen waren, dass es sie im Nachhinein verwunderte. Bis heute hatte sie den Geruch der Dusche in der Mädchenumkleide in der Nase. Alle hassten es, sich dort auszuziehen, abgesehen von den Mitschülerinnen, die schon früh Brüste bekommen hatten und damit gern angaben. Gertie dachte zurück an die knappen Röcke, unter denen man damals Hotpants getragen hatte. Trotzdem hatten die Jungen immer versucht, darunterzuschielen. Von ihren Mitschülern hatten die meisten ihr Mittagessen von zu Hause mitgebracht, weil das Zeug in der Mensa, oft billige Bohnengerichte, widerlich gewesen war. Nur Jeannie, sie und ein paar andere hatten sich Tag für Tag in die Schlange eingereiht, weil ihnen als Unterstützungsberechtigten kostenlose Schulmahlzeiten zustanden, was dadurch auch jeder wusste.

Gertie erinnerte sich auch noch gut daran, wie sie so getan hatte, als würde sie auf keinen Fall zum Abschlussball der sechsten Klasse gehen wollen. Doch ihre Mutter hatte sie dazu gezwungen, indem sie damit gedroht hatte, sich sonst als Gertie zu verkleiden und an ihrer Stelle hinzugehen. Weil sie gehofft hatte, dass es vielleicht helfen würde, hatte sie ihr heimlich Irn-Bru und eine Flasche Wodka zugesteckt. Allerdings hatte Jeannie das Zeug getrunken und es dann unten auf dem Spielplatz mit Banjo Alexander getrieben. Über diese grauenhaften Ereignisse hatten sie danach nie wieder ein Wort verloren, weil sie sich dadurch geradezu beschmutzt gefühlt hatten.

Aber Gertie wusste all das noch ganz genau.

Und jetzt saßen da diese beiden coolen, erfolgreichen Frauen, sprachen über sie und hatten sie sogar auf Facebook gesucht, um sich über sie lustig zu machen. (Davon ging Gertie natürlich aus. Wozu denn sonst?)

Vielleicht lag es daran, dass Gertie einen schwierigen Vormittag hinter sich hatte, auf jeden Fall erfüllte die Angelegenheit sie mit einer eigenartigen Wut. Ihr Leben war völlig in Ordnung, vielen Dank auch, und sie war eben kein kleines Mädchen mehr, deshalb brauchte sie sich diesen Mist wirklich nicht gefallen zu lassen. »Kann ich euch vielleicht helfen?«

Einen Moment schauten die beiden Frauen mit schuldbewusster Miene zu Gertie hoch, bevor sich Nalitha schnell wieder fing.

»Ah«, sagte sie. »Wir wollten mal gucken, was du so treibst.«

»Was? Warum?«, fragte Gertie.

»Na, weil du im Supermarkt so toll eingegriffen und mich beschützt hast!«

»Vor John Paul?«, fragte Gertie. »So würde ich das nun nicht ausdrücken.«

»Hm«, mischte sich jetzt auch Morag ein, »setz dich doch zu uns und trink einen Kaffee mit uns.«

Die junge Kellnerin, Bee, kam herbei und beäugte Gertie. »Deine Mutter hat eben nach dir gesucht. Ich hab ihr gesagt, dass du vielleicht später noch vorbeischaust.«

Bee war davon ausgegangen, dass sich Gertie zu den beiden Frauen mit an den Tisch setzen würde. Und in der Tat musste Gertie plötzlich feststellen, dass sie auf dem Stuhl Platz genommen hatte, den Morag ihr hingeschoben hatte. Dabei wusste sie gar nicht so genau, warum eigentlich.

»Das Übliche?«, fragte Bee fröhlich.

Zu ihrer eigenen Überraschung schüttelte Gertie den Kopf. Normalweise bestellte sie Pommes mit Spiegelei, aber vor den beiden wollte sie nicht als gewöhnlich rüberkommen. »Äh, ich nehme den Schinkensalat«, sagte sie hastig.

Bee blickte zwar verwirrt drein, zuckte aber nur mit den Achseln und verschwand wieder.

Morag schaute zu Nalitha hinüber, die kaum merklich nickte. Na ja, versuchen konnte man es ja mal.

»Wir haben dich deshalb auf Facebook gesucht«, sagte Nalitha jetzt unerschrocken, »weil wir dir … eine Arbeit anbieten wollen.«

Das war nun wirklich das Letzte, womit Gertie gerechnet hatte. Sie war davon ausgegangen, dass die beiden scheinheilig so tun würden, als würden sie sich total freuen, sie zu sehen, und dass sie nach Lehrern oder irgendwelchen Mitschülern fragen würden, nur weil sie sich zufällig über den Weg gelaufen waren.

Wegen ihrer Arbeit im Supermarkt sah sie ja tatsächlich die meisten Leute regelmäßig und wusste, was sie so machten. Während sie selbst von Natur aus nicht neugierig war, war ihre Mutter es umso mehr, und Jean bekam im Friseursalon jede Menge Klatsch und Tratsch mit. Den gab sie brühwarm an die Strickdamen weiter, deshalb war auch Gertie immer im Bilde darüber, was in Carso so lief.

Sie runzelte die Stirn. »Was wollt ihr damit sagen?«

»Also, Nalitha ist ja schwanger, und ich brauche jemanden, der uns auf dem Flugplatz zur Hand gehen kann«, erklärte Morag.

»Und da hast du an mich gedacht?«, fragte Gertie. In ihrem Inneren machte etwas einen Satz. Hatten die beiden sich aus der Schulzeit an sie erinnert? Vielleicht hatten sie ja gedacht: *Weißt du, wer einfach total kompetent ist? Gertrude Mooney! Lass uns doch mal gucken, wo die arbeitet, dort vorbeischauen und sie fragen. Schließlich hoffen wir schon seit Jahren darauf, mal mit ihr zusammenzuarbeiten ...*

Diese kleine Fantasie zerplatzte schnell, als die beiden Frauen Blicke tauschten.

»Äh, ja!«, antwortete Nalitha den Bruchteil einer Sekunde zu spät.

»Oh, okay«, sagte Gertie und lief rot an. »Alles klar, danke, aber ich hab ja schon Arbeit und trage im Supermarkt viel Verantwortung.«

Die beiden Frauen nickten.

»Es wäre nur für ein paar Monate«, sagte Morag. »Deshalb hab ich mich gefragt ... ob sie dich im Supermarkt vielleicht freistellen könnten.«

Obwohl Gertie angesichts dieser Idee auflachte, wäre es tatsächlich gar kein Problem gewesen. Trotz der Umstände, die es machte, wurden geschätzte Mitarbeiter im Supermarkt darin bestärkt, zu studieren oder zu reisen. Man hielt ihnen gern die Möglichkeit offen, danach zurückzukehren. Bei ScotNorth versuchte man nämlich, ein guter Arbeitgeber zu sein. Gleichzeitig hatte diese Politik auch finanzielle Vorteile, weil Angestellte nicht bezahlt zu werden brauchten, wenn sie sich eine Auszeit nahmen, und danach auch nicht um eine Gehaltserhöhung bitten würden.

Gertrude zuckte mit den Achseln. »Um was für eine Stelle geht es denn?«, fragte sie zögerlich.

»Also, du würdest die Passagiere einchecken, Gepäck einladen, Flugpläne überprüfen, die Website aktualisieren ...«, begann Morag.

»Aber müsste ich auf den Flügen mit dabei sein?«, fragte Gertie mit besorgter Miene.

»Na ja, einen richtigen Bordservice gibt es bei uns nicht, weil das Flugzeug so klein ist«, erklärte Morag. »Nalitha kommt meistens mit, um uns zu unterstützen, weil es ihr Spaß macht. Du könntest auch mitfliegen, wenn du willst, aber vorübergehend würden mein Co-Pilot und ich durchaus allein klarkommen.«

Gerties Herz klopfte ein wenig schneller. Die beiden stellten das ja wie eine ganz einfache Sache dar. Da waren vermutlich keine stichprobenartigen Diebstahlkontrollen vorgesehen. Kein streng zu beachtendes Prozedere bei Alkohol und Tabak. Kein angsteinflößender Chef, der immer grummelnd davor warnte, bloß nichts zu verschwenden.

»Du würdest zum Bodenpersonal gehören«, erklärte Morag. »Dafür muss man angelernt werden, aber es gibt nur ein paar einfache Grundregeln: Man darf nicht unter den Tragflächen durchlaufen und sollte kein ausländischer Spion sein. Was den Rest angeht, würde dir Nalitha alles zeigen.«

»Ja, genau!«, bestätigte Nalitha und versuchte, eine ermutigende Miene aufzusetzen.

»Die Uhrzeiten sind vielleicht nicht ideal …«, murmelte Morag.

»Geht es bis spät in die Nacht?«, fragte Gertie, die vor nicht allzu langer Zeit mal bis vier Uhr morgens Inventur gemacht hatte.

»O Gott, nein. Ich meine, du würdest gelegentlich morgens um sechs anfangen müssen, wärst aber normalerweise um zwei fertig, wenn keine zusätzlichen Flüge anstehen.«

Gertie runzelte die Stirn. »Jetzt fange ich auch meistens um sechs an«, erklärte sie. »Aber ich bin erst um fünf fertig.«

Während sie sich die Sache durch den Kopf gehen ließ, machte sich einen Moment unbehagliche Stille breit.

Die Kellnerin kam und stellte zwei Tassen Kaffee auf den Tisch, eine davon koffeinfrei, einen Teller mit zwei Käsescones und einen mit, wie sie laut verkündete, »Schinkensalat«. Es handelte sich um eine Mischung aus welken Salatblättern, Tomaten, auf deren Schnittstellen sich Feuchtigkeit gesammelt hatte, einer Scheibe schlaffem Schinken und einem fetten Klecks Salatmayonnaise.

Ganz offensichtlich hatte in diesem Café niemand Lust darauf, für jemanden einen Salat zuzubereiten. Wenn man sich schon dafür entschied, es sich in einem hübschen kleinen Lokal bequem zu machen, mit Leuten, die man – im Normalfall – gernhatte, und sich etwas Leckeres zu gönnen, dann doch bitte ganz oder gar nicht!

Im Gegensatz zum Salat sahen die Käsescones toll aus, waren riesig und duftend. Die deutlich erkennbaren Streifen von Orkney-Cheddar darin verhießen, dass sie auch köstlich schmecken würden.

Plötzlich bedauerte Gertie so einiges, inklusive ihrer Bestellung.

»Ach, da bist du ja!«, ertönte jetzt die Stimme von Jean, die sich mit eiligen Schritten näherte. Sie trug eine ihrer eigenen Kreationen, einen flauschigen schwarzen Mohairpullover mit einem sich wiederholenden Kreuzmuster in Gold. Diese Woche waren ihre Haare rot. Gertie liebte ihre Mum heiß und innig, aber sie hatte eine ganz spezielle Auffassung von »das Beste aus sich machen«, aufgrund der sie lange falsche Wimpern im Spinnenbeinstil trug und sich mit einem Konturenstift die Lippen künstlich vergrößerte, wie es zuletzt 1994 in Mode gewesen war.

Normalerweise störte Gertie das nicht. Aber Morag sah so nett und adrett aus, und Nalitha war mit ihrem verlängerten Lidstrich supertrendy, sodass ihre Mutter daneben … na ja, ganz schön alt wirkte.

Jean setzte sich zu ihnen und strahlte vor Begeisterung darüber, Gertie zusammen mit zwei Freundinnen anzutreffen. Sie erkannte Morag auch gleich.

»Ach, heute keine Pommes mit Spiegelei?«, fragte sie ihre Tochter. »Das ist ja ganz was Neues.«

Gertie zuckte mit den Achseln. »Ich dachte, ich probiere mal was anderes«, flüsterte sie und errötete.

»Lecker sieht das aber nicht gerade aus«, bemerkte Jean, was absolut stimmte.

Gertie schob das jämmerliche Salatblatt mit der Gabel hin und her.

»Hallo, Morag!«, sagte Jean. »Wie geht es denn deinem Großvater? Ist er immer noch Single?«

Morag lächelte. »Hallo! Ihm geht's gut, aber ich fürchte, den hat Peigi für sich reserviert.«

»Diese Frau«, sagte Jean mit missbilligendem Schnalzen. »Die schlägt ihre Krallen in alles, was gut und anständig ist.«

Morag sah das zwar genauso, fand es allerdings etwas befremdlich, Familienangelegenheiten mit dieser völlig Fremden zu besprechen, weshalb ihre Miene ein wenig angespannt war.

Nun stellte sich Jean Nalitha vor, die höflich lächelte.

»Und, bringt ihr euch ein bisschen auf den neusten Stand?«, fragte Jean, während sie Bee zunickte, damit sie ihr einen Teller mit Pommes und Spiegelei brachte.

»Ehrlich gesagt«, verriet Nalitha, »haben wir Gertie eine Arbeit angeboten.«

Jean konnte es nicht fassen. Am Anfang hatte sie sich einfach nur darüber gefreut, dass Gertie mit anderen zusammen zu Mittag aß. Normalerweise hockte sie immer allein in einer Ecke. Aber eine Arbeit bei der Fluggesellschaft! Das war ja noch besser! Ja, Jean war stolz auf ihre sanfte Tochter. Aber wie oft kam bei einer Freundin ein neuer Enkel zur Welt, oder das Kind ging weg, um zu studieren oder nach Australien zu ziehen oder auch nur nach Inverness. Und dann verspürte Jean jedes Mal Bedauern, weil Gertie nicht vorzuhaben schien, je irgendwo hinzugehen.

»Ach, das ist ja toll!«, sagte Jean. »Wegen des Babys?«

Nalitha nickte.

»Da es nur vorübergehend ist, bringt es aber auch nichts, wenn ich meine bisherige Arbeit dafür aufgebe«, meldete sich jetzt Gertie zu Wort.

Jean schnaubte. »Den Job im Supermarkt? So einen kannst du doch problemlos wieder finden. Sie ist völlig überqualifiziert, das sage ich ihr immer wieder.«

Das war Gertie wirklich. Allerdings gab es da noch ein anderes Problem: dass sich Jean nämlich ein Leben ohne ihre Tochter nicht ernsthaft vorstellen konnte. Als sie Morag und Nalitha betrachtete, zwei glückliche, selbstbewusste Frauen, und dann Gertie, die kläglich ihren üblen Schinkensalat anstarrte, bekam sie ein unbehagliches Gefühl. Sie wusste selbst, dass sie es ein bisschen zu sehr genoss, ihr Leben mit ihrer erwachsenen Tochter zu teilen.

Es gefiel ihr, dass sie eine verschworene kleine Bande waren. Gleichzeitig flüsterte ihr Gewissen ihr aber auch ein, dass es in Gerties Leben vielleicht mehr geben sollte als Stricken und *Britain's Got Talent* und eine Pizza am Freitagabend.

»Mensch, mach das doch! Das wird super!«

»Okay, perfekt«, sagte Nalitha, die langsam wirklich ein Schläfchen brauchte und die Sache deshalb beschleunigen wollte.

»Moment mal«, sagte Morag, die mit aufmerksamem Blick beobachtet hatte, wie sich die Situation entwickelte. »Ich denke, das muss Gertie wohl selbst entscheiden, oder?«

Dankbar schaute Gertie sie an. Es passierte in Gesprächen öfter mal, dass ihre Mutter ihr zuvorkam und sie selbst dann einfach den Mund hielt, weil es zwecklos war, wenn sie ihre Sicht einbrachte.

»Na ja, es gibt da aber ein kleines Problem …«, begann sie nervös.

Jean blickte sie an und wusste sofort, worum es ging. »Ach, das ist doch nicht so wichtig«, sagte sie schnell und versuchte, es als Witz hinzustellen. »Das brauchen die beiden ja nicht zu wissen.«

»… ich bin nämlich noch nie geflogen«, fuhr Gertie mit knallroten Wangen fort.

Kapitel 8

ey, die Idee war doch gut«, sagte Morag wieder, während Nalitha ihr mit unangenehm angeschwollenen Fußgelenken zum Auto zurück folgte.

»Ich hab wirklich gedacht ... Ich dachte, wir hätten das Problem gelöst«, seufzte Nalitha. »Ich meine, du musst ja nur weiter durch die Gegend fliegen. Aber ich bin diejenige, die bei der Rückkehr absolutes Chaos erwartet. Im Computer wird Tohuwabohu herrschen, und irgendwer wird auf der Linie einen Drogenschmuggelring aufgezogen haben, was dir aber gar nicht aufgefallen sein wird, weil du im Cockpit so viel Spaß hattest.«

Morag flog wirklich unglaublich gern, das stimmte. Die Idee, dass man einfach abheben konnte, hatte sie von Kindheit an fasziniert. Da hatte man festen Boden unter den Füßen, wie alle anderen auch, krabbelte langsam und schwerfällig auf der Erdoberfläche herum. Und dann brauchte man nur ein wenig Anlauf zu nehmen und konnte all das hinter sich lassen, die Fesseln der Schwerkraft abschütteln und sich auf den Weg ins Licht, zur Sonne machen. Und mochte es dort oben noch so kalt sein – wenn der Himmel ganz ihr gehörte, war das für Morag die wunderbarste Erfahrung der Welt, derer sie nie überdrüssig wurde. Selbst in der Zeit, als sie für eine große Fluglinie Langstrecke geflogen war, hatte ihr der Start am besten gefallen: das

Aufheulen der Triebwerke, der graue Beton, der unter den Rädern raste, die glanzlosen, tristen Silhouetten des Haupt- und der Nebengebäude des Flughafens … Und dann erhob sich die große Maschine mit einem Mal, stieg in die Lüfte auf und war frei wie ein Vogel, während die Welt mit all ihren Problemen zurückblieb. Morag liebte an diesem Moment auch die Gewissheit, dass sie nun ein paar Stunden lang an nichts anderes mehr denken würde als an Wolkenformationen und Witterungsverlauf, während sie den Vogel auf Kurs hielt. Unten am Boden schien das Leben so stressig. Aber einmal in der Luft, blickte man auf das Netz aus funkelnden Lichtern hinunter und erkannte, dass die Menschen und ihre Städte nur relativ wenig Platz einnahmen, wenn man die bewohnten Bereiche mit den riesigen Flächen aus glänzendem Wasser oder einer roséfarben leuchtenden Wüste verglich, mit dichten Wäldern und Dschungeln.

Was konnte schöner sein, als den Planeten in all seiner Pracht in der Tiefe vorbeiziehen zu sehen? Und das hatte Gertie noch nie erlebt?

Manchmal fragten Menschen Morag, ob ihre Arbeit nicht langweilig sei, weil sie selbst Fliegen langweilig fanden. Mal abgesehen davon, dass das generell eine äußerst unhöfliche Frage war, konnte Morag sie gar nicht nachvollziehen. War ein aus dreitausend Metern Höhe beobachteter Sonnenuntergang etwa langweilig? Ein Sinkflug über Klippen voll mit flatternden Seevögeln oder zum Beispiel die Landung auf dem Strand von Inchborn, wo sie den richtigen Moment der Gezeiten abwarten musste? Das sollte langweilig sein? Oder über eine Stadt hinwegzuschweben und nach unten zu schauen, wo Menschen am Boden klebten und den ganzen Tag auf Excel-Tabellen starrten? Solche

Tabellen fand Morag langweilig, aber nicht, auf dem Wind dahinzugleiten, o nein! Daran war doch wirklich nichts langweilig.

»Vielleicht probiere ich es noch mal beim Arbeitsamt«, überlegte sie.

»Die schicken uns doch nur Leute, die Instagram-Influencer werden wollen«, sagte Nalitha. »Erinnerst du dich noch an die junge Frau, die gefragt hat, ob sie dann für Fotos im Bikini auf dem Flugzeug posieren darf? Mittlerweile frage ich mich, ob wir das nicht einfach hätten machen sollen.«

»So verzweifelt sind wir ja wohl nicht«, entgegnete Morag.

Nalitha verzog das Gesicht, weil das Baby sie getreten hatte.

»Puh, oder inzwischen vielleicht doch«, räumte Morag ein. »Ich hab wirklich gedacht, dass Gertie es zumindest in Erwägung zieht.«

»Sie hat ja noch nie selbst für einen Flug eingecheckt«, gab Nalitha zu bedenken. »Was, wenn sie auf die Idee kommt, Bustickets an alle zu verteilen und da Löcher reinzustanzen?«

»Vielleicht wäre das gar keine schlechte Idee«, sagte Morag, die daran denken musste, dass das WLAN im Flughafengebäude nicht besonders gut war und der Scanner für die QR-Codes oft nicht funktionierte. »Aber so was kann man doch lernen. Sie ist wirklich nett, Nalitha.«

»Das ist sie«, bestätigte Nalitha. »Aber reicht das?«

Nalitha brachte Morag noch das kurze Stück nach Hause. Als sie das große, ein wenig schäbige Haus am Meer erreichten, um das der Wind ordentlich fegte, stand Peigi mit vor der Brust verschränkten Armen und wütend gerunzelter Stirn in der Haustür, weil Morag natürlich mal wieder zu spät zum Abendessen kam. Dabei war doch die Mittagszeit gerade erst vorbei.

»Also, die Wohnung solltest du dir zumindest mal angucken«, sagte Nalitha zum Abschied noch.

»Hey, vielleicht mach ich das wirklich«, sagte Morag.

Gertie starrte die frittierten Teigtaschen an, die ihre Mutter für sie zum Abendessen gemacht hatte. Die waren ihr Leibgericht gewesen, als sie zehn gewesen war. Zehn! Trotzdem bereitete ihre Mutter sie weiterhin zu, wenn sie fand, dass Gertie einen besonderen Leckerbissen verdient hatte oder ein bisschen Aufmunterung brauchte. Es war eine alberne Tradition, die ihr normalerweise ein Lächeln aufs Gesicht zauberte. Heute machte es sie eher wütend.

Warum war sie eigentlich noch nie geflogen? Na ja, zunächst einmal hatte ihre Familie für Flugreisen nicht genug Geld. Stattdessen machten sie deshalb jedes Jahr auf einem Campingplatz in Kinghorn Urlaub, gingen zur Kirmes in Burntisland und liefen am langen Strand entlang, wo sie ein bisschen im Wasser herumplanschten, wenn es dafür warm genug war. Wenn es das nicht war, dann auch. Abends aßen sie *Fish and Chips*, und wenn es – wie so oft – regnete, gingen sie in die Spielhalle. So hatten sie es immer schon gemacht, das war ihr Urlaub, und der war wirklich schön.

Aber mit einem Mal fand Gertie es erschütternd, dass sie nie auf die Idee gekommen waren, mal etwas Neues auszuprobieren. Ja, sie hätten wirklich mal eine Flugreise machen sollen. Aber Jean hatte nie Lust dazu gehabt, und Elspeth erst recht nicht, denn Carso war für sie der Himmel auf

Erden. Als sie mal Glasgow besucht hatte, hatte es ihr dort gar nicht gefallen.

Und dann war die Pandemie gekommen. Danach wäre Gertie gern gereist, aber sie hatte eigentlich niemanden, mit dem sie hätte fahren können, keine Freunde, die ihr nahe genug gestanden hätten, um mit ihr Urlaub zu machen. Viele ihrer Altersgenossen waren weggezogen oder hatten mittlerweile eine eigene Familie, mit der sie wegfuhren. So sah es leider aus.

Gertie starrte den Fernseher an, auf dem *A Place in the Sun* lief. In dieser Folge ging es um irgendeinen tollen Ort in Frankreich, an dem Leute in der Sonne saßen, Baguette aßen und Wein tranken. Ihr Blick wanderte zum Fenster mit Einfachverglasung, gegen dessen Scheibe Regen prasselte.

»Also hab ich zu ihr gesagt, dass sie das auf jeden Fall machen soll«, hörte sie ihre Mutter in der Küche erzählen. Eigentlich war das ganz schön dreist von ihrer Mum, weil die schon mal im Ausland gewesen war und danach nur darüber geklagt hatte, dass es dort viel zu warm war und sie gar keine Verwendung für ihre hübschen Strickjacken gehabt hatte. Ins Flugzeug durfte man auch keine Stricknadeln mitnehmen, daher hatte die ganze Sache sie nicht überzeugt.

Gertie ging in die Küche hinüber.

»Fliegen die MacIntyres denn rüber zum Kontinent?«, fragte Elspeth, als wäre »der Kontinent« eine Furcht einflößende unerforschte Region.

»Nein, nur zu den Inseln und so«, stellte Gertie hastig klar. »Sie verlassen Großbritannien gar nicht.«

»Na ja, hier zu Hause hast du es jedenfalls am besten«, befand Elspeth, die Tee aus ihrer Lieblingstasse trank.

In dieser Familie hatte jede ihre Lieblingstasse. Plötzlich ertappte sich Gertie bei dem Gedanken, dass es im Leben vielleicht mehr als Lieblingstassen gab.

Jean runzelte die Stirn.

»Was denn?«, fragte Gertie.

»Ach, nichts«, sagte Jean.

In diesem Moment begann Gerties Handy zu piepen, weil lauter Nachrichten eingingen, in denen ihr gratuliert wurde.

»Was? Was soll das denn?«

Wer ihr da schrieb, waren die anderen Strickdamen.

Jean hatte zumindest den Anstand, ein wenig zu erröten. »Na ja, ich hab eventuell den Leuten erzählt, dass man dir eine Arbeit bei einer großen internationalen Fluggesellschaft angeboten hat.«

Mit offenem Mund starrte Gertie sie an.

»Die fliegen doch nicht einmal rüber zum Kontinent«, wandte Elspeth mit verwirrtem Blick ein.

»Die Fluglinie gehört ja diesem Norweger, der so nett aussieht«, erwiderte Jean, als hätte das irgendetwas damit zu tun.

»MUM!«, fauchte Gertie wütend. »MUM, was hast du nur gemacht? Das geht schon in der ganzen Stadt herum! Bald werden die von der Fluggesellschaft das auch mitkriegen. Dabei haben sie mir die Stelle am Ende gar nicht angeboten!«

»Das stimmt überhaupt nicht«, protestierte Jean. »Aber du hast dich einfach davongemacht, weil du so überrumpelt warst. Ich bin mir sicher, dass du noch einmal mit ihnen darüber reden kannst. Außerdem«, log sie, »bin ich überzeugt davon, dass ihnen das gar nicht zu Ohren kommen wird.«

Gertie dachte daran zurück, wie Morag und Nalitha sich damals über die Handschuhe lustig gemacht hatten.

»Das glaubst du doch selbst nicht!«, knurrte sie und wollte eigentlich genervt davonstürmen. Aber das Haus war ja so klein, dass sie nirgendwohin konnte.

Kapitel 9

Struan hatte in der Wohnung sauber gemacht, so gut er konnte, und dann war Saskia gekommen und hatte noch einmal nach ihren Standards geputzt, sodass alles blitzblank war. Das war wirklich eine tolle Eigenschaft, dachte Struan, einfach bewundernswert: Wenn seine Freundin einen Plan hatte, dann zog sie den auch durch.

Die Wohnung war schlicht, hell und luftig, mit Fenstern, durch die man über die Hauptstraße hinweg aufs Meer schaute. Durch ein Fenster konnte man in einer Ecke noch einen Blick auf den Flugplatz erhaschen.

Struan hatte sich angemessen zerknirscht darüber gezeigt, dass er neulich abends so spät zurückgekommen war. Dann war er damit herausgerückt, dass er sich jetzt vielleicht endlich bereit dazu fühlte, mit ihr in die neue Wohnung zu ziehen, die sie für sie beide ausgesucht hatte. Saskia war begeistert gewesen. Bis zum Ende des Schuljahrs würde Struans Arbeitsweg zwar ziemlich lang sein, aber sie schien davon überzeugt zu sein, dass das Vorspielen ein Erfolg sein würde, und … na ja, vielleicht war es einfach an der Zeit.

Er schaute sich um. Die Wohnung, die Saskia für sie gefunden hatte, befand sich in einem neuen, ganz modernen Gebäude mit Swimmingpool. Sie war so schick, dass Struan nicht recht wusste, was er damit anfangen sollte. Klar war nur, dass die Wände dort dünn waren, daher war er noch nicht sicher, wie er eigentlich Gitarre üben sollte. Hier hingegen konnte er mit offenem Fenster mit Blick aufs Meer spielen, und es störte niemanden.

Er hatte für seinen Anrufbeantworter die Nachricht aufgenommen, dass die Wohnung am Sonntagmorgen besichtigt werden konnte, statt einzelne Termine auszumachen, also war alles möglich: dass zig Leute kommen würden oder niemand. Als sein Großvater einst seinem einzigen Enkel diese Wohnung am nördlichen Ende der Welt hinterlassen hatte, war sie kaum etwas wert gewesen. In der Zwischenzeit hatten sich allerdings so einige Menschen überlegt, dass sie gern genau hier leben oder Urlaub machen wollten, und Struan hatte begonnen, sich wirklich glücklich zu schätzen. Das alles würde ihm fehlen.

Vielleicht würde ja auch niemand kommen, dachte er zuversichtlich. Dann fiel ihm wieder ein, dass Saskia ihn von Anfang an gedrängt hatte, die Wohnung online zu inserieren, und ihm wurde das Herz ganz schwer. Er hatte es besser gefunden, einen Zettel in einem Geschäft im Ort aufzuhängen, weil er gern Leute aus der Gegend wollte statt Mieter, die von wer weiß woher kamen. Aber vielleicht hatte Saskia ja recht. Das hatte sie schließlich meistens.

Gertie war immer noch stinksauer auf ihre Mutter. Um das auch deutlich zum Ausdruck zu bringen, hatte sie im Supermarkt die Frühschicht übernommen, obwohl man sich dabei die Hände schmutzig machte, wenn man die Zeitungen einräumte und die Lieferung des Milchmanns entgegennahm.

Als sie aufmachten, wartete draußen wie jeden Tag schon Mr Scobie, um das Übliche einzukaufen: eine Dose Suppe, einen halben Laib Weißbrot, eine billige Packung Tabak zum Selberrollen und eine Dose des teuersten Hundefutters für seine dämliche riesige Hündin, Carnation. Die wurde draußen angebunden und bellte durchgehend, bis ihr Herrchen endlich wieder aus dem Laden kam, obwohl sie doch ·jeden Tag um diese Zeit herkamen und immer das Gleiche machten. Carnation schien zu glauben, dass ihr Herrchen nur zurückkehrte, wenn sie das durch Bellen herbeiführte. Neue Kunden waren von dem Radau ganz schön überrascht, während es die alteingesessenen nicht weiter störte.

Wenn die KitKats im Angebot waren, ließ sich Mr Scobie gelegentlich dazu hinreißen, etwas von seiner winzigen Rente dafür auszugeben, deshalb legte Gertie an solchen Tagen vorsichtshalber eins für ihn zurück. Weniger sparsam zeigte er sich, wenn er direkt nach der Überweisung der Rente das teuerste Freilandhähnchen kaufte, das sie dahatten. Gertie wusste genau, dass es nicht für ihn war.

Nach Mr Scobie kam als Nächstes jemand zur Tür herein, den Gertie noch nie zuvor gesehen hatte, was ungewöhnlich war. Sie runzelte die Stirn. Der Kunde war groß, hatte dunkelblondes Haar, strahlend blaue Augen und trug eine teure Allwetterjacke. Alles in allem war er die attraktivste Person, die in den ScotNorth kam, seit in der Nähe mal Szenen für *Outlander* gedreht worden waren und die Produktionsassistenten hier regelmäßig Pasteten geholt hatten. Das waren ein paar aufregende Tage gewesen, und alle hatten ihren Mitarbeiterrabatt genutzt, um sich mit Haarmasken und Wimperntusche auszustatten.

Der Mann fixierte sie mit seinen eisblauen Augen und sagte: »*Wow, welch Glanz in dieser Hütte! Ich kann nicht fassen, dass eine Schönheit wie Sie hier im Supermarkt arbeitet. Und dann tragen Sie auch noch diesen wunderschönen Schal in zarten Nebelfarben!*«

»Danke«, hauchte Gertie.

In den blauen Augen zeigte sich ein verwirrter Ausdruck. »Wie bitte?«

Gertie schüttelte sich innerlich. Es war einfach noch furchtbar früh. »Ah, nein, sorry, ich hab Sie nicht richtig verstanden ...«

»Ich wollte wissen, ob Sie kalt gepresste grüne Säfte anbieten.«

Beinahe hätte Gertie es wieder nicht mitgekriegt, weil sie sich in seinen Augen verlor, doch gerade noch rechtzeitig riss sie sich zusammen. Nein, so etwas gab es in einem Scot-North in den Highlands leider nicht.

»Ich hätte ... Tizer da«, antwortete Gertie.

»Ist das das Gleiche?«

»Na ja, eine der Geschmacksrichtungen ist ›Blau‹«, sagte sie leise.

Er schaute sie an. »Blau, hm?« Er hatte einen ungewöhnlichen Akzent, der amerikanisch klang, bei dem aber noch etwas anderes mitschwang.

»Ich glaube, das soll wohl Himbeergeschmack sein.«

»Blaue Lebensmittel vermeide ich eigentlich.« Er runzelte die Stirn. »Außer Blaubeeren. Hätten Sie die da?«

Gertie schüttelte den Kopf. »Aber ich hab Frühlingszwiebeln«, antwortete sie und deutete auf die Lieferung von einem Hof, die gerade frisch reingekommen war. »Vielleicht könnte ich die für Sie zerquetschen, indem ich darauf herumhüpfe.«

In den Augen des Mannes war ein kurzes Funkeln zu sehen. »Das klingt zwar *super*«, sagte er. »Aber ich denke ... ich nehm doch lieber einen koffeinfreien Kaffee.«

»Zu so früher Stunde?«, entgegnete Gertie, die gern so lange wie möglich weiter mit ihm reden wollte. »Sind Sie *sicher*, dass Sie keinen normalen wollen?«

Er schüttelte den Kopf. »Meine Ernährungstherapeutin bekäme einen Anfall.«

»Die bemüht sich mal besser um eine beruhigende Ernährung«, bemerkte Gertie, was mit einem Lachen belohnt wurde.

»Nur der Koffeinfreie, danke sehr«, bekräftigte der Mann noch einmal. »Damit ziehe ich dann los und genieße diesen wunderschönen Morgen.«

Womöglich würde er gleich noch hinzufügen: »Wann machen Sie denn Pause? Sie könnten sich ja einen Becher normalen Kaffee gönnen und dazugesellen …«

Oder vielleicht könnte sie aus Versehen mit dem Kaffee kleckern, und dann würde er … na ja, bloß seine wunderbar zweckmäßige Allwetterjacke ausziehen müssen. Mal abgesehen davon wurde auch dringend davon abgeraten, heiße Getränke über Kunden zu schütten. Davor warnte das Handbuch ausdrücklich.

Also machte Gertie einfach nur den Kaffee fertig, während der Fremde hier und da einen Snack in die Hand nahm, die Zutatenliste las, betrübt den Kopf schüttelte und ihn wieder weglegte.

Der achtet aber sorgfältig darauf, was er isst, dachte Gertie. Gut, gut. »Wohl bekomm's!«, sagte sie, als er seine Karte vor das Lesegerät hielt.

Gertie erhaschte einen Blick darauf und konnte vor dem goldenen Hintergrund den Namen lesen: Callum Frost.

Vielleicht war es ja Vorsehung, dachte sie, als das Bimmeln der Automatiktür seinen Abgang begleitete. Vielleicht sollte es einfach so sein. Die Strickdamen sagten oft: »Was dir vorherbestimmt ist, wird nicht an dir vorbeigehen.« Was das anging, war sich Gertie aber nicht so sicher. Im Leben war nämlich schon so einiges an ihr vorübergezogen, und an den Strickdamen auch.

Gertie ging zum Schaufenster hinüber und schaute Callum Frost hinterher. Diesem Typen gehörte also die ganze Fluggesellschaft? Wow. Der war ja … Wow.

Als sie sich umdrehte, blieb Gerties Blick wieder an dem Zettel mit der Wohnungsanzeige hängen. Sie musste daran denken, wie wütend sie auf ihre Mutter gewesen war, weil sie überall herumerzählt hatte, dass Gertie eine neue Stelle hatte. Wenn diese Stelle allerdings Callum Frost mit sich brachte … Eine andere Arbeit, ein ganz neuer Start …

Plötzlich begann Gerties Herz, schneller zu schlagen. Wenn sie etwas eigenes hätte … *Vielleicht würde irgendwann furchtbar viel Schnee fallen. Wenn es im Hotel in Carso keine freien Zimmer mehr gäbe, Callum Frost dringend irgendwo nächtigen müsste und sonst nirgendwohin könnte, dann könnte sie sagen: »Kommen Sie doch mit in meine schöne kleine Wohnung …«*

Okay, eine schöne kleine Wohnung fand man eher selten über eine unordentliche, per Hand beschriftete Karteikarte in einem örtlichen Minimarkt, aber probieren konnte sie es doch ruhig. Und wenn es klappte, würde es sogar ihrer Mutter mal für fünf Minuten die Sprache verschlagen.

Callum Frost war weiterhin in der Ferne zu sehen. Vermutlich würde er zum Meer hinuntergehen, männlich die Wellen anstarren und sich fragen, warum er trotz all des Geldes dieser Welt eigentlich immer noch so einsam war, nahm Gertie mal an.

Noch bevor er aus ihrem Blickfeld verschwand, wählte Gertie schnell die Telefonnummer aus der Anzeige, um es sich bloß nicht anders zu überlegen.

Kapitel 10

Morag erschien ein bisschen zu früh zu der Wohnungsbesichtigung, weil zu Hause Peigi genervt und sie zum Kirchgang zu bewegen versucht hatte, was sie irgendwann nicht länger hatte ertragen können. Außerdem wollte sie gleich die Fähre nach Inchborn erwischen.

Gertie erschien zu früh, weil im Supermarkt mittlerweile streng geregelt war, wer wann Pause machen durfte, seit sich 2022 mal jemand nach Einbruch der Dunkelheit zum Surfen davongeschlichen hatte.

Die Wohnung lag in einem alten, roten Sandsteingebäude, wie sie hier für die Gegend typisch waren. Im Erdgeschoss befand sich ein kleines Antiquitätengeschäft, das nur gelegentlich mal an unvorhersehbaren Tagen aufhatte. Zum oberen Stockwerk hatte Gertie eigentlich noch nie hinaufgeschaut, weil sie normalerweise den Blick gesenkt hielt, wenn sie verträumt durch die ihr so vertrauten Straßen des Ortes lief.

Struans Wohnung war typisch viktorianisch, mit überraschend großen, hellen Räumen. Es gab ein Wohnzimmer, in dem sich außer einem funktionierenden Kamin und ein paar alten Sofas nicht viel befand, eine kleine Küche, zwei recht geräumige Schlafzimmer mit Blick auf die Nachbargärten, in denen Wäsche an der Leine flatterte, und eine Abstellkammer. Darin bewahrte Struan seine Gitarren auf.

Es handelte sich nicht um eine Luxuswohnung, aber sie war seit einiger Zeit sein Zuhause gewesen. Deshalb war Struan ungewöhnlich nachdenklich, während er den Rat seiner Freundin befolgte und Kaffee kochte, damit ein einladender Geruch in der Luft lag.

In der von Saskia ausgesuchten neuen Wohnung gab es Doppelverglasung und Fußbodenheizung und lauter solche Sachen, aber man blickte durchs Fenster auf jede Menge andere Gebäude, die alle gleich aussahen.

Hier hingegen konnte Struan am Abend sitzen und beim Herumklimpern auf der Gitarre runter zur Straße gucken, wo er manchmal sogar seine Kumpels auf dem Weg zum Pub sah. Wenn sie hochschauten und winkten, konnte er ein Päuschen einlegen und mit ihnen ein Pint trinken gehen, was doch echt cool war.

Er konnte auch Touristen dabei beobachten, wie sie hin und her schlenderten und schottische Karamellbonbons kauften. Ebenfalls hatte er gewisse Angler im Blick, die sich heimlich an ihre Stammplätze zu schleichen versuchten. Struan hatte den Luxus, ein Lehrer zu sein, der nie irgendwelche Arbeiten zu benoten brauchte. Wenn ihm also der Sinn nach ein bisschen Angeln stand, dann brauchte er diesen verstohlenen Zeitgenossen nur bis dahin zu folgen, wo die Fische auf jeden Fall anbeißen würden.

Das Wohnzimmer ging nach Westen raus, sodass er im Sommer, wenn es erst nach elf Uhr abends dunkel wurde, vom Sofa aus den Sonnenuntergang betrachten konnte.

Struan fuhr sich durch das widerspenstige Haar. Ja, diese Wohnung würde ihm wirklich fehlen. Als die Klingel ertönte, schaute er gähnend auf die Uhr und stellte fest, dass es erst Viertel vor zehn war. Am Abend vorher war er mal wieder spät nach Hause gekommen, weil er bei einer Hochzeit gespielt hatte. Aber weil er ja im Gebäude keine Nachbarn hatte, war das kein Problem gewesen, und er hatte sich auch noch etwas zu essen machen und den Fernseher anstellen können. Das würde in der neuen Wohnung wohl nicht gehen, dachte er ein wenig verdrießlich. Da war man auf allen Seiten von Mietern umgeben, und im Flur erinnerten jede Menge unterschwellig aggressive Zettel daran, dass man in der Wohnung die Schuhe ausziehen musste und nach acht Uhr abends nicht mehr die Waschmaschine anstellen durfte.

Ach ja, er machte wohl mal besser die Tür auf.

Gertie war wie üblich mit gesenktem Blick herbeimarschiert, und Morag hatte sie auch nicht bemerkt, bis sie beide gleichzeitig das Haus erreichten.

Morag entfuhr ein überraschtes »Oh!«. Sie war auf dem Weg hierher so wütend auf Peigi gewesen und fand es jetzt total nervig, dass noch jemand ein wenig zu früh auftauchte, der ihr die Wohnung womöglich vor der Nase wegschnappen würde. Dann erkannte sie Gertie. »Ach, hallo!«

Gertie schaute auf und war bei Morags Anblick wie üblich ein wenig eingeschüchtert. »Ah, hallo«, sagte sie. »Äh ...«

Beide betrachteten die Haustür.

»Interessierst du dich für die Wohnung?«, fragte Gertie. »Macht nichts, ich wollte sowieso nur mal gucken.«

»Na, dann komm, sehen wir sie uns erst einmal an«, sagte Morag ermutigend. Sie verstand wirklich nicht, warum sich Gertie immer so verzagt zeigte. Als sie neulich zusammen im Café gegessen hatten, war Gertie auch einfach verschwunden, während Nalitha und sie noch überlegt hatten, ob eine absolute Nichtfliegerin eigentlich für eine Fluggesellschaft arbeiten könnte.

»Du warst doch zuerst da«, sagte Gertie.

Morag hatte gerade klingeln wollen und hielt einen Moment inne. »Ich denke nicht ... dass das so läuft«, wandte sie ein.

Dieser Kommentar führte zu nur noch mehr Verlegenheit bei Gertie, die ja noch nie auf Wohnungssuche gewesen war. Schließlich war sie im Wohnzimmer des Hauses, in dem sie lebte, zur Welt gekommen, wie ihre Mutter oft erzählte. »Das war das letzte Mal, dass sie es bei irgendetwas eilig hatte«, fügte Jean gern hinzu. Es war gar nicht böse gemeint, sie fand es einfach nur lustig.

»Okay«, murmelte Gertie mit brennenden Wangen.

Morag klingelte und trat einen Schritt zurück.

»Hast du schon ... jemanden für den Job gefunden?«, fragte Gertie schüchtern.

Morag blickte sie an. »Noch nicht.«

Einen Moment herrschte unbehagliche Stille. Dann ging die Tür auf, und beiden Frauen klappte die Kinnlade runter.

»Struan?«, rief Morag. »O mein Gott!«

»Mores! Ich hab schon gehört, dass du im Lande bist!«

Sie schlossen einander in die Arme.

»Himmel, du hast dich überhaupt nicht verändert!«, sagte Morag lächelnd. »Und du kleidest dich immer noch wie zu Schulzeiten.«

»Und ich dachte, dass du jetzt eine Schickimickipilotin bist, die sich an alte Weggefährten gar nicht mehr erinnert.«

»Das stimmt doch gar nicht. Ich verbringe superviel Zeit mit Nalitha, die dich schließlich öfter mal anruft. Aber du hast ja nie Zeit, weil du immer irgendeinen Gig spielst.«

»Stimmt«, sagte Struan mit einer Grimasse. »Schuldig im Sinne der Anklage! Aber wieso brauchst du denn eine Wohnung?«

»Das ist eine lange Geschichte«, sagte Morag und zog die Nase kraus. »Bei meinem Großvater wohnt leider auch eine fiese alte Hexe. Okay, so lang war das jetzt doch nicht.«

»Kaffee?«

»Gern! Nimmst du immer noch neun Stück Zucker?«

Erst jetzt fiel Struan wieder ein, dass draußen vor der Tür noch jemand wartete.

Bebend stand Gertie da. Sie hatte ihn so lange nicht mehr gesehen, was verrückt war, wenn man bedachte, dass Carso winzig klein war und Gertie in einem der wenigen Geschäfte dort arbeitete.

Aber Struan aß mittags meistens in der Schulmensa und kaufte oft unterwegs an Tankstellen ein, weil er so viel auf Achse war.

In den ScotNorth ging er jedenfalls nie.

Als sich ihre Blicke trafen, kehrten bei Gertie all die Erinnerungen zurück: wie besessen sie damals von allem gewesen war, was mit ihm zu tun gehabt hatte, wie sie seinen Stundenplan auswendig gelernt und seinen Namen hinten in ihre Hefte geschrieben hatte, um ihn fett zu umranden und mit Sternen und Herzchen zu verzieren. Wie sie Abend um Abend von ihm geträumt und ihn bei Auftritten in der Schule angehimmelt hatte wie einen jungen Elvis Presley.

»Oh, hi«, sagte er unbekümmert. »Ich bin Struan.«

»Struan!«, schalt ihn Morag. »Du erinnerst dich doch wohl noch an Gertie! Die war an eurer Schule zwei Jahrgänge unter Nalitha und dir.«

Struan blinzelte ein paarmal. »Öh, ja, klar.«

»Ist schon in Ordnung.« Gerties Stimme klang schrill, ein wenig hysterisch. »Wir hatten ja keinen Unterricht zusammen.«

»Kannst du dir denn jetzt die Namen all deiner Schüler merken?«, fragte Morag, während sie ihm die enge Treppe entlang nach oben folgten.

»Ja«, antwortete er. »Aber ich glaube, ich werde es aufgeben. Das Unterrichten, meine ich.«

»Nalitha hat mir erzählt, dass es dir Spaß macht.«

»Ja, schon! Aber … meine Freundin findet, ich sollte mich noch mal so richtig auf die Musik konzentrieren … Ich hab bald ein wichtiges Vorspielen für eine Tour und denke, dass die mich wohl nehmen werden, also …«

Beim Wort »Freundin« wurde Gertie das Herz ganz schwer, obwohl sie nun wirklich nicht hätte sagen können, was sie eigentlich erwartet hatte. Sie hatte so lange versucht, Struan komplett aus ihren Gedanken zu vertreiben. Und diese Situation fühlte sich ganz seltsam an, als würde sie sich mit der Gertie von damals im selben Raum befinden. Bei der Erinnerung daran, wie aufgeregt sie damals gewesen wäre, wenn sie *Struan McGhies* Wohnung hätte betreten dürfen, musste sie beinahe lachen.

»Ooh«, machte Morag, als sie das obere Ende der Treppe erreichten. »Das ist aber hübsch.«

Kühle Sonnenstrahlen fielen durch das Fenster des Treppenabsatzes herein und erfüllten auch die Wohnung mit Licht.

»Ich weiß wirklich nicht, warum du so überrascht klingst«, lachte Struan. Dann verstummte er kurz. »Moment mal, ich hab gehört, dass du mit diesem Einsiedlerfreak zusammen bist, der auf Inchborn wohnt. Kein Wunder, dass dich meine Wohnung beeindruckt.«

»Er ist doch kein Einsiedler! Das ist einfach seine Arbeit da.«

»Das mit dem Freak stimmt also.«

»Er ist nicht ... Egal, sag mal, wie sieht es in der Wohnung eigentlich mit Haustieren aus?«

Struan zuckte mit den Achseln. »Um was für Haustiere geht es?«

»Äh, eine Ziege«, sagte Morag ganz leise. »Und von Zeit zu Zeit eventuell ein Huhn.«

»Und ob der ein Freak ist!« Struan ging zur Kaffeekanne hinüber und drücke den Stempel nach unten. »Und ihr beide sucht also zusammen nach einer Wohnung?«

Morag hatte bereits begonnen, sich umzusehen. »Vermietest du denn die ganze Wohnung?«

»Ja. Es gibt zwei Schlafzimmer ... die ich wohl am besten einzeln vermiete, oder? So richtig überlegt habe ich mir das noch gar nicht.«

Nachsichtig verdrehte Morag die Augen. »Ja, die Anzeige war nicht gerade eindeutig. Du hast dich *echt nicht* verändert.«

»Du auch nicht, offenbar kommandierst du gern weiter alle herum.«

»Gar nicht! Und jetzt hör mal auf, mit der Stempelkanne herumzuspielen, sonst verdirbst du noch den Kaffee!«

Struan starrte sie an.

»Ach, komm schon. Meinst du wirklich, Fluggäste wünschen sich fürs Cockpit einen unentschlossenen Waschlappen? Na ja, warum gibst du die Wohnung denn auf?«

»Ich ziehe mit meiner Freundin zusammen nach Inverness.«

Morag verzog das Gesicht. »Da hast du ja einen langen Arbeitsweg.«

»Aber einen schönen.«

»Was passiert denn, wenn das nicht funktioniert und du fünf Minuten später wieder hier einziehen willst?«

»Danke auch für das große Vertrauen, das du da in mich setzt«, lachte Struan.

Seine Mutter hatte genau das Gleiche gesagt.

Gertie schaute sich mittlerweile die Schlafzimmer an, die vor allem im Vergleich zu denen ihres engen Häuschens schön groß waren. Es war ja nicht so, dass ihr Zuhause ihr nicht gefiel, tatsächlich liebte sie es sogar sehr. Aber es war eben so winzig und mit lauter Wolle und altem Geschirr und dem kompletten Strickzirkel der Stadt inklusive Taschen und Stricknadeln und den obligatorischen Proseccoflaschen furchtbar voll.

Aus dem hinteren Raum, der von Morgensonne erfüllt war, schaute man über die grüne Natur jenseits des Ortes hinweg. Da draußen war alles so still und sauber und leer.

Obwohl Morag und Struan nebenan waren und sich auf den neusten Stand brachten, hätte sich Gertie am liebsten lang auf dem Bett ausgestreckt und einfach nur genossen, wie ihr Kopf bei all dem Frieden ganz klar wurde. Seltsam, plötzlich wünschte sie, sie hätte ihr Strickzeug dabei. Stricken half ihr dabei, über Dinge nachzusinnen, erlaubte ihr, sich in Gedanken treiben zu lassen oder sich auf bestimmte Dinge zu konzentrieren. Gertie betrachtete das Bett. Darauf würde eine hübsche Tagesdecke im Patchworkstil toll aussehen – oder vielleicht was ganz Klassisches in ihren heiß geliebten Streifen, weich und gemütlich, wie eine riesige Babydecke …

Könnte sie wirklich einfach hier einziehen? Sie hatte Ersparnisse, da ihre Mutter kein Kostgeld von ihr annehmen wollte. Bisher hatte Gertie einen Auszug nie ernsthaft in Erwägung gezogen. Ginge das ... wirklich?

Sie kehrte ins Wohnzimmer zurück, das durch das Sofa etwas Heimeliges hatte. Dort saßen Morag und Struan an einem kleinen Tisch und tranken Kaffee.

Gertie strahlte. »Die Wohnung ist echt schön!«

Struan lächelte. »Danke! Und du, erzähl mal, hast du irgendwelche richtig üblen Angewohnheiten?«

»Ich stricke viel«, antwortete Gertie.

Struan blinzelte. »Strickst du gern ... Spinnen und Hundehaufen und so ein Zeug?«

Gertie lachte. »Nein.«

»Tja, dann sollte das eigentlich kein Problem sein. Und warum strickst du so viel?«

»Na ja, warum hast du denn zig Gitarren?«, hielt Gertie dagegen und deutete auf die im Raum verteilten Instrumente.

Struan zuckte mit den Achseln. »Tja«, antwortete er. »Ich will nicht immer auf dem gleichen Instrument spielen ... Das hängt von meiner Laune in dem Moment ab. Ich hab immer das Gefühl ...« Seine Stimme wurde nachdenklicher. »... als könnte ich durch Musik ein bisschen Abstand zu mir selbst bekommen ... Klingt das total lahm?«

Gertie schüttelte den Kopf. »Nein. So empfinde ich das beim Stricken auch.«

»Gibt es bei dir auch so was, Morag?«, fragte Struan.

Morag schüttelte den Kopf. »Ihr seid echt seltsam. Ich entspanne mich nie!«

»Ach, komm schon!«, bohrte Struan weiter nach.

Morag ließ sich die Frage durch den Kopf gehen. »Vielleicht geht es mir so ähnlich, wenn ich über Schnee hinwegfliege«, sagte sie schließlich. »Oder wenn ich Gregor mit seinen Vögeln beobachte.«

Mit hochgezogenen Augenbrauen tauschte Struan Blicke mit Gertie, die ein Kichern unterdrückte.

»Na ja, jedem das Seine«, sagte Struan. »Aber wenn ich dir die Wohnung vermiete ... Also, Nalitha sagt ja immer, dass diese Ziege in deinen Freund verliebt ist.«

»Nalitha übertreibt.«

»Er hat also keine Ziege?«

»Doch, aber es ist weniger Liebe, sondern eher ... Lust?«

Struan schürzte die Lippen. »Okay, na ja, dann würde ich vorschlagen, dass wir als Hausregel ›Keine Ziegen‹ festlegen.«

»Mich würde es nicht stören«, wandte Gertie ein.

»Du hast offensichtlich noch nie mit einer Ziege zusammengelebt«, murmelte Morag finster.

Plötzlich schrillte die Klingel.

Die drei gingen zum Fenster und schauten nach unten. Vor der Haustür hatte sich eine lange Schlange von Menschen gebildet, die sich die ganze Straße entlangzog. Manche der Wartenden hatten Kinder oder einen großen Hund dabei, der ein oder andere sogar einen Koffer.

»O mein Gott«, hauchte Morag. »Die Wohnraumkrise ist einfach ... Himmel!«

»Ja«, seufzte Struan und schaute die Frauen an. »Hört mal, könnt nicht einfach ihr zwei die Wohnung nehmen? Ich glaube nicht, dass ich für einen Bewerbungsprozess die Nerven habe.«

Als die beiden Frauen einander anblickten, stieg in Gertie plötzlich Aufregung auf. Also wirklich eine eigene Wohnung?

»Ja, klar«, sagte Morag.

Kapitel 11

Gerties Begeisterung war augenblicklich verflogen, als sie ihrer Mutter alles erzählt hatte und deren Gesicht sah.

»Machst du das, weil ich herumerzählt habe, dass du diese Arbeit bei der Fluggesellschaft angenommen hast?«, fragte Jean.

In ihren mit dicken Wimpern umrandeten Augen standen Tränen.

»Nein«, versicherte Gertie. »Nein, wirklich nicht. Aber es ist einfach an der Zeit, das weißt du doch auch. Eigentlich dachte ich, du würdest dich freuen.«

»Ich weiß, dass ich das oft *behauptet* habe«, erwiderte Jean niedergedrückt. Sie senkte den Blick. Natürlich hatte sie Gertie immer unterstützen wollen. Aber dann hatte Gertie beschlossen, nicht an den Abschlussprüfungen teilzunehmen … und hatte eine gute Arbeit im Supermarkt in derselben Straße wie der Friseursalon gefunden … Alle hatten ihr versichert, dass Kinder heutzutage eben später erwachsen wurden, dann war auch noch die Pandemie über sie hereingebrochen und …

»Außerdem«, sagte Gertie, »ist vielleicht der Moment gekommen, an dem *du* mal wieder ein bisschen ausgehen könntest. Und falls du jemanden kennenlernst, wäre deine erwachsene Tochter doch nur im Weg.«

»Alle Männer sind Schweine! Hast du denn gar nichts von uns gelernt?« Jean biss sich auf die bebende Lippe.

»Oh, Mum«, seufzte Gertie. »Weißt du was, du hast recht. Ich bleibe wohl besser hier und überlasse das Zimmer einem der vielen anderen Bewerber.«

Sie blickte hinüber ins gemütliche, gelb gestrichene Wohnzimmer, in dem das Kaminfeuer knisterte. Elspeth, die dort am Tisch saß, schaute kurz von ihrem Strickzeug auf. Sie hatte am Fernseher die Untertitel eingeschaltet, guckte *EastEnders* und strickte gleichzeitig einen riesigen orangefarbenen Schal mit Lochmuster. Die extradicken Nadeln hatte sie gewählt, um mit der gleichen Brille die Untertitel lesen und die Maschen im Auge behalten zu können.

»Was heckt ihr beiden denn da aus?«, rief Elspeth zu ihnen herüber.

Jean und Gertie sahen einander an.

»Ich rede mit ihr«, versprach Gertie.

Jean nickte. »Sie kommt damit schon klar.«

In diesem Moment erstarrte Elspeth jedoch. »Was … was?«

Beide stürzten zu Elspeth hinüber, der die Nadeln aus der Hand rutschten.

»Mum?«, sagte Jean und beugte sich über sie. »Mum, ist alles in Ordnung?«

»Ich …« Elspeth schaute sich um, als sei sie nicht ganz sicher, wo sie sich hier befand. Ihr Bein begann zu zittern.

Vorsichtig half Gertie ihr auf und brachte sie zum Sofa. Nachdem Elspeth sich hingelegt hatte, deckte Gertie sie mit einer handgestrickten Decke zu, damit sie es auch schön warm hatte.

»Mum?«

»Grandma?«

Der Mund ihrer Großmutter war seltsam verzerrt, und ihre Augen blickten ins Leere.

Gertie griff nach dem Handy und wählte mit zitternden Fingern den Notruf.

Als sie sich ein wenig beruhigt hatte, googelte Gertie, was jetzt zu tun war, und befolgte die Anweisungen haargenau. Sie drehte ihre Großmutter auf dem Sofa auf die Seite und stellte ihr eine Schüssel hin, falls sie sich übergeben musste. Als Jean ihrer Mutter einen Tee machen wollte, schritt Gertie ein, denn in dieser Verfassung sollte ihre Großmutter besser nichts trinken.

Gertie setzte sich neben sie, behielt ihre Atmung im Auge und verwickelte sie in ein Gespräch. Sie griff nach ihrer Hand. Die Hände der beiden hatten die gleiche Form: kleine Handflächen mit langen Fingern. Gerties Nägel waren sauber und rund und kurz geschnitten, die von Elspeth verziert mit bereits leicht splittrigem weinrotem Nagellack.

Die Haut von Elspeths Hand war trocken, mit hervorstehenden Adern und braunen Flecken übersät. Lange starrte Gertie sie an. Eines Tages würde ihre eigene Hand auch so aussehen, dachte sie. Ihre Hand würde zu dieser Hand werden. Allerdings würde es dann keine Hand aus einer jüngeren Generation geben, die ihre drücken würde.

Irgendwie hatte sie immer gedacht, dass sie noch so viel Zeit dafür haben würde, all das zu tun, was sie im Leben machen wollte. Aber jetzt hielt sie eine vor Angst zitternde Hand, die einst genauso ausgesehen haben musste wie die ihre … Und das alles musste wohl so schnell, quasi im Handumdrehen, passiert sein. So hatte sich das ja auch angefühlt, als sie Morag und Nalitha gesehen hatte: Das Jahrzehnt seit dem Ende der Schulzeit war nur so verflogen. Würde ihr ganzes Leben auf diese Art an ihr vorbeiziehen? Und würde sie einst mit runzeligen Händen und verängstigtem Blick auf den Rettungsdienst warten?

Es dauerte eine Weile, bis der Krankenwagen endlich kam und ein Mann und eine Frau in grüner Uniform zur Tür hereinmarschierten, als sei es das Normalste auf der Welt. Aber für sie war es ja auch Alltag. Die beiden waren einfach fantastisch: heiter und freundlich und dabei äußerst effektiv.

»Okay, dann fangen wir mal an«, sagte der gut aussehende Sanitäter. »Was ist Ihnen lieber: Mrs Mooney oder Elspeth?«

Die alte Dame blinzelte, konzentrierte sich aber. »Elspeth.«

»Super! Sie machen das ganz toll!«

Seine Kollegin verdrehte die Augen. »Es ist wirklich erstaunlich«, erklärte sie, »wie vielen Patientinnen es schlagartig besser geht, wenn er auf der Bildfläche erscheint. Manche stehen sogar auf, um sich *selbst* das Nachthemd anzuziehen.«

»Ist er Single?«, fragte Jean, allerdings nicht leise genug, während sich der Sanitäter anschickte, bei Elspeth den Blutdruck zu messen.

Gertie musste ihre Hand aus dem festen Griff ihrer Großmutter lösen, konnte danach aber immer noch die kalten Finger spüren. »Muuuum!«, zischte sie. »Das ist jetzt *wirklich* nicht der richtige Zeitpunkt!«

»Bei Ihnen sitzt ja jeder Handgriff, Herr Sanitäter!«, schnurrte Jean.

»Sorry«, sagte der Sanitäter, ohne von seiner Stoppuhr aufzusehen, »aber ich bin schwul wie eine Federboa und außerdem verheiratet.«

»Das solltest du dir auf einen Button drucken lassen«, murmelte seine Kollegin. »Ich hingegen bin tatsächlich Single. Allerdings ist jeder Mann, dem ich begegne, entweder hundertsechs oder hat gerade gefährliche Blutungen.«

»Ja, das ist bestimmt nicht so einfach«, sagte Jean.

Als sich der Sanitäter aufrichtete, schauten ihn alle Frauen erwartungsvoll an. »Elspeth, Sie sind stark wie ein Ochse, deshalb würde ich Sie nur ungern ins Krankenhaus mitnehmen. Außer, Sie möchten gern dahin.«

Elspeth schüttelte mit Nachdruck den Kopf. Sie hatte sich aufgesetzt und sah längst nicht mehr so übel aus wie noch vor ein paar Minuten.

Gertie wickelte die Decke fester um sie.

»Krankenhäuser sind die reinsten Todesfallen«, murmelte Elspeth. »Das weiß doch jeder.«

»Na ja, sie sind …« Die Sanitäterin verzog das Gesicht.

»… jedenfalls kein Ferienlager.« Der Mann bereitete alles für eine Injektion vor. »Was ich Ihnen jetzt spritze, soll einen neuen Vorfall dieser Art oder etwas Ähnliches, was bleibende Schäden verursachen könnte, verhindern. Da ich kein Arzt bin, kann ich keine definitive Diagnose stellen, aber es sieht für mich ganz nach einer leichten Ischämie aus. Das ist wie ein kleiner Schlaganfall, von dem Wort sollten Sie sich jedoch nicht erschrecken lassen – so etwas kommt häufiger vor. Sie müssen auf jeden Fall ins Krankenhaus und ein paar Tests machen lassen. Aber ganz ehrlich: Die könnten vor morgen auch nicht durchgeführt werden, wenn wir Sie jetzt mitnehmen würden.«

»Gleich läuft ja auch *Love Island*«, fügte Elspeth hinzu.

»Genau«, sagte der Sanitäter. »Und zwar eine Casa-Amor-Folge!«

Während er Elspeth den Ärmel herunterrollte, nahm Gertie die Sanitäterin zur Seite. »Kommt mit ihr alles wieder in Ordnung?«

»Das kann ich leider nicht sagen«, antwortete die Frau. »Wenn wir uns ernsthaft Sorgen über sie machen würden, würden wir sie jetzt mitnehmen. Aber dann würde sie womöglich ewig auf ein freies Bett warten, und es gibt ja auch immer noch Covidfälle. Ganz ehrlich: Meiner Meinung nach wäre es für sie besser, wenn sie die Nacht bei sich zu Hause verbringt. Wissen Sie, so würde ich es machen, wenn es um meine Großmutter ginge.«

Gertie nickte. »Okay, gut.«

»Sie haben alles richtig gemacht«, sagte die Frau anerkennend.

»Wir schreiben einen Bericht und geben alle Informationen ans Krankenhaus weiter. Von da meldet sich dann morgen jemand wegen der Tests.«

Gertie biss sich auf die Lippe. »Aber wenn es mit solchen Sachen erst einmal losgeht …«

Traurig lächelte die Frau, und Gertie sah ihrem Blick an, wie müde sie war. »Sie ist eben … nicht mehr jung.«

»Nein«, sagte Gertie. »Das stimmt wohl.«

»Aber«, fügte die Frau hinzu, »noch einmal: Sie haben sich in dieser Situation toll verhalten. Es ist unglaublich, wie viele Leute in solchen Momenten den Kopf verlieren. Sie hingegen sind ganz ruhig geblieben.«

Als die Sanitäter gegangen waren, machte Jean Tee und gab zur Beruhigung nach dem ganzen Theater einen Schuss Whisky hinein.

Gertie protestierte und machte einen neuen extra für Elspeth, woraufhin Elspeth protestierte. Am Ende bekam sie eine Tasse mittlerweile kalten Tee mit einem winzigen Spritzer Whisky.

Um neun Uhr fiel dann mit voller Energie der ganze Strickzirkel bei ihnen ein. Gertie hatte den anderen nicht einmal Bescheid gesagt, aber die hatten vermutlich die Sirene gehört, oder die Sache hatte sich längst herumgesprochen. Oder vielleicht gab es in einer machtvollen Gruppe Frauen auch noch viel ältere, tiefer verwurzelte Signale, durch die es alle spürten, wenn eine von ihnen in Gefahr war.

»Das ist ja wie das Bat-Signal«, sagte Gertie, als sie die Haustür aufmachte, »nur mit Nadelgeklimper.«

Gemeinsam brachten sie Elspeth ins Bett und überprüften dann alle fünf Minuten, ob es ihr auch gut ging. Irgendwann versetzte Elspeth mit zunächst quengeliger, dann aber immer nachdrücklicherer Stimme, dass sie es damit gut sein lassen sollten, weil sie sonst kein Auge zumachen könne.

Dann hielten sie Kriegsrat, organisierten, wer sich am nächsten Morgen um Elspeth kümmern würde, wer sie wann begleiten könnte und wer während ihrer Genesung dafür sorgen würde, dass immer etwas zu essen da war.

Irgendwann zog sich Gertie aus der Runde zurück, in der Whisky herumgereicht wurde, um ihrer Großmutter eine Tasse Tee zu bringen und sich zu ihr ans Bett zu setzen. Auch wenn Elspeth von allen anderen die Nase voll hatte, freute sie sich über den Anblick ihrer geliebten Enkelin. Sie versuchte sogar, sich aufzusetzen, als Gertie hereinkam.

Was die Tasse Tee anging, winkte Elspeth allerdings ab. Sie wollte nicht mitten in der Nacht durch die Dunkelheit zur Toilette tapsen müssen, wenn es sich vermeiden ließ. Vor allem war sie erleichtert darüber, dass sie nicht eingenässt hatte, als der nette Sanitäter da gewesen war. Der Herbst des Lebens war wirklich noch viel weniger angenehm, als die Warnungen besagten.

»Hey, *mo grabh*«, sagte sie.

Gertie setzte sich und genoss einen Moment die Stille. Im Wohnzimmer hängte sich der Strickzirkel richtig rein und machte ein ziemliches Trara beim Erstellen eines Zeitplans.

»Das ist die reinste Kommandozentrale da unten«, seufzte Gertie.

»Ich weiß«, nickte Elspeth. »Na ja, gut. Schön, dass sich alle über ein bisschen Action freuen.«

»Hattest du große Angst?«

Die alte Hand umklammerte die ihre.

»Ganz furchtbare Angst«, flüsterte ihre Großmutter, während eine Träne aufs Kopfkissen fiel.

Mit der anderen Hand griff Gertie nach einem Taschentuch aus der Schachtel auf dem Nachttisch und wischte ihrer Großmutter sanft über die Augen.

»Ich hab mich ... so klein gefühlt«, erklärte Elspeth. »Als würde ich ... als ob ...« Sie erschauderte und atmete laut vernehmbar ein. »Ich fühle mich gar nicht ...«, begann sie wieder.

»Lass es gut sein, Grandma. Du brauchst nichts zu sagen, wenn du müde bist.«

Elspeth schüttelte den Kopf. »Nein, es geht mir gut. Das hier ist wichtig, das solltest du wissen. Als das passiert ist ...«

»Ja?«

»Da habe ich gedacht: Das war's jetzt. Ich dachte, dass es vorbei ist mit mir.«

»Aber du liegst ja zu Hause in deinem eigenen Bett, also fanden die Sanitäter es nicht so schlimm.«

»Ja, dieses Mal nicht. Aber was ich zu sagen habe, ist trotzdem wichtig.«

Gertie legte den Kopf zur Seite. »Worum geht es?«

Vor Anstrengung wurde Elspeths blasses Gesicht ganz runzelig. »Du solltest wissen, dass ich mich gar nicht so fühle, als wäre ich vierundachtzig. Das kommt mir überhaupt nicht so vor. Ich fühle mich so alt wie du, also innerlich. Innerlich wird man nicht älter, und deshalb kann man irgendwann kaum fassen, dass alles vorbei ist, dass all diese Jahre verstrichen sind. Manchmal denke ich: Das bin doch nicht *ich*. Alt werden, das passiert anderen Leuten, aber doch nicht *mir*. Und dennoch ist es so. Ab einem gewissen Punkt verschwimmt beim Blick zurück alles, und man kann die ganzen Sommer und Weihnachtsfeste nicht mehr voneinander unterscheiden. Wenn ich heute eine Frau mit einem Baby sehe, kommt es mir seltsam vor, dass ich meine kleine Jean nicht mehr im Arm halte und auch dich nicht mehr. Denn das hab ich doch gerade noch.« Sie seufzte. »Und jetzt fühlt es sich an … als würde man mich bitten, die Bühne zu verlassen, als wäre meine Zeit abgelaufen. Noch ist nicht alles vorbei, aber es kommt *nichts Neues* mehr hinterher, kein neuer Akt, keine Gelegenheit, noch mal ganz von vorne anzufangen und andere Entscheidungen zu treffen. Und das finde ich unfair, wirklich ungerecht, selbst dann, wenn man nicht jung stirbt. Obwohl ich alt bin, empfinde ich es trotzdem so, als hätte es nicht gereicht. Als hätte ich nicht genug Zeit gehabt, um alles zu machen, was ich wollte, und um all die Orte zu sehen, die ich gern besuchen wollte … Tatsächlich bin ich ja nie irgendwo hingefahren, weil ich immer gedacht habe, dass mich das nicht interessiert. Und ich hab mein Leben wirklich geliebt, war hier glücklich. Aber jetzt möchte ich gern mehr davon und will dir unbedingt sagen: Warte nicht ab, sondern leg los! Ich glaube ... Ich weiß auch nicht. Jean wollte nie irgendwohin, aber ich denke, dir würde es gefallen. Wer weiß? Also, du solltest das machen. Mal was anderes sehen, reisen, Spaß haben. Denn im Nullkommanichts ... bist du sehr, sehr alt, so wie ich, und dann weißt du nicht recht, wie das eigentlich passiert ist.«

Für ihre Großmutter war das eine ungewöhnlich lange Rede. Und es entsprach genau dem, was Gertie vorhin gedacht hatte, als sie nach der Hand ihrer Grandma gegriffen hatte. Gertie nickte eifrig.

»Aber jetzt geh ruhig und lass eine alte Frau schlafen«, sagte Elspeth. »Noch werde ich dir nicht einfach wegsterben, versprochen. Und morgen wartet ja ein langer Tag auf mich, mit einem Besuch im großen Krankenhaus. Da gibt es auch einen Greggs.«

Gertie drückte ihr einen Kuss aufs Haar und kehrte nachdenklich zu der immer noch ziemlich munteren Gruppe unten zurück. Sie musste zumindest fragen. »Mum«, sagte sie, »möchtest du gern, dass ich wegen Grandma hier wohnen bleibe?«

Heftig schüttelte Jean den Kopf. »Ganz im Gegenteil«, sagte sie. »Ich hab mich wirklich egoistisch aufgeführt, aber du musst aus dem Haus, also los!«

Gertie nickte. »Dann mache ich das. Und ich denke auch ernsthaft über das Stellenangebot nach.«

Jean drückte ihr einen Kuss auf die Stirn. »Gut. Außerdem warte ich auf eine neue Mohairlieferung und brauche dafür dein ganzes Zimmer.«

Kapitel 12

U nd, hast du es ihm gesagt?«
   Morag lag in Gregors Wohnzimmer auf dem Sofa und versuchte zu ignorieren, dass sich auch eine Ziege im Zimmer befand, was schwieriger war, als man vielleicht annehmen mochte.

»Ja.«

»Hast du ihm auch die Gründe dafür genannt?«

Nein, Morag hatte ihrem Großvater nicht die zwei Gründe dafür erläutert, dass sie bei ihm ausziehen würde, dass nämlich erstens seine Haushälterin ein Miststück war und sie zweitens gern ihren Freund mit nach Hause bringen und jede Menge Sex mit ihm haben wollte. Sie hatte einfach nur gesagt, dass sie gern ausziehen wollte.

Murdo war nicht doof und hatte ihr seinen Segen gegeben, weil er sich vielleicht nicht den ersten, aber durchaus den zweiten Grund denken konnte.

Peigi hatte ihr von der Türschwelle aus mit triumphierendem Grinsen hinterhergeschaut und sich so aufgeführt, als hätte sie gewonnen, was Morag möglichst gleichmütig hinzunehmen versuchte.

Morag hatte ihre Habseligkeiten in die neue Wohnung gebracht und eben schnell Hi zu Gertie gesagt.

Gertie hatte selbst nur ein Minimum an Sachen mitgebracht und nichts davon in den gemeinsam genutzten

Räumen liegen lassen, weil sie nach einem Leben in einem winzigen, vollgestopften Häuschen am liebsten nur freie Flächen sehen wollte.

Das hatte Morag gefreut, die selbst sehr ordentlich war. Als sie kurz hineingeschaut hatte, hatte Gertie allerdings am Telefon gehangen und kaum zu ihr aufgeschaut.

Es war ein wunderschönes Wochenende auf Inchborn, und die kühle Morgensonne ließ die Hügel voll sprießender Osterglocken leuchten.

Morags Freund, Gregor, gehörte zu den Menschen, die sich voll und ganz in eine Tätigkeit vertiefen konnten. Seine Konzentrationsfähigkeit war unglaublich – was sehr nützlich war, weil er als Ornithologe und Ethnobiologe für die Kontrolle und den Schutz der Fauna auf Inchborn verantwortlich war, einer abgelegenen winzigen Insel mitten im Meer, die von einer Klosterruine dominiert wurde.

Wenn Gregor mit etwas beschäftigt war, nahm er sich alle Zeit der Welt dafür. Er ging komplett darin auf, sodass die Stunden nur so verflogen. Dadurch war er ein unglaublich toller Koch, was man sich vielleicht denken konnte, und auch unglaublich gut im Bett, was man bei seinem Anblick nicht geahnt hätte.

Morag stand auf, brachte die Ziege nach draußen, setzte sich dann auf dem schäbigen Sofa vor den Kamin und nahm ein Buch zur Hand.

Es war ein ungewöhnlich kalter Frühling. Das machte Morag aber nichts aus, weil sie ja vier Pullover übereinander trug und das Feuer das Wohnzimmer gemütlich genug machte, um jetzt einen davon auszuziehen. Bei einem Blick durchs Fenster entdeckte sie, dass sich draußen die stets wütend herumpickende Henne Barbara zu ihrer besten

Freundin, der Ziege Frances, hinzugesellt hatte. Eigentlich hatte die Ziege Morag immer gemocht, bis die damit begonnen hatte, Gregors Hand zu halten und noch schlimmere Sachen mit ihm anzustellen. Mittlerweile war Frances unfassbar eifersüchtig und unterband Händchenhalten schnell mit einem Kopfstoß.

Das konnte Morag durchaus nachvollziehen, weil sie wohl den gleichen Impuls hätte, wenn sie Gregor zusammen mit einer anderen Frau sehen würde. Nur leider vergaß sie das Problem immer wieder und musste oft blitzartig die Hand zurückziehen, wenn Frances wieder einmal hinter einer Ecke lauerte.

Auch jetzt stand die Ziege draußen vor dem Fenster und beäugte die beiden.

»Also, Erno und Gramps holen mich morgen ab. Übrigens befürchte ich ja, dass diese Ziege mich umbringen will.«

Gregor lächelte bedauernd.

»Deine Antwort darauf sollte eigentlich lauten: ›Jetzt sei mal nicht albern, Ziegen bringen doch niemanden um‹«, fuhr sie fort.

»Äh, na ja …«

»Früher fand sie mich mal toll!«

»Sie ist eine wirklich nette Ziege.«

»Nein, überhaupt nicht mehr«, fand Morag. »Die folgt mir überallhin und durchbohrt mich mit tödlichen Blicken.«

»Sie ist bloß eifersüchtig«, rief Gregor ihr in Erinnerung.

»Tiere können nicht eifersüchtig sein!«

»Du bist doch *auch ein Tier*, und natürlich können sie das. Hast du denn noch nie einen Hund gestreichelt und den anderen nicht?«

»Schon, aber … Ich meine, Bienen werden nicht auf andere Bienen eifersüchtig, oder? Auf die, deren Honig gelber ist oder so?«

»Möglich ist es«, wandte Gregor ein.

Morag wusste alles über Motoren, sie konnte Autos, Boote, Flugzeuge und einfach jede erdenkliche Maschine reparieren. Mit einem Schraubenschlüssel oder einem Schweißbrenner war sie unschlagbar, und sie hatte in Gregors heruntergekommenem Haus schon so manche Verbesserung vorgenommen. Von Natur und der Tierwelt hatte sie allerdings keine Ahnung.

»Kann ich Frances nicht wieder reinlassen? Damit sie sich an dich gewöhnt?«

»Nein! Die stinkt und will immer mit dir kuscheln, und dann stinkst du auch.«

»Na ja, dann rieche ich eben nach Ziege. Ist das denn so schlimm?«

Nachsichtig lächelte Morag. »Ich muss dich wirklich sehr lieben.«

Gregor zeichnete gerade ein paar wohl ungewöhnlich große Gänseblümchen, die er am Kliff auf der Nordseite der Insel gefunden hatte, und schaute von seiner Skizze auf.

»Ach ja?«, sagte er und blickte sie auf eine Art und Weise an, die augenblicklich dazu führte, dass Morag ihr Buch zur Seite legte.

Erst wesentlich später fand Gregor die Zeit dafür, sie nach ihrer neuen Mitbewohnerin zu fragen.

Morag zog die Nase kraus. »Äh«, sagte sie. »Wahrscheinlich werde ich ja sowieso nicht viel Zeit zu Hause verbringen, aber ich hoffe, es läuft mit ihr. Sie ist *furchtbar still.*«

Gregor runzelte kurz die Stirn und fuhr ihr mit dem Finger über die nackte Schulter, gerötet von der Hitze des

Kamins, vor dem sie lagen. »Vielleicht hat sie ja Angst vor dir.«

Morag schnaubte. »Jetzt sei doch nicht albern.«

»Ich hab dich schon mal einen Trecker auseinandernehmen sehen«, wandte Gregor ein.

»Und wieso ist das angsteinflößend?«

»Mich persönlich hat es total angeturnt«, gab er zu. »Aber du kannst schon sehr einschüchternd sein.«

»Gar nicht!«, protestierte Morag. Als sie seinen Gesichtsausdruck sah, seufzte sie. »Echt jetzt?«

»Du bist eine ganz schön kompetente Frau«, führte Gregor aus. »Das sollte heutzutage eigentlich nicht als Bedrohung wahrgenommen werden. Aber manche Leute sind eben komisch.«

»Sie kennt mich doch von früher«, ereiferte sich Morag. »Damals wurde ich Mähnen-Morag genannt!«

Gregor lachte. »Wie albern!«

»Es *war* albern, aber auch ganz schrecklich. Ich war ein schüchterner Teenager.«

»Und wie wurde Gertie genannt?«

»Schwärmie. Ich glaube, richtig durchgesetzt hat sich der Name nicht, aber sie war wirklich immer verträumt und schwärmerisch.«

»Gott, waren bei euch alle gemein!«

»Hm …«, machte Morag.

»Hatte Nalitha auch einen Spitznamen?«

»Nein, vor *ihr* hatten die Mädchen nämlich tatsächlich ein bisschen Angst. Sie waren auch ganz neidisch auf ihre Haare, und die Jungen waren alle in sie verliebt.«

Gregor lächelte.

»Na ja, jedenfalls ist Gertie noch nie geflogen.«

»Im Ernst?«

»Ja, unglaublich, oder?«

»Dann solltet ihr das schnell ändern. Habt ihr als Vertretung für Nalitha inzwischen jemand anders gefunden?«

»Nein, aber Gertie will den Job auch nicht.«

»Vielleicht ändert sie ja ihre Meinung, wenn sie erst mal eine Runde mit Dolly gedreht hat.«

»Oder sie will dann erst recht nicht.«

»Hattet ihr denn gar keine weiteren Bewerber?«

»Von den letzten sind zwei nicht zum Vorstellungsgespräch erschienen, weil ihnen an dem Tag nicht danach war, und eine dritte Person kam in Wirklichkeit von Extinction Rebellion. Es hat ewig gedauert, die Farbe zu entfernen.«

Wieder lächelte Gregor. »Weißt du«, sagte er, »es gibt auf dieser Welt auch Menschen, die eher in sich gekehrt sind ...«

Morag blickte ihm in das liebe Gesicht. »Meinst du, ich sollte sie aus ihrem Schneckenhaus locken?«

Gregor zuckte mit den Achseln, während Frances mit den Hörnern gegen die Scheibe stieß.

»Oh, sie möchte wirklich rein. Darf sie vielleicht gleich mit in die Küche?«

»Was kochst du denn heute Schönes, etwa Ziegenbraten?«

»Mor!«

»War nur Spaß. Okay, aber wasch dir bitte die Hände.«

Auf dem Sofa leuchtete ein helles Rechteck. Sonnenschein, ein Kaminfeuer, ein gutes Buch, ein Samstagnachmittag auf einer Insel ohne Internet, ohne Geschäfte, ohne andere Menschen, ohne Ablenkungen ... Hier konnte man nichts weiter tun, als einen langen Spaziergang zu machen – was sie heute Morgen schon getan hatten –, gut zu essen und mit einer Tasse Kaffee oder einem Glas Wein die Sonne je nach Blickrichtung auf- oder untergehen zu sehen, sich zu lieben und zu versuchen, sich durch die mehr als tausend alten Bücher zu schmökern, die in dem alten Haus alle Wände bedeckten. Es war wirklich, wirklich schwierig, hier nicht glücklich zu sein. Es gab nur einen Wermutstropfen: dass Morag schon bald wieder wegmusste.

Kapitel 13

Weil Gertie keine Ahnung hatte, wie man in einer WG miteinander umging, bereitete ihr die neue Wohnsituation ein wenig Sorge. Sie nahm das Problem auf ihre übliche Art und Weise in Angriff und strickte für Morag ein wunderschönes Paar superwarme Strümpfe in der Farbe ihrer Pilotenuniform.

Das Geschenk verfehlte sein Wirkung nicht – Morag war restlos begeistert. Da sich zwischen ihren Schuhen und dem eiskalten Himmel nur eine Lage Metall befand, hatte sie im Cockpit nämlich immer kalte Füße. Allerdings bekam sie ein schlechtes Gewissen, weil sie für Gertie gar nichts besorgt hatte, und versuchte, das mit einer schnell bei ScotNorth besorgten Flasche Prosecco wiedergutzumachen.

Aus Höflichkeit öffnete Gertie sie sofort, fing dann aber gleich an, Morag jede Menge Fragen über MacIntyre Air zu stellen. Das freute Morag, weil sie dachte, dass sich ihre Mitbewohnerin damit an die angebotene Stelle herantastete.

Tatsächlich aber wollte Gertie vor allem an Informationen über Callum kommen, dem sie jetzt auch auf Instagram folgte. Sie wollte bloß sehen, was er an Stricksachen trug, das war ja wohl nicht stalkermäßig. »Dein Chef scheint nett zu sein«, sagte sie versuchsweise.

Morag schnaubte. »Wir hatten Schlimmeres befürchtet, Gramps und ich, also Murdo. Der übernimmt mittlerweile nur noch hier und da ein paar Flüge und überlässt den Rest weitestgehend mir. Ich versuche, Callum nach Möglichkeit in seine Schranken zu weisen.«

»Na ja, ich fand ihn nett«, wandte Gertie ein.

»Du würdest ihn nicht mehr so nett finden, wenn dich eine seiner Maschinen um drei Uhr morgens irgendwo Hunderte Kilometer von deinem eigentlichen Ziel entfernt abgesetzt hätte und man die Fluggesellschaft nicht einmal telefonisch kontaktieren kann, weil diesen Typen alles egal ist. Wir sind da die Ausnahme.« Morag betrachtete Gerties flink strickende Finger. »Was ist das?«, fragte sie und deutete auf das undefinierbare schwarze Etwas, das da langsam entstand.

»Ah, ein Pinguin«, erklärte Gertie. »Oder es soll zumindest mal einer werden. Ich dachte … der wäre ein schönes Geschenk für Nalithas anderes Kind, wenn das Baby da ist.«

»Coole Idee«, sagte Morag. Sie wollte Gertie so gern dazu ermutigen, den Job anzunehmen, wusste aber nicht, wie sie das anstellen sollte.

Gertie erhaschte einen Blick auf ihre Armbanduhr und setzte sich mit einem Mal hastig auf.

»Was ist denn?«

»Neun Uhr!«, rief Gertie aus.

Morag zuckte mit den Achseln.

»Es ist neun Uhr! Um diese Zeit kommt im Sommer *Love Island* und im Winter *Hochzeit auf den ersten Blick*«, sagte Gertie und war schockiert, dass Morag das nicht wusste.

Gertie schaltete Struans großen Fernseher ein, bei dem ein Sportsender eingestellt war.

»Aber das ist doch nur Mist, oder?«, wandte Morag ein.

Heftig schüttelte Gertie den Kopf. »Nein«, versicherte sie. »Weil sich da nämlich entgegen jeglicher Erwartungen, wenn sie am wenigsten damit rechnen, und inmitten all des albernen Getues Menschen tatsächlich ineinander verlieben.«

Morag schaute auf den Bildschirm. »Ja, das tun sie wirklich«, murmelte sie vor sich hin, als würde sie mit sich selbst reden. Dann betrachtete sie ihre Füße und wackelte in ihren neuen warmen Strümpfen mit den Zehen. »Vielleicht sollte ich Callum bitten, die offiziell als Teil der Uniform einzuführen.«

Plötzlich sah Gertie sich bei einer schicken Veranstaltung neben Callum stehen. »*Darf ich Ihnen meine persönliche Designerin vorstellen?*«, erklärte er gerade. »*Sie entwirft nicht nur die Uniformen für mich, sondern ist auch die Liebe meines Lebens.*«

Wieder wackelte Morag mit den warmen Zehen und warf dann einen Blick durchs Fenster, hinauf zum sauberen und klaren Himmel. Der Sommer, in dem die Highlands und die schottischen Inseln von gut gelaunten Touristen überrannt wurden, lag noch in weiter Ferne, deshalb waren die Arbeitstage nicht besonders anstrengend. Morag dachte an Gregors Worte und daran, dass Nalitha ja schon bald in Mutterschutz gehen würde. Und dann kam ihr eine Idee.

Ohne das übliche Geschnatter im Erdgeschoss und die vertrauten Geräusche der beiden Frauen, mit denen sie im Häuschen auf engstem Raum zusammengelebt hatte, war Gertie das Einschlafen schwergefallen, deshalb stand sie am nächsten Morgen etwas später auf als sonst. Es war ein schöner Tag.

Morag wartete in der Küche neben dem Wasserkocher und trug wieder die neuen Strümpfe.

»Äh«, sagte sie, »möchtest du vielleicht mal mit uns fliegen?«

Gertie starrte sie an.

»Wir hätten heute einen freien Platz. Dein Strickzeug dürftest du zwar nicht mitbringen, aber du könntest … tja, du weißt schon. Eine Runde mit uns drehen. Ja, mach das doch!«, fügte sie mit etwas mehr Nachdruck hinzu. »Callum wollte nachher vorbeischauen, und ich fände es ganz gut, wenn der Flieger ein bisschen voller ist, damit wir wie eine erfolgreiche Fluggesellschaft aussehen.«

Gertie biss sich auf die Lippe. »Ach, Callum wäre auch da?«

Morag nickte. »Ja, definitiv, um mir ordentlich auf die Nerven zu gehen. Na los, du hast doch heute einen freien Tag, oder nicht?«

Während sie sich dem Flugplatz näherten, wurde Gertie immer aufgeregter, bis ihr der Weg übers Rollfeld schließlich wie der Gang zum Schafott vorkam. In der Wellblechhütte, die hier als Flughafengebäude bezeichnet wurde, war leider keine Spur von Callum Frost gewesen. Wie enttäuschend! Eigentlich hatte sich Gertie vorgestellt, dass er zu ihr sagen würde: »*Ach, zeigt Morag Ihnen das Flugzeug? Wissen Sie was, am besten komme ich auch mit, dann können wir uns ein bisschen besser kennenlernen. Ich hab so die Nase voll von Frauen, die nur hinter mir her sind, weil ich Geld habe und ein wichtiger Flugzeugmensch bin.* (So genau wusste Gertie jetzt nicht, worin hier eigentlich seine Aufgabe bestand.) *Ich wünsche mir wirklich jemanden, der mich um meiner selbst willen liebt. Und wenn diese Person auch noch stricken könnte, wäre das natürlich perfekt.*«

Gertie dachte auch an Elspeth und daran, wie stolz ihre Großmutter auf sie sein würde, weil sie sich in die große weite Welt aufmachte. Na ja, gut, tatsächlich würde sie nur die Inselgruppe besuchen, aber das war ja mehr oder weniger das Gleiche.

Als sie an Bord gingen, konnte Gertie kaum fassen, wie klein das Flugzeug war, in dem sie nicht einmal aufrecht stehen konnte, sondern eine leicht gebückte Haltung einnehmen musste.

Morag deutete auf einen Sitz in der ersten Reihe am Fenster, denn Gertie sollte die beste Sicht haben. Auf dem Platz daneben saß ein Bauer, der nicht nur ungern flog, sondern auch noch unter den Folgen eines äußerst vergnüglichen Kneipenbesuchs am Abend vorher litt.

»Hallo, junge Dame«, sagte er zu Gertie. »Ah, gut, eine Freundin der Pilotin. Sie haben das sicher schon tausendmal gemacht, oder?«

Angespannt biss sich Gertie auf die Lippe.

»Müssen wir uns jetzt schon anschnallen oder …?«

Zögerlich sagte Gertie: »Äh, ja?«

Morag war nah genug dran, um die Sache mitzubekommen – zwischen dem Passagierraum und dem Cockpit gab es keine Tür, und sie hatte sich die Kopfhörer noch nicht aufgesetzt. Kaum merklich schüttelte sie den Kopf, weil Mackintosh das Flugzeug noch tankte.

»Ich meine, warten Sie noch einen Moment«, sagte Gertie. Als es endlich so weit war, fummelte sie ungeschickt an ihrem Sicherheitsgurt herum und verstand erst nicht, wie sie ihn schließen musste.

Als sich die Propeller zu drehen begannen, war es ein kleiner Schock für sie.

Morag hatte auf dem Co-Pilotensitz Platz genommen, um Gertie im Auge behalten zu können, daher hatte Erno heute das Kommando.

»Eine harte Nacht?«, fragte der junge Bauer mitfühlend.

»So was in der Art«, murmelte Gertie und beobachtete, wie sich die kleinen Räder der Maschine vom Asphalt lösten, sich immer schneller von der Startbahn entfernten … Ihr Magen machte einen Satz, sie schloss die Augen und betete, dass alles so schnell wie möglich vorbei sein würde.

Es war ein wunderschöner Tag zum Fliegen, und Erno hatte unter dem blauen Himmel einen perfekten Start hingelegt. Lächelnd drehte sich Morag zu Gertie um, musste aber feststellen, dass die sich mit geschlossenen Augen fest an die Armlehnen klammerte.

Der junge Bauer musterte sie beunruhigt, als gäbe es ernsthaft Anlass zur Sorge.

Sobald sie ihre Reiseflughöhe erreicht hatten, schnallte Morag sich ab und ging zu Gertie hinüber. »Mach bitte die Augen auf«, bat sie eindringlich.

Das half allerdings auch nicht, da Gertie weiter fest die Armlehnen aus Metall und Plastik umklammerte. Als sie kurz einen Blick nach links warf, stockte ihr der Atem. Theoretisch hatte sie ja gewusst, was passieren würde, aber es war trotzdem unglaublich: Sie hatten an einem kühlen Tag den Erdboden unter sich zurückgelassen und befanden sich jetzt oberhalb der Wolken – hoch darüber. Und die sahen aus wie … na ja, manche Leute dachten bei ihrem Anblick an Wellen oder Watte oder Zuckerwatte. Für Gertie sahen sie aus wie Wollknäuel oder wie die flauschigen Fetzen Schafspelz, die hängen blieben, wenn die Tiere einem Stacheldraht zu nahe kamen.

Als Gertie nach draußen schaute, konnte sie durchs Fenster die Wärme der Sonne spüren.

Sie waren zunächst in Richtung Süden geflogen, um jetzt zu drehen und dem Luftkorridor nach Norden zu folgen. Dabei vermieden sie die Flugrouten der vielen norwegischen Linien und der Transatlantikflüge.

Unten schlängelte sich ein funkelndes Band durch die Landschaft, auf dem hier und da hellere Flecken aufleuchteten. Zu ihrer Überraschung wurde Gertie klar, dass es sich dabei um den Fluss Caras handelte, der sich ins wirbelnde Meer ergoss. Von hier oben aus wirkte er wie eine Lichterkette, die sich unter ihr entrollte. Wo die Wolken aufrissen, konnte sie weitläufige Felder erkennen, zwischen denen hier und da Höfe und Dörfer lagen, die ebenfalls in der Sonne glitzerten. Es war schon seltsam. Gertie hatte ja gewusst, dass sie in einem dünn besiedelten Gebiet lebte. Aber jetzt erkannte sie, dass Menschen angesichts dieses riesigen leeren Landes dort unten ... völlig unbedeutend waren. So klein und winzig.

»Wunderschön, oder?«, rief Morag über das Dröhnen der Motoren hinweg.

»Alles ist so ... riesig«, stammelte Gertie und war plötzlich verblüfft darüber, dass ihre eigene Welt so klein war. Als sie den Blick auf den Horizont richtete, stellte sie fest, dass er ein wenig gewölbt war. Gertie wurde bewusst, dass sie die Erdkrümmung selbst vor sich sah, die Form des ganzen Planeten erahnen konnte! Jetzt war sie erst recht fassungslos. Sie drehten gen Norden ein und flogen über Carso hinweg, wo Gertie ihr ganzes bisheriges Dasein verbracht hatte, wo sie aufgewachsen war und das Leben mit all seinen Freuden und Enttäuschungen kennengelernt hatte – aber dieser Ort war ja gar nichts, nur ein kleiner Klecks inmitten des Patchworkteppichs aus Feldern, der sich an eine Bergkette schmiegte. Diese Berge hingegen sahen von hier oben so echt und solide aus, ragten riesig in die Höhe. Ja, sie waren enorm. Alles, was grün war, der Natur entsprang, wirkte wahrhaftig, während das von Menschen erschaffene, sich darüberspannende Netz mit hier und da verteilten Dörfern eher etwas Kümmerliches, Albernes an sich hatte. Offensichtlich stolperten die Menschen unsicher auf der Oberfläche einer Erde herum, auf der sie über weite Strecken gar keine Rolle spielten.

»Oh, wow!«, sagte Gertie leise.

Morag lächelte in sich hinein. Sie hoffte immer, alle würden das Fliegen so lieben wie sie, es nicht als gegeben hinnehmen oder sogar darüber klagen, sondern darüber staunen, dass etwas so Wundersames alltäglich geworden war.

»Was ist das denn?«, fragte Gertie. In einiger Entfernung war ein Flugzeug zu sehen, das ihr unglaublich schnell vorkam.

Der junge Bauer schwor sich, nie wieder zu fliegen, weil die Frau, die sich da mit der Pilotin unterhielt, offensichtlich nur eine Amateurin war. Außerdem wollte er sich mittlerweile aus neun unterschiedlichen Gründen gern übergeben.

»Eine Maschine von Icelandair«, antwortete Morag nach einem Blick auf die Uhr, »auf ihrem Weg nach Glasgow.«

»Aber die fliegt ja so schnell!«

»Wir auch«, erklärte Morag. »Unsere Geschwindigkeit beträgt fünfhundert Stundenkilometer. Aber das ist hier oben alles relativ.«

Gertie biss sich auf die Lippe.

»Ehrlich gesagt ist das noch gar nichts«, fügte Morag hinzu. »Ein Airbus fliegt sogar … egal, das tut jetzt nichts zur Sache. Aber keine Sorge, diesen Flieger sehen wir jeden Tag, und es ist hier oben absolut sicher.«

Aber Gertie hörte gar nicht mehr richtig zu. Mittlerweile näherten sie sich nämlich dem offenen Meer, auf dessen funkelndem Wasser bereits die Inseln zu sehen waren. Sie schlug die Hand vor den Mund.

Natürlich hatte sie mal einen Schulausflug nach Inchborn gemacht, wie alle anderen auch. Damals hatten sie aber die Fähre genommen, was an sich schon ein kleines Abenteuer gewesen war. Das eisig kalte Wasser war gegen die Seiten des Schiffes geschwappt.

Jetzt sah sie, wie dort unten Grün- und Brauntöne miteinander verschmolzen, und es war gar nicht so einfach, zwischen Flüssen und Straßen zu unterscheiden. Das Ganze sah genau wie eine Reliefkarte aus, und Gertie hatte den Eindruck, dass sie die Hand ausstrecken und mit der Fingerspitze alles nachzeichnen konnte.

Ballungszentren gab es hier nur wenige, die außerdem ziemlich kümmerlich wirkten, obwohl man doch jeden Tag in der Zeitung etwas über die Überbevölkerung des Planeten las.

Von oben sah es eher so aus, als würden sich die Menschen an nur wenigen Punkten an die Ränder klammern, sich an den Ufern von Meeren oder Flüssen zusammenfinden, dabei aber die narniahaften riesigen Weiten gar nicht beachten, die sanften Hügel und steilen Kliffs. An manchen Stellen ragten Felsen aus dem Meer auf, winzige Inseln, die wohl nicht einmal Namen hatten.

Gertie hatte keine Ahnung gehabt, dass Schottland so schön sein konnte, dass *die Welt* so schön sein konnte: das Meer so blau und der Strand so golden. Sofort bekam sie Lust, etwas in diesen Farben zu stricken, die schneebedeckten Gipfel der Berge und ihre farnbedeckten Hänge nachzuempfinden.

»Wir steigen gar nicht so hoch auf«, sagte Morag beruhigend. »Und das macht es gerade so genial, weil die Sicht von hier aus spektakulär ist. Und eins kann ich dir versichern: Ich bin schon überall hingeflogen, aber den Anblick der schottischen Inseln übertrifft nur wenig, da kannst du jeden fragen.«

In ihrer Stimme schwang Stolz mit, als hätte sie das alles selbst erschaffen, dachte Gertie. Aber vielleicht kam es Piloten ja so vor, wenn sie über etwas hinwegflogen.

Von hier oben aus war das Meer ein glänzendes Paradies, das in der Nähe des Ufers in hellem Türkis erstrahlte und weiter vom Festland entfernt dunkler wurde. Man konnte Fischerboote und die Leinen der Netze erkennen, die sie hinter sich herzogen. Die sahen aus wie weiße Kommas auf einer riesigen blauen Seite. Vermutlich verschwendeten die Fischer keinen Gedanken an ihr Flugzeug in luftiger Höhe, aber Gertie konnte dessen Schatten dort unten wie eine Motte über die Wellen huschen sehen.

»Sollen wir die mal ein bisschen erschrecken, indem wir ganz niedrig über sie hinwegfliegen?«, fragte Morag, als sie bemerkte, wo Gertie gerade hinsah.

»Himmel, nein!«

»Gut«, sagte Morag rasch. »Das ist nämlich ganz und gar nicht erlaubt und würde mir im Traum nicht einfallen.«

Gertie berührte das Fenster aus dickem Kunststoff. »Das ist überhaupt nicht so, wie ich es mir vorgestellt habe«, murmelte sie. »Mir war nicht klar, dass man so viel sehen kann.«

»Kann man auch nicht immer«, räumte Morag ein. »Heute ist wirklich ein perfekter Tag dafür.«

Aus der Luft wirkte Schottland wie eine Postkartenfantasieversion seiner selbst. Gertie sah einen Kanal mit Booten, frisch gepflügte Felder, die auf die Frühjahrsaussaat warteten, riesige Solarparks. Draußen auf dem Wasser in nördlicher Richtung einen ebenfalls riesigen Windpark, der bestimmt das halbe Land mit Energie versorgte. Bei seinem Anblick fühlte sich Gertie, als würde sie in einem außerirdischen Raumschiff sitzen und von dort aus eine fremde Welt betrachten. Kilometer um Kilometer, ein ganzes Feld von Windrädern, die mitten im Meer aus dem Wasser aufragten, sich sanft drehten, mal im Einklang miteinander und dann wieder nicht. Gertie hatte sie schon Hunderte Male auf Lkw vorbeifahren sehen und wusste, wie enorm sie waren. Und jetzt hatte sie sie vor sich, ein Beet zauberhafter Sonnenblumen mitten im tiefen Meer. Es war wirklich Ehrfurcht gebietend. Und obwohl sie hier doch in einem Flugzeug saß, das der allgemeinen Meinung zufolge diesen Planeten zerstörte, hatte sie sich mit Blick auf die Zukunft schon lange nicht mehr so optimistisch gefühlt. Es hatte so etwas Positives an sich, dass sich Menschen eine derart schwierige Aufgabe vornahmen – ein riesiges Feld von Windrädern pflanzten, um die Kraft des Planeten einzufangen. Da musste man diese Windräder und diejenigen, die sie erbaut hatten, doch einfach lieben.

»Wow«, sagte Gertie wieder und starrte die Szenerie an, die so beeindruckend war, dass ihr die Kinnlade runterklappte.

Sie flogen über riesige Sandbänke im Meer hinweg, von deren Existenz Gertie nicht einmal etwas geahnt hatte und auf denen sich lauter Vögel tummelten, die dort wer weiß was zu tun hatten. Darauf könnte man mitten im Meer zu Fuß eine Runde drehen, dachte Gertie, man könnte darüberspazieren, und niemand würde es je erfahren. Aber auf die Idee würde wohl keiner kommen, weil Boote dort mit Sicherheit auf Grund laufen würden. Es war ein Stückchen Erde, dachte sie daher mit einem Mal, das völlig unberührt war.

Nicht wie die sich windenden Kopfsteinpflasterstraßen von Carso, die Jahr um Jahr, Jahrhundert um Jahrhundert, unter vielen Schritten ganz rund und glatt geworden waren. Schon merkwürdig, dass Gertie Schottland plötzlich wie ein unentdecktes Land vorkam, voller Orte, die nie ein menschlicher Fuß betreten hatte. Auch in den Bergen gab es Ecken und Stellen, die man mit keinem Transportmittel erreichen konnte, die nur von Vögeln und anderen Tieren aufgesucht wurden und die man bloß vom kleinen Fenster eines Flugzeugs aus sehen konnte. Das alles hatte Gertie nicht einmal geahnt.

Plötzlich wünschte sie sich so sehr, sie könnte diesen Moment mit ihrer Großmutter teilen.

Wie hypnotisiert nickte Gertie. Am Anfang hatte sie noch furchtbaren Bammel gehabt, und auch beim Anflug auf Larbh, wo sie den ersten Zwischenstopp einlegen würden, klammerte sie sich wieder mit aller Kraft fest, als das Flugzeug durch die Wolken hüpfte und taumelte. Aber trotz des Graus, das nun das Fenster komplett ausfüllte, konnte man eigentlich gar keine Angst mehr haben, wenn man sah, wie nüchtern und ruhig Morag ihre Arbeit erledigte.

Als sie später zur Wellblechhütte zurückkehrten, verschränkte Nalitha die Arme vor ihrem runden Bauch und sagte: »Also, Gertie, hast du Interesse an der Arbeit?«

Gertie war immer noch ganz aufgekratzt, schwebte quasi auf Wolke sieben. Sie schaute sich im Gebäude um und blickte zu dem kleinen Flugzeug hinaus. Plötzlich sah sie

Callum Frost mit zwei Männern hereinkommen und Erno und Morag abklatschen, bevor er ein Gespräch mit ihnen anfing.

»Ja«, sagte sie. »Ich will den Job.«

Kapitel 14

Die Rektorin wollte mit Struan reden, was auch für einen erwachsenen Mann, der zum Lehrkörper gehörte, keine angenehme Nachricht war. Er versuchte, der Sache selbstbewusst entgegenzusehen, hatte aber vor allem deshalb ein ungutes Gefühl, weil er ja zum Ende des Halbjahrs seine Kündigung einreichen wollte. Struan befürchtete, dass davon längst jemand Wind bekommen hatte. Außerdem machte er sich auch Gedanken um die Sechstklässler. Na ja, den meisten von ihnen ging es wunderbar, und sie schmetterten im Unterricht weiter fröhlich ihre Lieder. Aber die kleine Oksana war ganz ruhig und still, und er wusste nicht recht, was er da machen sollte. Er hatte versucht, mit ihrer Mum darüber zu sprechen. Ihre Mutter hatte zunächst besorgt ausgesehen und wissen wollen, ob Oksana auch ein braves Mädchen war. Ja, das war sie, hatte er versichert. Daraufhin hatte die Frau beide Hände gehoben, so als hätte sie fragen wollen, wo dann das Problem lag. Und bei all ihren anderen Sorgen war das eine äußerst nachvollziehbare Reaktion.

Als sie auf dem Weg nach draußen gewesen war, hatte Struan ein Knäuel Wolle in ihrer Handtasche bemerkt und kurz an seine neue Mieterin gedacht. Es war schon komisch, dass er sich aus ihrer gemeinsamen Schulzeit so gar nicht an sie erinnerte.

Saskia konnte man weder zum Stricken noch zum Fliegen bewegen. Heutzutage schienen sonst ja alle zu fliegen.

Die Miene der Rektorin, Mrs McGinty, war alles andere als heiter, als Struan angeklopft hatte und ihr kleines Büro betrat. Aber man musste dazusagen, dass sie auch nur dann eine mehr oder weniger heitere Miene zur Schau trug, wenn sie sich bei Eltern einschleimte, selbst bei den Eltern unerträglicher Schüler. Tatsächlich schleimte sie sich meist *gerade* bei den Eltern unerträglicher Schüler ein, dachte Struan, weil die oft Kinder der reichsten Leute in der Gegend waren, die die höchsten Ansprüche stellten und, mit Verlaub gesagt, selbst oft unerträglich waren. Allerdings unerträgliche Typen, die Mrs McGinty am Ende des Schuljahrs mit teuren Geschenken bedachten.

Er seufzte.

»Mr McGhie, Sie sind mal wieder spät dran. Muss ich mir Sorgen um Sie machen?«, fragte sie.

Struan wollte nicht zugeben, dass er letzte Nacht kaum ein Auge zugetan hatte, weil er vor Kurzem in eine neue Wohnung gezogen und außerdem wegen des anstehenden Vorspielens aufgeregt war. Deshalb hatte er sich irgendwann in eine Ecke des winzigen Wohnzimmers gesetzt, Whisky getrunken und über Kopfhörer Musik von Kris Drever gehört, was wohl noch nie jemanden aufgemuntert hatte.

»Nein, alles in Ordnung bei mir«, sagte er, obwohl er sich dessen bewusst war, dass seine Hose ungebügelt war und er auch mal wieder zum Friseur gemusst hätte.

Normalerweise sagte Saskia ihm, wenn es so weit war, aber sie hatte es seit Längerem nicht erwähnt. Jetzt wurde ihm klar, dass das wohl kein gutes Zeichen war, sondern ein

Hinweis darauf, dass es ihr einfach egal war. Unwillkürlich griff sich Struan an den Hinterkopf. Die Haare dort waren ganz wirr. Verdammt! Ja, er gab hier den jungen, coolen Musiklehrer und hatte in dieser Rolle beim Thema Klamotten einen gewissen Spielraum, aber das war wohl zu viel des Guten. Auch das Loch im T-Shirt sprach nicht gerade für ihn.

»Na ja«, seufzte Mrs McGinty. Sie zeigte ihm gern deutlich, dass er als nicht festes Mitglied des Lehrkörpers für sie kaum mehr als Abschaum war, und das ging Struan ziemlich an die Nieren. So etwas dachte er über sich selbst ohnehin schon zu oft, und zu viele Frauen hatten es ihm gegenüber bereits zum Ausdruck gebracht.

Struan würde nie erfahren, dass Mrs McGinty in ihrer lange zurückliegenden Jugend in einen Gitarristen nach dem anderen verliebt gewesen war – sei es, dass die auf fernen Bühnen gespielt hatten oder im Jugendclub vor Ort. Und kein einziger davon hatte ihr Beachtung geschenkt. Selbst das rangniedrigste Mitglied der übelsten Teenagerpunkgruppe hatte sie keines Blickes gewürdigt. Und als sie es einmal geschafft hatte, sich an den Gitarristen einer Hochzeitsband ranzuschmeißen, hatte er sie ganz furchtbar behandelt.

Selbstverständlich redete sich Mrs McGinty ein, dass sie Struan wegen seiner Unpünktlichkeit und seiner Sch...-drauf-Einstellung nicht mochte (auch in Gedanken fluchte Mrs McGinty nicht). Natürlich hatte es rein gar nichts damit zu tun, dass er niemals auch nur auf die Idee kommen würde, etwas mit ihr anzufangen, obwohl sie doch mit ihrem Marks-&-Spencer-Hosenanzug aus der Autograph Collection und perfekt aufeinander abgestimmten Schmuck – Ohrringen und einer Halskette aus Gold – so elegant gekleidet war, während sein T-Shirt eher aussah, als hätte er es im Leichenschauhaus geklaut. Sie war ja erst fünfundvierzig, das war heutzutage doch kein Alter! Diese verdammte Scheidung!

Aber dafür würde er nun büßen, wie sie süffisant dachte. »Na ja, ich habe mir jedenfalls die Planung für die Zeit rund um Ostern angesehen und festgestellt, dass Sie in den letzten Jahren kaum an Klassenfahrten teilgenommen haben ...«

Struan horchte auf. Er hatte in den letzten Jahren nur an wenigen Klassenfahrten teilgenommen, weil diese Veranstaltungen am Wochenende stattfanden und er dann normalerweise für Gigs gebucht war. Aber einmal war er mit dabei gewesen, bei einem Wochenende auf der Insel Mure. Ein unglaublich kompetentes Paar, Charlie und seine Frau Jan, hatte im Prinzip die Kinder an sich genommen, die Lehrer weggeschickt und erklärt, dass sie sich schon melden würden, falls es Probleme gäbe. Das war super gewesen. Auf Mure gab es im Ort ein tolles Café und das Hotel Harbour's Rest, in dessen Bar eine wirklich hübsche Isländerin arbeitete ... Plötzlich musste Struan daran denken, wie er für diese Isländerin – Inge-irgendwas – Gitarre gespielt hatte, und spürte seine Wangen brennen. O Mann.

»Okay, und?«, fragte er. Diese Unterhaltung fiel ihm nicht leicht. Normalerweise mochten Frauen ihn, zumindest so lange, bis sie ihn besser kennenlernten, oder ... Ach, nein, das stimmte nun auch nicht, er hatte doch jede Menge gute Freundinnen. Seine Beziehung zu Frauen war gut, solange sie nicht versuchten, mit ihm zusammen sesshaft zu werden und eine gemeinsame Zukunft zu planen. Von dem Punkt an ging normalerweise alles schief. Aber so würde es mit Saskia ja nicht laufen. »Klar, das wird toll. Auf Mure, oder? Diese Insel find ich echt super!«

Mrs McGinty genoss die Unterhaltung in vollen Zügen. »Ah, die Murer sind dieses Jahr leider komplett ausgebucht, weil sie sich vor allem auf Kinder aus Pflegefamilien spezialisieren. Für die Sechstklässler haben wir uns daher mal wieder für ein Angebot hier in der Nähe entschieden – Sie werden an einem Bergsteigerwochenende auf Larbh teilnehmen.«

»Was, ich soll klettern?«, hakte Struan nach, der nicht sicher war, ob er richtig gehört hatte. Er wünschte wirklich, er hätte sich heute rasiert, weil Mrs McGinty Bartstoppeln nicht leiden konnte. Struan rieb sich das Kinn. »Mit der sechsten Klasse?« Ihm kam der recht rundliche Hugh McSticks in den Sinn. »Ich meine, die sind doch noch ziemlich klein. Dass wir die einen Berg hochkriegen, kann ich mir kaum vorstellen.«

»Sie werden dabei ja von geschultem Personal unterstützt«, erklärte Mrs McGinty. »Eigentlich ist es nicht mehr als ein kleiner Spaziergang. Unter Kletterern bekannt ist die Nordseite des Bergs auf Larbh, auf der Südseite hingegen gibt es einen Wanderpfad, und Sie werden auf halber Höhe Ihr Lager aufschlagen. Eine Nacht ohne Handy in der Wildnis, die Gelegenheit, Spaß zu haben und sich ordentlich schmutzig zu machen … So können sich die Kinder mal richtig auspowern, bevor wir sie wieder ihren Eltern übergeben, womit alle zufrieden sind. Sie müssten allerdings mit ihnen zusammen zelten.«

»Zelten?«, stammelte Struan. Aus seiner Kindheit hatte er keine besonders positiven Erinnerungen ans Zelten. Damals war er mit seinen Eltern auf einem Campingplatz gewesen und hatte auf der Gitarre laut Metallica-Songs gespielt, bis der Platzwart eingeschritten war. Danach waren seine Eltern nie wieder mit ihm campen gewesen.

»Das stärkt den Charakter«, versetzte Mrs McGinty knapp.

Innerlich seufzte Struan. »Aber ich fürchte, ich muss da …« Er überlegte, welche wenig überzeugende Ausrede er vorbringen könnte.

»In Ihrem Vertrag steht, dass Sie auch an Klassenfahrten teilnehmen müssen«, sagte die Rektorin.

»Könnte ich mir mit den Kindern nicht lieber das *Lost Spells Project* anschauen?«

»Ich fürchte, dafür hat sich schon jemand anders eingetragen. Diese Fahrt ist als einzige übrig.«

Ja, das kann ich mir vorstellen, dachte Struan. »Wer fährt denn aus dem Kollegium mit?«, fragte er.

»Daran arbeite ich noch«, antwortete die Rektorin.

Tief in Gedanken versunken war Struan auf dem Weg zu seiner Wohnung, als ihm plötzlich einfiel, dass er dort ja gar nicht mehr wohnte. Aber vielleicht konnte er trotzdem kurz vorbeischauen und Morag Hallo sagen.

Gertie nahm all ihren Mut zusammen und fragte ihren Chef bei ScotNorth, ob sie sich vielleicht eine Auszeit nehmen könnte.

Statt wie befürchtet zu brüllen: »Wie können Sie es wagen? Setzen Sie nie wieder einen Fuß in meinen Laden!«, war Mr Wainwright vielmehr total nett und versicherte ihr, dass sie allen fehlen werde. Er erklärte, dass sie jederzeit ins Geschäft zurückkehren könne, und wünschte ihr sogar viel Glück.

Dann sagten auch noch Kolleginnen zu ihr, wie sehr ihnen ihre Handschuhe und Westen fehlen würden, weshalb Gertie hoch und heilig versprach, weiter für alle zu stricken.

Als sie später den Strickdamen die Neuigkeit unterbreitete, reagierten die natürlich begeistert, kramten aber auch sofort die übelsten Flugzeugabsturzgeschichten hervor, die sie so kannten, die über das Malaysia-Airlines-Flugzeug, das verschwunden und nie gefunden worden war, oder die über ein Passagierflugzeug, das mit Absicht in den Bergen zum Absturz gebracht worden war, weil der Pilot eine Krise gehabt hatte. Nach einer langen Diskussion kamen sie allerdings zu dem Schluss, dass so etwas mit Morag wohl nicht passieren würde, obwohl ihr Bekannter trotz ihrer fast dreißig Jahre ja nicht einmal daran zu denken schien, endlich eine ehrliche Frau aus ihr zu machen. Aber vermutlich würde sie sich deshalb nicht mit ihrem Flugzeug in die Tiefe stürzen.

Als sie schließlich beim 11. September angekommen waren, zog sich Gertie lieber zurück.

Aber Elspeth – Elspeth hatte sich über ihre Neuigkeit gefreut, das hatte das zufriedene Klimpern ihrer Stricknadeln deutlich gemacht. »Darf ich dann mal bei dir mitfliegen?«, hatte sie gefragt und ihre Enkelin aus ihren alten Augen eindringlich angeschaut.

Insgesamt war es ein sehr aufwühlender Tag gewesen.

Gertie nahm aus der Restekiste Wolle in warmen Braun- und Blautönen mit und überlegte, ob sie vielleicht einen neuen Eintrag für ihren Strickblog verfassen sollte. Weil man inzwischen das Jahr 2024 schrieb und keiner mehr Blogs las, aktualisierte sie den kaum noch. Die Einzigen, die ihren Blog regelmäßig besuchten, waren die anderen Strickdamen, die in den Kommentaren entweder alles in höchsten Tönen lobten (Jean, Marian), sich über die tristen Farben beschwerten (die Zwillinge) oder empfahlen, dass sie es mal mit etwas Einfacherem versuchen sollte (Majabeen, die schlicht die Vorstellung nicht ertrug, dass Gertie zu gut werden könnte, obwohl ihre eigenen Kinder fürs Stricken ja »zu intellektuell« waren).

Morag war nicht da, als Gertie in die Wohnung zurückkehrte, wo sie sich an den Computer setzte.

Es war eine Überraschung, als es klingelte, und eine noch größere, als sie beim Öffnen der Haustür unten Struan vor sich hatte.

Gertie starrte ihn an und musste sich eingestehen, dass ihr wohl gerade die Kinnlade runtergeklappt war. Das ist doch albern!, sagte sie sich. Sie war eine erwachsene Frau, würde bald bei einer neuen Arbeitsstelle anfangen und im Leben nach vorne sehen. Sie ging schon lange nicht mehr zur Schule und konnte sich nicht ewig wie ein Teenager verhalten.

Struan musterte die Freundin von Morag, die mit ihren langen Beinen irgendwie ungelenk aussah, wie ein staksiges Rehkitz. Sie wirkte so gar nicht glücklich über sein Auftauchen.

»Hi«, grüßte er und versuchte, sich an ihren Namen zu erinnern.

Dass er den vergessen hatte, wurde für beide im gleichen Moment offensichtlich.

»Ja, hi. Ich bin's, Gertie«, sagte sie. »Die Frau, der du jeden Monat Geld für die Wohnung abknöpfen wirst. Das weißt du doch sicher noch.«

»Äh, ja«, sagte Struan. »Sorry, ich hab einen langen Tag hinter mir. Und, hast du schon eine Gitarrenhülle für mich gestrickt?«

»Nein, bis jetzt nicht.«

»Ach, wie enttäuschend. Ist Morag auch da?«

»Ja, jetzt schon«, sagte in diesem Moment Morag, die sich ihm von hinten näherte. »Mann, was für ein Tag! Wir hatten heute eine Ladung von einer neuen Ginbrennerei auf Larbh, und da ist unterwegs was zu Bruch gegangen.«

»Na, Gott sei Dank«, sagte Struan, trat einen Schritt zurück und hielt sich die Nase zu. »Einen Moment dachte ich schon, du wärst die besoffenste Pilotin auf Erden.«

»Jajaja«, murmelte Morag und roch an ihrem Ärmel. »Mensch, der ist echt stark. Womit die den wohl herstellen, mit Huf- und Klauenspray für Schafe?«

Sie zog eine Flasche hervor, die man ihr als Werbegeschenk mitgegeben hatte. Tatsächlich hieß der Gin *Huf und Klaue*.

»Hm«, machte sie. Dann schaute sie Struan an. »Du weißt schon, dass wir jetzt in der Wohnung sind, oder? Du hast sie uns überlassen, dafür zahlen wir dir ja Miete.«

»Genau das hab ich auch gesagt!«, rief Gertie aus.

»Ich wollte nur kurz Hallo sagen«, sagte Struan, »aber ich verschwinde wohl lieber und störe euch nicht in eurer …«

»Das war doch nur Spaß, jetzt sei mal nicht albern!« Morag verdrehte die Augen. »Komm hoch und trink eine Tasse Tee mit uns.«

»Mit einem Schlückchen Gin?«

»Die Rektorin hat mich reingeritten«, erzählte Struan. »Sie kann mich echt nicht leiden.«

»Weil du wegen deiner Auftritte bis spät in die Nacht unterwegs bist oder weil du ganz weggehst, um in einer größeren Band zu spielen?«, fragte Morag.

Gertie war kurz verschwunden und mit einer großen Schachtel Plätzchen wieder aufgetaucht, die man ihr bei ScotNorth mitgegeben hatte. Sie waren nur ein bisschen zerbröselt, und jeder griff begeistert zu, weil sie überraschend gut zum Gin passten. Der schmeckte so frisch wie der vom Meer umtoste Ort, von dem er stammte.

»Ach, wegen der Klassenfahrt werdet ihr ja bei mir mitfliegen«, überlegte Morag nun. »Vielleicht hast du am Ende sogar Spaß!«

»Wie soll ich denn in den Bergen mit einem Haufen Zehnjähriger Spaß haben?«, fragte Struan. »Hättest du darauf etwa Lust?«

»Gregor macht es Freude, mit den Kindern zu arbeiten, die bei ihm auf die Insel kommen, obwohl sie ihn mit ihren Fragen über seinen Habicht ganz schön löchern«, sagte Morag.

»Jaja, Gregor ist natürlich perfekt«, stöhnte Struan. »Während ich es so gar nicht bin, wie Saskia immer betont.« Niedergeschlagen biss er in ein Schoko-Ingwer-Plätzchen.

»Hast du eigentlich einen Freund?«, fragte Morag Gertie. Noch im selben Moment wurde ihr klar, dass sie sich besser *vor* der Gründung ihrer WG danach erkundigt hätte. Vielleicht kam als Antwort gleich: »Klar. Er ist professioneller Bodybuilder, dreht wegen der Steroide öfter mal durch und zerschlägt dann alle Fenster.«

Gertie schüttelte den Kopf.

»Aber du stehst auf Männer, oder? Und, hast du gerade jemanden ins Auge gefasst?«

Gertie stellte sich vor, wie sie bei der Arbeit in Uniform hinter dem Schalter stand und plötzlich Callum Frost hereinkam, um zu fragen, ob sie später vielleicht einen Kaffee mit ihm trinken würde. Natürlich wäre es nicht ganz angemessen, da sie jetzt für seine Firma arbeitete, aber das war ja nicht für lange, oder? Deshalb würde er nur das Ende ihrer Zeit am Flughafen abwarten müssen ...

»Nein, ich glaube, über Männer bin ich hinweg«, behauptete Gertie. »Die riechen immer so komisch.«

»Da ist was dran«, stimmte Morag ihr zu.

»Hey!«

»Oh, dich meinen wir doch gar nicht«, versicherte Morag. »Du bist schließlich Lehrer.«

»Und du riechst auch gut«, pflichtete Gertie ihr bei.

»Ich glaube, das liegt daran, dass Saskia bei uns geputzt hat«, sagte Struan ein wenig verdrießlich. Schnell wurde er wieder munter. »Na ja, aber bald bin ich wieder ein sexy Rockstar, wenn ich hier im Ort beim Ceilidh spiele.«

Morag verdrehte die Augen. Dann blickte sie Gertie an. »Hey, bist du eigentlich mit von der Partie? Da kommen immer jede Menge Kerle, die ganzen jungen Bauern!«

»Wir haben doch gerade erst über miefende Männer gesprochen«, stöhnte Gertie. »Mal abgesehen davon sind da immer alle vom Strickzirkel mit dabei und betrinken sich und bringen mich dann in Verlegenheit.«

»Ach, deine Mum ist doch nett!«, befand Morag.

»Ja, ist sie«, stimmte Gertie zu. »Aber sie sitzt gern da und redet laut über mich, so als würde ich nicht direkt neben ihr stehen.«

Struan verzog das Gesicht. »Ah, ja, das macht Saskia auch«, murmelte er gedankenverloren und reagierte verblüfft, als die beiden Frauen ihn anstarrten. »Aber sie ist supersexy«, fügte er hinzu, während sich Morag vornahm, lieber nicht groß Möbel für die Wohnung zu kaufen.

»Okay, ich werd dann mal«, sagte Struan und stand auf.

»Fang besser damit an, für die Berge zu trainieren«, schlug Morag vor.

Gertie kicherte.

Während Struan die Treppe hinuntertrappelte, schüttelte Morag den Kopf. »Der hat sich wirklich gar nicht verändert.«

Gertie fragte sich, wie Callum zu Schulzeiten wohl gewesen war. Wahrscheinlich ganz bezaubernd.

Kapitel 15

Nalitha hatte Gertie alles Nötige gezeigt und wollte an ihrem ersten freien Tag gen Süden zum nächstgelegenen John Lewis fahren, um endlich eine Kuscheldecke für das Baby zu kaufen.

Morag hatte Gertie versichert, dass sie das wunderbar hinkriegen würde, dabei hatten beide Zweifel wegen Gerties Schüchternheit.

Gertie hatte deshalb auch schlecht geschlafen und ging schon früh aus dem Haus, noch bevor Morag wach war. Aus den Schornsteinen stieg allerdings bereits Rauch auf, und still war es im Ort auch nicht, weil mit der Flut die Fischer zurückgekehrt waren. Sie nutzten längst nicht mehr die kleinen Ruderboote aus der Zeit von Gerties Großvater, sondern hochmoderne Kutter. Obwohl die von außen ein wenig schäbig und heruntergekommen aussahen, verfügten sie über die neueste Technologie, die anzeigte, wo Fischschwärme zu finden waren, und auch, wo sich die Fische in die Tiefe zurückgezogen hatten und man sie in Ruhe lassen musste, damit sie sich vermehren und zu neuen Schwärmen zusammenfinden konnten.

Wenigstens war es nur ein kleiner Flugplatz, dachte Gertie. Sie würde es nicht mit diesen beängstigenden endlosen Schlangen zu tun haben, die sie im Fernsehen gesehen hatte, mit weinenden Kindern und auf ihren Koffern hockenden Passagieren, die darüber klagten, dass sie so weit entfernt von zu Hause festsaßen. Der Flugplatz von Carso war das genaue Gegenteil, da es sich im Prinzip um nicht viel mehr als eine Wellblechhütte handelte. Vorwitzig flatterten ein paar Fahnen im Wind, und es gab nur wenige Flüge am Tag. Callum Frosts große norwegische Fluglinie transportierte von hier aus Menschen nach Aberdeen, Glasgow und London, vor allem Leute von den Bohrinseln, Touristen und Einheimische, die shoppen gehen wollten. Dazu kam die kleine Fluggesellschaft MacIntyre Air, die theoretisch auch Callum gehörte, aber erbittert auf ihren eigenen Markennamen und ihre Unabhängigkeit pochte.

Wer von London aus herflog, war oft auf einer Reise rund um die Welt und wollte gern die Heimat der Vorfahren besuchen oder einfach die Schönheit des Archipels genießen. Auf der winzigen Insel Inchborn gab es Überreste eines alten Klosters und die von Verteidigungszonen und Unterständen. Das am weitesten abgelegene Eiland, Archland, war komplett unbewohnt. Es war die letzte Insel vor dem unendlichen Ozean, bevor in weiter Ferne Mure kam, dahinter die Shetlandinseln und dann die Färöer. Die größte der Inseln, Cairn, hatte üppiges Weideland und eine reiche Vogelwelt zu bieten. Sie hatte auch die meisten Bewohner, gefolgt von Larbh. Larbh war vor allem für seinen spitz in den Himmel aufragenden Berg, den Ben Garrold, bekannt, der Kletterer aus aller Welt anlockte.

Dieser Teil der Welt war geradezu magisch. Er lag so weit im Norden, dass es im Sommer kaum dunkel wurde und die Sonne tagsüber für ein fantastisches Licht sorgte. Ihre Strahlen rasten schneller über das grünblaue Wasser als die Reiher, die von Bucht zu Bucht flogen.

Der Flughafen von Carso war an allen Ecken und Enden mit dem schottischen Andreaskreuz geschmückt und präsentierte sich gern als »Tor zum Norden«. Tatsächlich war es im Inneren des Gebäudes aber ziemlich zugig, und alle nannten es nur »die Wellblechhütte«.

Neben den Mitgliedern der Fluggesellschaften arbeitete hier noch das Ehepaar Donald und Lisa, das sich um die Flugverkehrskontrolle für die Passagiermaschinen, für Frachtflüge und Hubschrauber kümmerte, und auch um die kleineren Privatflugzeuge, die zu den Windparks und Bohrinseln hinausflogen.

Lisa konzentrierte sich – nicht immer besonders erfolgreich – vor allem auf den anfallenden Papierkram und den kleinen Kiosk. Neben diesem stand ein übler Kaffeeautomat, dessen widerliches Gebräu nur rein theoretisch Kaffee genannt werden konnte. Aber der Automat brachte Menschen aller Nationen zusammen, ganz egal, wie sie den Kaffee in ihrer jeweiligen Heimat tranken. Schweden waren pingelig und erwarteten zum Kaffee eigentlich ein kleines Plätzchen, Neuseeländer waren an Flat Whites mit beeindruckenden Mustern auf der Schaumkrone gewöhnt, Amerikaner liebten bei ihrem Kaffee einen an durchgeschmorte Kabel erinnernden verbrannten Geschmack. Italiener bevorzugten einen Koffeinkick aus winzigen Tassen, an denen man besser im Stehen nippte, falls das Bein unwillkürlich zu zucken anfangen sollte, und Türken gaben in ihren Kaffee Zucker, bis der Löffel darin nicht mehr umfiel. Ungeachtet der jeweiligen Staatsangehörigkeit: Wer einen Schluck aus dem kochend heißen dünnen Plastikbecher mit der wässrigen braunen Flüssigkeit getrunken hatte, dachte automatisch, dass Schotten zwar so manches Talent haben mochten, nicht jedoch das fürs Kaffeekochen.

Hervorzuheben war aber das vom Kiosk angebotene Gebäck. Lisa backte selbst Shortbread und Scones, die noch warm waren, wenn man den frühen Flug nach Inchborn oder Edinburgh nahm. Dann konnte man sich damit an einem sonnigen Tag an die großen Fenster setzen und auf die Piste hinausschauen. Das war sogar ein beliebter Zeitvertreib für Einheimische, die dafür allerdings ihren eigenen Kaffee in einer Thermoskanne mitbrachten.

Es gab zwei Abfertigungsschalter, einen für Nalitha und einen für Callums andere Fluggesellschaft, für die eine ganze Schar von unfassbar schönen Skandinavierinnen arbeitete. Das waren richtige Flugbegleiterinnen, die sich um den Service an Bord kümmerten. Aber sie übernahmen auch mit unglaublicher Effizienz den Check-in, wodurch vielen der männlichen Passagiere schon beim Warten in der Schlange die Kinnlade runterklappte.

»So was passiert, wenn man zu viel Zeit in der Gesellschaft von Schafen verbringt«, sagte Nalitha gern, wenn selbst die Leute aus der MacIntyre-Air-Schlange sich den Hals verdrehten, um die 1,80-Meter-Amazonen zu bewundern.

All diese fremden Flugbegleiterinnen waren durchaus freundlich, aber man bekam gar keinen Überblick, weil die Fluggesellschaft so groß war, dass sich die Zusammensetzung der Crews ständig änderte. Und da sie an gut isolierte Flughafengebäude wie die in Oslo und Bergen und Aalborg gewöhnt waren, war auch verständlich, dass sie in Carsos kleiner Flughalle mit im Wind bebenden Außenwänden aus Aluminium über die Kälte klagten.

Gut, auf den Toiletten herrschten *tatsächlich* arktische Temperaturen, aber war das denn so schlimm? Es sollte schließlich niemand dazu animiert werden, sich dort länger als nötig aufzuhalten.

Na ja, jedenfalls erkannte man die Flugbegleiterinnen, die nicht zum ersten Mal für einen Einsatz nach Carso kamen, an den mitgebrachten Thermoskannen mit Kaffee.

Um für eine Fluggesellschaft arbeiten zu dürfen, musste Gertie als Erstes einen Hintergrundcheck durchlaufen. Es stellte sich heraus, dass sie nicht einmal einen Pass hatte. Morag hatte sich angesichts dieser Information eine besorgte Miene verkniffen und ihr bloß höflich empfohlen, besser einen zu beantragen.

Danach hatte Donald für sie einen laminierten Mitarbeiterausweis mit Foto fertig gemacht, mit dem sie durch die Sicherheitskontrolle konnte, um die sich sein Sohn Mackintosh kümmerte. Der war ein dicker, verschlafener Typ, vielleicht deshalb, weil er jeden Tag unbegrenzt Zugang zu Shortbread und frischen Scones hatte.

Nalitha machte gelegentlich den Witz, dass sie eines Tages mit einer riesigen tickenden Bombe wie aus einem Zeichentrickfilm durch den Metalldetektor spazieren würde, nur um seine Reaktion darauf zu sehen.

Gregor fand ja, dass sie auch die Leute durchsuchen sollten, die von Flügen nach Inchborn zurückkehrten, falls sie seltene oder wertvolle Eier gestohlen haben sollten. Aber damit hatte er sich nicht durchgesetzt, vielleicht auch deshalb, weil er für so ein Vergehen ziemlich drastische Strafen vorgeschlagen hatte.

Gertie drückte sich vor dem Eingang der Wellblechhütte herum und atmete tief durch. Als sie zum ersten Mal hier gewesen war, hatte sie sich gefragt, was für ein Geruch da eigentlich in der Luft lag: Ihr kam es so vor, als hätte hier jemand, der Kaffee nur vom Hörensagen kannte, welchen in einer Mülltonne zu kochen versucht.

Sie riss sich zusammen, um sich jetzt tapfer ans Werk zu machen, und betrat das Gebäude. An ihrem Platz angekommen, warf sie einen Blick auf ihre Checkliste und schluckte heftig. Das war heute ihr erster Tag allein, ohne Nalithas Unterstützung. Es war schon so lange her, dass sie eine neue Stelle angetreten hatte, und damals hatte man ihr ja bloß einen Staubwedel in die Hand gedrückt und sie als Nächstes gebeten, eine Kiste Shampooflaschen auszupacken.

»Das wird schon!«, hatte Jean so überzeugend wie möglich zu ihr gesagt. »Pass nur auf, dass du dich nicht in Tagträumereien verlierst.«

Gertie hatte einen empörten »Natürlich nicht!«-Gesichtsausdruck aufgesetzt, als hätte sie diesen Job in Wahrheit nicht wegen des unglaublich attraktiven Chefs angenommen.

Aufgeregt zupfte sie an der Uniform herum. Die bestand aus einem karierten Rock – Gertie trug nie Röcke – und einem gepaspelten Karohemd mit einer Weste in der Farbe von Heidekraut.

Nalitha hasste diese Uniform, aber Peigi nähte die einzelnen Teile selbst und weigerte sich strikt, irgendwas daran zu ändern. Sie war auch furchtbar unpraktisch. Zunächst einmal hatte das Hemd kurze Ärmel, was wirklich keine gute Idee war. Darüber hinaus bestand der Stoff aus einem Baumwoll-Polyester-Gemisch, weshalb man darin schwitzte, wenn man zu viel Zeug schleppen musste. Mal abgesehen davon schmeichelte die Weste weder der Figur von Frauen mit viel Busen wie Nalitha noch der von solchen mit flacher Brust wie Gertie. Als Gertie den Strickdamen die Uniform vorgeführt hatte, hatte Jean gemeint, dass sie damit an einen kleinen Jungen am Tag seiner Erstkommunion erinnerte.

Tara hatte Jean rasch zum Schweigen gebracht, Gertie versichert, dass sie wirklich hübsch aussah, und gefragt, ob sie vielleicht mal zum Shoppen nach Glasgow mitfliegen könnte. Gertie musste klarstellen, dass das so leider nicht lief. Auch bei ScotNorth hatte sie den Strickdamen nicht ständig Gratiskekse mitgeben können, auch wenn die des Öfteren mal eine angeknautschte Schachtel hochgehalten und verkündet hatten, dass bestimmt schon etliche darin zerbrochen waren.

»Siehst du!«, hatte Cara ziemlich fies zu Tara gesagt. »Hab ich dir doch gesagt, dass das eine bescheuerte Idee ist.«

Gertie war schnell verschwunden, um sich wieder umzuziehen, und hatte die Sache nicht noch einmal erwähnt.

Aber hier stand sie nun in der Uniform und stieß die halbhohen Absätze ihrer Schuhe zusammen, die ebenfalls neu waren und ihr jetzt schon zu schaffen machten. Sie bereitete sich auf den Check-in für den 9.40-Uhr-Flug vor. Heute würden sie nach Cairn fliegen und einen Zwischenstopp auf Larbh einlegen.

Vor dem Schalter hatte sich bereits eine kleine Schlange gebildet, und plötzlich überkam Gertie Panik beim Gedanken daran, dass sie sich jetzt ins System einloggen und sich an die korrekte Reihenfolge der einzelnen Schritte erinnern musste. Aber dann holte sie einmal tief Luft und mahnte sich zur Ruhe.

Nalitha hatte ihr gesagt, dass sie sie jederzeit anrufen könnte. Das war allerdings ein einschüchternder Gedanke, vor allem weil Nalitha ja laut verkündet hatte, dass sie vor ihrem Besuch bei John Lewis einfach nur in Ruhe herumliegen, Donuts essen und sich Videos von tollpatschigen Hunden angucken wollte. Dabei würde sie vermutlich nur ungern gestört werden, dachte Gertie. Aber es würde ja alles gut laufen. Sie stellte den Computer an und gab das Passwort ein, dann wandte sie sich mit einem Lächeln an die Wartenden.

Bei den ersten beiden in der Schlange handelte es sich um nette ältere Damen, die auf Cairn, der größten Insel des Archipels, wandern gehen wollten. Mit strahlendem Lächeln umklammerten sie ihre Trekkingstöcke und sprachen über die Wettervorhersage.

Das würde schon klappen, sagte sich Gertie wieder. Zu ihrer Überraschung schienen die beiden gar nicht zu bemerken, dass sie neu war, weil der Check-in ganz reibungslos verlief. Sie hatte nichts dramatisch falsch gemacht.

Als Nächstes kam eine junge Familie, die diese Reise regelmäßig unternahm. Die Eltern grüßten freundlich, weil sie Gertie aus dem Supermarkt kannten, und fragten nach Nalitha.

Gertie schluckte. Aber sie versuchte, zuversichtlich zu bleiben. Eine weitere Gruppe Wanderer, kein Problem. Dann ein paar Amerikaner, die sie lauter persönliche Sachen fragten, betonten, dass sie ja auch Schotten seien, und von der Suche nach ein paar alten Grabsteinen hier in der Gegend erzählten. All das brachten sie in so vergnügtem Tonfall vor, als sei es unglaublich witzig, für einen Besuch am Grab der Vorfahren einmal um die Welt zu reisen.

Die Pässe der Amerikaner hätte Gertie eigentlich nicht zu kontrollieren brauchen, weil sie alle die gleichen Sweatshirts mit dem Aufdruck WIR WILSONS KÖNNEN ALLES AUSSER BESCHEIDENHEIT trugen. Tatsächlich, da fand sie sie auch schon im System: Familie Wilson, acht Personen.

Allmählich ließ Gerties Panik nach. Es war alles in Ordnung. Die Anzahl der eingecheckten Personen stimmte mit der der erwarteten Passagiere überein, das Gesamtgewicht des Gepäcks passte. Man hatte sie eine Million Mal dazu angehalten, in Bezug darauf bloß aufzupassen: Das Flugzeug war so klein, dass es bei der Gewichtsobergrenze nicht viel Spielraum gab.

Aber es würde alles gut gehen. Sie würde hier wohl klarkommen.

Am nächsten Tag kümmerte sich Gertie schon weitaus selbstbewusster um den Check-in bei MacIntyre Air. Nach zwei Paaren, die zusammen einen Geburtstag feierten, war als Nächstes ein etwas anderer Typ von Passagier an der Reihe: ein großer, korpulenter Mann mit einer ebenso großen Tasche, die schwer aussah.

»Na, endlich!«, stöhnte er mit verärgerter Miene.

»Hallo!«, sagte Gertie. »Herzlich willkommen. Stellen Sie doch bitte Ihre Tasche auf die Waage.«

Der Mann wirkte gereizt. »Nein, nein, das passt schon. Hier.«

Er wedelte mit seinem Handy herum, auf dem er das Onlineticket aufgerufen hatte. Die Schrift war allerdings so klein, dass Gertie sie nicht gut lesen konnte. Als sie nach dem Telefon griff und das Ticket zu scannen versuchte, musste sie wohl versehentlich etwas angeklickt haben, jedenfalls erklang plötzlich laut ein Heavy-Metal-Song.

»Also, echt jetzt …« Der gereizte Typ schnappte sich das Handy wieder. »Hiiiieeer«, sagte er und hielt es ihr direkt vor die Nase.

Gertie überprüfte seine Buchung und fragte sich, warum er bloß so verstimmt war. Benahmen sich manche Leute am Flughafen vielleicht einfach so? Waren total empfindlich, schauten ständig auf die Uhr, seufzten, klopften ungeduldig mit dem Fuß auf den Boden und berührten immer wieder ihr Gepäck?

Bei der Einweisung hatte Nalitha ihr gesagt, dass viele Passagiere einfach nervös waren und dass die Angestellten der Airlines ja auch die Macht hatten, Leute aus dem Flugzeug rauszuschmeißen. Und wenn jemand aus irgendeinem Grund seinen geplanten Flug nicht nehmen konnte, war der Kauf eines Tickets für den nächsten ein teurer Spaß. Mal abgesehen davon, dass hier in Carso der nächste vermutlich erst am folgenden Tag gehen würde. Das war natürlich ein Problem und machte manche eben wütend.

Gertie spürte, dass ihre Wangen zu brennen begannen, weil der Typ ihr genervt zusah. Dabei ging sie doch extra sorgfältig vor und versuchte, beim Einchecken bloß keine Fehler zu machen. »Ich muss noch Ihre Tasche wiegen ... Stellen Sie die bitte auf die Waage?«

Die Tasche kam auf ganze siebenundzwanzig Kilo, wie Gertie unbehaglich feststellen musste. Was das Gewicht anging, war Nalitha unerbittlich gewesen.

»Tut mir leid«, sagte Gertie, »aber die Tasche ist zu schwer.«

Der Mann schnaubte. »Okay, dann *zahle* ich eben für das Übergewicht.«

»Sorry, aber diese Möglichkeit besteht bei uns leider nicht. Das ist ...« Sie hasste es, mit dieser Keule zu kommen. »... eben unsere Firmenpolitik. Wir müssen alles wiegen, was bei uns in den ...« Plötzlich fiel ihr das Wort für den Teil des Flugzeugs nicht mehr ein, in den die Koffer verladen wurden. Beinahe hätte sie »Kofferraum« gesagt. »... in den Gepäckraum kommt.«

»Aber ich könnte Sachen aus der Tasche rausnehmen und damit an Bord gehen?«

»Äh, ja.«

Der Mann schüttelte den Kopf. »Wie lächerlich! Absolut bescheuert, das ist Ihnen doch auch klar!«

Gertie wäre am liebsten im Erdboden versunken. Sie hatte keine Ahnung, was sie jetzt machen sollte. Wenn im ScotNorth jemand wirklich aggressiv wurde, ging man nach hinten und holte Mr Wainwright, der dann rauskam und die entsprechende Person finster anstarrte, bis sie den Käse wieder zurücklegte.

John Paul war aus dem Ort, den kannte sie schon ihr Leben lang. Bei diesem Kerl hingegen hatte sie keine Ahnung, wozu er fähig war.

»Sie taugen ja wirklich zu gar nichts. Sie müssten sich mal hören! ›Der Computer sagt Nein!‹? Ach du Scheiße!«

Mittlerweile starrten alle Umstehenden ihre Schuhe an, als wären die unglaublich faszinierend.

Gertie schluckte und musste sich sehr zusammenreißen, um nicht in Tränen auszubrechen.

»Und jetzt wollen Sie mich ernsthaft dazu zwingen, die blöde Reisetasche aufzumachen? Mal im Ernst, Schätzchen, haben Sie denn nichts Besseres zu tun? Verdammt, lassen Sie es doch gut sein!«

Gertie atmete durch die Nase ein und versuchte zu lächeln. »Es tut mir leid, Sir, aber ich kann wirklich nicht …«

Er äffte sie nach. »Tut mir leid … Ich kann wirklich nicht … Ich bin nämlich ein Roboter … der von Computern gesteuert wird …«

Plötzlich kam Bewegung in die Schlange.

»Entschuldigen Sie bitte!«, ertönte eine laute Stimme. Ein Mann trat vor. Er hatte blondes, leicht aufgebauschtes Haar, trug eine Sonnenbrille von Oakley und eine mit einer lachhaften Anzahl von Aufnähern übersäte Pilotenjacke.

Angesichts all der seltsamen Slogans und merkwürdigen Lederflicken konnte man wohl davon ausgehen, dass sie furchtbar teuer gewesen sein musste.

Gerties Herz machte einen Satz.

Der genervte Typ am Schalter drehte sich mit gereiztem Gesichtsausdruck um. »Warten Sie mal schön, bis Sie an der Reihe sind, Kumpel!«

»Erstens bin ich nicht Ihr Kumpel«, entgegnete der blonde Mann mit freundlichem Lächeln. »Und zweitens bin ich hier, um Ihnen zu sagen, dass Sie nicht in dieses Flugzeug steigen werden.«

»Was?«, knurrte der Typ. »Jetzt ziehen Sie schon Leine!«

»Leine ziehen werden wohl eher Sie. Ich muss Sie bitten, den Flughafen zu verlassen.«

»Von wegen!«, knurrte der Mann. »Die Kleine da und ich, wir haben gerade nur meine Tasche eingecheckt, oder nicht, Liebes?«

»Ich fürchte, das können Sie vergessen, weil Sie jetzt hier verschwinden«, ertönte eine neue Stimme.

»Und welcher Hampelmann will mir das vorschreiben?«

»Ich bin der Hampelmann, dem die Fluggesellschaft gehört.« Der Mann, der gesprochen hatte, trat einen Schritt vor. Es war Callum Frost.

Und in diesem Moment wurde die neueste große Schwärmerei in Gertrude Mooneys Leben noch einmal so richtig befeuert.

Kapitel 16

Es kam, wie es kommen musste. Tatsächlich schnappten sich Callum und Morags Co-Pilot Erno den Mann und zerrten ihn aus dem Gebäude, um ihn draußen einem Taxifahrer zu übergeben.

Erno war wegen seines Herzens auf Diät. Die Menge an Schinkenbrötchen, Wurstbrötchen und auch gelegentlichen Brötchen mit Schinken, Wurst und Ei, die er früher so vertilgt hatte, war von seiner um sein Leben besorgten Familie stark reduziert worden. Außerdem saß ihm ein strenger Fliegerarzt im Nacken, der alle fünf Minuten sein Cholesterin messen wollte. Wenn es darum ging, sich jemanden vorzuknöpfen, war Erno deshalb gern mit von der Partie, weil er sowieso schon üble Laune hatte. Das lenkte ihn auch vom Gedanken an den Salat mit Cashewkernen ab, den er als Mittagessen dabeihatte. Außerdem fand er es toll, dass die in der Schlange wartenden Passagiere applaudierten, als der Kerl an ihnen vorbeigeschleppt wurde.

Der fassungslose Typ ballte die Fäuste und brüllte, dass er seine Rechte kannte und sie verklagen würde.

Callum wünschte ihm lächelnd viel Glück damit und schlug ihm vor, doch mal das Kleingedruckte auf seinem Ticket zu lesen. Er erklärte, dass sie ja schließlich Videoaufnahmen davon hatten, wie seine Mitarbeiterin beschimpft wurde.

Das stimmte ganz und gar nicht, was Gertie allerdings nicht wusste. Per Videokamera überwacht wurden hier nur die Flugzeuge draußen, aber Callum hatte seine Behauptung ziemlich überzeugend vorgebracht.

Als die beiden Männer ins Gebäude zurückkehrten, rang Gertie immer noch um Fassung. Als Nächstes stand in der Schlange ein nettes junges Paar auf Hochzeitsreise, und den beiden hatte sie aus Versehen verraten, dass sie hier ganz neu war. Deshalb hatten alle sie umringt, redeten auf sie ein und waren unglaublich freundlich und mitfühlend.

Damit erregte sie vielleicht ein wenig zu viel Aufmerksamkeit, dachte Gertie, als sie leicht genervt bemerkte, dass Majabeens ältester Sohn, Krish, in der Schlange für den Flug nach Glasgow stand und alles mitbekommen hatte. Leider bedeutete dies, dass die Geschichte bereits die Runde gemacht haben würde, bevor sie auch nur Feierabend hatte.

»Es ist alles in Ordnung«, versicherte sie, wobei ihre Stimme allerdings etwas zitterte. Sie war nicht daran gewöhnt, so angeschnauzt zu werden. Ihre Mutter sprach manchmal – okay, durchaus auch öfter – in strengem Tonfall mit ihr, aber eigentlich nur, wenn es um ihre Haare ging. Sie schrie ihre Tochter nie an, und Gertie stellte ja auch nie irgendetwas Schlimmes an.

In der Schule hatten die Lehrer sie manchmal zur Ordnung gerufen, weil sie sich wieder in Tagträumen verloren hatte, waren aber nie wirklich laut geworden. Gertie hatte immer furchtbare Angst gehabt, dass diese Träume sie irgendwann ernsthaft in Schwierigkeiten bringen würden. Tatsächlich hatte Jean an Elternsprechtagen aber jedes Mal feststellen müssen, dass die Lehrer sich nur vage an ihre geliebte Tochter erinnerten.

Mit großen Schritten kehrte Callum zum Schalter zurück. »Na«, sagte er, »das haben Sie gut gemacht!«

Gertie schaute zu ihm auf, zu ihrem Retter in der Not. »Danke«, stammelte sie mit immer heftiger brennenden Wangen. »Mir war nicht bewusst, dass der Besitzer der Fluglinie so energisch ist.«

»Ich bin doch ganz zahm«, knurrte Callum und lächelte schließlich. »Sie sind neu hier, oder?«

Gertie nickte stumm und errötete noch heftiger.

»Kennen wir uns nicht von irgendwoher?«

»Ich hab Sie mal im Supermarkt bedient.«

»Stimmt!«, sagte er. »Sie haben versucht, mich mit irgend so einem … blauen Zeug zu vergiften.«

»Ich …«

»Das war doch nur Spaß«, sagte er, als er ihren Gesichtsausdruck bemerkte. »Willkommen im Team!«

Gerade traf Morag ein, um vor dem Flug noch nach ihrer Maschine zu schauen, die draußen in der Sonne glänzte. Die kleinen Räder des Flugzeugs wirkten wie die Stützräder eines Kinderrades.

Morag war überrascht, als sie bemerkte, dass einige der Passagiere noch gar nicht eingecheckt waren.

Ach, Nalitha war ja nicht da, wie sie sich traurig in Erinnerung rief. Morags Rückkehr nach Schottland hatte viel mit ihrer besten Freundin zu tun gehabt. Dass Nalitha ihren Arbeitsalltag mit Sticheleien und beleidigenden Bemerkungen über alles und jedes auflockerte, bei der Firma aber gleichzeitig sämtliche Dinge im Griff hatte, war ihr eine große Hilfe gewesen.

Was Gertie anging, war Morag immer noch nicht sicher. Sie war so still, was für eine Mitbewohnerin ja perfekt war. Für diesen Job brauchte man aber ein wenig Biss.

Als sich Morag dem Schalter näherte, sprach Gertie dort gerade ausgerechnet mit Callum Frost, der wie üblich nicht Bescheid gesagt hatte, dass er vorbeischauen wollte. Das nervte Morag total.

Callum war ein Flugzeugfanatiker, der vermutlich am liebsten Pilot geworden wäre – ein Typus, dem Morag schon des Öfteren begegnet war. Statt selbst zu fliegen, hatte er das Familienunternehmen übernommen und stand dadurch im Fokus der Öffentlichkeit.

Natürlich war es toll gewesen, dass er MacIntyre Air eine neue Maschine als Ersatz für die nicht mehr flugtaugliche *Dolly* zur Verfügung gestellt hatte. Dadurch konnte ihr Familienunternehmen weiter fortbestehen, das ja quasi ein Aushängeschild für die Luftfahrt war, weil es an einem Strand landete – auf der einzigen Strandlandebahn in ganz Europa! Um das mitzuerleben, kamen Leute von nah und fern herbei.

Aber den MacIntyres waren ihre Passagiere wichtig, bei denen es sich oft um Stammkunden handelte, und ihre Route, die für die Gemeinden der Gegend schließlich eine wichtige Lebensader darstellte. Von den Fähren, die hier unterwegs waren, fielen manche beinahe auseinander und konnten bei aufgewühlter See die Fahrt nicht immer antreten. Jedenfalls fand Morag, dass sie den Leuten, mit denen sie zusammenarbeitete, etwas schuldig war.

Das sah Callum ganz anders. Bei ihm stand im Mittelpunkt, Menschen für wenig Geld von A nach B zu bringen, mehr war an der Sache für ihn nicht dran. Er war berühmt-berüchtigt dafür, dass ihm das Wohlergehen der Passagiere wenig am Herzen lag. Für zusätzliches Gepäck wurde den Leuten ordentlich Geld abgeknöpft, und es interessierte ihn nicht, ob jemand seinen Flieger verpasste, den Anschlussflug nicht erreichte oder um ein Uhr morgens meilenweit entfernt vom eigentlich angepeilten Ziel abgesetzt wurde.

In Callums Augen gaben ihm die niedrigen Preise seiner Fluglinie jedes Recht dazu, und der Erfolg dieser wenig glanzvollen Strategie hatte ihn sehr reich gemacht.

Aus Morags Perspektive hatte er damit allerdings die Fliegerei in das Gegenteil von etwas Spannendem und Magischem verwandelt und scherte sich einen Dreck darum. Daher war ihr Umgang miteinander ein ziemlicher Balanceakt. Es herrschte zum einen vor allem deshalb eine unbehagliche Waffenruhe, weil Morag ihm ja viel zu verdanken hatte und es sich nicht eingestehen wollte, zum anderen deshalb, weil er mit dieser wenig einträglichen Route immer noch haderte. Aber sie bekamen ja finanzielle Unterstützung von der Regierung dafür, weil sie auch Post mitnahmen, gelegentlich bei medizinischen Notfällen einsprangen und somit für die Gegend lebenswichtige Dienstleistungen erbrachten. Viel Geld gab es dafür nicht, aber so hatten sie sich in der Vergangenheit auch in windigeren Monaten über Wasser halten können.

Morag vermutete, dass Callum vor allem wegen dieser Subventionen Interesse an ihrer Fluggesellschaft gehabt hatte. Was er mit diesen Geldern anstellte und ob bei der Erfüllung der Voraussetzungen alles mit rechten Dingen zuging, wusste sie nicht. Daher behielt sie ihn stets misstrauisch im Auge.

Er ignorierte das unbekümmert und redete immer mit ihr, als würden sie hervorragend miteinander auskommen, bot ihr neue Angestellte oder Uniformen an oder Zugang zu seinem globalen Buchungssystem, was sie mit höflichem Lächeln ablehnte.

Abgesehen davon hatte sie ja einen sexy Freund mit Rauschebart und Löchern im Pullover. Adrette Blondschöpfe waren gar nicht ihr Ding.

Hier stand er nun und hielt den Betrieb damit auf, dass er mit der neuesten Angestellten der Firma plauderte.

Für die Leute, die auf die Inseln flogen, war das ja nicht so schlimm. Sie würden ihren Flug nicht verpassen, da Morag und ihr Kollege warten würden, bis alle an Bord waren. Aber bei einer Verspätung auf dem Rückflug würden die Passagiere von Larbh und Cairn ihren Anschluss nach Glasgow verpassen und stinksauer sein. Dann würde die Airline die Kosten für eine Übernachtung übernehmen müssen, und es gab noch das zusätzliche Problem, dass nur ein einziges Bed and Breakfast in der Nähe des Flughafens kurzfristig Gäste aufnahm, nämlich das von Malcolm McCue, dem knurrigsten Typen von ganz Carso.

Niemand konnte sich auch nur ansatzweise erklären, warum dieser Mann ins Gastgewerbe gegangen war, da er nicht nur alle Menschen hasste, sondern auch keinerlei Lust dazu hatte, sein Haus auf angenehm warme Temperaturen zu bringen oder genießbares Essen zuzubereiten. Morag war es immer sehr unangenehm, wenn sie auf ihn zurückgreifen mussten und die Passagiere am nächsten Tag völlig verschüchtert wieder am Flughafen auftauchten.

»Hallo?«, sagte sie jetzt. »Ist alles in Ordnung?«

Callum strahlte und machte etwas, was er immer tat und vermutlich durch irgendein blödes Managervideo auf Youtube gelernt hatte: Er griff mit beiden Händen nach ihrer Hand und drückte sie so fest, als sei Morag ihm unglaublich wichtig und als freue er sich unfassbar, sie zu sehen.

»Meine Lieblingspilotin!«, rief er aus, ebenfalls wie immer.

»Ich bin nicht deine Lieblingspilotin«, entgegnete Morag. »Ich bin nur die einzige, an die du dich gut erinnerst, weil ich mit meinem Flugzeug notlanden musste.«

»Ach ja«, sagte Callum. »Aber es war zum Glück keine meiner Maschinen.« Er lächelte begeistert. »Ich bin ganz beeindruckt von eurem Neuzugang bei MacIntyre Air.«

Morag musterte Gertie. »Alles okay bei dir? Was ist denn passiert?«

Ihre mittlerweile tomatenrote Angestellte nickte heftig. »Nichts – bloß ein unhöflicher Passagier ... Mir geht's gut ... und ich sollte mich langsam mal wieder an die Arbeit machen.« Nun schaute sie zu Callum hoch. »Vielen Dank noch mal!«

»Sie sind eine tolle Bereicherung für meine Firma«, versicherte Callum und zog wieder die Nummer mit beiden Händen ab, aber dieses Mal bei Gertie. »Weiter so!«

Zum Glück gehörten zu den nächsten in der Schlange ein paar Stammkunden, die ständig nach Larbh flogen und ihr ein bisschen helfen konnten, bis sie wieder das Gefühl hatte, alles im Griff zu haben.

Gertie sah dabei zu, wie Morag – ihrer Meinung nach ziemlich unhöflich – mit Callum sprach, bevor sie mit ihm und Erno rausging, um vor dem Flug die Maschine zu checken.

Callum hatte Spaß daran, gegen Reifen zu treten, Tankdeckel zu überprüfen und mehr oder weniger so zu tun, als sei er der Flugkapitän. Morag machte ihm die Freude und ließ ihn gewähren.

Gertie gelang es, den Rest der Passagiere abzufertigen und ihr Gepäck sauber und ordentlich auf den Rollwagen zu packen.

Schließlich stand Gertie auf, brachte den Wagen nach draußen und half beim Einladen des Gepäcks. Dann kehrte sie zurück und ließ die Passagiere zum Boarding nach draußen, während sie durch das große, schmutzige Fenster den attraktivsten Mann betrachtete, den sie je gesehen hatte. Wie er quasi aus dem Nichts erschienen war, um sie zu retten! Wie er ihre Hand in seinen großen starken Händen gehalten und ihr in die Augen geschaut hatte, um ihr zu danken! O mein Gott!

An diesem Abend erschienen die Strickdamen vollzählig und ließen doch tatsächlich mal die Nadeln ruhen, weil sie so erpicht darauf warteten, was Gertie zu erzählen hatte.

Gertie war vorbeigekommen, weil sie es Jean versprochen hatte, und man hatte ihr extra einen großen Kuchen gebacken, mit nur ganz wenig Wollflusen und garantiert keinen Stecknadeln.

Es überraschte Gertie selbst, wie sehr sie sich darüber freute, alle zu sehen. Ja, sie war total glücklich über die neue Arbeit und den Umzug in die WG mit Morag – aber das Ganze war schon ein bisschen überwältigend. Nachdem es in ihrem Leben so lange nichts Neues gegeben hatte, hatte sich jetzt auf einen Schlag ziemlich viel verändert.

Wie üblich hatten die Zwillinge wieder etwas zu meckern. Was sollten beim Zustand des neuen Taufbeckens, der doch wirklich eine Schande war, nur die Familien denken? Majabeen jammerte, weil es neuerdings so teuer war, die ganzen Zeugnisse und Zertifikate ihrer Kinder rahmen zu lassen, und Marian wollte gern neuen Nagellack ausprobieren, während Elspeth schweigend auf dem Sofa saß. Hier drängten sich viel zu viele Leute auf zu engem Raum, im

Hintergrund blubberte es im Wasserkocher und ... das war für sie einfach zu Hause.

Alle schnalzten missbilligend mit der Zunge, als Gertie ihnen vom schlechten Zustand des Terminalgebäudes erzählte, und hatten großes Interesse an der Geschichte über den unhöflichen Passagier.

(Der hatte sich zunächst ein Zimmer bei Malcolm McCue genommen, um es am nächsten Tag noch einmal am Flughafen zu versuchen. Die Zustände im Bed and Breakfast hatten ihn aber stinkwütend gemacht, was in diesem Fall anders als bei Gertie durchaus berechtigt gewesen war. Daher hatte er seine Tasche mit Messinstrumenten gepackt und sich nach Fort Williams bringen lassen. Er wollte lieber dort den Nachtzug nehmen, statt eine Minute länger in diesem üblen Drecksloch zu verbringen. Gerade schnappte er sich das Handy und versicherte seinen Hedgefonds-Kumpeln in Surrey, dass es vermutlich doch keine so gute Idee war, auf der Insel Larbh eine riesige Zementfabrik bauen zu lassen. Ihr Plan war eigentlich gewesen, aus den Felsen dort billigen Zement und Putz für ebenso billige Häuser im Norden Schottlands herzustellen. Diese Häuser hatten sie als Zweitwohnsitze teuer verkaufen wollen, womit sie die Einheimischen vom Markt gedrängt hätten. Also war der Vorfall durchaus zu etwas gut gewesen.)

Jean wollte wissen, ob Gertie bei der Arbeit vielleicht schon ein attraktives Shintyteam gesehen hatte, da sie ja jetzt ein freies Zimmer hatte, während Majabeen sich eher dafür interessierte, ob Gertie es schon mit einem Ölmillionär zu tun gehabt hatte.

Da musste Gertie erst einmal klarstellen, dass sie am Flughafen hinter dem Schalter stand, um zu arbeiten, und nicht, um zu flirten.

Die Strickdamen schnieften, als wollten sie sagen, das werde man schon sehen.

Tatsächlich war in Gerties Gedanken im Laufe der nächsten Woche nur für einen einzigen Mann Platz. Nach dem Vorfall hatte sie ihn, zurück in der Wohnung, sofort gegoogelt, und er war einfach überall! Über Callum Frost gab es Artikel in Zeitschriften wie *Fortune* und *Financial Times*. Manchen Leuten zufolge war er das Wunderkind, das die Flugbranche retten würde, andere bezeichneten ihn als ein Monster, das mit Absicht alte Damen mitten im Nichts aussetzte.

Gertie würde natürlich keinen Onlinefeldzug starten und all diese Verleumder korrigieren – das war selbst unter dem Deckmantel der Anonymität nicht ihr Stil –, aber es juckte ihr *ernsthaft* in den Fingern. Wie konnten all diese Menschen, die ihm noch nie persönlich begegnet waren, nur so etwas Mieses über ihn sagen?

Er war geschieden, las sie, mit Wohnsitzen in Oslo und Luxemburg. Wenn man das bedachte, war es schon ein bisschen seltsam, dass er so viel Zeit in Carso verbrachte.

Tatsächlich hatte Callum einfach Freude daran, mal alles hinter sich zu lassen, wie so ziemlich jeder, der hierherkam. Weit entfernt von den Lichtern der Stadt und der Hektik seines Berufsalltags, unternahm er gern an den weißen Stränden der Inseln lange Spaziergänge, genoss wie in seiner Kindheit die langen, hellen Abende und ließ den Stress zu Hause hinter sich. Dafür flog er mit seinem Privatjet her, und in den nächsten Wochen begann Gertie, jeden Morgen danach Ausschau zu halten.

Natürlich würde er sie in einer Million Jahren nicht bemerken, dachte Gertie. Schon klar. Beim Einschlafen fantasierte sie allerdings davon, für ihn einen Schal in ganz hellem, sanftem Grau zu stricken, mit einem dünnen Streifen im Rot seiner Flagge, dachte sie verträumt. Oder vielleicht hätte er lieber einen adretten geringelten – so einer wäre doch auch schön.

Okay, das hatte schon beim letzten Mal nicht geklappt, als sie in der Schulzeit ein Valentinstagsgeschenk für Struan gestrickt hatte. Aber damals waren sie ja noch Kinder gewesen, und Stricken war nun einmal das, was Gertie am besten konnte.

Okay, sie würde also einen Schal für Callum stricken, *und er würde beim verblüfften Grinsen seine schönen weißen Zähne zeigen und sagen: »Na so was, Gertie ...«* Nein, o Gott, das klang ja furchtbar.

»Also wirklich, mein liebes Mädchen ...« Ja, das wäre viel besser. *»Mein liebes Mädchen, was für eine Überraschung ... Na, sieh mal einer an!«*

Er würde auf das Etikett schauen wollen und keins finden ... woraufhin er mit seinen hellen jeansblauen Augen tief in die ihren schauen würde. »Haben etwa Sie den ... für mich gestrickt?«

Dann würde Gertie schüchtern, aber lieblich nicken, auf eine Art und Weise, bei der ihr Kinn nicht in der Brust versinken würde oder so.

Er würde fassungslos den Kopf schütteln und erklären, dass ihm ja ständig Leute Geschenke kauften, dass er aber noch nie etwas Selbstgemachtes bekommen hatte. Höflich und zurückhaltend, wie er war, würde er nicht noch einmal nach ihrem Namen fragen, aber vorschlagen, dass sie vielleicht später einen Kaffee zusammen tranken. Lachend würde er klarstellen, dass er natürlich nicht den Kaffee hier am Flughafen meinte ... Aber vielleicht hätte sie ja Lust, sich seinen Privatjet mal von innen anzuschauen?

An diesem Punkt wurde die Fantasie ein bisschen vage, weil Gertie natürlich keine Ahnung hatte, wie so ein Privatjet von innen aussah, mal abgesehen von dem, was das Fernsehen so zeigte. Außerdem wollte sie auch lieber jeden Gedanken an die Crew der Maschine verdrängen. Sie hatte die Flugbegleiterinnen von Zeit zu Zeit durch das Flughafengebäude schweben sehen, und die erinnerten sie an eine Gruppe Supermodels.

Okay, genug davon. Callum würde also sagen: »*Ziehen wir doch los und suchen uns da draußen was Besseres.*« *Und dann würden sie ... ja, wo würden sie denn hingehen? In* The Silver Tassie *an der Hauptstraße liefen im Hintergrund immer laut Hunderennen, in* The Grapes *betrank sich die Shintymannschaft gern, und es ging im Allgemeinen rau zu. Es gab auch noch eine Art Weinbar, in der Pommes angeboten wurden ...* Aber sosehr sie ihre Fantasie auch strapazierte, sie konnte sich beim besten Willen nicht vorstellen, dass Millionär Callum Frost dort entspannt Platz nahm ...

Gertie seufzte. Eins hatte sie zumindest durch all die Romane und die romantischen Filme gelernt: Reiche Männer und Prinzen liebten Frauen, die auf dem Teppich geblieben waren, sodass sie in ihrer Gegenwart die Oberflächlichkeit ihres Schickimickilebens mal hinter sich lassen konnten. Und wenn jemand auf dem Teppich geblieben war, dann ja wohl Gertrude Mooney.

Kapitel 17

Schon seit Menschengedenken, und vermutlich bereits davor, gab es einmal im Monat in der Gemeindehalle einen großen Tanzabend, einen Ceilidh.

Während Gertie nicht immer hinging, waren die anderen Strickdamen verlässlich mit von der Partie und brachten ihr jeweiliges Projekt natürlich mit. Gertie fand zwar auch, dass man eigentlich überall gut stricken konnte, so wie man heutzutage ja auch Hunde überallhin mitnehmen konnte. Aber bei einer Tanzveranstaltung fand sie es doch ein bisschen übertrieben, weil spitze Nadeln und sich schnell drehende Leiber nicht gerade eine ideale Kombination waren. Die Strickdamen saßen bei den Ceilidhs herum, tranken Whisky, beobachteten die Tanzenden und lästerten ordentlich über jeden, der gekommen war. Um nicht genauestens inspiziert zu werden, hielten viele der weiblichen Gäste zum Strickzirkel lieber gebührenden Abstand. Sonst konnte es nämlich passieren, dass gnadenlose Urteile darüber gefällt wurden, ob das für den Abend ausgewählte Outfit auch angemessen war und ob nicht vielleicht ein Jäckchen angebracht wäre, damit sich das arme Mädchen nicht den Tod holte. Die Damen aus dem Strickzirkel waren sich auch nicht zu fein dazu, dieses Jäckchen gleich anzubieten, da sie ja problemlos ein neues stricken konnten.

Viele der jüngeren Leute kamen nicht zu dieser etwas angestaubten Veranstaltung. Für die war es in den langen hellen Sommermonaten lässiger, am Strand ein Lagerfeuer anzuzünden und gegen Felsen gelehnt Cider zu trinken. Während Gertie dafür viel zu schüchtern und nervös gewesen war, hatte Morag das früher gern gemacht, diese Phase aber irgendwann hinter sich gelassen. Auch beim Ceilidh war Morag seit ihrer Rückkehr in die Gegend noch nicht wieder gewesen. Wenn sie und Jamie früher im Sommer in Carso gewesen waren, waren sie oft hingegangen und hatten das damals einfach super gefunden. Schließlich hatten sie zur Feier des Tages lange aufbleiben dürfen und waren mit den Kindern aus dem Ort an endlosen Sommerabenden, an denen es nie dunkel wurde, durch die Gegend getollt. Den Erwachsenen war es egal gewesen, was sie anstellten. (Oder sie waren vielleicht einfach zu betrunken gewesen, wie Morag im Nachhinein realisiert hatte.) Damals hatten alle zusammen Schwarzer Mann und etliche andere Spiele gespielt, die heute vermutlich nicht mal mehr legal waren. Als sie etwas älter gewesen war, waren diese Tanzabende eine gute Gelegenheit gewesen, um gut aussehende Jungen kennenzulernen, die mit ihren Eltern ebenfalls zu Besuch gewesen und zu der Veranstaltung mitgeschleppt worden waren. Im Rahmen eines Ceilidh hatte sie auch zum ersten Mal jemanden geküsst, nämlich einen Jungen namens Colin in den Dünen hinter den Spielfeldern. Es war eisig gewesen, aber er hatte ihr gegen die Kälte seine coole Jeansjacke gegeben, wodurch sie sich wie etwas ganz Besonderes gefühlt hatte und ihr ganz warm ums Herz geworden war. Erst Jahre später hatte sie von Jamie erfahren, dass er seinen ersten Kuss ebenfalls von Colin bekommen hatte, wonach sich beide tagelang vor Ekel geschüttelt hatten.

Na ja, jedenfalls wohnte Morag jetzt hier und musste sich wohl an die lokalen Gepflogenheiten anpassen. Außerdem würde Struan beim Ceilidh spielen, weshalb auch Nalitha gern dahin wollte.

»Also, kommst du auch zu dem Tanzabend?«, fragte Morag Gertie, als sie gemütlich zusammen auf dem Sofa saßen und sich alte Folgen von *Ausgerechnet Alaska* anschauten. Morag hatte eine Schwäche für diese Serie, weil es darin unter anderem um eine wunderschöne, beherzte Pilotin ging, die im hohen Norden arbeitete. Gertie hatte die Serie noch nie gesehen und war begeistert. Sie saß gerade an Strickprojekten für Erno und Morags Großvater. Nachdem Morag ihnen erzählt hatte, wie toll die Strümpfe von Gertie wärmten, hatten die sie mal genauer unter die Lupe genommen und dann beide um ein Paar gebeten. Draußen wurde es immer noch nicht wärmer.

Gertie zuckte mit den Achseln. »Das werde ich wohl müssen. Sonst werde ich am Ende doch wieder in einer Ecke hocken und Wolle wickeln.«

Morag lächelte und nickte. Sie war ihr Leben lang von Männern umgeben gewesen, von ihrem Bruder, ihrem vom Fliegen besessenen Vater und Großvater ... Gerties komplett durch Frauen geprägtes Leben fand sie daher recht faszinierend.

»Erschwert so ein weibliches Umfeld wie deins nicht den Kontakt zu Männern?«, fragte sie.

»Ein bisschen schon«, musste Gertie unbehaglich zugeben. »Im Prinzip hat man mir mit auf den Weg gegeben, dass man Männern nicht trauen darf, weil sie nichts Gutes im Schilde führen.«

»Auf manche trifft das sicher zu«, sagte Morag mit gerunzelter Stirn. »Aber viele sind total nett.«

»Ich glaube nicht, dass man Mitglied so eines verschworenen Strickzirkels wird, wenn man einen netten Mann zu Hause hat«, überlegte Gertie. Dann wurde ihr mit einem Mal klar, was sie da gerade gesagt hatte. »Wow. So hab ich das vorher noch nie betrachtet.« Auch sie runzelte die Stirn. »Die wollen mich einfach nur schützen.«

»Und wie verhalten sie sich dann deinen Freunden gegenüber?«

Gertie überlegte. »Na ja. Ich war mal eine Zeit lang mit Murray Scott zusammen.«

Angestrengt dachte Morag nach, bis sie den Namen einordnen konnte. »Mit dem Sohn vom Metzger?«

»Ja.«

»Und?«

Gertie erzählte von Murray, der es gehasst hatte, für seinen Vater in der Metzgerei zu arbeiten, und bereits beim Anblick von Lämmern auf der Weide aufgewühlt gewesen war.

Er war sensibel, was für ihn überhaupt kein Problem war, und für Gertie auch nicht. So konnten sie zusammen ruhige, vernünftige Sachen machen, wie etwa neue vegetarische Gerichte ausprobieren oder lange Strandspaziergänge unternehmen, bei denen sie über die harte Realität der Landwirtschaft sprachen, beispielsweise darüber, was mit männlichen Küken passierte. Das war schon deprimierend, aber Murray war wirklich nett.

Leider nahmen die Strickdamen ihn oft gnadenlos aufs Korn, boten ihm zum Beispiel beim Aufbruch noch ein Schinkenbrot für den Weg an, und fragten ihn über Murray senior aus, der als ziemlich attraktiv galt. Sich Schwärmereien über seinen Vater anzuhören, war allerdings nicht sehr angenehm für Murray junior, und vor den Strickdamen hatte er generell eine Heidenangst.

Irgendwann verließ er Carso, um in Cambridge Literatur zu studieren und lange naturalistische Gedichte über die Schönheit der Landschaft und des Himmels in seiner Heimat zu schreiben, ohne sie je wieder zu besuchen.

Morag lachte. »Oh, armer Murray! Ja, jetzt erinnere ich mich wieder. Der hat immer darüber geklagt, wie übel bei euch in der Schulkantine die vegetarischen Gerichte waren, oder?«

»Genau!«, bestätige Gertie. »Also, ja. Ich muss schon sagen, dass es nicht so einfach ist.«

»Immer nur von Kerlen umgeben zu sein, ist auch nicht so leicht«, wandte Morag ein. »Aber man entwickelt dadurch wohl ein besseres Gefühl dafür, wie die so ticken. Weißt du, so hab ich die stinkigeren Seiten des Lebens aus erster Hand kennengelernt, weshalb ich Männer auch nie als diese unglaublichen mythischen Kreaturen gesehen habe. Darum stand ich nie auf irgendwelche Typen aus Boybands oder so, weil ich immer genau wusste, wie Jungs wirklich sind.«

»Ich hingegen war ein Riesenfan von allen Boybands«, gestand Gertie, »und mir hat immer der Hässlichste am besten gefallen, weil er mir leidtat. Und weil ich dachte, dass ich bei dem mehr Chancen habe.«

Morag lächelte. »Ja, das ergibt durchaus Sinn. Moment, selbst bei One Direction?«

»Er heißt Niall, und es läuft wirklich gut für ihn«, versetzte Gertie ein wenig spitz, bevor sie sich auf die Zunge beißen konnte.

»Na ja, vielleicht fliegt er ja mal irgendwann mit uns«, sagte Morag lachend. »Aber in der Zwischenzeit sollten wir noch mehr Leute für den Ceilidh zusammentrommeln.«

Erno, Morags Co-Pilot, runzelte die Stirn, als sie ihn am nächsten Tag auf die Sache mit dem Ceilidh ansprach. »Ist das für alle verpflichtend?«

Morag verdrehte die Augen. »Nein, aber es macht bestimmt Spaß. Und so bekommen wir auch ein bisschen Bewegung.«

Erno seufzte. »Und was, wenn ich keine Bewegung möchte? Ich will einfach nur vor dem Fernseher sitzen und in Ruhe gelassen werden.«

»Ich wette, deine Frau würde sich freuen«, sagte Morag, womit sie voll und ganz recht hatte.

In den letzten Monaten hatte Katrin sich viel um Erno kümmern müssen und wegen seiner gesundheitlichen Probleme ganz schön was mitgemacht.

Als sie einst in Helsinki einen attraktiven jungen Piloten geheiratet hatte, hatte sie sich wohl nicht träumen lassen, dass sie mal mit einem knurrigen, übergewichtigen Ehemann mittleren Alters in einem winzigen Dorf im Norden von Schottland landen würde. Oder vielleicht doch, aber fragen konnte man sie auf jeden Fall.

Erno seufzte. »Ich schlag es ihr vor«, versprach er.

(Er sollte später ziemlich überrascht über ihr enthusiastisches Ja sein, aber vor allem darüber, dass sie sich ihm geradezu begeistert in die Arme warf. Das sollte der Moment sein, in dem Erno sich vornahm, öfter mal etwas mit ihr zu unternehmen. So war die ganze Sache am Ende also doch für etwas gut.)

»Hey, wie sieht's aus?«, fragte eine laute, selbstbewusste Stimme, als sich Morag mit Gertie zusammen dem Flughafengebäude näherte und mit ihr wieder mal über den Ceilidh sprach.

Gertie schaute auf, stellte fest, dass die Stimme zu Callum gehörte, und begann unwillkürlich zu strahlen. Sie war froh, dass sie heute etwas Lippenstift trug, zu dem Jean sie gedrängt hatte. Ihre Mutter hatte betont, dass sich Flugbegleiterinnen schließlich immer schminkten.

»Was willst du denn hier?«, fragte Morag in leicht aggressivem Tonfall.

Callum deutete mit dem Kinn hinüber zu zwei Männern, die auf der anderen Seite des Rollfelds in ein Gespräch vertieft waren. »Ich war mit den beiden unterwegs«, antwortete er stolz.

Jetzt wandten sich die Männer in ihre Richtung, bemerkten Morag und kamen grinsend herbei.

»Hey«, sagte Morag und lächelte ebenfalls. Es handelte sich um die Helikopterpiloten Jim »Jimbo« Crown und Gavin McVeigh. Man konnte sie mieten, wenn man nach einer besonders teuren, lauten und kalten Möglichkeit suchte, sich die Seen und Inseln von oben anzusehen, oder man konnte bei ihnen Unterricht nehmen und so lernen, wie man anderen Leuten auf besonders teure, laute und kalte Art und Weise alles von oben zeigen konnte.

Die beiden waren auch das Such- und Rettungskommando vor Ort. Zum Glück hatten sie diesbezüglich einen sehr ruhigen Winter gehabt. Es hatte viel geschneit, aber auch oft die Sonne geschienen, wofür alle sehr dankbar gewesen waren. Nun hatten sie allerdings einen besonders kalten Frühling, wodurch in den höheren Lagen der Schnee nicht schmolz. Mit Morag quatschten Jim und Gavin gern über Motoren oder diskutierten darüber, was nun eigentlich besser war, Flugzeuge oder Helikopter. Auch Morag hatte an diesen Gesprächen Spaß. Sie genoss solche Fachsimpeleien, selbst mit den Piloten so offensichtlich minderwertiger Maschinen wie Hubschrauber.

»Hallo, ihr beiden«, sagte sie fröhlich. »Na, habt ihr mal wieder ein paar Gänseblümchen abgemäht?«

»Und du, bist du mal wieder am Strand gelandet und hast dein Flugzeug im Meer versenkt?«, entgegnete Jim gut gelaunt.

»Habt ihr eigentlich das Update bekommen?«, fragte Morag, und Callum runzelte die Stirn. Er hing so gern mit Piloten und ihren Crews ab, man ließ ihn aber immer auf dezente Art und Weise spüren, dass er nicht richtig dazugehörte.

Gertie bemerkte, was los war, und lehnte sich vor. »War es cool im Hubschrauber?«, fragte sie Callum, obwohl ihre Wangen brannten.

Da niemand anders für eine Unterhaltung zur Verfügung stand, drehte sich Callum zu der neuen Mitarbeiterin um. Sie wirkte scheu wie ein Kaninchen.

»Oh, hi«, sagte er. »Ja, es ist wirklich ein toller Morgen für einen kleinen Rundflug.«

Gertie nickte.

»Und, wie läuft es so bei Ihnen?«

»Ich bin ja auch schon mal geflogen!«, hörte sie sich sagen.

»Hm-hm«, machte Callum.

»Deshalb hab ich dann den Job angenommen. Das war mein erster Flug, und ich war total begeistert.«

»Moment mal, meine Fluggesellschaft hat also eine Nichtfliegerin eingestellt?«

»Das ist *meine* Fluggesellschaft«, mischte sich Morag ein und fuhr dann nahtlos mit ihrem Gespräch fort.

Callum ignorierte Morag und starrte Gertie an. »Sie machen Witze!«

»Nein, überhaupt nicht.«

»Na«, sagte Callum, »das ist ja fantastisch, super!«

Gertie strahlte. Sie wusste, dass sie ein tolles Lächeln hatte, warmherzig und wohlwollend, und ganz gerade weiße Zähne. Jean hatte es ihr schon so oft gesagt. »Danke!«

»Das sollten Sie wirklich feiern.«

»Apropos feiern … Am Samstag …«, begann Gertie stammelnd. Es war das eine, mutig zu sein, und etwas ganz anderes, etwas für sie völlig Untypisches zu tun. Aber dann dachte sie wieder daran, was Elspeth zu ihr gesagt hatte: »Warte nicht ab, sondern leg los!« Und bisher war sie damit doch nicht schlecht gefahren, oder?

»… da wollen wir alle zusammen hier im Ort zum Ceilidh«, sagte sie. Ohne groß darüber nachzudenken, fügte sie hinzu: »Kommen Sie doch auch mit!«

Kapitel 18

Gertie arbeitete die ganze Woche emsig und beteiligte sich bei den Treffen des Strickzirkels nicht groß an Klatsch und Tratsch. Auf die ein oder andere Frage dazu, wer am Flughafen denn wo hinflog, gab sie dennoch Antwort.

Irgendwann wollten die Strickdamen jedoch wissen, ob eigentlich Phil O'Meara wieder regelmäßig diesen Bauern auf Larbh besuchte und ob das mit den beiden wohl was Festes war.

»Das darf ich doch nicht verraten, wegen des Datenschutzes!«, protestierte Gertie empört.

Ihre Reaktion wurde allerdings als Bestätigung dafür interpretiert, dass zwischen den beiden wieder was lief, und das war doch wunderbar, da sie so nette Jungs waren. Sollten sie ruhig ein bisschen Spaß haben, das tat ja niemandem weh. Hatte er denn schon mal Blumen dabeigehabt oder irgendwas, was wie ein Verlobungsring aussah?

Gertie hatte für all das keinen Kopf, weil sie sorgfältig an dem schönsten Projekt arbeitete, das sie sich nur vorstellen konnte. Ja, es war bloß ein Schal, aber sie strickte ihn aus ganz weicher Wolle, mit Streifen in verschiedenen Farben einer sorgfältig ausgewählten Palette von Grün-, Grau- und hellen Blautönen. Er war einfach zauberhaft, oder, Jeans Meinung nach, »furchtbar fade«. Dieser Schal hätte von

Paul Smith oder irgendeinem teuren Geschäft an der Bond Street sein können – war er aber nicht.

Als Gertie Callum Frost vorgeschlagen hatte, am Samstagabend doch mit zum Ceilidh zu kommen, hatte er gesagt: »Klar, warum nicht?« Sie waren also verabredet.

Und Gertie hatte zwar eine ganze Schublade voll mit fertigen Stricksachen, hatte sich aber dafür entschieden, für ihn etwas ganz Neues zu stricken.

Die Strickdamen konnten sich einfach nicht zusammenreißen und stichelten wegen ihres Projektes ganz schön. Gertie nervte ihre Kritik, obwohl es ja gut gemeint war, wenn sie die Farben als zu monoton bezeichneten, und den Schal als viel zu dünn. Der war doch furchtbar unpraktisch!

Fair Isle war in, und Noppen und dicke, fette Knöpfe. Was Gertie strickte, war hingegen immer viel zu zart und dünn und farblos, was sie allerdings anders sah. Sie ließ sich bei der Farbwahl durch ihre Umgebung inspirieren, durch das Grün und Grau des Himmels, die sanft ineinander übergehenden Orange- und Ockertöne der hübschen Muscheln und Steine am Strand. Die Farben ihres Landes waren eben keine knalligen Grundfarben.

Wenn Majabeen Verwandte in Kalkutta besucht hatte, kam sie stets mit jeder Menge leuchtend bunter Wolle wieder zurück. Ihre Geschichten waren von strahlendem Pink und tiefem Scharlachrot und Gold geprägt, den betörenden Farben ihrer anderen Heimat. (Allerdings sprach sie während ihrer Zeit in Indien auch oft über die angenehme, kühle Brise, den frischen Wind ihrer tatsächlichen Heimat.)

Obwohl Gertie sich selbst oft blass und unscheinbar vorkam, mochte sie beim Stricken kein Garn in satten, kräftigen Farbtönen; lieber entschied sie sich für Schiefer, Grau, Rost und Flieder. Den Grund dafür fand sie selbst so albern, dass sie ihn noch nie jemandem verraten hatte. Aber in gewisser Weise fühlte sie sich dadurch beim Stricken dem Landstrich enger verbunden, dem sie entstammte. Mit jeder winzigen, zarten Masche beruhigten diese Farben sie und waren Balsam für ihre Augen. Zugleich durchtränkte sie ihre Strickprojekte mit jedem Abheben des Fadens mit Liebe – Liebe, die von Generation zu Generation weitergegeben worden war. Ob er das wohl spüren würde? Ob ihr Schal ihm gefallen würde?

Callum war schließlich ein reicher Mann mit Stil, dem man direkt ansah, dass er Geschmack hatte. Vielleicht … Vielleicht musste sie bloß mutig sein, nur dieses eine Mal. Die Sache mit Struan war anders gewesen, weil sie es damals mit einem albernen Schuljungen zu tun gehabt hatte. Callum hingegen war ein Mann.

Als der Schal fertig war, schlug sie ihn in Seidenpapier ein und schlang ein Band mit Schottenkaro darum. Sie versteckte das Päckchen unter dem Schalter und wartete.

Nach ein paar Stunden tauchte Callum endlich auf.

Er diskutierte in letzter Zeit mit Morag die Frage, wie man mehr Touristen nach Larbh locken könnte. Der Berg auf Larbh hieß eigentlich Ben Garrold. Weil er sich aber wie eine der Fantasie entsprungene Skulptur senkrecht in den Himmel bohrte, wurde er auch The Mermaid's Spyglass genannt – Das Fernglas der Meerjungfrau –, und diese bekannte Touristenattraktion wollte Callum gern in seine Touren nach Glasgow und Edinburgh mit einbinden.

Er war daran gewöhnt, dass alle immer nur Ja und Amen zu seinen Ideen sagten, weshalb es ihm gerade gefiel, dass sich Morag bei ihm gern querstellte.

Auf The Mermaid's Spyglass gab es zwei Routen. Bei der einen handelte es sich um eine eher unkomplizierte

Wanderstrecke, bei der man nur an ein, zwei Stellen ein bisschen zu klettern brauchte. Sie war ein beliebtes Ziel für Schulausflüge. Die Furcht einflößende Nordseite nahmen hingegen nur professionelle und sehr erfahrene Kletterer in Angriff.

Deshalb hielt Morag es für keine gute Idee, lauter ahnungslose Touristen herzubringen, die nicht wussten, welche Route welche war, und im schlimmsten Fall in Schwierigkeiten gerieten.

»Na, dann werde ich sie mit meinem Hubschrauber retten«, sagte Callum gern, wenn sich das Gespräch wieder in diese Richtung entwickelt hatte.

Morag verzog daraufhin nur das Gesicht.

Gavin hatte ihr gegenüber erwähnt, dass Callum völlig ungeeignet dafür war, einen Hubschrauber zu fliegen. Für diese Aufgabe war nämlich großes Konzentrationsvermögen vonnöten, genau wie eine gute Auge-Hand-Koordination und die Fähigkeit, zuzuhören und Anweisungen zu befolgen. Über all das verfügte Callum nicht, und man musste ihn sogar davon abhalten, während des Fliegens das Handy aus der Tasche zu holen.

All dessen war sich Callum nicht bewusst, weil er eben nicht zuhörte. Mittlerweile hatte er schon neun Flugstunden hinter sich, wobei es sich jedes Mal wieder um die erste Lektion handelte, was Callum aber noch nicht aufgefallen war.

Wegen der ganzen Geschichte verbrachte er jedenfalls viel Zeit in Carso.

»Hallo!«, sagte Gertie, die extra wieder Lippenstift aufgelegt hatte. Zum Glück war er ja wirklich vorbeigekommen.

Er trug einen Pullover mit hochgestelltem, seltsam verdrehtem Kragen und in einem so unangenehm ins Auge stechenden Magentaton, dass Gertie vermutete, dieses Kleidungsstück müsse wohl sehr, sehr teuer gewesen sein.

»Hallo …«, sagte Callum und bedauerte wieder mal, dass er nicht an diesem Kurs darüber teilgenommen hatte, wie man sich die Namen von Angestellten merken konnte.

»Hey«, sagte Gertie und lief wie immer rot an.

Callum lächelte. Er musste gerade fünf Minuten Zeit totschlagen. »Und, wie läuft es so bei Ihnen? War mal wieder jemand unverschämt zu Ihnen? Dann sagen Sie Bescheid, und ich kümmere mich darum.«

»Nein!« Gertie strahlte. »Alles ist in Ordnung, ich arbeite wirklich gern hier. Außerdem hab ich …« Sie griff unter den Schalter. »Ich hab da was für Sie, womit ich Danke sagen will.«

Callum runzelte die Stirn. »Wegen dieses unhöflichen Typen? Ach, das war doch nicht der Rede wert!«

»Für mich schon«, murmelte Gertie. Mit brennenden Wangen reichte sie ihm das Päckchen. O Gott, was, wenn er die Sache total dämlich und peinlich fand?

Callum zog die Augenbrauen hoch und löste das Band. Er hatte – na ja – irgendwas total Hässliches erwartet und war aufrichtig überrascht. »Was ist das denn?«, fragte er. »Ist das für mich?« Er zog den Schal aus dem Seidenpapier.

Der war wirklich wunderschön, dachte Gertie, und würde mit all den sanften Blau- und Grüntönen perfekt zu Callums Augen passen. Durch diesen Schal würde sich sein Gesicht verändern wie die Witterung. Sie lächelte aufgeregt.

Callum starrte das Geschenk an. »Sie haben mir einen Schal gestrickt?«, fragte er.

Gertie nickte.

»Äh … danke«, stammelte Callum verblüfft.

177

Einen Moment dachte Gertie, dass er ihn sich um den Hals legen würde, aber das tat er nicht.

»Wir sehen uns dann am Samstag«, sagte sie leise.

»Hm-hm«, machte Callum. »Cool, danke!« Dann wandte er sich mit beherztem Winken ab, um zu Jimbo und Gavin hinüberzugehen.

Gertie schaute ihm hinterher. Wow. Er war so überwältigt gewesen, dass er kaum gewusst hatte, was er sagen sollte.

Kapitel 19

Struan pendelte weiterhin und hing dabei ständig hinter großen Wohnmobilen fest, die jedes Jahr früher auf den engen Straßen der Region einzufallen schienen. Besonders höfliche Fahrer fuhren von Zeit zu Zeit in eine Parkbucht am Straßenrand, um die Autos hinter ihnen vorbeizulassen. Den anderen schien es eher Spaß zu machen, im Schneckentempo eine Parade anzuführen.

Während er am Steuer saß, dachte Struan an die anstehende Klassenfahrt, musste sich aber eingestehen, dass die eigentlich die geringste seiner Sorgen war. Erst einmal musste er noch einiges an Unterricht vorbereiten, und dann würde er ja auch beim Ceilidh in Carso spielen.

Sie wollte gern mit ihm neue Federbetten kaufen, wofür er keine Notwendigkeit sah, und hatte für ihn dieses wichtige Vorspielen klargemacht, für das er ihrer Meinung nach üben sollte. Es wurde ein Gitarrist für eine einst berühmte Band gesucht, deren größte Hits bereits Jahrzehnte zurücklagen. Das bedeutete, dass sie gut betuchte Fans hatte, die gern ordentlich Geld für Kombiangebote aus Konzert und Unterkunft hinblätterten, um für ein paar Stunden ihre Jugend wieder aufleben zu lassen.

Weil es um eine große Tour in Großbritannien ging, die eventuell später auf ganz Europa ausgeweitet werden würde, gab es dafür richtig Kohle.

Der Anteil der Gitarre war bei ihrer Musik nicht sehr groß, und Struan hatte die Stellen vor allem deshalb eingeübt und aufgenommen, um Saskia eine Freude zu machen.

Nachdem er sie an seinen »Agenten«, einen früheren Barmann namens Nimoo in Glasgow, geschickt hatte, war er ziemlich erstaunt und ein wenig überrumpelt gewesen, als er tatsächlich zum Vorspielen eingeladen wurde.

Saskia war begeistert und überzeugt davon, dass das eine große Chance für ihn war. Sie wollte unbedingt, dass er bei der Schule kündigte und sich auf seine Musikkarriere konzentrierte, was sie gern im selben Atemzug vorbrachte, in dem sie ihn dafür kritisierte, wie er die Spülmaschine einräumte.

Dann versprach Struan immer, dass er schon bald eine Entscheidung treffen würde, nach der Klassenfahrt. Er hatte wirklich viel um die Ohren.

Am Abend des Ceilidh war das Wetter gut, zumindest regnete es nicht, was alle am wichtigsten fanden. Es wurde auch nicht mehr um drei Uhr nachmittags dunkel, das war schon mal was. Und das Licht war hier im hohen Norden kristallklar, wenn der helle Sonnenschein aufs blaue Wasser traf.

Die Frauen von Carso hatten bei allen – also allen beiden – Friseursalons des Ortes, *A Cut Above* und *Talk of the Town* an der Hauptstraße, Termine für komplizierte Hochsteckfrisuren gemacht.

Die würden allerdings nur bis zum ersten Eightsome Reel halten und danach schneller runterkommen als die Mascara, aber das wäre nicht so schlimm.

Der Saal war von Pfadfindergruppen geschmückt worden, deren Mitglieder mit unterschiedlicher Begeisterung Deko gebastelt hatten. (Einige der Kaninchen hatten ursprünglich Maschinengewehre in den Pfoten gehalten, die Akela lieber abgeschnitten hatte.) In einer Ecke hatte man eine Theke eingerichtet, wo es BrewDog und Whisky und einen fürchterlichen Prosecco gab, der wie Zuckerwatte mit Kohlensäure schmeckte und auf ähnliche Art und Weise an den Zähnen klebte. Genau so mochten die Einheimischen ihn.

Struan und die Band gingen ziemlich spät rüber, um alles aufzubauen. Struan würde Gitarre spielen, und der neunzehnjährige Jake, eine Art Wunderkind, dem kein Song Schwierigkeiten bereitete, die Fiddle. Jake klagte gern darüber, dass er von dem Instrument am Hals Ausschlag bekam, freute sich aber schon darauf, heute das schönste Mädchen auf der Tanzfläche zu bezirzen. Dafür hatte er eine normalerweise unfehlbare Methode: Er sang ein Lied für sie, in dem ihre Augenfarbe vorkam. Deshalb hatte die Band *Brown Eyed Girl* im Repertoire, *Blue Eyes* und auch *Bette Davis Eyes*, falls er sich wegen der Farbe nicht ganz sicher war oder irgendwann doppelt sah.

Komplettiert wurde ihr Trio durch den kräftigen Kenny mit seinem dichten Bart, der hingebungsvoll Akkordeon spielte und beim Tanzen die Anweisungen rief.

Struan gab den Rhythmus vor und reagierte auf Kennys »Eins, zwei, drei!«.

Normalerweise begannen sie zum Aufwärmen mit *Gay Gordons* oder *Dashing White Sergeant* und erhöhten das Tempo später je nach der Stimmung auf der Tanzfläche.

Dass wegen TikTok bei den Ceilidhs neuerdings immer mehr Touristen auftauchten, war ein größerer Nachteil, als man meinen sollte. Da sie vom Tanzen keine Ahnung hatten, führte ihre Anwesenheit nämlich zu etlichen Zusammenstößen.

In dem kleinen Häuschen am Shore Close machten sich die Strickdamen mit Unterstützung des gleichen Proseccos fertig, der später in der Gemeindehalle auf sie warten würde. Oder sie unterstützten vielmehr moralisch Gertie, die sich hier fertig machte, da sie ein Kleid anziehen wollte, das sie beim Umzug nicht mitgenommen hatte.

Gertie wollte nicht einmal ihr Strickzeug einpacken, und sie würde nicht beim Strickzirkel sitzen, weil sie mit Pilotin Morag und ihren Freunden von ihrer spannenden neuen Arbeit hingehen würde! Die Strickdamen witterten bereits jede Menge Material für neuen Klatsch und Tratsch.

Das hier war das Aufregendste, was ihrer Gruppe passierte, seit sich damals Marians neu gestochene Ohrlöcher entzündet hatten. Jean war deshalb zugleich begeistert und auch ein bisschen traurig. Gegen ihre Vorschläge, blaue Wimperntusche und farbenfroheren Lidschatten aufzutragen, wehrte sich Gertie beim Schminken vehement, konnte aber nicht verleugnen, dass sie auch aufgeregt war.

Angezogen hatte sie das hübscheste, auffälligste Kleidungsstück, das sie besaß: ein Kleid mit Gänseblümchenmuster. Sie war sich nicht sicher gewesen, ob es nicht vielleicht zu kindisch war. Nachdem sie probeweise hineingeschlüpft war und sich im Abendsonnenschein betrachtet hatte, musste sie aber zugeben, dass der große Ausschnitt ihrer flachen Brust schmeichelte und dass der ausgestellte Rock ihre langen Beine hübsch umspielte.

Als sie das Kleid einst gekauft hatte, hatte sie sich dazu etwas Passendes gestrickt: eine Art Bolero, einen kleinen Schulterwärmer aus hellblauer Seide in einem Farbton, der perfekt der Hintergrundfarbe des Kleides entsprach. Dieses Jäckchen war nicht nur schick, sondern bei diesem

Wetter auch eine Notwendigkeit, und sie war damit sehr zufrieden. Gertie betrachtete sich im Spiegel. Sie war in ein Flugzeug gestiegen, sie konnte fliegen, also sprach vielleicht auch nichts dagegen, dass sie einen Multimillionär an Land ziehen könnte. Okay, in Wirklichkeit sprachen tausend Dinge dagegen, und es war eine lächerliche Idee.

Aber dann dachte sie an Callums großzügiges, eifriges Lächeln, daran, wie er immer geradeheraus mit ihr sprach und sich nicht wie alle anderen über sie lustig zu machen schien. Er hatte so eine Klarheit an sich. Gertie wusste, dass er Single war, weil sie es nachgeguckt hatte, und er würde heute Abend kommen, weil sie es ihm vorgeschlagen hatte. Die Flugzeug- und Hubschrauberpiloten würden da sein, da würde er wohl sowieso mit ihnen abhängen wollen. Gerties Herz klopfte vor Aufregung, als sie noch etwas mehr Wimperntusche auftrug und sich mit dem teuersten Produkt, das sie bei Lloyd's in der Apotheke hatte finden können, die schwarzen Locken glatt kämmte. Sie benutzte einen intensiveren Lippenstift als sonst, was ungewöhnlich war, und staunte darüber, wie sehr ein bisschen von Jeans Rouge ihr Gesicht veränderte.

Von unten, wo das Vorglühen bereits in vollem Gange war, drangen immer lautere Stimmen an Gerties Ohr, und es wurde herzlich gelacht. Durchs Fenster konnte Gertie von hier oben auch sehen, dass auf der Hauptstraße bereits schick gekleidete Nachbarn auf dem Weg zur Feier waren. Je nachdem, ob sie heute Abend eher sitzen oder tanzen wollten, trugen die Männer Kilts oder Trews, die typischen karierten Hosen. Kilts waren fürs Tanzen besser, da Trews oft eng geschnitten waren und für besonders lebhafte Tänzer daher gewisse Risiken bargen.

Auch die Frauen, die bevorzugt entweder etwas Gemustertes oder Schwarz trugen, hatten sich natürlich herausgeputzt.

Aber man musste schon sagen, dass bei so einem Anlass die Männer die Stars waren, weil ihre Kleidungsstücke mit bunten Schottenkaros im Licht der untergehenden Sonne leuchteten und glühten. Manche der Tartans, wie der der Lindsays, kombinierten klare, intensive Farben, andere waren von Lila geprägt oder dunkel und geheimnisvoll, wie ein Muster, das als »Cameron Hunting Tartan« bekannt war.

Mit Kilt schienen Männer automatisch aufrechter dazustehen, dachte Gertie immer. Plötzlich kam ihr die Frage in den Sinn, was Callum heute wohl tragen würde. Niemand fand es problematisch, wenn jemand von außerhalb mit Kilt kam – man würde heute viele Stewart-Tartans sehen, und hier waren alle willkommen. Aber vielleicht hatte er sich für etwas Traditionelles aus seiner Heimat entschieden? Für etwas, was Norweger zu besonderen Anlässen aus dem Kleiderschrank holten?

Vor ihrem inneren Auge sah Gertie einen Callum in kompletter Abendgarderobe mit Frack vor sich, an den er auch noch Orden geheftet hatte. Nein, das war natürlich albern. Sie schüttelte den Kopf, um das Bild loszuwerden, und spürte ihre Wangen brennen.

Unabhängig davon, wie er angezogen war, würde er nach ihrer Hand mit den im French-Manicure-Stil frisch lackierten Nägeln greifen, sie auf die Tanzfläche führen und …

»Gertie! Jetzt komm mal langsam in die Gänge!«, rief Jean von unten.

Die Strickdamen hatten den Prosecco überraschend schnell geleert und suchten jetzt ihre Wolle zusammen.

Vom oberen Ende der Treppe aus betrachtete Gertie sie mit gerunzelter Stirn. Das war wirklich ein ziemlich bunter Haufen da unten.

Tara trug ein schlecht sitzendes Ballkleid in einem eher alarmierenden Pinkton. Cara hatte sich vermutlich klar und deutlich von ihrer Zwillingsschwester distanzieren wollen, weil sie sich für einen Patchworkpullover entschieden hatte, mit dem sie aussah, als würde sie im Jahr 1986 gegen ein Atomkraftwerk protestieren.

Jean hatte sich wie üblich in glitzernde schwarze Mohairwolle gehüllt, die mit ihren frisch gefärbten Haaren und dem dramatischen schwarzen Eyeliner zwar toll aussah, schon nach den ersten fünfzehn Minuten aber viel zu warm sein würde. Darunter trug Jean nur ein Trägerhemdchen, das ganz eindeutig Unterwäsche war. Gertie hoffte inständig, dass niemand es heute Abend zu Gesicht bekommen würde. Sie sollte wohl besser die Menge an Prosecco im Auge behalten, die am Tisch ihrer Mutter fließen würde.

Marian sah mit ihrem schlichten, langärmeligen Oberteil in Schwarz und einem feschen kurzen Rock in derselben Farbe, der ihre tollen Beine betonte, tatsächlich gut aus. Dass der Dutt in ihrem Nacken vermutlich nicht komplett aus eigenem Haar bestand, machte ja nichts.

Majabeen erstrahlte in leuchtendem Pink.

Elspeth würde heute Abend nicht mitkommen, war aber zum Glück wieder fit genug, um allein zu Hause bleiben zu können. Ja, es ging ihr schon viel besser. Man hatte ihr versprochen, sie nachher bis ins kleinste Detail mit Klatsch und Tratsch zu versorgen.

Begeistertes Ah und Oh war zu hören, als Gertie die Treppe herunterkam, aber ihr Anblick versetzte Jean auch einen kleinen Stich. Sie war so daran gewöhnt, Gertie in gemütlichen Klamotten oder mit ihrem Supermarktkittel zu sehen. Und weil sie sich über die Gesellschaft ihrer Tochter immer freute, hatte sie vielleicht zu selten hinterfragt, ob Gertie nicht öfter mal allein losziehen, mehr Spaß haben, sich schick machen sollte. Selbst heute stand ja nur ein Ceilidh hier im Ort auf dem Programm, bei dem auch die Strickdamen kommen würden.

Elspeth, die ihre Enkelin immer wunderschön fand, strahlte und flüsterte Gertie ins Ohr: »Ich wünsche dir ganz viel Spaß!« Für sie war ein Ceilidh nicht bloß eine Lokalveranstaltung – ganz und gar nicht.

Die Laune von Jean wurde etwas besser, als sie die Haustür aufmachte und draußen Morag entdeckte, die mit den Hubschrauberpiloten, Jimbo und Gavin, sowie einer breitbeinig voranstapfenden Nalitha auf dem Weg zur Gemeindehalle war.

»Na, dann mal los«, sagte Jean, drückte ihrer Tochter einen Kuss aufs Haar und schob sie nach draußen, bevor Gertie auch nur Gelegenheit hatte, verlegen zu werden. Es war schließlich wieder ein bisschen so wie damals in ihrer Jugend.

»Geh schon mal mit denen vor – wir treffen uns dann da.«

Eins war jedoch anders als in der Schulzeit: Dieses Mal wandte sich Morag zu Gerties Erleichterung lächelnd in ihre Richtung und winkte sie heran.

Glücklich setzte sie sich in Bewegung. Und sie war noch glücklicher, als Nalitha, die trotz ihres runden Bauchs mit Schwangerschaftsjeans und einem engen Top in Lila einfach toll aussah, ihren Bolero bewunderte. Nalitha konnte kaum glauben, dass sie den selbst gemacht hatte.

»Soll ich vielleicht auch was für das Baby stricken?«, fragte Gertie.

Nalitha lächelte. »Wenn jemand was zum Anziehen für ein Baby strickt, dann normalerweise irgendwelche schrecklichen kratzigen Fair-Isle-Sachen, in denen ein Säugling an Überhitzung sterben würde. Aber so etwas Feines und Zartes ... ja, das wäre toll. Den Pinguin fand ich jedenfalls super.«

Gertie strahlte übers ganze Gesicht.

Bald stieß auch Morags Freund zu ihnen, Gregor, den sie bisher noch nicht kennengelernt hatte. Sein Kilt passte gut zu seinen dunklen Augen, und Gertie war beeindruckt von seiner stillen, aufmerksamen Art. Eigentlich hätte sie gedacht, dass Morag eher mit einem Mann wie Gavin oder Jimbo zusammen war – einem selbstbewussten Typen mit dröhnender Stimme, der anderen laut ins Wort fiel. Aber Gregor war ein sanfter Mensch, das erkannte sie sofort. Und er tat etwas, was Gertie nicht entging: Er spürte es jedes Mal, wenn Morag in der Nähe war, und suchte sofort ihren Blick. Wie sehr sich Gertie nach jemandem sehnte, bei dem das auch so war!

Als sie sich der Gemeindehalle näherten, konnte man von dort bereits Lärm hören. Die Hälfte der Bewohner von Carso war auf den Beinen und dorthin unterwegs, zusammen mit aufgeregten Touristen, die sich für den Abend einen Kilt geliehen hatten. Deshalb reichte er bei manchem bis weit über die Knie oder, schlimmer noch, war kaum länger als ein Lendenschutz.

In Carso erinnerte man sich noch gut an einen ahnungslosen Typen, der seinen mal falsch herum getragen hatte, mit dem flachen Teil nach hinten. Tatsächlich war das zum Hinsetzen ja praktischer.

Die jungen Leute liefen lächelnd weiter und winkten hier und da Bekannten zu. Gertie war besonders stolz, als sie einer Gruppe ehemaliger Kolleginnen aus dem ScotNorth begegneten. Sie versprach ihnen, dass sie gleich rüberkommen und Hallo sagen würde, dachte insgeheim aber, dass sie heute ja mit einer cooleren Truppe unterwegs war.

Ja, das hier war nur ein Ceilidh in einem kleinen Ort im hohen Norden im kalten März, für Gertie fühlte es sich aber an, als würde sie zum Neujahrsball im Ritz eintreffen.

Kapitel 20

Man musste wirklich sagen, dass die Pfadfinder tolle Arbeit geleistet hatten, da die alte Gemeindehalle festlich und einladend wirkte. Dass die Farben der Girlanden dabei nicht aufeinander abgestimmt waren, war ja nicht so wichtig und trug eher noch zur Partyatmosphäre bei.

Auf der Bühne war die Band noch mit dem Soundcheck beschäftigt, aber es gab bereits einen Ansturm auf die Theke.

Jean marschierte schnurstracks zu der Ecke mit dem Tisch hinüber, der der Tür am nächsten war. In einem schicken Restaurant wäre dieser Tisch als der am besten gelegene für die Reichen und Schönen reserviert gewesen, weil man von dort aus alles beobachten konnte, jedoch nicht zu nah an der Musik saß.

Eigentlich hatten den bereits Touristen belegt; sie sahen ein bisschen besorgt aus, vermutlich weil sie keine Sachen zum Ausgehen eingepackt hatten und deshalb in Fleecepullis erschienen waren. (Was das anging, hätten sie sich wirklich keine Sorgen zu machen brauchen. Wenn die Bauern erst die Kühe zur Nacht versorgt hatten, würden sie auch kommen. Und bei denen konnte man froh sein, wenn sie sich für den Abend eine frische Hose anzogen.)

Jean hatte auf einen Blick erfasst, dass sie mit den Auswärtigen leichtes Spiel haben würde, baute sich vor ihnen auf und starrte sie an. Als das nichts half, verkündete sie: »Entschuldigung, aber dieser Tisch ist reserviert.«

Wie von der Tarantel gestochen sprangen die Touristen auf, obwohl doch jeder wusste, dass man hier gar nicht reservieren konnte.

Die ganze Truppe eilte herbei, nahm mit triumphierender Miene die besten Plätze ein, holte die Stricknadeln heraus und schickte Marian los, damit sie Prosecco holte und Orangensaft für Majabeen. Majabeen trank nie Alkohol, weil sie dann womöglich nicht mehr in der Lage wäre, auf die Art und Weise mit ihren Enkeln zu kommunizieren, die diesen kleinen Genies angemessen war.

Von ihrem sicheren Aussichtspunkt aus ließen die Strickdamen den Blick durch den Raum schweifen, strahlten Freunde an und warfen ihren Feinden finstere Blicke zu. Unter denen gab es so manche, die selbst keine Ahnung hatten, dass sie in diese Kategorie fielen.

Sadie McInnes aus dem anderen Friseursalon zum Beispiel hatte im *Silver Tassie* mal an der Theke etwas Fieses über Marians Augen-Make-up gesagt, was den Strickdamen natürlich zu Ohren gekommen war. Deshalb hatten sie sofort beschlossen, diese Kneipe von nun an zu boykottieren, und Marian außerdem zum Geburtstag neue falsche Wimpern gekauft, die etwas weniger an Spinnenbeine erinnerten.

Und Pamela McGinty hatte es mal gewagt, Majabeens Enkel Beni für einen Aufsatz nur eine Zwei zu geben, weshalb Majabeen ihr ewige Feindschaft geschworen hatte.

Dabei dachten einige der Strickdamen insgeheim, dass es vielleicht gar keine schlechte Idee war, wenn Beni mal für irgendwas eine Zwei bekam. (Er war ein ziemlich wichtigtuerischer Junge, der trotz seiner erst neuneinhalb Jahre gern ausführlich darüber dozierte, was er mal an der Uni studieren würde. Damit war natürlich nicht die University of the Islands and Highlands gemeint, sondern Oxford oder vielleicht Cambridge.)

Aber dem Strickzirkelgesetz zufolge mussten sie Mrs McGinty trotzdem hassen – sie hatten die Regeln nicht gemacht.

Es fühlte sich seltsam an, Gertie nicht mit dabeizuhaben, dachte Jean. Irgendwie fehlte jemand, den sie ein bisschen aufziehen konnten. Normalerweise würden sie jetzt sticheln, damit sich Gertie auf die Tanzfläche wagte und ein bisschen Spaß hatte. Jean schaute sich nach ihrer Tochter um.

Ach, da war sie ja, zusammen mit Morag und den Hubschrauberpiloten. Nalitha saß daneben und sah so aus, als könnten jeden Moment die Wehen bei ihr einsetzen. Sie wirkte ziemlich lustlos, als sei sie eigentlich nur gekommen, um allen zu zeigen, wie fit und cool sie doch war. Einmal hier angekommen, schien sie aber gemerkt zu haben, dass das überhaupt nicht der Fall war und sie eigentlich lieber zu Hause wäre.

Ja, Jeans Annahme traf voll und ganz zu.

Für alle anderen lag aber etwas anderes in der Luft, das deutlich zu spüren war, zumindest für Gertie: Endlich schien sich der Frühling anzukündigen, schien zu versprechen, dass die Sonne jetzt wärmen würde, dass man sie an den länger werdenden Abenden angenehm im Nacken spüren würde, ob es nun wirklich schon so weit war oder nicht.

Und dann würde es um Mittsommer herum gar nicht mehr dunkel werden, es würde nur eine Art zögerliche Dämmerung geben.

Egal, ob es wirklich so weit war oder noch nicht, dachte Gertie. Heute Abend lag auf jeden Fall das Versprechen in der Luft.

So ging es ihr immer: Vor allem nach einem langen Winter gab es für sie diesen einen ganz besonderen Abend im Frühling, an dem Magie durch ihre Adern zu strömen schien.

Und dieses Jahr war die dunkle Jahreszeit in den Highlands sehr, sehr lang gewesen. Weil es in Lecht und Glenshee Pisten zum Skifahren gab, hatte sich jeder, der für diesen Sport genug Geld hatte, über die lange Wintersaison gefreut. Alle anderen hatten über die Kälte eher gestöhnt.

Doch heute spürte sie etwas im Abendhauch.

Der Frühling war ein Versprechen, wie die Zartheit von Blüten, die von einem späten Windstoß des Winters einfach weggeblasen werden konnten.

Der Abend des Ceilidh, an dem der Duft von Ginster in der Luft lag, erfüllte das frühe Versprechen bereits, und die Türen der normalerweise so reizlosen Gemeindehalle wurden weit geöffnet, sodass die Tänzer auch nach draußen auf den Rasen konnten. (Dabei mussten sie höllisch aufpassen, dass bloß niemand die Boulebahn betrat. Zum Glück kam es nicht dazu, sonst wäre auf der örtlichen Facebook-Seite wohl die Hölle los gewesen.)

Die süßen Klänge der Musik wurden die Straße entlanggetragen, sodass sogar diejenigen mit dem Fuß im Takt wippten, die es gar nicht vorgehabt hatten.

Eine Familie war auf einer Fahrt die North Coast 500 entlang gewesen und hatte bisher kein besonders tolles Wochenende verbracht, weil ihre gestressten, angespannten Stadtkinder unterwegs kaum vom iPad aufgeschaut hatten. Dann war dieser niedliche kleine Ort mit seinem Spielzeugflughafen am Stadtrand in Sicht gekommen.

Nachdem sie kostenlos am Hafen geparkt und pro Person bloß fünf Pfund Eintritt bezahlt hatten (die drei Pfund extra für Auswärtige waren doch nur fair), tanzten und tobten die Kinder begeistert durch die Gegend. Als die Eltern den Blick durch den von toller Musik erfüllten Saal mit all den glücklichen Menschen wandern ließen, beschlossen sie auf der Stelle, die Kids in ihrer viel zu vollen, lauten, anspruchsvollen Schule abzumelden, ihr winziges Haus für ein Heidengeld zu verkaufen und hierherzuziehen.

»Du siehst heute Abend echt toll aus«, sagte Morag zu Gertie. Die strahlte.

»Also gibt es wohl DOCH jemanden, für den du dich schick gemacht hast.«

Gertie musste daran denken, dass die Situation ein wenig unbehaglich werden würde, wenn gleich Callum zur Tür hereinkam, schließlich war er ihr Chef. Aber darüber würde sie sich Sorgen machen, wenn es so weit war. Außerdem war Callum ja auch so charmant, dass er mit eventuell aufkommenden Spannungen problemlos würde umgehen können. Klar, kein Problem, und am Anfang wäre es ja auch noch nichts Festes.

»Nein, niemand bestimmten«, behauptete Gertie und versuchte, sich wie eine Person zu geben, die sich generell gern schick machte. Heute kam sie sich ja auch so vor, und das war ein schönes Gefühl.

»Und, wie ist das Singleleben so?«, fragte Nalitha Gertie eifrig. Auch wenn sie ihren Mann, Asif, vergötterte, hatte sie an solchen Themen durchaus weiter Interesse. Und da Morag jetzt leider in festen Händen war, fehlten ihr deren haarsträubende Geschichten über die aktuelle Datingszene, diese Hölle auf Erden.

»O Gott, erinner mich nicht daran«, stöhnte Morag, nahm einen Schluck und drückte dann mit selbstzufriedenem Gesichtsausdruck Gregor die Hand.

Gertie zuckte mit den Achseln. »Keine Ahnung«, sagte sie, »weil ich ja nicht …« Sie lief rot an. »Na ja, es gibt da schon jemanden, der mir gefällt …«

»Schieß los, spuck's aus!«, riefen die anderen Frauen sofort.

Gregor wandte sich höflich ab, um sich bei Jimbo und Gavin in eine Unterhaltung über Hubschrauber einzuklinken. Dabei hatte er, eine absolute Niete bei technischen Dingen, zu diesem Gespräch weniger beizutragen als zu dem über Gerties Liebesleben.

Mit einem Mal sehnte sich Gertie so sehr danach, über Callum zu sprechen: über sein zauberhaftes Lächeln, seine tollen Zähne, seinen lässigen Stil, seine Ausstrahlung und enthusiastische Art, darüber, wie witzig er war … Aber sie wusste, dass das nicht ging.

Ja, die beiden Frauen waren nett, aber sie waren immer noch ihre Vorgesetzten und Callum ihrer aller Boss, da würde die Sache anfangs durchaus für Wirbel sorgen.

Aber schon bald … Als sie wieder unwillkürlich zur Eingangstür hinüberschaute, tauschten Morag und Nalitha mit hochgezogenen Augenbrauen aufgeregte Blicke.

Struan spielte gut, musste sich aber irgendwann eingestehen, dass er nicht ganz bei der Sache war, weil er immer noch über das Vorspielen nachdachte. Er sah sich in der Menge um. Weil sich die Ceilidh-Fans nur selten einen Tanzabend entgehen ließen, kannte er die meisten Leute hier.

Mit einer Kopfbewegung grüßte er die Strickdamen, mit denen er es sich auf keinen Fall verscherzen wollte, unter anderem deshalb, weil Jean seiner Mutter die Haare schnitt. Mal abgesehen davon war sie früher immer sehr großzügig mit den Lutschern gewesen.

Jetzt zog das Tempo langsam an, als die Band einen Eightsome Reel anstimmte, bei dem sie rhythmisch einen Kompromiss zu finden versuchte. Denn während die Einheimischen es am liebsten so schwungvoll wie möglich wollten, musste man auch auf die Besucher von außerhalb Rücksicht nehmen.

Obwohl die Türen offen standen, wurde es im Raum allmählich warm, deshalb tanzten auch draußen Leute oder standen im Kreis zusammen.

Okay, Struan hatte mit der Schule viel zu tun, und das Zusammenleben in der neuen Wohnung war auch nicht so einfach. Aber dieser Moment geballter Energie war schon toll. Struan gab den Rhythmus vor, um den sich die Töne der Fiddle rankten, während das Akkordeon den Kontrapunkt lieferte. Da sie weder Schlagzeug noch Trommel hatten, stampften sie den Takt mit den Füßen, unterstützt vom Johlen und oft knapp danebenliegenden Klatschen der Zuschauer.

Es war wirklich schön, und Struan sah auch gern dabei zu, wie die Frauen mit wirbelnden Röcken tanzten. Manchmal hatten gerade die schönsten von ihnen die Anmut einer betrunkenen Giraffe, während etwas korpulentere Damen mit strenger Miene, Falten im Gesicht und kirchenkonform festzementierter Frisur sich in grazile, schöne Tänzerinnen verwandelten, sobald sie ihren Platz im Kreis eingenommen hatten. Mit jeder Drehung schien ein Lebensjahr von ihnen abzufallen, und bei ihren grauhaarigen Tanzpartnern saß jede Handbewegung, auch wenn die Hände mittlerweile vom Alter Flecken bekommen haben mochten und etwas weniger fest zugriffen. Und plötzlich schienen die Männer wieder wie an einem ähnlichen Abend vor vielen, vielen Jahren kichernde junge Mädchen vor sich zu haben, die voller Hoffnung waren und in handgenähten Kleidern das Tanzbein schwangen. Dabei hatten sie gar keinen Blick für die jungen Leute, die einander genervt ansahen, weil die Alten im Weg waren. Was wollten die hier überhaupt?

Während man über die Melodie hinweg von Zeit zu Zeit das Kieksen von Kindern hörte, die den grasbewachsenen Hang eines Hügels hinunterkullerten, ließ Struan die Musik durch sich strömen, für die er an diesem zauberhaften Abend nur ein Medium war.

Derweil schaute Gertie sich um.

Callum musste jeden Moment eintreffen, und sie hätte sich keinen schöneren Abend vorstellen können. Okay, ihr Lieblingslied hatte er verpasst: *The Dashing White Sergeant*, bei dem zwei Männer kokett hüpften und miteinander tanzten. Aber es würden ja noch viele andere Songs gespielt werden, und sie legte auf vorteilhafte Weise den Kopf schräg, um bei seinem Eintreffen besonders gut auszusehen.

Irgendwann verschwand sie kurz auf der Toilette, um den Lippenstift nachzuziehen. Heute hatte sie auch mutig Mascara aufgetragen, womit ihre kurzen Wimpern viel länger wirkten. Durch das Make-up und ihr tolles Kleid sah sie heute gar nicht aus wie sie selbst. Dieser Kommentar war schon von so einigen gekommen, vor allem von Leuten am ScotNorth-Tisch, und war wohl ein eher zweifelhaftes Kompliment.

Jetzt verstummte im Saal die Musik, weil die Band eine Pause einlegte.

Gertie kehrte gerade von der Toilette zurück und marschierte einmal rund um die Tanzfläche, falls Callum in der Zwischenzeit eingetroffen sein sollte. Aufmerksam schaute sie sich um und war darauf eingestellt, gleich ein hübsches, aber nicht übertrieben begeistertes Lächeln aufzusetzen, das sie vor dem Spiegel geübt hatte. »Oh, Callum, wie schön, Sie hier zu sehen!«, war der Spruch, den sie sich zurechtgelegt hatte.

Während sie sich mental darauf vorbereitete, streifte ihr Blick kurz den von Struan.

Und Struan ging in diesem Moment etwas Seltsames durch den Kopf. »Ich kenne dich«, hallte so deutlich hinter seiner Stirn wider, als hätte es jemand mit Kreide an eine Tafel geschrieben. »Ich kenne dich. Ich kannte dich immer schon.« Er kniff die Augen zusammen. Klar, sie war seine Mieterin, außerdem war sie wohl auf dieselbe Schule gegangen wie er … Aber dieses Gefühl umfasste noch mehr, es war stark, intensiv. Während Gertie mit glücklichem Gesichtsausdruck dastand, wurde er von der merkwürdigen Gewissheit erfüllt, dass sie ihn kannte und er sie.

Gertie starrte mittlerweile wieder zur Tür hinüber und ignorierte den Rest der Feier, bei der es inzwischen hoch herging.

Die Hubschrauberpiloten hatten sich zum Beispiel auf die Idee eingeschossen, dass sie für Nalitha einen besseren Kinderwagen als die erhältlichen entwerfen könnten, und skizzierten ihr Modell eifrig auf Servietten.

Während sich die Bandmitglieder an der Theke ein wohlverdientes Pint holten, lief in der Pause im Hintergrund Musik vom Band.

Die Verblüffung trieb Struan in Gerties Richtung, und er widersetzte sich dem Drang nicht länger. »Hey«, sagte er sanft zu ihr. »Wie sieht's aus?«

Gertie drehte sich zu dem langbeinigen, attraktiven, unrasierten Typen in Jeans um. Wie seltsam, dass er sie hier nach all dieser Zeit endlich ansprach – aber nicht mehr derjenige war, nach dem sie Ausschau hielt. »Hey.«

»Wie läuft es in der Wohnung?«

Sie grinste. »Oh, wir haben Post für dich. Ich glaube, der Pizzalieferservice vermisst dich furchtbar.«

Lächelnd schüttelte er den Kopf. »Äh, ja, danke. Weißt du … Ich kann einfach nicht fassen, dass ich mich aus unserer gemeinsamen Schulzeit nicht an dich erinnere.«

»Vielleicht warst du damals einfach immer zu sehr mit deiner Gitarre beschäftigt.«

»Ja, vermutlich«, sagte er leise.

»Und bald ziehst du ja auch in die große weite Welt hinaus …«, sagte Gertie und ließ den Blick durch den Saal wandern.

»*Aye*«, sagte Struan.

Bevor sie wieder die Tür ins Visier nahm, sah Gertie Freunde einander begrüßen, bemerkte, wie die ein oder andere Strickdame missbilligend das Gesicht verzog, und hörte das Lachen der herumtobenden Kinder.

»Hier ist es doch gar nicht so schlecht«, sagte sie.

Struan betrachtete ihr im Licht der Saalbeleuchtung glänzendes Haar und war in diesem Moment ganz ihrer Meinung.

Gertie musterte ihn. Durch die körperliche Nähe zu ihm drohte die nur zu bekannte Unsicherheit sie für einen Moment zu überkommen, und sie befürchtete, wieder in alte Muster zu verfallen.

Nein, das würde nicht passieren, weil sie jetzt ein ganz neuer Mensch war. Und dann beschloss sie, ihm das auch zu sagen. So würden sie gemeinsam darüber lachen, wie albern ihre damalige Schwärmerei gewesen war, und sie würde ein für alle Mal mit der Sache abschließen. Ja, genau.

»Weißt du«, begann Gertie. »Früher hatte ich ja mal ...«

Struan hatte die Aufmerksamkeit auf sie gerichtet, wurde aber plötzlich abgelenkt.

»Mr McGhie! Mr McGhie!«

War das etwa die raue Stimme von Shugs, seinem Schüler aus der Sechsten?

Struan schaute auf. Ja, tatsächlich, da stand Shugs junior, und an der Theke auch dessen Vater, Shugs senior, der mit seinen Leuten vom Hof das Bier nur so in sich hineinschüttete.

Die beiden waren nicht nur gleich gekleidet, sondern ähnelten einander auch sonst wie ein Ei dem anderen, mit der einen Ausnahme, dass Shugs junior volles rotes Haar hatte, Shugs senior hingegen eine Glatze.

»Hallo, Hugh«, sagte Struan.

Shugs runzelte die Stirn. »Warum spielen Sie eigentlich manchmal auf den Ceilidhs? Sie sind doch Lehrer.«

»Lehrer haben auch noch ein Leben außerhalb des Unterrichts«, antwortete Struan. »Ich wohne ja nicht in der Schule.«

»Das hab ich auch nicht gedacht«, behauptete Shugs junior, der genau davon ausgegangen war. »Ist das Ihre Freundin, Sir?«

»Nein«, sagte Struan ein wenig zu hastig.

Das entging Gertie natürlich nicht und versetzte ihr einen Stich. Daher sagte sie schnell: »Gott, nein!«

Struan blickte auf, erstaunt darüber, wie heftig sie die Worte vorgebracht hatte. Er hatte doch nur versucht, einen seiner Schüler von Fragen über sein Privatleben abzubringen. Und warum sollte es sie auch stören?

Entsetzt starrte Gertie das Kind an. Sie kannte Shugs junior nur zu gut, weil sie schon oft das Glas mit den Lutschern vor seinen dicken Fingern in Sicherheit gebracht hatte, wenn sie die Einkäufe seiner Mutter abkassiert hatte.

Als sie sich gerade abwenden wollte, ertönte eine andere Stimme: »Das ist aber eine seltsame Frage.«

Und plötzlich trat eine beeindruckende junge Frau an sie heran. »Hallo«, sagte sie mit tiefer Stimme. »Ich bin Saskia, Struans Freundin!«

Saskia sah echt toll aus, obwohl sie sich nicht extra schick gemacht hatte, sondern einfach eine ganz enge schwarze Jeans und eine schwarze Weste trug, die aber spektakulär saßen. Ihr breiter Schmollmund wirkte noch schmolliger als sonst.

»Hi, Schatz«, stammelte Struan und lief rot an, genau wie Gertie.

»Schön, dich kennenzulernen. Ich bin Gertie«, sagte Gertie ein wenig förmlich. Wie besitzergreifend diese Saskia den Arm um Struan legte! Offensichtlich dachte sie, er würde hier gerade von ihr angegraben, dachte Gertie wütend. Dabei war er doch aus eigenem Antrieb zu ihr herübergekommen. »Struan ist mein Vermieter.«

»Ach, du bist das?«, sagte Saskia. »Hm. Ich dachte eigentlich, Struan hätte gesagt …«

Gertie erstarrte. Was hatte Saskia sagen wollen?

Der entsetzte Struan traute Saskia mittlerweile durchaus zu, dass sie Gertie gegenüber seine Worte wiederholen würde. Er hatte ihr Gertie als »verhuschtes Mäuschen« beschrieben.

Aber zum Glück mischte sich jetzt Shugs junior wieder in die Unterhaltung ein. »Wissen Sie, die arbeitet bei Scot-North, deshalb kommt sie auch an kostenloses Karamelleis und so. Davon gibt sie aber nie was ab«, schloss er traurig.

»Im Moment arbeite ich da gar nicht«, sagte Gertie.

»Haben die Sie etwa dabei erwischt, wie Sie Karamellbonbons geklaut haben?«, fragte Shugs verschwörerisch.

»Nein!«, rief Gertie, die von dieser Unterhaltung langsam genug hatte.

»Na, jedenfalls bin ich froh, dass du mit deinem Vermieter so gut klarkommst«, versetzte Saskia. Sie sah in Gertie nur eine sehr hübsche, langbeinige junge Frau, die gerade in ein vertrautes Gespräch mit ihrem Freund vertieft gewesen war. Das bestätigte für sie noch einmal, dass es wirklich besser war, wenn sie zusammenwohnten und sie ihn im Auge behalten konnte.

All das kapierte Gertie natürlich nicht und fragte sich bloß, warum Struans Freundin ihr gegenüber so kühl war. Wie schön die war! Kein Wunder, dass er ihretwegen nach Inverness gezogen war.

Womöglich wusste diese Saskia, dass sie mal etwas für Struan empfunden hatte! Aber wie sollte sie, wenn sich Struan selbst nicht mehr an sie erinnerte? Das war doch albern, und es hatte sich in letzter Zeit ja auch viel verändert. Gertie war jetzt ein ganz neuer Mensch.

Sie verabschiedete sich stotternd, wandte sich ab und entfernte sich entgegen dem Strom der Menschen, die sich mit roten Wangen glücklich und begeistert an der Theke noch ein Getränk holen, auf die Tanzfläche zurückkehren oder Freunden Hallo sagen wollten.

Rauch waberte durch die Luft, der vermutlich von heimlich in einer Ecke vapenden Jugendlichen herüberzog.

Ein paar Kinder spielten Fußball und entfernten sich nach und nach immer weiter von der Halle, wohl um zu verhindern, dass ihre Eltern bei ihrem Anblick auf die Uhr schauten und entschieden, dass es Zeit fürs Bett war.

Zwei kleine Mädchen standen mit ernster Miene am Rand der Tanzfläche und warteten ungeduldig darauf, dass es endlich mit *Strip the Willow* losging. Sie hatten auch all ihre Freunde dazuzuholen versucht, wovon die Jungen aber nichts hatten wissen wollen.

Gertie ging zur offenen Eingangstür hinüber und zupfte ihren Bolero zurecht, weil von der See her kühler Wind wehte. Die Straße war völlig verwaist, als Gertie den Blick schweifen ließ, da jeder im Ort entweder hier im Saal war oder es sich für den Abend vor dem Fernseher gemütlich gemacht hatte.

Und da wurde Gertie auf einen Schlag etwas klar: Wie eine kalte Dusche traf sie die Erkenntnis, dass Callum gar nicht ernsthaft zugesagt hatte, sondern nur höflich hatte sein wollen. Er würde nicht kommen. Callum würde heute Abend nicht kommen, und sie hatte sich da in eine bescheuerte Fantasie hineingesteigert. Schließlich war er ein millionenschwerer internationaler Unternehmer und sie ein absoluter Nobody. Sie war so dämlich gewesen, so blöd, als sie angenommen hatte, dass Callum Frost – Callum Frost, über den *in den Medien* berichtet wurde! – bei einem kleinen Dorftanz auftauchen würde. Wie dumm konnte man nur sein? Selbst der saudoofe Struan McGhie hatte über sie zu seiner Freundin – seiner superheißen Freundin – gesagt, dass … Na ja, was genau, war nicht erwähnt worden, aber es war auf jeden Fall nichts Gutes gewesen.

O Gott! Das war sie also wieder, die vertraute kalte Dusche der Realität, die Gertie so sehr hasste. Zumindest war es eine Erleichterung, dass sie sich in Bezug auf Callum niemandem anvertraut hatte. Deshalb waren alle davon ausgegangen, dass sie sich heute Abend ohne besonderen Grund so schick gemacht hatte. Morag und Nalitha hatten zwar einen Verdacht gehegt, kannten aber keine Details.

Gertie trat hinaus und blickte die Straße entlang, während sich ihre Tagträume langsam auflösten. Du meine Güte! Sie war doch fast dreißig, keine vierzehn mehr! Warum fühlte sie sich dann immer noch wie früher? Es war wohl illusorisch gewesen, zu glauben, dass sie endlich richtig zu leben anfangen würde. Durch die neue Arbeit war es ihr zwar so vorgekommen, hinter der Fassade war sie aber weiter nur die unscheinbare, doofe Schwärmie.

Drinnen im Saal ging jetzt die Livemusik wieder los, die aber ein bisschen seltsam klang.

»Meine Damen und Herren und alle anderen, die heute hier sind … Wir warten noch auf unser drittes Bandmitglied …«

Struan stand mitten im Saal und starrte Saskia an. »Ich muss jetzt … zurück auf die Bühne«, sagte er matt.

»Verdammt noch mal, Struan, das ist doch nicht das London Palladium!«

»Ich weiß, aber es ist meine Arbeit.«

»Er hat auch noch eine andere Arbeit«, mischte sich Shugs hilfreich ein. »Er ist nämlich mein Lehrer.«

Struan wandte sich an ihn. »Hey, junger Mann, wie wäre es denn, wenn du zu deinen Freunden rübergehst?«

Shugs senior drehte sich an der Theke zu ihnen um und bedachte Struan mit einem finsteren Blick. »Haben Sie etwa ein Problem mit meinem Sohn?«, fragte er, die Hand um ein Pintglas geschlungen.

Struan verzog das Gesicht. »Nein, ganz und gar nicht«, sagte er und biss sich auf die Zunge, bevor er am Ende womöglich noch »Sir« hinzufügte.

Saskia, die zwischen den beiden stand, starrte Struan ebenso finster an. »Siehst du, und genau deshalb gibst du deine Arbeit hier ja auch bald auf.«

»Hör mal, ich muss wirklich …«

Kenny blickte von der Bühne aus mit kaum verhohlener Ungeduld herüber.

»Okay, am besten stellen wir uns schon mal alle für *Strip the Willow* auf – Gruppen von acht Personen bitte. Damen rechts, Herren links, obwohl sich natürlich jeder dort einreihen kann, wo er sich am wohlsten fühlst.« Kenny war wirklich stolz darauf, dass er bei seiner Anmoderation der Tänze mit der Zeit ging.

Es bildeten sich rasch Reihen, die sich für den Tanz in Gruppen von acht Personen unterteilen würden. In jeder Gruppe würden sich die ersten beiden Tänzer mit erhobenen Armen an den Händen fassen. Die anderen in der Gruppe würden dann um sie herumtanzen, einander bei der Hand nehmen und unter dem Bogen durchschlüpfen.

Schon bald waren Struan und Saskia von Tänzern umringt, die wohl davon ausgingen, dass sie auch mitmachen würden.

Saskia starrte ihn noch immer an, wobei auf ihrem schönen Gesicht ein gequälter Ausdruck lag. Sie hatte sich doch so bemüht.

»Ich … Ich meine … Ich dachte, du wolltest das. Aus Carso weggehen. Gemeinsam mit mir.«

»Hör mal«, sagte Struan. »*Aye*, wir sind nach Inverness gezogen. Aber das heißt doch nicht, dass ich alles hier aufgebe: die Kids, meine Band, meine Jobs in Carso.«

Kenny erklärte, wie der Tanz gleich laufen würde, und richtete sich dabei vor allem an die neuen Familien und andere hier Gestrandete. Für die Einheimischen war das nicht nötig, weil sie ihn tanzten, seit sie laufen konnten. Und tatsächlich waren auf der Tanzfläche auch ein paar kleine Kinder startklar, die kaum den Windeln entwachsen waren.

»Aber es … Es wirkt nicht so, als würdest du überhaupt irgendetwas davon aufgeben wollen.«

Plötzlich wusste Struan nicht mehr, was er sagen wollte. »Ich will dich?«, murmelte er.

»Jetzt kommen Sie schon!«, rief Anna-Lise, die in einer der reinen Mädchengruppen außen stand.

»Ach, bist du deshalb immer über hundert Kilometer weit weg und quatscht mit anderen Frauen?«

Sie schauten einander lange an.

»Möchtest du vielleicht tanzen?«, fragte Struan schließlich.

»Nein«, sagte Saskia. »Ich will nach Hause, in unser gemeinsames Zuhause, um mit dir Zeit zu verbringen.«

Ohne Struan klang die Musik fürchterlich, und seine Kollegen hatten Schwierigkeiten, das Tempo zu halten.

»Ich muss einfach …«

Sie nickte.

»Aber du weißt schon …«

»Ja«, sagte sie, während sie sich mit resigniertem Gesichtsausdruck abwandte. »Ja, Struan. Ich weiß.«

Kapitel 21

Jean war regelrecht aufgekratzt, weil Gertie verschwunden war – sie war einfach weg! Dabei ging Gertie doch nie irgendwohin. Wo konnte sie nur stecken? Unendlich viele Möglichkeiten gab es in Carso ja nun nicht.

Allerdings war Jean schon ein wenig enttäuscht, weil sie dem geheimnisvollen Mann nicht vorgestellt worden war – an dessen Existenz zweifelte sie nicht einen Moment.

Gertie hatte schon seit Tagen auf Wolke sieben geschwebt, wofür Jean die Anzeichen nur zu gut kannte. Vielleicht war das frisch verliebte Paar ja zu einem schönen Spaziergang aufgebrochen.

Das letzte Lied war natürlich *Auld Lang Syne*, ein Walzer, bei dem alle einen großen Kreis bildeten und vor- und zurücktanzten.

Danach kam wie üblich die halbe Stunde, in der etwas angesäuselte Eltern verzweifelt versuchten, ihre in den letzten Stunden völlig verwilderten Kinder wieder einzufangen. Die lieben Kleinen waren trotz ihrer schicken Partyoutfits völlig schlammverschmiert und hatten beschlossen, dass sie sich gern Nester bauen und in den Bäumen schlafen wollten.

Ceilidh-Gäste stolperten auf dem Heimweg fluchend über Felder oder kommentierten das paarweise Verschwinden von Teenagern im Laufe der Feier. Es war also alles wie immer.

Als Jean nach Hause kam, traf sie Gertie dort an, die die Party verlassen hatte, um sich bei ihrer Großmutter ans Bett zu setzen.

Nach ihrem Eintreffen war Gertie als Erstes ins Bad gegangen und hatte sich mit wütenden Bewegungen abgeschminkt.

Dumme, dumme Gans!

Dann hatte sie bei Elspeth gesessen, deren stille Atmung sie als beruhigend empfunden hatte, während ihr Tee langsam kalt geworden war und ihr dicke, fette Tränen über die Wangen geronnen waren.

Die Fantasie war mit ihr durchgegangen, und sie hatte sich für wer weiß wen gehalten, so war es doch gewesen. Wie idiotisch! Sie war so eine alberne Pute! Im Halbschlaf griff Elspeth nach ihrer Hand und murmelte: »Du bist doch meine Beste.«

Das tröstete Gertie, aber nur ein kleines bisschen.

Jean zählte augenblicklich eins und eins zusammen, wobei das bei ihr allerdings drei ergab. Sie setzte sich mit Gertie in ihrem Zimmer zusammen.

»Was ist denn passiert?«, fragte sie. »Hat dir jemand was angetan?«

Gertie schüttelte den Kopf. »Oh, nein, nichts in der Art.«

»War irgendwer fies zu dir? Bist du beim Ceilidh verschwunden, um dich mit einem Mann zu treffen?«

»Ich habe niemanden getroffen, Mum!«

Jean war verwirrt. »Behandelt dich dann etwa … diese Morag MacIntyre nicht gut? Die ist doch nur vorübergehend deine Chefin, und auf dir herumhacken darf sie nun wirklich nicht.«

Wieder schüttelte Gertie den Kopf. »Alles in Ordnung«, sagte sie. »Es geht mir gut, ich bin nur müde. Und ich hab mir Sorgen um Grandma gemacht.«

Das war eine fette Lüge, und Gertie bekam sofort ein schlechtes Gewissen, weil sie die alte Dame für ihre Zwecke missbrauchte. Aber sie brachte es einfach nicht über sich, ihrer Mutter zu erklären, was tatsächlich passiert war.

Was, wenn Jean darüber lachte? Und es war ja auch klar, dass sie es danach dem ganzen Strickzirkel erzählen würde. Gertie konnte auch die Vorstellung nicht ertragen, bemitleidet zu werden. Und sie wusste genau, was die anderen sagen würden: dass sie *natürlich* gut genug für diesen dämlichen Callum Frost wäre und er ja keine Ahnung hatte, was ihm entging. Auch das war ihr unerträglich, weil sie jetzt wusste, dass es nicht stimmte. Und sie war total bescheuert gewesen, als sie die Möglichkeit für realistisch gehalten hatte. Wie war sie nur auf die Idee gekommen?

Obwohl sie sich immer wieder geschworen hatte, dass sie es nicht machen würde, suchte sie ihn nach dem Gespräch mal wieder bei Instagram. Auf seinem eigenen Konto hatte sich nichts getan, seit er vor einem Monat ein Bild mit einem neu gelieferten Flugzeug gepostet hatte. Deshalb sah sie bei den Fotos nach, auf denen er getaggt war. Und ja, da war er, beziehungsweise nur sein Ellbogen, hinter einer … Gertie seufzte. Im Vordergrund zogen eine wunderschöne Blondine und ihre Freundin für die Kamera einen Schmollmund. In London. Callum konnte man gar nicht erkennen, aber er war getaggt worden, weil die beiden offensichtlich allen zeigen wollten, dass sie mit ihm unterwegs gewesen waren.

Gertie runzelte die Stirn.

Diese Frauen wirkten wie von einem anderen Planeten. Sie hielten üppige, glänzende Lippen in die Kamera und trugen Kleider mit Spaghettiträgern. Vielleicht hatte Callum bei dieser Gelegenheit selbst ja keine Fotos gemacht, weil er eigentlich nicht mit dabei sein wollte, dachte Gertie, die sich verzweifelt an den letzten Strohhalm klammerte, an die unrealistische Hoffnung, dass alles nur unglückliche Umstände gewesen waren. Während sie die Frauen betrachtete, sprang ihr etwas ins Auge. Das konnte doch nicht sein! Trug eine von denen etwa … *ihren Schal?* Ja, tatsächlich. Callum hatte also den schönen Schal genommen, in den sie so viel Zeit und Anstrengung investiert hatte … und ihn einer anderen Frau überlassen. Gertie hatte jede einzelne Masche mit Hingabe gestrickt, und er hatte ihr Geschenk einfach weggegeben.

Als Nächstes rief Gertie ihren lächerlichen Blog auf. In diesem Moment überlegte sie ernsthaft, ihn zu löschen. Dann betrachtete sie noch einmal das Instagrambild, zoomte heran und biss sich auf die Lippe. Gott, ihr alberner Blog, über die Freuden der Handarbeit, darüber, wie man beim Stricken und eigentlich jeder Form von kreativer Tätigkeit mit Frieden erfüllt wurde. Das war doch alles sinnlos, sinnlos und blöd. Es scherte einfach niemanden.

Aber dann beschloss Gertie, dass auch sie sich um nichts scherte, und ging nach unten, um sich erst einmal ein Gläschen Whisky zu genehmigen, und dann noch eins. Gertie war keine große Trinkerin und überließ es normalerweise den anderen Strickdamen, sich mit Alkohol in Stimmung zu bringen. Aber jetzt kam so einiges zusammen: der Whisky, der Prosecco von vorher und die Tatsache, dass sie heute vor Aufregung kaum etwas gegessen hatte. Deshalb verschwamm irgendwann die Umgebung vor ihren Augen.

»Ist alles in Ordnung, mein Schatz?«, fragte Jean.

Wütend beschloss Gertie, dass sie nicht hierbleiben würde, um sich mit immer neuen Fragen löchern zu lassen. Stattdessen stapfte sie aufgewühlt die Straße entlang nach Hause.

Das Zimmer drehte sich, als sie ins Bett ging, und es dauerte, bis sie endlich einschlief. Als sie am nächsten Morgen aufwachte, war ihr Mund ganz trocken, sie hatte furchtbare Kopfschmerzen und trug immer noch das dämliche Kleid, das sie sich hastig vom Leib riss.

Zum Glück war Morag schon ganz früh nach Inchborn verschwunden.

Gertie stand lange unter der Dusche, warf Paracetamol ein und kehrte dann ins Bett zurück, um den halben Tag zu schlafen.

Kapitel 22

Eins wusste Jean Mooney ganz genau: Gertie war glücklich und zufrieden gewesen, bis sie nach einem Abend mit den Leuten von MacIntyre Air wütend und betrunken zurückgekommen war.

Und am nächsten Morgen ging ihre Tochter nicht einmal ans Telefon!

Bevor sie es sich noch anders überlegte, machte sich Jean fertig, um zum Haus der MacIntyres hinüberzugehen. Sie wollte Murdo mal gehörig die Leviten lesen, weil es ihrer geliebten Tochter jetzt schlecht ging, was absolut nicht der Fall gewesen war, bevor sie bei seiner ätzenden Fluggesellschaft zu arbeiten angefangen hatte.

Die Frauen hackten auf Gertie herum – da war sie sich absolut sicher. Oder waren es die Hubschrauberpiloten gewesen? Dann würde Jean sich die als Nächstes vorknöpfen.

Murdo MacIntyre arbeitete mittlerweile weniger, genoss es dann jedoch in vollen Zügen. Er war so froh darüber, dass Morag die Firma von ihm übernommen hatte, was er schon gar nicht mehr zu hoffen gewagt hatte. Da war es dann auch nicht so schlimm, dass sie am Ende bei ihm ausgezogen war.

Eins hatten Murdo MacIntyre und Jean Mooney auf jeden Fall gemeinsam: Es gab nur wenig, wovor sie Angst hatten.

Das Leben hatte Jean schon so ziemlich jedes erdenkliche Problem aufgetischt: Mit der Ehe hatte es nicht geklappt, sie hatte ihre Tochter allein großziehen müssen, Kälte und Armut ertragen und unermüdlich gearbeitet. Jean war hart im Nehmen, loyal und ließ sich nur wenig gefallen. Eigentlich hatte sie versucht, auch Gertie zu so einem Menschen zu erziehen. Aber die trug oft einen verängstigten Gesichtsausdruck zur Schau und zeigte ihre Verletzlichkeit viel zu offensichtlich, womit sie ihrem Vater sehr ähnlich war.

Manchmal hegte Jean die Befürchtung, dass sie Gertie erdrückte, ihr die Luft zum Atmen nahm. Obwohl ja auch Elspeth bei ihnen lebte, hatte Jean eben das Gefühl, dass ihre Tochter und sie nur einander hatten, sich nur aneinander festhalten konnten, dass sie einander eine winzige Insel im großen Meer dieser Welt waren. Deshalb waren ihr auch die Strickdamen so wichtig.

Jean hatte sich nie gewünscht, nur eine so kleine Familie zu haben, und es auch nicht erwartet. Damit hatte sie ja nicht rechnen können, als sie vor vielen, vielen Jahren einst draußen beim Ben Eiris herumspaziert war. Die tief stehende goldene Sonne hatte die bernsteinfarbenen Felder in den intensiven Tönen eines trägen Sommers leuchten lassen, und Robert war mit seiner geflickten alten Cordhose, dem strubbeligen Haar und dem schüchternen Lächeln an diesem prächtigen Abend vom kleinen Hof seiner Eltern zu ihr herübergekommen.

Er fragte, ob er vielleicht mit ihr zusammen in den Ort laufen könnte, falls sie in diese Richtung unterwegs sei, was sie bestätigte. Damit tat er, als hätte er nicht gespannt darauf gewartet, ob sie mit ihrem Korb voller Ginster hier vorbeikommen würde. Und Jean ihrerseits tat so, als wüsste sie nicht ganz genau, was Sache war. Gemeinsam überquer-

ten sie am Rand der Ortschaft die alte steinerne Bogen-
brücke und kamen an einem Feld mit Highlandkühen vorbei, deren langer Schopf sie in der süßen Luft der Ernte-
saison vor Fliegen schützte.

Später gingen sie zusammen zum Ball der jungen Bau-
ern, wo es so schwitzig und laut war, dass sie kaum ein
Wort miteinander wechseln konnten. Allerdings war das
Robert durchaus recht. Hätte Jean doch mal in diesem
Moment begriffen, dass er für Geselligkeit und lange Ge-
spräche eher nicht zu haben war!

Aber Jean hatte sich eben von seinem wilden dunklen
Haar und den schönen blauen Augen verzaubern lassen, die
er an Gertie weitergeben würde, und in dieser Situation
nicht darüber nachgedacht, ob sie sich später wohl auch an
langen Winterabenden miteinander wohlfühlen würden.

Die Haare waren bei ihm längst ausgefallen, und er
wohnte heute in der Stadt, zusammen mit einer jüngeren
Frau. Wenn sie an deren harte Gesichtszüge dachte, lief es
Jean kalt den Rücken hinunter.

Nach alldem hatte sich Jean im Leben immer allein
durchgebissen und konnte nur schwer hinnehmen, dass
Gertie bei MacIntyre Air zu arbeiten angefangen hatte und
plötzlich so traurig war. Sie hatte also beschlossen, Murdo
MacIntyre mal einen Besuch in seinem weitläufigen, alten
Haus abzustatten, und bereitete sich darauf vor, indem sie
ihre Kriegsbemalung auflegte. Jean hatte ihren Look 1974
perfektioniert und nicht die Absicht, jetzt daran etwas zu
ändern, daher blieb es bei puderblauem Lidschatten, klebri-
ger, dicker schwarzer Wimperntusche, pudrigem Lippenstift und jeder Menge Haarspray. Dazu zog Jean ihre beste
Blousonstrickjacke an, die mit Goldfäden, Chenilleblumen
und Schulterpolstern. Diese Jacke zwang sie mit ihrem

schieren Volumen zwar manchmal dazu, die ein oder andere Tür seitlich zu durchqueren, verlieh ihr aber Selbstbewusstsein.

Gertie wäre über das Vorhaben ihrer Mutter natürlich entsetzt, und sie wäre ebenso fassungslos, wenn sie wüsste, dass Jean sich auch mal ihre frühere Vorgesetzte bei Scot-North vorgeknöpft hatte. Die hatte sich danach nie wieder kritisch über gewisses Schuhwerk am Arbeitsplatz geäußert und Gertie sogar weitestgehend gemieden, bis sie schließlich praktischerweise eine neue Arbeit in Wick gefunden hatte und erleichtert umgezogen war.

Ähnlich wäre Gerties Reaktion gewesen, wenn jemand ihr gegenüber die Worte wiederholt hätte, die Jean einst Pamela McGinty entgegengeschleudert hatte. Sie war Gerties Lehrerin in der vierten Grundschulklasse gewesen und hatte eine gewisse Neigung dazu, stille Schüler wie Gertie zu verspotten.

Und dann gab es da noch die Sache mit Connal Bjornesson, dem lokalen Halbstarken und Tunichtgut. Der hatte mal ein Auge auf Gertie geworfen, als sie siebzehn gewesen war, und hatte bei ihr im Supermarkt immer Blättchen gekauft. Sie war dabei jedes Mal rot angelaufen, weil sie sich dafür vorbeugen und den Tabakschrank aufschließen musste, hatte ihn aber stets korrekt bedient.

Auch ihm hatte Jean unter vier Augen ein paar Takte gesagt, ohne je auf die Idee zu kommen, dass seine Bad-Boy-Attitüde Gertie vielleicht gerade fasziniert hatte. Womöglich wäre sie gern mal auf seinem Motorrad mitgefahren und hatte es auch gar nicht so schlimm gefunden, dass Connal nicht als idealer Schwiegersohn durchging.

Leider war Connals Mutter, Shona, ein noch härterer Knochen als Jean und war von der ganzen Sache nicht sehr begeistert gewesen, was zu einer Art Showdown vor *The Silver Tassie* geführt hatte.

Jean hatte Gertie danach angeschwindelt und behauptet, es sei um herabgesetztes silberfarbenes vierfädiges Garn gegangen, das Shona einfach für sich selbst gekauft hatte, obwohl sie genau gewusst hatte, dass Jean daran Interesse gehabt hatte.

Im frühen Morgensonnenschein marschierte Jean durch den Ort, in dem nach der gestrigen Feier noch nicht viele Leute wach waren. Selbst die kleinen Jungen, die in einer Seitenstraße Shinty spielten, schienen erst spät ins Bett gekommen zu sein, da sie ein wenig blass um die Nase waren.

Als sie an der geöffneten Bäckerei vorbeikam, sog Jean den köstlichen Duft ein, der in der Luft lag, und beschloss, auf dem Rückweg ein paar Donuts mitzunehmen. Donuts halfen doch in jeder Lebenslage und würden sicher auch Gerties Laune verbessern.

Kurz darauf klingelte Jean bei Murdo. Seine Haushälterin, Peigi, die Jean aus dem Friseursalon kannte, öffnete die Tür. Die beiden Frauen begrüßten einander mit einem knappen Nicken.

Peigis fürchterlicher Hund, Skellington, ein böswilliger Spaniel mit Hängebacken und ständig offen stehendem, sabberndem Maul, mit eitrigen Augen und schmutzigen Ohren, blaffte sie unheilvoll an.

»*Aye,* ist ja gut, Fiffi«, sagte Jean ruhig.

Um seinen Standpunkt noch deutlicher zu machen, versuchte Skellington es mit einem Knurren.

»Skelly! Guter Junge!«, flötete Peigi, für die wie für alle Hundebesitzer ihr perfektes Haustier über jede Kritik erhaben war.

Skellington gab einen Laut von sich, der zwischen Husten und Bellen lag, hinterließ einen Spritzer Pipi auf dem Teppich und furzte laut, bevor er sich abwandte und im Haus verschwand.

»Er ist ja so ein Original«, sagte Peigi, was Jean durchaus unterschrieben hätte. »Also, was wollen Sie?« Peigi trug einen geblümten Morgenmantel und hatte die Arme vor der Brust verschränkt.

Mit bebenden Schulterpolstern richtete sich Jean zu voller Körpergröße auf. »Entschuldigung, aber ist das etwa Ihr Haus?«

Peigi zuckte mit den Achseln. »Ich wohne hier. Also, was gibt's?«

»Ich muss mit Murdo sprechen.«

»Der schläft noch.«

Als Jean die Augenbrauen hochzog, lief Peigi rot an. »Was denn, Jean Mooney – der ruht sich am Sonntag eben gern aus, wenn keine Flüge anstehen. Und ich muss gleich zur Kirche.«

»Mit Ihnen will ich ja auch nicht reden, sondern mit Murdo.«

»Ich hab doch gesagt, dass er seine Ruhe braucht!«

»Na ja, krank ist er aber nicht!«

Über ihren Köpfen öffnete sich ein Fenster. »Und taub ist er auch nicht!« Mit einem weißen T-Shirt und einem blauen Hemd bekleidet schaute Murdo zu ihnen herunter.

»Hey!«, rief Jean. »Ich würde mich gern mal mit Ihnen unterhalten.«

»Dann kommen Sie doch rein!«

Peigi schäumte vor Wut. Mit vor der Brust verschränkten Armen auf der Türschwelle zu stehen und Nein zu sagen, gehörte schließlich zu ihren Lieblingsbeschäftigungen.

»Es muss ja etwas Wichtiges sein, wenn Sie mir nicht einfach eine Nachricht schicken konnten«, sagte Murdo, nachdem Peigi Wasser gekocht hatte und sie sich mit einem Tee zusammen hinsetzten.

Jean schaute Peigi an. »Ich dachte, Sie wollten zur Kirche.«

»Die Pastorin wird mit der Messe auf mich warten.«

»Ach, tatsächlich?«

Reverend Jill würde nicht einmal auf Jesus Christus höchstpersönlich warten, wenn der spät dran wäre; das kaufte Jean ihr also nicht ab. Und selbst wenn, würden die Zwillinge vermutlich schon einmal ohne Jill anfangen.

Peigi schniefte laut und machte sich auf die Suche nach ihrer üblichen Kopfbedeckung, einem hässlichen, wasserundurchlässigen Glockenhut in Lila mit weinroten Kirschen auf der Krempe. Dann hatte sie noch jede Menge Informationen für Murdo: wann sie wieder zurück wäre, was es heute zu Mittag geben würde und dass Morag ja leider nicht mitessen würde. (Peigi hasste Morag, stellte es vor Jean aber so dar, als würde sie sie wie eine Tochter lieben.) Dann trug sie ihm noch auf, sich mal die neuen Osterglocken im Vorgarten anzusehen und ein paar davon zu pflücken, damit sie sie auf den Tisch stellen konnten.

Murdo und Jean schauten ihr hinterher, als sie ging.

»Ihre Freundin ist nett«, sagte Jean schließlich, als die alte Holztür sich hinter ihr geschlossen hatte.

»Sie ist nicht meine …« Murdo führte den Satz nicht zu Ende, weil er es mittlerweile aufgegeben hatte. Sollten die Leute ruhig darüber spekulieren, was eigentlich für Peigi sprach. Denn es waren ja offensichtlich weder ihr Aussehen noch ihre Kochkünste oder eine charmante Art, die den Ausschlag gaben.

»Also, Mrs Mooney, worum geht es?«, fragte Murdo und nippte an seinem Tee.

Den hatte Peigi gemacht und viel zu lange ziehen lassen, wodurch er so bitter war, dass Jean beim ersten Schluck das Gesicht verzog. Für eine Haushälterin sollte das Kochen von Tee doch eigentlich zu den grundlegenden Fähigkeiten gehören.

»Um Ihre Firma«, sagte Jean.

»Hm. Sie sind bei uns ja schon länger nicht mehr mitgeflogen«, stellte er fest.

»Warum sollte ich? Hier in Carso hab ich doch alles, was ich brauche.«

»Haben Sie denn nie Lust auf einen kleinen Abstecher nach Inchborn, um da den Sand zwischen den Zehen zu spüren?«

»Dafür bin ich zu beschäftigt«, sagte Jean.

Draußen fegte der Wind durch die Straßen, doch zugleich war auch die Sonne herausgekommen. Die Büsche in Strandnähe bogen sich, wurden aber nicht zu Boden gedrückt.

»Heute wäre ein schöner Tag dafür«, sagte Murdo.

»Das hört sich fast an, als würden Sie Ihre Arbeit vermissen. Dabei sollten Sie doch Ihre Rente genießen.«

Murdo lächelte. »Ich weiß. Schon komisch, oder? Sind Sie immer noch gern Friseurin?«

Jean zuckte mit den Achseln. »Bei Ihnen wird es langsam auch mal wieder Zeit für einen Haarschnitt.«

»Kann sein.«

»Na dann!«

Als Jean es noch einmal mit dem Tee versuchte, aber wieder ein langes Gesicht zog, entschuldigte sich Murdo mit verwirrter Miene: »Oh, tut mir leid. Ich glaube, ich hab mich an das Zeug einfach gewöhnt.«

Draußen auf dem Meer glitzerte die Sonne, und Murdo fragte: »Wollen wir vielleicht einen Spaziergang zum Hafen machen und uns was bei *The Point* holen?«

The Point war eine neue Kaffeerösterei, die im Ort von cleveren, geschäftstüchtigen jungen Leuten mit langem Bart eröffnet worden war. Wenn man nicht aufpasste, wurde man mit endlosen Informationen über Kaffee zugelabert und konnte ihnen kaum entkommen.

Sobald im Ort ein neues Lokal aufmachte, stand für Jean und die Strickdamen normalerweise eine Expedition dorthin auf dem Programm. Sie marschierten mit ihren Handarbeitsbeuteln hinein, machten sich gleich an mehreren Tischen breit, redeten extra laut und beobachteten, wie das Personal damit umging. Auch in *The Point* hatten sie das eigentlich vor, hatten es aber noch nicht in Angriff genommen.

Murdo holte bereits die rissige alte Flieger-Bomberjacke aus Leder, die an der Tür gehangen hatte, und zog sie an. Er hatte sie von seinem Vater geerbt, der im Krieg Pilot gewesen war. Plötzlich fand sich Jean in der für sie ungewöhnlichen Situation wieder, keine große Wahl zu haben.

Der Wind draußen war unerbittlich, aber mit der Sonne ging es dann doch.

»Ich liebe diese Zeit des Jahres«, sagte Murdo. »Wenn die Abende länger werden und der Sommer vor einem liegt. Dann stehen Feiern und Hochzeiten an, und mit jungen Bräuten an Bord fliege ich besonders gern. Die johlen unterwegs die ganze Zeit.«

Jean lächelte.

»Wir überlegen, dieses Jahr einen Mitternachtssonnenservice anzubieten. Das ist so ein neues Tourismuskonzept, auf das wohl alle ganz heiß sind. Die Idee wäre, nachts gegen halb zwölf zu starten und um Mitternacht herum auf Inchborn zu landen, wenn es noch nicht ganz dunkel ist. Da würden wir dann ein Lagerfeuer machen oder so, aber ich weiß noch nicht, ob daraus wirklich was wird.«

Jean schaute ihn an. Besonders gut kannte sie Murdo eigentlich nicht. Er war wesentlich älter als sie und hatte irgendwie immer zum Inventar des Ortes gehört. Als sie ihn jetzt so begeistert lächeln sah, gefielen ihr die Lachfalten rund um seine blauen Augen, die davon herrührten, dass er seit Jahrzehnten über den Wolken in die Sonne blinzelte.

Morag hatte ihren Großvater lange dazu zu bewegen versucht, dass er sein offensichtliches Talent als Pilot für Langstreckenflüge nutzte, um die Welt reiste und eine der faszinierenden Routen übernahm, für die man ihn mit Kusshand eingestellt hätte.

Aber er hatte eben immer die Herausforderungen hier vor Ort geliebt: die perfekten, präzisen Manöver mit einem Flugzeug, bei dem nicht neun Bordcomputer die ganze Arbeit übernahmen, eine Strecke, bei der man nicht haargenau eine Route einhalten musste wie bei einem Linienbus. Hier bei MacIntyre Air war man nicht den Launen von Fluglotsen ausgeliefert, deretwegen manche Maschinen über Heathrow oder Frankfurt oder Abu Dhabi oder Singapur am Himmel Kreise ziehen mussten wie ein Auto auf der Suche nach einem Parkplatz. Außerdem fand Murdo es toll, dass er die meisten seiner Passagiere, die aus den kleinen Orten hier in der Gegend stammten, persönlich kannte. Es gab wohl kaum jemanden, der eine bessere Nase fürs Wetter hatte und mit schwieriger Witterung besser umzugehen wusste, und er leistete gern seinen Beitrag dazu, wenn Kinder zur Welt kamen oder etwas Wichtiges geliefert werden musste. Er liebte die Gemeinschaft vor Ort und genoss es, sich gebraucht zu fühlen.

Das alles wusste Jean, für die er immer nur der reiche Pilot gewesen war, natürlich nicht. Besonders reich kam er ihr aber nicht mehr vor, nachdem sie sein Haus jetzt mal von innen gesehen hatte.

Sie hatte recht, das war er ganz und gar nicht.

»Also«, begann Jean nun. »Meine Tochter arbeitet ja für Sie.«

»Ach, natürlich, Gertie!«, sagte er. »Mir war gar nicht klar gewesen, dass die zu Ihnen gehört.«

Jean nickte.

»Ein liebes Mädchen«, sagte er. »Aber ein bisschen still, oder?«

Bei Murdos gelegentlichen Einsätzen hatte sie in seine Richtung kaum ein Wort über die Lippen gebracht.

»Äh, ja«, sagte Jean. »Sie ist schüchtern. Und sensibel.«

»Und da hat sie eine Arbeit am Schalter einer Fluggesellschaft angenommen?«, sagte Murdo. »Respekt, das nenn ich mutig!«

»Äh, na ja«, sagte Jean, die so langsam nicht mehr das Gefühl hatte, dass sie bei dieser Unterhaltung die Zügel in der Hand hielt.

Normalerweise hätte sie an diesem Punkt längst verkündet, dass alles gesagt war, und dann einen dramatischen Abgang hingelegt. »Es ist nur so: Ich hab das Gefühl, dass sie unglücklich ist.«

Murdo runzelte die Stirn. »Geht es hier darum, dass man Millennials jeden Tag einen Orden verleihen muss, damit sie zur Arbeit kommen?«

»Nein!«, rief Jean aus, die langsam die Geduld zu verlieren drohte.

Sie hatten *The Point* erreicht, das sich in einer Ecke des Hafens in einem alten weißen Gebäude neben der Eisdiele befand. Die machte im Sommer ein Bombengeschäft, allerdings auch im Winter. Wenn es so kalt und dunkel war, gab es schließlich nichts Besseres, als sich mit etwas Eis aufzumuntern. Und im Herbst lief es gut, weil die Leute dann lange Spaziergänge mit dem Hund machten, durch Laubhaufen liefen und sich danach auf ein Hörnchen mit einer Kugel Karamell freuten. Auch an Frühlingstagen wie heute kamen die Leute gern, wenn die Sonne schien. Noch war es zwar eigentlich nicht warm genug, aber sie stimmten sich so schon einmal darauf ein, dass die ideale Jahreszeit fürs Eisessen vor der Tür stand.

»Nein! Es geht darum …« Jean überlegte. »Na ja, sie muss einfach mehr eingebunden werden. Dass sie schüchtern ist, heißt ja nicht, dass sie kein guter Mensch ist.«

»Sie möchten also, dass ich Morag darum bitte … schüchterne Menschen nicht zu diskriminieren?« Murdo lächelte. »Ha, wissen Sie was, das würde ich sogar richtig genießen. Für Morag bin ich nämlich ständig in irgendeiner Hinsicht diskriminierend und der reinste Dinosaurier. Tja, da fände ich es wirklich gut, wenn es dieses Mal anders herum ist.«

»Ich meine, ich will einfach nicht, dass man sie ausschließt.«

»Sind denn nicht gestern alle gemeinsam zum Tanzabend gegangen?«

»Äh, ja«, bestätigte Jean verlegen.

»Na, das ist doch was. Sagen Sie ihr einfach, dass sie sich von den Helikopterpiloten fernhalten soll.«

»Wieso, ist was mit denen? Vielleicht ist sie ja deretwegen so aufgewühlt.«

»Vermutlich«, sagte Murdo. »Hubschrauber, wirklich üble Machwerke.«

Er schien nicht gewillt, das weiter auszuführen.

Jetzt blieben sie ein paar Meter vor dem Café stehen, direkt vor der Eisdiele.

»Ooh«, sagte Murdo. »Ist es eigentlich eine Sünde, am Sonntag ein Eis zu essen? Was meinen Sie?«

Sie schielten beide hinüber in Richtung der Kirche aus Sandstein, die am höchsten Punkt des Ortes aufragte. Daneben lag ein gepflegter kleiner Friedhof mit einem speziellen Bereich für ertrunkene Seeleute ohne Namen, die im Laufe der Jahrhunderte hier angespült worden waren. Von hier aus konnten sie die Gemeinde hingebungsvoll *The Church's One Foundation* singen hören, und augenblicklich meldete sich das schlechte Gewissen bei ihnen.

»Na ja, wir landen ja sowieso schon in der Hölle, weil wir nicht in der Messe sind«, sagte Jean.

»So ist es«, nickte Murdo. »Daher sollten wir uns vielleicht besser mit etwas Erfrischendem eindecken.«

Sie grinsten einander an und stellten dann fest, dass sie beide Pistazie toll fanden und immer gedacht hatten, dass sonst keiner diese Sorte mochte.

Und Jean kam zu dem Schluss, dass es vielleicht doch nur das war: Wahrscheinlich schwärmte Gertie für einen der Hubschrauberpiloten, aber wenigstens war sie mal abends ausgegangen.

Als Murdo fragte, wie alt Gertie denn war, und Jean antwortete, dass sie quasi auf die dreißig zuging, zog er die Augenbrauen hoch. Jean musste sich eingestehen, dass es vielleicht wirklich an der Zeit war, sich nicht länger in das Liebesleben ihrer Tochter einzumischen.

Sie aßen ihr Eis auf und gingen dann zu *The Point* hinüber, um sich einen Becher Tee zum Mitnehmen zu holen. Der nette junge Mann konnte kaum fassen, dass sie seinen neuen guatemaltekischen Kaffee nicht probieren wollten, der im Darm von Raubkatzen fermentiert worden war, und es tat ihnen ein bisschen leid, ihn so zu enttäuschen.

Als sie die Rösterei verließen, war gerade die Messe zu Ende gegangen, und die Gemeindemitglieder strömten aus der Kirche. Viele von ihnen erachteten es als Sünde, am Sonntag Eis zu essen, wenn man nicht beim Gottesdienst gewesen war. Aber wenn man früh aufgestanden war und sich für den Kirchgang schick gemacht hatte, dann war es doch wohl in Ordnung, sich danach ein Eis zu genehmigen, solange die Pastorin das nicht mitbekam.

Reverend Jill verkündete zwar immer vollmundig, dass man nicht sündigen und an Sonntagen weltlichen Bestrebungen entsagen sollte. Selbst verbrachte sie die aber damit, die alten Menschen der Gemeinde zu besuchen, ob die das nun wollten oder nicht, über die ewigen Feuer der Hölle zu dozieren und Plätzchendosen leer zu futtern.

Da der lilafarbene Hut nicht zu übersehen war, entdeckte Jean aus den Augenwinkeln schon wieder Peigi, die sie offensichtlich ins Visier genommen hatte. Skellington kläffte unangenehm, weil er vor der Kirche angebunden gewesen war und immer noch ganz aufgeregt darüber war, sein Frauchen zurückzuhaben.

Peigi presste die Lippen aufeinander, als sie Jean und Murdo zusammen sah. Eigentlich hatte sie Reverend Jill noch abpassen und mit ihr darüber sprechen wollen, dass der turnusmäßige Putzplan für die Kirche nicht vernünftig eingehalten wurde. Jeder Gedanke daran war schlagartig vergessen, als sie auf die beiden zueilte.

»Ihr kauft woanders Tee?«, zischte sie fassungslos.

Einen Moment herrschte Schweigen, während Jean und Murdo schuldbewusste Blicke tauschten.

»Na ja, ich kümmere mich wohl mal lieber ums Mittagessen. Ohne Fleiß kein Preis.«

Jean hatte ein schlechtes Gewissen. Ja, Peigi galt im Ort ein wenig als Witzfigur, weil sie so sehr in Murdo verliebt war, dass sie sogar bei ihm eingezogen war. Aber Jean fand es nicht toll, dass man sich über die ältere Frau lustig machte. Außerdem sah sie plötzlich eine nicht sehr schmeichelhafte Parallele zu Gertie, die vermutlich in ihrer WG in der Küche hockte und wegen irgendeines albernen Hubschrauberpiloten Trübsal blies.

Dass Gertie mal wie Peigi endete, wollte Jean wirklich nicht, so viel war klar. Eins wusste sie nämlich übers Älterwerden: Wie sehr man im Laufe der Zeit auch in eine Routine verfiel, wie knotig die Hände auch werden mochten – innerlich hatte man sich nicht groß verändert.

Jean schaute zu Murdo hinüber, den sie sich ja eigentlich hatte vorknöpfen wollen, weil ihre kleine Gertie so traurig war. Das war aber irgendwann in den Hintergrund getreten, weil sie … na ja, ganz unerwartet einen wirklich angenehmen Vormittag verbracht hatte, wie sie sich überrascht eingestehen musste.

»Vielen Dank«, sagte sie beim Abschied zu Murdo.

»Keine Ursache«, antwortete der mit funkelnden Augen und blickte ihr hinterher. Ihm gefiel ihre Direktheit, und er verbrachte gern Zeit mit einer Frau, die genauso viel Begeisterung wie er für Pistazieneis aufbrachte. Außerdem hatte Jean das große Glück, dass Murdo überhaupt nichts von Damenmode verstand und die Schulterpolster nicht einmal bemerkt hatte.

Kapitel 23

Nach dem wunderschönen Wochenende war das Wetter am Montag wieder trostlos, und schlimmer noch: Es war auch eiskalt.

Gertie kam es so vor, als sei jener glamouröse, beinahe triumphierende Augenblick – der goldene Abend, an dem sie mit schwingendem Kleid voranmarschiert war und sich die Leute nach ihr umgedreht hatten – nur eine Illusion gewesen.

Na ja, am besten vergaß sie das jetzt alles und machte einfach mit ihrer Arbeit weiter. Um sich nichts anmerken zu lassen, würde sie sich allerdings ziemlich am Riemen reißen müssen. Heute hatte sie sich weniger stark geschminkt und sich die Haare zu einem Pferdeschwanz zusammengebunden.

Ihre Mutter hatte Gertie immer noch nicht zurückgerufen, als sei alles deren Schuld.

Als sie am Flughafen eintraf, sah sie draußen Morag an *Dolly 2* kleine Wartungsarbeiten durchführen und in ihrer Konzentration alles andere ignorieren. Erno würde wohl wieder auf den letzten Drücker eintrudeln.

Was Gertie im Inneren der Wellblechhütte erwartete, war allerdings verwirrend: Im Abflugbereich warteten geduldig ein Schaf, ein Schäferhund und ein Huhn.

»Das ist jetzt nicht wahr, oder?«, murmelte sie.

Donald, der den Flughafen leitete, zuckte entschuldigend mit den Achseln.

»Äh, hallo, alle zusammen«, sagte Gertie und warf einen Blick auf die Tafel. Dort schrieben sie immer noch von Hand mit Kreide die genauen Abflugzeiten an. Sie fügten für gewöhnlich Informationen über mögliche Verspätungen und die Wetterverhältnisse hinzu. Oft kam irgendein Scherzkeks, wischte die Angaben weg und ersetzte sie durch »MONSUN« oder an besonders dunklen Morgen durch »MORDOR«.

»Okay, wer ist als Erstes dran?«, fragte Gertie.

Als die Frau mit dem Huhn vortrat, begann der Hund wütend zu bellen.

»Ruhig, ruhig«, sagte das Herrchen ohne jede Wirkung.

»Also, ich bin hier, um einzuchecken. Diesen Hund da dürfen Sie aber unter keinen Umständen in den Passagierraum lassen«, versetzte die Frau.

»Von wegen, Senga Albright!«, rief der Mann. »Ich bringe Roddy auf jeden Fall mit an Bord, also halten Sie jetzt mal den Mund!«, rief der Mann. »Das ist doch nur ein blödes Huhn!«

»Haben Sie das gehört?«, sagte die Frau. Sie stellte den Käfig auf den Schalter, sodass das Huhn zu flattern begann, und verschränkte die kräftigen Arme vor der Brust. »Ich finde, wer so ausfallend wird, sollte nicht mit an Bord dürfen.«

»Sie hat doch angefangen, indem sie meinen Hund beleidigt hat«, sagte der Mann.

»Inwiefern hab ich denn Ihren Hund beleidigt?«

»Sie haben ihn ›diesen Hund da‹ genannt!«

Senga schaute Gertie an und verdrehte die Augen. »Sehen Sie, was ich meine? Und er hat mein Huhn als blöd bezeichnet!«

»Alle Hühner sind doch blöd!«

Das ignorierte Senga mal. »Er kann ja den nächsten Flug nehmen.«

»Nein, kann ich nicht«, sagte der Mann. »Da ich auch noch Arbeit und einen Hof habe. Und diesen Hund muss ich zu einer läufigen Hündin bringen, was so schnell wie möglich passieren muss, wie Ihnen ja auch klar sein dürfte.«

»Warum sollte *ich* denn irgendetwas über Ihre widerlichen Praktiken wissen?«

»Einen Hund von einem anderen decken zu lassen, damit ausgezeichnete Schäferhundwelpen zur Welt kommen, ist doch keine widerliche Praktik!«

»Doch, schon, falls Sie den da für einen ausgezeichneten Schäferhund halten. Wenn Sie mich fragen, ist der doch bloß zum Kläffen gut.«

Gertie verzog das Gesicht. »Äh …«

»Außerdem war ich als Erste hier«, sagte die Frau, hob demonstrativ den Käfig hoch und knallte ihn wieder auf den Tresen des Schalters.

Das Huhn gackerte aufgeregt, der Hund gab leise, warnende Laute von sich, und das Schaf wirkte ziemlich nervös.

»Lassen Sie den Hund bloß nicht in die Nähe meines preisgekrönten Bocks«, meldete sich jetzt ein großer Mann zu Wort, ein Bauer mit roten Äderchen in einem Gesicht, das ein Leben lang dem Wind ausgesetzt gewesen war. »Der muss gleich auch noch ran.«

Senga runzelte die Stirn. »Was?«, sagte sie. »Soll das etwa bedeuten, dass heute das Flugzeug voll mit Sexhändlern ist?«

»Oh«, machten ein paar Ornithologen, die gerade einen großen Koffer voll mit teuren Ferngläsern, Fotoapparaten und Regenkleidung herangerollt hatten. »Sexwas?«

Gertie musterte die versammelte Mannschaft. Die Situation erinnerte ja an dieses Rätsel von einem Bauern, der in einem Boot den Fluss überqueren muss. Mit so etwas hatte sie es im ScotNorth nie zu tun gehabt. »Okay«, murmelte sie, betrachtete den Sitzplan des kleinen Flugzeugs und runzelte die Stirn. »Fliegen Sie nach Inchborn?«, fragte sie Senga, die nickte.

»Ja, da wohnt mein Neffe«, erklärte sie. »Und das Huhn ist krank.«

Gertie war nicht sicher, was sie mit dieser Information anfangen sollte.

»Hm, darf ich mal gucken?«, fragte einer der Ornithologen. »Was hat es denn?«

»Äh …«, machte Senga und griff nach dem Käfig.

Das Huhn gackerte wütend, als einer der Vogelkundler Anstalten machte, den Käfig zu öffnen, und der Hund wieder laut zu kläffen begann.

»Lassen Sie das Huhn bitte da drin!«, sagte Gertie laut. Sie hätte sich nicht träumen lassen, dass sie so etwas mal bei ihrer neuen Arbeit sagen würde oder überhaupt bei irgendeiner Arbeit.

Inzwischen war Morag hereingekommen und drückte sich bei der Tür herum. Eigentlich wollte sie lieber nicht eingreifen, war aber dazu bereit, wenn es sein musste. Ein Flug, bei dem ein Hund, ein Huhn und ein Schaf in der Kabine Amok liefen, war alles andere als erstrebenswert. Gut, der Schafbock würde in den Gepäckraum müssen, aber … Egal, jetzt beauftragte sie erst einmal den gerade eingetroffenen Erno damit, das Flugzeug zu tanken.

Inzwischen waren alle Passagiere da, und es standen heute ganze achtzehn Leute in der Schlange, um die sich

Gertie kümmern musste. Sie schaute sich die Sache noch einmal an. »Okay. Sie da, mit dem Huhn! Sie setzen sich nach ganz hinten in die Ecke, einverstanden?«

Gertie checkte die Frau ein.

»Eigentlich würde ich ja lieber …«

»So machen wir das. Und Sie da, der Passagier mit dem Hund: Sie warten bis ganz zum Schluss und setzen sich dann vorne hin.«

»Hahaha!«, machte der Mann.

Senga räusperte sich.

»Verkneifen Sie sich das bitte«, mahnte Gertie den Mann. »Und wenn sich Ihr Hund weiter so aufführt, dann verweigere ich Ihnen am Ende doch noch den Zugang zur Maschine. Dazu bin ich nämlich befugt. Glaube ich.«

Roddy winselte.

»Ich sage ja nicht, dass du ein böser Hund bist«, wandte sie sich an das Tier. »Aber du musst dich bei diesem Flug eben benehmen, in Ordnung?«

Der Schäferhund näherte sich und schob die Schnauze liebevoll in Gerties Hand, was das Huhn aufschreckte.

»Du bist wirklich toll«, sagte Gertie. »Aber sorg unterwegs bitte nicht für Unruhe.«

»Was ist denn mit mir?«, fragte der Mann mit dem Schafbock.

»Der kommt in den Gepäckraum.«

»Ich fliege doch nicht im Gepäckraum mit!«

»Ihr Tier«, erklärte Gertie. »Es darf nicht in die Kabine.«

»Warum nicht? Hätte ich das vorher buchen müssen, wie eine besondere Mahlzeit?«

»Nein. Es darf nicht in den Passagierraum, weil es nicht zahm ist, so wie der Hund.«

»Ach, und das Huhn ist zahm, oder was?«

»KÖNNEN JETZT BITTE ALLE MAL MEIN HUHN IN RUHE LASSEN?«

»Wollen Sie bei uns mitfliegen oder nicht?«, fragte Gertie.

Nachdem jeder mit seinem jeweiligen Tier widerwillig eingecheckt hatte, verzogen sich die drei Personen in unterschiedliche Ecken der kleinen Halle. Dort nahmen sie Platz und murmelten dabei Unschönes über die anderen beiden vor sich hin.

Morag ging zum Schalter hinüber.

»Gut gemacht!«, sagte sie. Sie wollte auf keinen Fall herablassend wirken, aber Gertie hatte für ihren souveränen Umgang mit der Situation auf jeden Fall ein Lob verdient. »Das war eine ganz schön schwierige Truppe.«

»Ja, die Ornithologen inklusive«, sagte Gertie mit gerunzelter Stirn. »Ich fürchte, die konnte ich nicht davon überzeugen, dass an Bord gleich keine große Sexparty steigen wird, sorry.«

Jetzt stürmte die Frau mit dem Huhn herbei. »Morag!«, rief sie.

»Hi, Senga.«

»Weißt du, dieses Huhn muss zu Gregor!«

»Gregor ist der Richtige für Hühner.«

»Genau, und diesem hier geht es nicht gut, aber er findet bestimmt den Grund dafür.«

»Das denke ich auch«, sagte Morag, deren Stimme jedes Mal sanfter wurde, wenn sie über ihren Freund sprach.

»Findest du nicht auch, dass dieses Tier deshalb im Flieger ganz vorne sitzen sollte?«

»Es tut mir leid«, sagte Morag. »Aber die Entscheidung meiner Mitarbeiterin ist endgültig.«

Als Gertie das hörte, ging es ihr schon ein bisschen besser. Außerdem war Callum heute nirgendwo zu sehen, was
ebenfalls half.

Kapitel 24

Und jetzt zusammen mit der zweiten Stimme, los geht's!«, sagte Struan und hob die Hand. Tatsächlich setzte die Gruppe mit genau dem richtigen Ton ein, abgesehen von Shugs junior. Die zweistimmige Version von *The Water is Wide* klang wirklich toll.

»Ah, das war gut«, sagte Struan. »Sehr gut!« Verschmitzt schaute er sie an. »Ich glaube nicht … Nein.«

»Was denn, Sir?«, fragte die kleine Oksana nervös, die vor einem Jahr aus der Ukraine hergekommen war und zu ihrer eigenen Verlegenheit in schulischer Hinsicht allen meilenweit voraus war. Leider fiel es ihr schwer, im Unterricht den Mund aufzumachen, aber auch das wurde langsam besser. Sie schleppte immer noch ständig einen Teddybären namens Bodhan mit sich herum, was in der sechsten Klasse eher ungewöhnlich war. Es war aber nicht problematisch, da er sich quasi zum Klassenmaskottchen entwickelt hatte.

Struan wünschte wirklich, Oksana würde ganz unbeschwert mitsingen, und machte sich darüber Sorgen, dass sie nicht viele Freunde zu haben schien. Aber er war sich nicht sicher, was er da tun konnte.

»Ach, nein … Für euch wäre das vermutlich zu schwierig. Die Kids aus Drumnadrochit, die würden das vielleicht hinkriegen.«

Damit hatte er sie gepackt.

»Nein, nein, verraten Sie es uns doch!«

»Na gut«, begann er widerwillig. »Also, ihr setzt ja mit zwei verschiedenen Tönen ein, da ist es gar nicht so einfach, euren Teil der Melodie im Kopf zu behalten. Aber ihr kriegt das gut hin, oder?«

Sie nickten zufrieden. Struan hatte das mit ihnen wieder und wieder geübt, bis sie zum Erstaunen ihrer Eltern damit begonnen hatten, zu Hause ständig vor sich hin zu singen. Sie sangen den Hennen etwas vor oder den Kühen beim morgendlichen Melken, summten vor sich hin, während sie sich die Zähne putzten oder Nintendo spielten.

»Na ja«, sagte er, »wir könnten die Klasse noch einmal unterteilen und dreistimmig singen.«

Er schlug die Tasten auf dem Klavier an, die den Dreiklang bildeten.

Die Kinder starrten ihn perplex an. Auf diese Idee wären sie nie gekommen.

»Ich meine, das ist schon ziemlich anspruchsvoll«, sagte Struan.

»Und wie klingt das dann?«, fragte Shugs junior.

»Wenn du es singst, wie ein Kuhfurz!«, rief Jimmy Gaskell.

Während viele Kinder lachten, sog Oksana scharf die Luft durch die Zähne. Gut, sie fühlte sich nicht selbst dazu in der Lage, aktiv teilzunehmen. Aber sie liebte den Musikunterricht und wollte nicht, dass ihr Lehrer seine Meinung änderte.

»Okay, wenn ihr nicht wollt!«, sagte Struan und stand vom Klavier auf.

»Nein, Sir! Wir wollen ja!«

»Na gut«, sagte er und kehrte zum Klavier zurück. »Dann hört euch das mal an.«

Er spielte die beiden höheren Töne, die die Kinder bereits sangen, und fügte dann ein zwei Töne tiefer liegendes D hinzu, das den Akkord zauberhaft abrundete.

»So, singt mal wieder euren Part.« Er selbst übernahm das tiefe D, sodass sie es gut hören konnten. Dann schaute er sich nach Freiwilligen um. Er brauchte jemanden, der musikalisch war, aber nicht so musikalisch, dass alles zusammenbrach, wenn er die Gruppe wechselte.

Shugs schien seine Gedanken gelesen zu haben und sagte: »Ich kann das machen, Sir.«

Das konnte er nun wirklich nicht, daher dankte Struan ihm und fragte stattdessen Jimmy Gaskell. Der streckte Shugs frech die Zunge raus, woraufhin Shugs so aussah, als wollte er ihn zusammenschlagen.

»Was ist denn mit dir, Oksana?«, fragte Struan dann. Das Mädchen zeigte immer großes Interesse, war aber schnell blockiert, wenn sie zu singen anfangen sollte. Noch hatte sie ihre Stimme nicht gefunden. »Meinst du, du würdest das schaffen?«

Oksana lief tiefrot an und schüttelte schweigend den Kopf, während sie sich an ihren Bären klammerte. Neben ihr reckte Anna-Lise, die sich immer für alles freiwillig meldete, eifrig die Hand in die Luft.

»In Ordnung, Anna-Lise und Oksana, ihr könnt Jimmy zusammen unterstützen.«

Wieder schlug Struan das D an und dann die Töne für die anderen beiden Stimmen. Als alle zu summen begonnen hatten, spielte er das Intro.

Es hätte auf Anhieb klappen können, wenn nicht Shugs beschlossen hätte, die Anweisungen komplett zu ignorieren und den tiefen Ton von Struan mitzusingen. Leider traf er ihn nicht genau und klang wie das Nebelhorn eines Schiffes.

Der Rest der Klasse stöhnte auf.

Den meisten Kindern wäre so ein Vorfall unfassbar peinlich gewesen, Shugs hingegen blieb ungerührt. »Was denn?«, fragte er. »Ich bin doch der Knaller!«

»Eher eine Knalltüte!«, rief Jimmy Gaskell.

Dass alle darüber lachten, juckte Shugs aber nicht. Er sang einfach gern, und damit hatte es sich.

Beim Blick auf die Uhr musste Struan feststellen, dass die Stunde sowieso gleich zu Ende war. »Wir nehmen uns das am Freitag noch mal vor«, sagte er. »Oksana, Jimmy und Anna-Lise, hört euch das Lied bitte auf Spotify an und guckt mal, ob ihr den tiefen Ton mitsingen könnt, wenn er vorkommt, okay?«

»Seht ihr, ich muss das nicht einmal üben!«, verkündete Shugs stolz.

»Und Hugh …« Struan überlegte rasch. »Vielleicht könntest du am Schlagzeug den Rhythmus vorgeben.«

Missbilligendes Gemurmel kam auf.

»Wie jetzt?«, fragte Jimmy Gaskell. »Als Belohnung dafür, dass er so ein schlechter Sänger ist, darf er auch noch Schlagzeug spielen? Das ist doch nicht fair!«

Zum Glück klingelte die Glocke, bevor sich Struan eine überzeugende Antwort überlegen musste.

Die Kinder begannen widerwillig, ihre Sachen zusammenzupacken, zum einen deshalb, weil Musik ihr Lieblingsfach war, zum anderen, weil nach dem herrlichen Wetter am Wochenende jetzt draußen schräg fallender Hagel auf den Schulhof prasselte.

»Ach, eins noch«, sagte Struan. »Denkt bitte daran, die Einverständniserklärungen für die Klassenfahrt mitzubringen und euren Eltern oder Erziehungsberechtigten die Packliste zu geben.«

»Welche Lehrer sind eigentlich mit dabei?«, fragte Jimmy Gaskell.

»Warum, ändert das etwas daran, ob du mitkommst oder nicht?«, fragte Struan, der tatsächlich neugierig war.

Alle schnaubten.

»Nein, jeder muss mit«, erklärte jemand. »Außer Kinder mit gesundheitlichen Problemen.«

»Na ja, wir haben alle ADHS, aber das gilt leider nicht«, warf jemand anders enttäuscht ein.

»Wir steigen doch in ein kleines Flugzeug und klettern dann auf einen Berg!«, rief Shugs, der offensichtlich das Problem nicht verstand. »Das wird so cool!«

»Alle Lehrer wären gute Begleitpersonen«, bemerkte Klassenschleimerin Anna-Lise, was wieder zu allgemeinem Stöhnen führte.

»Na ja«, sagte Struan. »Es ist Mrs McGinty.«

Schweigen legte sich über den Raum.

Niemand hegte besondere Sympathie für die frostige Rektorin, abgesehen von Anna-Lise, die ihr vom Hof ihrer Eltern frischen Käse mitbrachte und gern erwähnte, dass die Rektorin sie mal zum Teetrinken einladen wollte.

»… und, äh … ich bin auch dabei«, sagte Struan und nahm erfreut ihre begeisterten Mienen zur Kenntnis.

Zu Hause war es im Moment vielleicht schwierig. Aber bei der Arbeit … lief es doch gut. Deshalb fand er es wirklich schade, dass er diesen Job bald aufgeben würde.

Kapitel 25

Die Ornithologen mussten noch einmal von dem Versuch abgehalten werden, das Huhn selbst zu behandeln; anscheinend fühlten sie sich wie in einer spannenden Arztserie, in der eine schöne Stewardess während eines Flugs fragt: »Ist vielleicht ein Tierarzt an Bord?«

Aber es gelang Gertie, alle rechtzeitig raus zur Maschine zu bringen.

»Sind wir hier im Zoo, oder was?«, fragte Erno entsetzt, als er und Morag im Cockpit Platz nahmen.

Hinten lief es ganz gut, mal abgesehen davon, dass Senga wütend vor sich hin murmelte, weil Roddy einen Platz ganz vorne hatte. Alle gingen zu ihm hinüber, streichelten ihn und verkündeten, was für ein schöner Hund er doch war. Damit schienen sie bei Senga erst recht Salz in die Wunde zu streuen.

Als Erstes lieferte Morag die Passagiere für Cairn und Larbh ab. Auf Larbh gab es kurz einen kritischen Moment, weil sich der Schäferhund aufsetzte und einen Laut von sich gab, als der Schafbock ausgeladen wurde.

Aber dann hoben sie schnell wieder ab und flogen auf dem Weg zu ihrem letzten Zwischenstopp in die Sonne, gen Süden, nach Inchborn.

Im Laufe ihrer Karriere hatte Morag viel gesehen: den Sonnenaufgang in Singapur, dessen Strahlen Hunderte riesiger Schiffe im Hafen glitzern ließ; sie war über den Hochhäusern von Hongkong gekreist, über roséfarbene Wüsten hinweggeflogen und hatte in der Tiefe die Kochfeuer von Nomaden erkennen können. Sie hatte den Tafelberg von oben betrachtet und beim Eindrehen in den Landeanflug Paris im Cockpitfenster auftauchen sehen, bis sich der Eiffelturm seitlich in den Himmel gebohrt hatte. Über Chicago hatte sie aus dem Cockpit beobachten können, wie mit einbrechender Dunkelheit die Wolkenkratzer zu funkeln begannen.

Aber nichts, einfach gar nichts machte sie glücklicher als die steile Landung hier am Strand, für die man schnell an Höhe verlieren musste. Wenn das Meer ruhig war, war dabei auf dem Wasser das Spiegelbild der kleinen Twin-Otter-Maschine zu erkennen. Normalerweise war es eher aufgewühlt, und man konnte es mit den sich ständig verändernden Strömungen wogen und sich kräuseln sehen.

In beiden Fällen liebte Morag diese Landung. Nachdem sie den Gegenwind gecheckt und das Flugzeug entsprechend ausgerichtet hatte, lag dann vor ihr statt der üblichen Piste ein langer flacher Strand direkt neben Dünen.

Letzten Sommer hatte sie hier auf Inchborn mal notlanden müssen. In dem Moment hatten bei ihr all die in der Ausbildung antrainierten Automatismen übernommen, und es war glücklicherweise niemand zu Schaden gekommen. Stattdessen hatten alle möglichen positiven Entwicklungen ihren Lauf genommen, und Morag hatte vor dem Landeanflug auf diese Insel absolut keine Angst. Das hier war ihr Flugzeug, es war ihre Route, und mal abgesehen davon war Inchborn für sie auch der glücklichste Ort der Welt, weil dort Gregor lebte.

Der kam jetzt mit strahlender Miene die Düne herunter.

Morag stand auf, ging zur Tür mit den integrierten Stufen hinüber und öffnete sie. Nachdem sie die Treppe gesichert hatte, half sie Senga mit dem Huhn hinaus.

Gregor eilte herbei. »Ist es eigentlich sehr unprofessionell, wenn sich Pilotinnen in Uniform küssen lassen?«, fragte er. »Das vergesse ich immer wieder.«

Natürlich unterstützte er Morags Karriere, manche Details waren für ihn aber verwirrend.

»Klar darfst du mich küssen«, sagte Morag. »Aber nicht vor deiner Tante Senga.«

»Ah, okay.«

»Die hat mich im Flugzeug ganz nach hinten gesetzt!«, verkündete Senga wütend.

»Nicht ich!«, warf Morag ein.

»Das hat doch nur sechs Sitzreihen«, erwiderte Gregor.

»Ein Hund durfte in die Businessclass, und ich musste ganz nach hinten!«

»Wir haben überhaupt keine Businessclass, Senga.«

Gregor hörte schon gar nicht mehr zu, er hatte bereits nach dem Käfig gegriffen. Vorsichtig öffnete er ihn und stieß dabei ein leises Geräusch aus, das an ein Gackern erinnerte. »Na, mein Mädchen, was ist denn los mit dir?«

»Nach der Reise in diesem schrecklichen Sexflugzeug ist sie mit den Nerven fertig«, sagte Senga.

Diese Aussage hätte für Verwirrung sorgen können, wenn sich Gregor nicht längst abgewandt und auf den Weg zurück zum Haus gemacht hätte.

Dort stand in der Küche auf dem sauber geschrubbten Holztisch ein Teller mit frischen Scones, die köstlich dufteten. Auf dem alten Herd pfiff ein Kessel.

»Oh, du bist so ein guter Junge«, sagte Senga, deren Augen zu leuchten begannen.

Als durch das riesige alte Fenster mit Einfachverglasung ein Strahl blasses Sonnenlicht hereinfiel, wünschte sich Morag mit einem Mal so sehr, einfach hierbleiben zu können. Das ging aber nicht – man hatte ihnen schließlich Briefe mitgegeben, die zur Post mussten, bevor die zumachte. Außerdem hatten sie zwei Passagiere dabei, die nach Carso zurückflogen.

Zum Glück handelte es sich um Touristen, die es total cool fanden, eine Zwischenlandung an einem Strand einzulegen, und damit beschäftigt waren, tausend Selfies zu schießen. Ganz anders hätte es bei Windparkmanagern ausgesehen, die immer im Stress waren und sich total wichtig vorkamen. Weil sie Callum kannten, erachteten sie Morags Flugzeug quasi als ihren Privatjet und benahmen sich entsprechend.

Gregor hatte ein Geschirrtuch auf dem Tisch ausgebreitet und untersuchte darauf mit seinen großen Händen behutsam das Huhn, das er problemlos zu beruhigen gewusst hatte. (Jeder, der schon einmal ein Huhn zu beruhigen versucht hat, weiß, was für eine außergewöhnliche Fähigkeit das ist.)

Während Morag ihm zusah, wurde ihr fast schwindelig vor Verlangen.

Nun kam Frances, die Ziege, zur offenen Küchentür herein und versetzte Morag mit der Schnauze einen sanften Stoß. Gregor hier gemeinsam zu beobachten, ermöglichte ihnen eine Art Waffenruhe.

Gregor holte etwas, was Morag zu spät als ihre teure Pinzette für die Augenbrauen erkannte, und entfernte eine vor Blut ganz dicke Zecke vom Bauch des Tiers.

»Klar fühlt man sich mit so was nicht wohl«, sagte er und streichelte sanft über das Gefieder. »Morag, kannst du das Huhn mal kurz halten?«

»Nein«, sagte Morag.

»Ich nehm es schon«, sagte Senga, während Gregor die Beine der Zecke zählte, um sicherzugehen, dass er auch alle Teile entfernt hatte. Dann brachte er das zappelnde Tier nach draußen, um es weit weg von seinen eigenen Hühnern zu entsorgen. Er kehrte zurück und wusch sich die Hände.

»Warum hast du sie denn nicht zerquetscht?«, fragte Morag.

Gregor zuckte mit den Schultern. »Die ist doch auch ein Lebewesen und kann ja nichts dafür.«

»Und was, wenn sie sich jetzt ein neues Opfer sucht? Wenn sie dir über den Hintern krabbelt, während du schläfst?«

Wieder das Achselzucken. »Ich hab sie ja extra weit weggebracht, außer Reichweite von irgendwelchen Hintern.«

»Das denken bestimmt alle, bevor sie mit einer Zecke am Hintern enden.«

Lächelnd trocknete Gregor sich die Hände ab.

»Und meine Pinzette desinfizierst du bitte noch, ja?«

Er grinste. »Hey, du«, sagte er plötzlich. »Ich muss dir noch was erzählen.«

»Was denn? Geht es um irgendetwas anderes Ekliges, was du mit meiner Pinzette angestellt hast? Das will ich lieber gar nicht wissen.«

»Ah, nein. Es geht um was, was Callum mir erzählt hat.«

»Callum Frost?«, fragte Morag überrascht.

Sie warf einen Blick zu Senga hinüber, die augenblicklich aufstand und verkündete: »Also, wenn es um die Arbeit geht, will ich nicht stören.« Sie wollte sowieso gern eine Runde auf der Insel drehen, wenn sie schon mal hier war, und verschwand mit dem Huhn nach draußen.

»Wann hast du denn mit Callum Frost gesprochen?«

»Ach, der hat heute Morgen kurz vorbeigeschaut.«

»Niemand schaut auf Inchborn *kurz vorbei*.«

»Na ja. Wenn man Flugstunden mit dem Hubschrauber nimmt, kann man das durchaus mal.«

Morag verdrehte die Augen. »Er landet die Maschine aber nicht selbst, oder?«

»Man braucht keinen Pilotenschein, um ein guter Mensch zu sein«, gab Gregor sanft zu bedenken und schob sich die Brille auf der Nase hoch.

»Hm«, machte Morag, deren Weltsicht stark durch ihr Aufwachsen in einer Fliegerfamilie beeinflusst war, wenn sie das auch nicht immer merkte. »Wie oft kommt er denn her?«

»Na ja, er findet mein Essen toll.«

»Das kann ich verstehen.«

»Und wir hängen einfach gern zusammen ab.«

Morag seufzte. »Das machen wir beide doch auch gern. Aber Sex hast du mit ihm nicht, oder?«

»Wir spielen oft Schach«, antwortete Gregor.

Morag zog eine Schnute.

»Was denn?«

»Also, Schach kann ja ziemlich schnell zu mehr führen.«

»Das würde ich nicht unbedingt sagen.«

»So war es aber, als wir mal zusammen gespielt haben.«

Sie dachten beide zurück an früh hereinbrechende Abende, an denen sich die Dunkelheit wie eine Decke über die Insel gelegt und das Feuer im Kamin geknistert hatte.

Rasch warf Gregor einen Blick auf die Uhr, aber das würden sie einfach nicht schaffen, mal abgesehen davon, dass seine Tante da draußen war. Morag würde ja am Freitag zu Besuch kommen, sagte er sich streng.

»Hm«, machte er schließlich und räusperte sich. »Ich weiß nicht recht, wie ich dir das sagen soll, aber er hat wohl ... von einer deiner Angestellten ... eine Nachricht bekommen.«

»Wen meinst du?«, fragte Morag mit gerunzelter Stirn. »Und was denn für eine Nachricht?«

»Äh«, sagte Gregor. »Also, eine E-Mail. Und einen Schal, glaube ich. Ihm ist das alles ein bisschen unangenehm.«

»Wovon redest du da nur?«

»Eure neue ...« Gregor war Gertie am Samstag zum ersten Mal begegnet und konnte sich nicht an ihren Namen erinnern.

»Gertie? Nein!«, sagte Morag. Dann fügte sie hinzu: »Augenblick mal! Da wohnst du also mitten in der Nordsee ganz allein auf einer Insel und bekommst mehr Tratsch zu hören als ich? Wie kann das denn sein?« Sie runzelte die Stirn. »Einen Moment, hat sie Callum etwa belästigt?«

»So was in der Art. Sie hat was für ihn gestrickt.«

»Und das ist alles? Ihre Stricksachen sind doch toll!«

Wenn man es so ausdrückte, klang es beinahe rührend. Plötzlich kam ihr ein furchtbarer Gedanke. »Du, warte mal ... Nein, das kann ja wohl nicht sein. Ich frage mich, ob sie ... o Gott!«

»Was denn?«

»Beim Ceilidh hat sie doch offensichtlich auf jemanden gewartet und ist irgendwann einfach verschwunden. Und gestern Abend war sie ganz schön gereizt. Himmel, nein, das ist doch nicht möglich, oder?«

»Na ja«, sagte Gregor. »Ich gebe es nur weiter.«

»Danke«, sagte Morag, küsste ihn und schüttelte den Kopf. »Ich vermisse die Zeiten, in denen ich bei der Arbeit lediglich das Flugzeug steuern musste. Glaubst du, er erwartet von mir, dass ich sie rausschmeiße?«

Gregor zuckte mit den Achseln. »Keine Ahnung. Er will eigentlich nur, dass es nicht wieder vorkommt. Allerdings hat er erwähnt, dass er an Zwischenfälle dieser Art durchaus gewöhnt ist ...«

»Du meine Güte«, seufzte Morag. »Er ist so arrogant und nervig.«

»... aber nicht daran, dass Leute das Computersystem der Fluggesellschaft nutzen, um an seine private E-Mail-Adresse zu kommen.«

»Uff, und sie ist ja auch meine Mitbewohnerin«, sagte Morag. »Aber Hut ab: Da sucht sie sich direkt einen Millionär aus. Respekt! Okay.«

Ohne Huhn erschien jetzt mit erwartungsvollem Blick Gregors Tante in der Tür. »Die kommt schon klar«, sagte Senga. »So, Gregor, und jetzt machst du mir doch sicher Mittagessen, oder? Und dann können wir uns erst einmal ein bisschen unterhalten.« Sie warf Morag einen vielsagenden Blick zu, als würde sie in dem Gespräch auch erwähnt werden, aber nicht vorteilhaft.

»Dann will ich mal wieder. Wir sehen uns am Freitag!«

Als Morag Gregor küsste, stieg ihr sein Geruch in die Nase, und es fiel ihr unendlich schwer, sich von ihm loszureißen.

Bei der Maschine angekommen, bemerkte sie vom Meer her aufziehenden Nebel, der ihnen aber nicht in die Quere kommen würde, wenn sie sich sofort auf den Weg machten.

Im Cockpit bat Morag den knurrigen Erno, diese Teil-strecke als Kapitän zu fliegen, damit sie in Ruhe darüber nachdenken konnte, was Gregor ihr gerade erzählt hatte. Schon komisch, heute Morgen erst war sie so beeindruckt davon gewesen, dass sich Gertie so gut zu machen schien. Morag hoffte nur, sie würde mit ihrer Suche nicht wieder bei null anfangen müssen.

Kapitel 26

Als Morag am nächsten Morgen zum Flugplatz kam, lief sie dort Callum Frost über den Weg und sprach ihn auf die Angelegenheit an.

»Ach, das junge Ding«, sagte er.

Tatsächlich irritierte es Morag ein wenig, wie gelassen er die Sache hinnahm.

»Du findest es offenbar ganz normal, dass sich alle unsterblich in dich verlieben, oder?«, bemerkte sie schnippisch.

Callum zuckte mit den Achseln. »Ich hab noch meine eigenen Zähne und außerdem eine Fluggesellschaft«, sagte er. »Da kommt das öfter mal vor.«

»Wie sieht es denn im Moment bei dir aus?«, fragte Morag argwöhnisch. »Steckst du mal wieder in einer Dreierbeziehung?«

Callum lachte. »Sagen wir, dass ich flexibel bin.«

»Aber nicht flexibel genug, um was mit Gertie anzufangen.«

»Tut mir leid«, sagte Callum. »Ich bin schließlich reich und kann einfach nicht anders. Typen wie ich daten nur wirklich, wirklich attraktive Menschen, und zwar bevorzugt welche, die ebenfalls reich sind. Das dürfte ja nichts Neues sein.«

»Gertie ist doch hübsch«, wandte Morag unbeirrt ein.

»Ja, ›hübsch‹ sind viele. Du bist zum Beispiel hübsch«, sagte Callum. »Trotzdem würdest du es nicht auf das Cover der *Czechya Grazie* schaffen.«

»Das ist jetzt ein seltsam konkretes Beispiel«, murmelte Morag.

»Aber in einem Kalender mit schottischen Pilotinnen würdest du durchaus eine gute Figur machen«, sinnierte Callum.

»Ist gut jetzt!«, knurrte Morag.

In diesem Moment traf Gertie ein und lief bei Callums Anblick augenblicklich rot an, was Morag nicht entging.

Gertie sah die beiden an und begriff sofort, worüber sie gesprochen hatten.

Als Morag noch für eine große Fluggesellschaft gearbeitet hatte, war sie nicht sehr gut auf die Personalabteilung mit ihren ständigen Überprüfungen und Weiterbildungen und Rückmeldungen zu sprechen gewesen. In diesem Moment wünschte sie aber, es gäbe in ihrer Firma eine.

Callums Airline hatte natürlich eine, aber Morag unterstrich ja gern, dass es sich um zwei unterschiedliche Firmen handelte.

Leider war die Wellblechhütte kein guter Ort dafür, in Ruhe etwas zu besprechen. Um diese Zeit waren bereits zig Passagiere da, die gleich mit ihnen zu den Inseln oder nach Glasgow fliegen würden, und auch Schüler der Hubschrauberpiloten.

Aber das musste jetzt geklärt werden, daher winkte Morag Gertie heran. »Äh, Gertie, kommst du mal bitte?«, sagte Morag und zog sich mit den beiden in eine Ecke zurück.

Himmel, Gertie arbeitete doch erst seit ein paar Wochen für sie. Das würde furchtbar peinlich werden.

Gertie hatte direkt kapiert, was los war. Dabei hatte ihr nach dem Ceilidh am Sonntag erst im Laufe des Tages gedämmert, dass sie irgendetwas Übles angestellt hatte. Erst, nachdem sie eine Weile auf ihrem alten Laptop durchs Internet gescrollt hatte, war es ihr wieder eingefallen. Ja, sie hatte Callum in eindeutig betrunkenem Zustand eine lange, wortreiche E-Mail geschrieben und sich darin beschwert, weil er ihre Verabredung nicht eingehalten hatte, weil er sie kaum beachtete und ... O Gott! Gertie hatte die Mail sofort gelöscht und gehofft, er habe das Gleiche getan, aber es war natürlich zu spät gewesen. Beschämt schlug sie sich die Hände vors Gesicht.

Morag hatte ehrliches Mitleid mit. »Äh, Gertie?«

»Sorry«, würgte Gertie hervor. »Es tut mir so furchtbar leid.«

»Ist schon in Ordnung«, sagte Callum. »Ich kann das durchaus nachvollziehen.«

Es nervte Morag ein wenig, wie freundlich und sanft seine Stimme war. Wenn man jemanden davon abhalten wollte, sich in eine Schwärmerei hineinzusteigern, dann sollte man wirklich nicht so lieb und nett zu ihm sein.

»Sie waren wohl nur von meinen blöden Flugzeugen geblendet«, sagte er. »Wirklich bescheuert, ich weiß. Dabei hat das ja alles mein Vater aufgebaut. Mir ist schon klar, dass es beeindruckend wirkt, aber es ist im Prinzip ein klassischer Familienbetrieb ... Und ich, ich weiß durchaus, was für ein verwöhnter Kerl ich bin, echt übel. Tut mir leid.«

Gertie schüttelte den Kopf. »Nein«, sagte sie mit leiser, gepresster Stimme. »Nein, um die Fluggesellschaft ging es mir gar nicht, sondern um Sie.«

So etwas bekam Callum wohl nicht oft zu hören, da er sie ein wenig verblüfft anschaute, als hätte er das nicht erwar-

tet. »Na ja, lassen Sie mich auf jeden Fall … noch sagen …«
Er hüstelte. »So nett die Idee auch sein mag – die Richtlinien
der Firma untersagen ja explizit Beziehungen unter den
Angestellten.«

Morag runzelte ein wenig die Stirn, als höre sie zu ersten
Mal davon. Am liebsten hätte sie auch wieder betont, dass
es sich um zwei unterschiedliche Firmen handelte. Aber das
mit den Richtlinien war in diesem Moment äußerst hilfreich.

»Ich fürchte, deshalb kann ich den hier auch nicht behalten …« Er zog den Schal hervor.

Bevor sich Morag zusammenreißen konnte, entfuhr ihr
ein Keuchen. »Was ist denn … Der ist von dir?«

Gertie lief noch röter an. Sie hatte Herz und Seele in diesen Schal gesteckt, daher war es ihr unerträglich, dass er so
zurückgewiesen wurde.

»Der ist wirklich schön«, sagte Callum. »Aber ich kann
einfach nicht … Eine, äh, Freundin von mir war total begeistert … Trotzdem …«

Morag griff danach. »Den hast *du* gestrickt?«, fragte sie
wieder.

Unbehaglich zuckte Gertie mit den Achseln.

»Und ich fand den Pinguin schon beeindruckend. O mein
Gott, der ist ja Wahnsinn!«, schwärmte Morag.

Morag reichte Gertie den Schal, und Callum betrachtete
ihn, als würde er es ziemlich bedauern, ihn hergeben zu
müssen. »Na ja, vielleicht war ich ein bisschen zu …«

»Hast du noch was anderes für ihn gemacht?«

Wieder zog Gertie die Schultern hoch. Jetzt hatte sie ja
nichts mehr zu verlieren, und so ging sie kurz zum Schalter
hinüber und kehrte mit einer Mütze zurück, die sie dort
aufbewahrt hatte. Sie war aus einer Abfolge von immer hel-

leren Grautönen in etwas robusterer Wolle gearbeitet und hatte ein gelbes Bündchen. Gertie hatte gedacht, dass sie ihm die vielleicht als Nächstes geben würde.

»Ich würde die tragen!«, erklärte Morag kopfschüttelnd. »Gertie, deine Stricksachen sind echt super, du hast wirklich Talent. Mensch, nach so einem Geschenk würde ich sofort mit dir ausgehen. Sorry, nein, ich wollte sagen ... So etwas geht hier bei der Arbeit einfach nicht, tut mir leid.«

»Mir tut es auch leid«, sagte Gertie.

Callum betrachtete ein wenig sehnsüchtig die Mütze und schaute dann wieder Gertie an. »Es war wirklich nett von Ihnen, die für mich zu stricken.«

»Ich dachte mir, dass Sie doch sicher frieren, wenn Sie morgens so früh mit dem Hubschrauber unterwegs sind.«

Callum räusperte sich. »Äh, ja, das stimmt. Da ist mir wirklich oft kalt.«

Einen Moment herrschte Schweigen.

»Und heißt das jetzt ... dass ich gefeuert bin?«, fragte Gertie schließlich.

»O mein Gott, nein, wir würden Sie wegen so etwas doch nie rausschmeißen!«, antwortete Callum rasch. »Schließlich leisten Sie hier tolle Arbeit!« Unwillkürlich griff er sich an den schallosen Hals.

»Na, dann ist ja jetzt alles geklärt ...«, sagte Morag.

So langsam mussten sie sich mal um den heutigen Flug kümmern. Morag hatte schon eine Gruppe aufgeregter Rentner entdeckt, die vermutlich einen Tagesausflug machten. Solche Passagiere musste man manchmal ermahnen, damit sie nicht der Aussicht wegen im Flieger von einer Seite auf die andere liefen und damit die kleine Maschine dramatisch aus dem Gleichgewicht brachten.

Jedenfalls machten sie sich besser an die Arbeit.

»Gertie, fängst du bitte mit dem Check-in an?«

»Natürlich!«, sagte Gertie und setzte sich in Bewegung, hielt aber kurz inne. »Ich möchte mich wegen der E-Mail noch mal entschuldigen. Die hätte ich echt nicht schreiben sollen, das war nicht okay.«

»Vergessen wir die Sache einfach«, sagte Callum.

Aber er sah mittlerweile so reumütig aus, dass Gertie ihm schnell den Schal wieder in die Hand drückte, bevor sie davonhuschte.

Kapitel 27

Auf dem gemeinsamen Heimweg der beiden Frauen herrschte später eine etwas unbehagliche Stimmung.

Gertie war still, und Morag suchte fieberhaft nach irgendetwas, was sie sagen konnte, ohne es noch schlimmer zu machen.

»Weißt du«, begann sie schließlich. »In der Flugschule … hab ich bei der Vorbereitung auf die Verkehrspilotenlizenz mal Schwierigkeiten mit dem Theorieteil vorgetäuscht, weil ich gern wollte, dass mir dieser total scharfe Typ Nachhilfe gibt. Als er später bei der Prüfung durchgefallen ist und ich bestanden habe, hat er mich als Strebertante bezeichnet und dann nie wieder mit mir gesprochen.«

Gertie nickte verständnisvoll. »Wie alt warst du denn da?«, fragte sie.

Morag runzelte die Stirn. »Neunzehn.«

»Aber ich bin Mitte zwanzig.«

»Klappt das denn normalerweise? Also, dass du etwas für die Typen strickst, die dir gefallen?« An irgendetwas erinnerte sie diese Aktion, aber Morag kam einfach nicht drauf.

»Nein, eigentlich nicht«, musste Gertie zugeben.

Morag klopfte ihr auf die Schulter.

»Ich komme mir so blöd vor«, sagte Gertie.

»Ach, überleg doch mal: Ich muss mir den Mann, den ich liebe, mit einer Ziege teilen«, sagte Morag.

»Na ja, ich hoffe nur, dass der Strickzirkel von der Sache nichts mitkriegt«, seufzte Gertie.

(Natürlich würde es anders kommen. Die Pastorin, die heute von einer ökumenischen Konferenz in Dundee zurückgekommen war, hatte am Flughafen einen Teil der Unterhaltung mit angehört. Sie würde nach der Rückkehr ins Pfarrhaus die Zwillinge danach fragen, warum Gertie eigentlich so bedrückt wirkte. Diesen Fehler würde sie noch lange bereuen. Tara und Cara würden sich nämlich völlig in Rage reden und nicht lockerlassen, bis sie die Wahrheit aus ihr herausbekommen hatten.)

»Wollen wir uns heute Abend mal *Fish and Chips* holen?«, fragte Morag, um die Situation zu entspannen.

»Ich denke, ich gehe lieber rüber und verbringe ein bisschen Zeit mit Elspeth. Jetzt, wo es ihr endlich besser geht, ist ihr oft langweilig.«

»Gut!«, versetzte Morag mit Nachdruck. »›Langweilig‹ ist wunderbar.«

Die Neuigkeit machte im Ort schnell die Runde und kam sogar Murdo zu Ohren, der als Pilot öfter mal das Objekt weiblicher Begierde gewesen war. Tatsächlich lebte Peigi ja sogar bei ihm mit im Haus, daher verstand er von diesen Dingen durchaus etwas.

Murdo drückte sich wirklich nicht mit Absicht in der Nähe des Wollgeschäfts herum. Aber er hatte heute Besuch von Morags Dad, seinem Sohn Iain, der sich leider strikt weigerte, Peigis Essen auch nur anzurühren. Eine Zeit lang hatte Murdo sich Sorgen darüber gemacht, dass Iain sie selbst nach all dieser Zeit weiter ablehnte, weil sie die Stelle seiner Mutter einzunehmen versuchte. Tatsächlich hatte Iain mit diesem Thema aber wohl längst abgeschlossen.

Mittlerweile bestand das Problem schlicht darin, dass Peigi wirklich schlecht kochte, woran sich Murdo im Laufe der Zeit einfach gewöhnt hatte.

Jedenfalls war es trotz der Sonne ein kalter Abend, und die Schlange vor der Imbissbude lag im Schatten, was nicht ideal war. Als er sich dort einreihte, bemerkte Murdo vor dem Handarbeitsladen Jean, die eine wütende Miene zur Schau trug.

»Ach, hallo«, sagte er erfreut.

Jean wirkte überrascht. »Hi«, sagte sie und dachte bei sich, wie gut er aussah. Für sein Alter war er wirklich in Form.

»Ich stehe für Pommes an. Und Sie, holen Sie sich Nachschub zum Stricken?«

»Nein, mit Sicherheit nicht von hier«, schniefte Jean, die mit Janet aus dem Wollgeschäft seit Jahren im Clinch lag.

Janet ärgerte es, dass Jean bis auf ein paar Kleinigkeiten all ihre Wolle aus geheimnisvollen anderen Quellen bezog, und Jean ärgerte es, dass Janet die Arbeiten des Strickzirkels nicht bei sich im Laden verkaufen wollte. Was das anging, gab sie den Vorzug der Gegenmannschaft, ihrem eigenen Strickzirkel, der sich auf Babyjäckchen mit jeder Menge Rüschen und dazu passende gestrickte Püppchen spezialisiert hatte. Jean fand das alles ordinär und machte gern in Hörweite von Janet Bemerkungen darüber. Deshalb waren Jeans Besuche im Wollgeschäft meist angespannt, aber notwendig, weil es sich um den einzigen Laden dieser Art zwischen hier und Oban handelte. Manchmal brauchte man eben dringend ein 5-mm-Nadelspiel, so sah es doch aus.

»Okay«, sagte Murdo, der vom Stricken keine Ahnung hatte und auch nicht wusste, wie viel Wolle man wofür brauchte. »Ich hoffe, nach dem Vorfall heute Morgen geht es Gertie gut?«

»Was meinen Sie denn damit?«, erwiderte Jean gereizt. »Ihr geht es wunderbar!«

Natürlich ging es Gertie nicht wunderbar. Sie hatte sich erst auf ihrem einsamen Bett die Augen ausgeheult und war dann zu Elspeth rübergegangen. Während ihre Großmutter sie bei *River City* auf den neusten Stand gebracht hatte, hatte sie still weitergeweint.

»Ah, gut. Dann bin ich ja froh, dass das geklärt ist.« Murdo rückte in der Schlange weiter vor. »Hätten Sie vielleicht gern ein paar Pommes?«, fragte er aus reiner Höflichkeit.

Es überraschte Jean selbst, dass sie Ja sagte.

Murdo beschloss, dass das Abendessen mit seinem Sohn auch warten konnte, und setzte sich erst einmal mit Jean zusammen vor dem Imbiss in die Abendsonne, um Irn-Bru und unwiderstehliche, heiße, knusprige Pommes mit jeder Menge Salz und Essig zu genießen. Sie schauten aufs Meer hinaus, wo die Möwen so ungeduldig und bedrohlich wie üblich ihre Kreise zogen.

Während sie das Gesicht in die Sonne hielten und sich die Hände an der Pommestüte wärmten, musste Jean zu ihrer eigenen Verblüffung feststellen, dass sie plötzlich äußerst zufrieden war. »Das hab ich schon ewig nicht mehr gemacht«, sagte sie. »Wissen Sie noch? Als Kind hat man sich früher oft eine Portion geholt und dann den ganzen Abend hier verbracht.«

Murdo lächelte. »Ja, das war bei mir auch so. Wir haben damals Tricks mit unseren Fahrrädern vorgeführt, um die Mädchen zu beeindrucken.«

»Und, hat es funktioniert?«

»Und ob!«, sagte er. »Bei mir musste sogar mal was genäht werden, die Narbe am Arm kann man immer noch sehen.«

Jean lachte. »Sie sind älter als ich. Zu meiner Zeit waren es eher Skateboards.«

»Okay, na ja, das klingt viel cooler.«

»Na klar, war es auch.«

»Bei Ihnen hat das also gezogen?«

»Ich bitte Sie«, sagte Jean. »Wir sprechen hier von Carso, was anderes kannten wir doch nicht!«

Beide lachten und mussten feststellen, dass ihr Blick unwiderstehlich von der alten roten Telefonzelle angezogen wurde, die am Ufer stand und immer noch funktionierte. Aber sie war nicht mehr der Treffpunkt für Teenager, der sie einst gewesen war. Von hier aus hatten sich die Jungen bei den Mädchen gemeldet, oder es war eine Art Mutprobe gewesen, eine bestimmte Person anzurufen. Und was hatten sie wegen der Telefonstreiche gelacht, die sie dem Rektor gespielt hatten! Ja, das war eine schöne Zeit gewesen.

Jean lächelte. Sie blickte aufs Meer hinaus, sah, wie sich die Windräder in der Ferne drehten, betrachtete die am Horizont gerade noch erkennbaren Frachtschiffe und dachte an ihre Tochter. »Was war denn mit Gertie?«, fragte sie leise.

Aber Murdo war tief in Gedanken versunken. Wahrscheinlich war es albern, wenn man sein Alter bedachte (und er wollte nicht einmal darüber nachdenken, wie nach diesen Pommes seine Cholesterinwerte aussehen würden), aber mit einem Mal fühlte er sich wieder jung. Es war einfach schön, an einem sonnigen Abend mit einer Frau am Hafen zu sitzen, Pommes zu essen und Irn-Bru zu trinken. Sein Sohn konnte ruhig noch ein bisschen warten, und sonst hatte Murdo heute nichts mehr zu erledigen, daher schien vor ihm nichts weiter zu liegen als ein Meer aus Möglichkeiten. Er genoss die angenehme Gesellschaft und aß heiße, knusprige, fettige Pommes, den beißenden Salzgeschmack auf der Zunge und Tränen in den Augen vom Essig. Das Irn-Bru war angenehm süß und alles einfach perfekt.

Okay, nun gut. Irgendwann riss er sich zusammen und schalt sich, weil er so lächerlich war. Und dann erzählte er, was er über Gertie gehört hatte.

Jean lauschte still. Am Ende betrachtete sie die zerknitterte, glänzende leere Papiertüte in ihrer Hand, knüllte sie zusammen und warf sie in den nächsten Papierkorb.

»Tut mir leid«, sagte Murdo. »Vielleicht hätte ich das Thema besser nicht erwähnt. Es war ja nur eine alberne Geschichte.«

»Nein, ich bin froh, dass Sie es mir verraten haben«, entgegnete Jean. »Trotz allem werden sie immer unsere Kinder bleiben, oder?«

Murdo dachte an seinen Sohn, der zu Besuch war und sich weigerte, von Peigi auch nur Notiz zu nehmen. »Ja, genau«, sagte er. »Man denkt, dass man sie irgendwann mit anderen Augen sehen wird, aber so ist es nicht.«

»Für uns war es damals einfacher, meinen Sie nicht? Da gab es kein Internet, man war nicht ständig unterwegs und hatte nicht so viel Auswahl. Und so hat man einfach jemanden gefunden, den man mochte ...«

»... hat mit ihm zusammen ein paar Pommes gegessen ...«

Jean lächelte. »*Aye.* Aber für die jungen Leute heutzutage ... scheint alles so kompliziert zu sein. Diese ganzen Männer aus den Apps ... denen traue ich allen nicht über den Weg.«

»Nicht einem einzigen?«, fragte Murdo lächelnd und warf ein paar seiner Pommes den Möwen hin. Dabei wusste er genau, dass das ein großer Fehler war, weil das schnell zu kreischendem Chaos führen würde, womit er absolut recht behalten sollte.

»Machen Sie das nicht, so eine Möwe ist ja der reinste Velociraptor«, knurrte Jean. »Die würde vermutlich auch ein Baby verspeisen.«

»Ich weiß, aber das hab ich schon so lange nicht mehr gemacht.«

Einen Moment lang schwiegen sie und starrten aufs Wasser hinaus.

»*Aye,* ich denke auch, dass es schwieriger ist«, sagte Murdo schließlich. »Bis Morag den Richtigen gefunden hat, hat es auch ewig gedauert. Und gucken Sie nur, bei wem sie gelandet ist: bei einem Vogelbeobachter, der wie ein Eremit auf einer einsamen Insel lebt!«

Jean lachte. »Ah, ja, stimmt. Aber sie scheint doch glücklich zu sein.«

»*Aye,* allerdings«, sagte Murdo strahlend.

»Und Sie sind so froh, Sie hier bei sich zu haben, oder?«

Er nickte.

»Einerseits denke ich manchmal, dass Gertie lieber hier weggehen, dass sie die Flügel ausbreiten und davonfliegen sollte«, sagte Jean. »Andererseits bin ich mir nicht sicher, ob ich das ertragen könnte, schließlich ist sie alles, was ich habe. Gott, das klingt so egoistisch.«

Murdo nickte. Er konnte sie verstehen.

»Wenn sie ein bisschen mehr rumgekommen wäre, was von der Welt gesehen hätte, dann würde sie nicht so schnell auf solche Ideen kommen … Ich meine, Callum Frost? Also bitte!«

»Ach, das passiert schon mal.«

Jean nickte. »Ich weiß, ich weiß.«

»Für mich würde absolut nichts dafür sprechen, noch mal jung zu sein«, sagte Murdo. »Na ja, mal abgesehen von, Sie wissen schon, schmerzfreien Knien.«

Fest entschlossen, ihrer Tochter voller Mitgefühl zu begegnen, kehrte Jean nach Hause zurück. Sie war froh, komplett geschminkt gewesen zu sein, als sie Murdo über den Weg gelaufen war. Das Make-up hatte sie vor allem aufgelegt, um Janet zu ärgern, die eher in Richtung graue Maus ging, aber das war ja ein wunderbarer Zufall gewesen.

Die Zwillinge schauten auf, als sie hereinkam. Majabeen war im Moment in England bei einigen von ihren genialen Enkeln, und Marian besuchte ihren Vater, der ziemlich konservativ war, was die Sache immer schwierig machte.

Elspeth saß am Kamin, und die Zwillinge arbeiteten jede an einem Ärmel für denselben Pullover, was sich zu einem unterschwellig aggressiven Wettstricken entwickelt hatte.

Sie hatten sich Gertie gegenüber vorhin äußerst verständnisvoll gezeigt, aber betont, dass es doch überhaupt kein Problem war, Single zu sein. Allerdings half es dabei ihrer Meinung nach schon, wenn man eine eineiige Zwillingsschwester hatte.

Nach dem Gespräch mit ihnen hatte sich Gertie wieder furchtbar gefühlt und sich nach oben in ihr altes Zimmer verzogen.

»Komm doch mal runter, Gertie!«, rief Jean nach oben. »Ich mache gerade Tee und hole gleich die guten Plätzchen raus.«

Gertie war ganz versunken in einen Tagtraum, der in einem Krankenhaus stattfand.

»Ich wurde eingeliefert, weil ich eine schreckliche Bronchitis habe, vielleicht sogar eine Lungenentzündung. Ger..., äh, Miss

Mooney, wenn ich nur Ihren Schal getragen hätte, dann wäre alles ganz anders gekommen. Und Sie sind trotzdem hier, um mich zu pflegen, während all die oberflächlichen Models, die ich sonst so kenne, die Flucht ergriffen haben. So jemanden wie Sie habe ich wirklich nicht verdient! Werden Sie mir je vergeben können? O nein, da haben sich wohl ein paar Knöpfe meines teuren Schlafanzugs gelöst ...«

»GERTRUDE!«

Wenn ihre Mutter sie »Gertrude« nannte, wurde es langsam ernst.

Gertie verzog das Gesicht, weil ihr Traum zerplatzte und sie auch nicht ewig hier oben bleiben konnte. Oder vielleicht doch? Dummerweise hatte sie mittlerweile auch echt Hunger.

In diesem Moment ging ihre Tür auf, aber es kam niemand herein. Stattdessen wurde eine lange Schachtel Jaffakekse hereingeschoben. Mensch, die waren doch nur für ganz, ganz besondere Anlässe. Für wie schlimm hielt Jean die Situation denn? Aber wie schlimm war sie *wirklich?*

Zögerlich rutschte Gertie, die vor dem Bett hockte, über den Fußboden auf die Schachtel zu. Es war ein lächerlich riesiges Ding, eine von diesen ein Meter langen Weihnachtssondereditionen. Jean hatte die offensichtlich im Januar im Schlussverkauf ergattert und für einen speziellen Anlass aufbewahrt, was für ihre Mutter typisch war.

Und Gertie knurrte ja wirklich der Magen. Sie beugte sich vor und streckte die Hand aus, aber ... Zack! Die Schachtel zuckte ein Stück zurück.

»Mum!«, klagte Gertie. Sie robbte der Schachtel hinterher, die sich allerdings wieder entfernte. Gertie kam nicht dagegen an – sie musste grinsen. »Mum, ich krabbele bestimmt nicht die Treppe runter, um ein paar Jaffakekse zu ergattern!«

Im Türspalt erschien Jeans vertrautes Gesicht mit der üblichen Spinnenbeinwimperntusche. »Würdest du denn für mich die Treppe runterkrabbeln?«, fragte sie und breitete die Arme aus.

Unten wurde Gertie getätschelt und umhegt, man goss ihr Tee ein und drängte ihr mehr Jaffakekse auf, als sie je gewollt hätte, obwohl das eigentlich unmöglich erschien.

Während Jean oben gewesen war, hatte Tara sich offensichtlich eine Rede zurechtgelegt und begann nun: »Weißt du, Gertie, die Geschichten in all diesen Büchern und Fernsehserien, die du so liebst …«

Elspeth und Gertie tauschten besorgte Blicke.

Gertie war damit beschäftigt, einen weiteren schönen Schal aufzuribbeln, den sie für Callum angefangen hatte. Es wäre viel zu schmerzhaft gewesen, den weiterzustricken.

»… die sind alle nicht echt. Du weißt schon: Ein reicher und berühmter Rockstar ist ständig von lauter glamourösen Menschen umgeben. Deshalb wünscht er sich vor allem eine Frau, die auf dem Teppich geblieben ist und sich traut, ihm die Wahrheit ins Gesicht zu sagen. Und dann lernt er backstage ein junges Mädchen kennen …«, fuhr Tara unerbittlich fort. »Dir ist schon klar, dass das nur ein Märchen ist, oder?«

Cara nickte, als sei auch sie Expertin in Herzensangelegenheiten. »Ich meine, sieh dir die reichen Promis doch an. Die sind alle mit Supermodels und Schauspielerinnen verheiratet.«

»Mit denen sie unglückliche Ehen führen«, warf Elspeth vom Sofa her ein. Sie schielte über den Rand ihrer Brille hinweg und versuchte, Maschen zu zählen. Sie hatte niemandem verraten, dass sie beim Stricken neuerdings manchmal durcheinanderkam. Nachdem sie im Leben schon so viele Pullover gestrickt hatte, sollte sie nun wirklich wissen, wie es ging. Auf keinen Fall wollte sie Jean unnötig damit beunruhigen, dass sie mit den Mustern nicht mehr richtig zurechtkam. Schließlich war sie nur müde, das war alles. Mehr war da nicht.

»Ja, am Ende lassen die sich alle scheiden«, stimmte Cara zu.

»Genau«, fuhr Tara fort. »Aber ich verstehe nicht, worauf ihr hinauswollt. Danach heiratet der gut aussehende berühmte Typ doch eine noch schönere, berühmtere Frau, die *wesentlich jünger* ist als die letzte.«

Gertie seufzte.

»Ich meine, an dir ist ja *nichts auszusetzen*«, sagte Tara in einem Ton, als zeige sie sich hier gerade unglaublich großzügig.

»Na, vielen Dank auch, Tara O'Farrell«, fiel Jean mit scharfer Stimme ein.

»Du weißt doch, was ich meine«, sagte Tara. »Der Millionär, der auf der Suche nach einem netten armen Mädchen ist … Das ist … Ich meine, du bist *wirklich* nett.«

Gertie starrte zu Boden. »Äh, danke, Tara.«

»Das ist ein bisschen so wie mit mir und Rod Stewart«, sagte Jean nachdenklich. »Ich meine, Rod Stewart hätte bestimmt auch lieber mich geheiratet statt all dieser Supermodels mit den langen Beinen.«

»Callum ist ganz und gar nicht wie Rod Stewart, Mum!«, protestierte Gertie heftig.

»Na ja«, sagte Jean. »Immerhin sind beide blond. Aber, weißt du, ich glaube … Rod würde sicher gern mal für einen Teller leckere Hühnersuppe vorbeischauen.«

»Jetzt sei nicht albern, Mum!«

Jean ließ nicht locker. »Doch, bestimmt. Er ist ja schließlich Schotte.«

»Ist er nicht, er kommt aus Essex!«

»Na, dann hat er sicher erst recht Interesse an einer Frau, die durch und durch Schottin ist, oder nicht?«, fragte Jean, legte ihr Strickzeug ab und verschränkte die Arme vor der Brust.

Wenn es um Rod Stewart ging, war Jean nicht umzustimmen, deshalb war es keine gute Idee, damit überhaupt anzufangen.

»Na ja«, fuhr Jean fort. »Was ich damit sagen will: Ich finde es schön, manchmal an Rod Stewart zu denken.«

Tara und Cara nickten verständnisvoll, während Gertie lieber den Mund hielt.

»Aber das bedeutet nicht, dass er sich sofort in mich verlieben würde, wenn er hier in Carso auftauchen würde.«

Jean fand es schon ein bisschen enttäuschend, dass in diesem Moment niemand widersprach.

»Ich meine, völlig ausgeschlossen wäre es nicht«, sagte sie mit etwas lauterer Stimme, womit sie ihr eigenes Argument untergrub.

»Deiner Meinung nach ist es also nicht ausgeschlossen, dass ein weltbekannter Rockstar seine umwerfende, langbeinige, blonde Supermodel-Ehefrau für eine Dame mittleren Alters mit Kleidergröße vierundvierzig in Carso verlässt?«, fragte Cara. »Ich versuche nur, zu verstehen, was du uns sagen willst.«

»Na ja, wir würden ja nicht *hier im Ort* leben«, erwiderte Jean wütend.

Sie diskutierten immer noch darüber, wie genau es mit Rod Stewart laufen würde, als sich Gertie auf den Weg nach

Hause machte. Es ging ihr endlich besser, aber sie hatte sich geschworen, von Männern – ob berühmt oder nicht – künftig die Finger zu lassen.

Teil 2

Kapitel 28

Ein Gutes hatte es ja gehabt, dass die Stimmung zwischen Struan und Saskia nach dem Ceilidh so angespannt gewesen war: Es hatte zu tollem Versöhnungssex geführt.

So langsam kam Struan aber zu der unbequemen Erkenntnis, dass das einfach nicht reichte. Er hatte wirklich versucht, sich auf eine feste Beziehung einzulassen und die Dinge zu tun, die von ihm erwartet wurden – aber das machte ihn nicht glücklich, und er fand es schrecklich, dass er auch Saskia nicht glücklich machte. Sie war ja kein schlechter Mensch. Aber sie wollte ihn eben auf Biegen und Brechen in die Art von Mann verwandeln, die sich für Lampenschirme und Hausratsversicherungen interessierte, die viel Geld verdienen und in schicke Lokale gehen wollte, und, nun gut ... vielleicht könnte er so jemand wirklich werden. Aber was, wenn nicht? Jetzt war er umgezogen und hatte kein eigenes Zuhause mehr, und dann stand auch noch dieses Vorspielen an ... Alles war furchtbar kompliziert, und Struan wusste einfach nicht, wie er gewisse Dinge ansprechen sollte. Schon komisch, die entspanntesten Momente im vergangenen Monat waren die gewesen, in denen er in seiner alten Bude vorbeigeschaut hatte.

In der Schule gab es gegen Ende des Halbjahrs weiterhin viel Arbeit. Bis zu den Osterferien war es nicht mehr lange hin, weshalb alle inklusive des Kollegiums völlig außer Rand und Band waren. Es waren zig Schokoladenkuchen mitgebracht worden, wodurch die kleine Mrs Fichen am Ende immer völlig high war vom Zucker und ihre Erstklässler mit Scheren durch die Gegend laufen ließ.

Mr Stryde unterrichtete schon seit Menschengedenken die aus der Sechsten und war doch eigentlich mit allen Wassern gewaschen. Irgendwie hatte er sich aber davon überzeugen lassen, dass *Guardians of the Galaxy 3* ein angemessener Film zum Abschluss des Halbjahrs war. Er war auch ganz okay gewesen, bis zu der Szene mit den Tierversuchen und den blinden Kaninchen, die dazu geführt hatte, dass die ganze Klasse in verzweifeltes Schluchzen ausgebrochen war und sich nicht mehr hatte beruhigen lassen.

Struan versuchte, in seinem Unterricht alle halbwegs im Zaum zu halten, was gerade bei den Sechstklässlern nicht so einfach war, weil sie sich wegen der Klassenfahrt am nächsten Tag vor Aufregung fast in die Hose machten. Sie bombardierten ihn mit den verrücktesten Fragen, die er alle nicht beantworten konnte, mal abgesehen von den offensichtlichen. (»Nein, Anna-Lise, einen *McDonald's* wird es da nicht geben.«) Gerade im Musikunterricht war es angesichts der anstehenden Fahrt für die Schüler nicht einfach, ruhig zu bleiben, und sie bettelten darum, ein paar Songs auf TikTok laufen lassen und ein bisschen dazu tanzen zu dürfen. Struan gab widerwillig nach, was sich als ganz schlechte Idee herausstellte. Am Ende wurde er deshalb sogar von Mrs McGinty herbeizitiert, die klarstellte, dass er die Schäden aus eigener Tasche würde bezahlen müssen. Leider schaffte er es bei diesem Gespräch wieder einmal nicht, der Rektorin endlich zu sagen, dass er die Schule verlassen würde.

Saskia hatte später kein Problem damit, mit deutlichen Worten zum Ausdruck zu bringen, wie nutzlos er doch auf ganzer Linie war.

Am Abend hatte Struan mit seiner Band einen Auftritt bei einer Hochzeit. Es war die erste der Saison, und die Gäste würden am nächsten Tag noch nach Inchborn fliegen, da sich das Paar dort in der Abtei segnen lassen wollte. Wenn man bedachte, was bei der Feier alles gebechert wurde, würden sie während der Zeremonie nicht in einem idealen Zustand sein, weil es selbst für schottische Verhältnisse ganz schön zur Sache ging. Hier wurden zwei Familien von der Westküste miteinander vereint, eine protestantische und eine katholische.

Die Eheleute hatten sich eine Ceilidh-Band gewünscht, obwohl ihr erster Tanz kein traditioneller Walzer sein würde, sondern eine Choreografie zu *When I Fall in Love* im Stil von *Strictly Come Dancing*. Auf der Tanzfläche vergaß der Bräutigam, der schon mit so einigen Gästen angestoßen hatte, leider die vermutlich sorgfältig eingeübten Schritte, woraufhin seine ebenfalls bereits angesäuselte frisch Angetraute ziemlich sauer war und laut wurde. Das verwirrte ihn nur noch mehr, woraufhin sie ihm einen heftigen Stoß versetzte und unter Tränen davonstürmte.

Struan und seine Bandkollegen sprangen ein und stimmten einen Walzer an, während die Musik vom Band ausgeblendet wurde. Sie animierten die Gäste dazu, das Tanzbein zu schwingen, bis Braut und Bräutigam beschämt in ihre Mitte zurückkehrten. Allerdings schienen sie immer noch nicht wieder miteinander zu sprechen.

Da die Leute ziemlich besoffen waren, kamen vor allem schnelle Songs gut an, und Struan trank selbst ein paar Bier, weil es in der Gemeindehalle langsam warm wurde.

Als während einer Pause der Gruppe Musik vom Band lief, stürzte sich eine der Brautjungfern auf ihn und forderte ihn hartnäckig zu einem Tanz auf, der womöglich zu mehr führen würde. Da sie kein Nein gelten lassen wollte, hatte Struan seine liebe Not damit, sie höflich abzuwimmeln. Was betrunkene Frauen betraf, hatte er gewisse Grundsätze, selbst – oder gerade – dann, wenn sie eindeutige Absichten hatten. Und diese Frau würde gleich alle Register ziehen, so viel war klar.

Deshalb schickte er sie rüber zur Theke, hinter der mittlerweile äußerst eingeschüchterte Schüler aus der Gegend Dienst schoben, und nutzte die Ablenkung, um mit seiner Gitarre und dem Verstärker durch den Notausgang zu verschwinden, ohne sich auch nur von seinen Bandkollegen zu verabschieden. Da hatte er sich nicht gerade mit Ruhm bekleckert.

Danach musste er ja noch zurück zu Saskia in die Wohnung, die ihm nicht gefiel, und kam wegen des Biers und des Gedankens an die Klassenfahrt einfach nicht zur Ruhe. Das Einschlafen fiel ihm schwer, und dann fuhr ihm beim Hin- und Herwälzen auch noch durch den Kopf, dass sein Schlafsack ja in der alten Wohnung war.

Als Struan früh aufstand, war Saskia in der grauen Morgendämmerung auch bereits wach. Er schaute sie an und sie ihn, aber noch fühlte sich keiner von beiden dazu bereit, das Offensichtliche auszusprechen.

»Na, dann bis später«, sagte Struan.

Als sie ihm eine kühle Wange für einen Kuss hinhielt, tat Saskia Struan zwar leid, sich selbst tat er aber auch leid.

Auf halber Strecke schrieb Struan Morag noch eine Nachricht, um ihr Bescheid zu sagen, dass er gleich kurz in der Wohnung vorbeischauen würde. Sie guckte aber nicht aufs Handy, weil sie sich heute schon früh fertig machte. Sie hatte sich mit Gregor zu einem Gespräch über Funk verabredet, das noch vor der Arbeit stattfinden sollte.

Kapitel 29

Da es auf Inchborn keinen Handyempfang gab, konnten Morag und Gregor nur per Funk miteinander kommunizieren. Das war leider nicht so sexy und romantisch, wie es klang, denn es handelte sich um eine Frequenz, auf der alle mithören konnten, die dazu Lust hatten. Und weil es in Carso nicht viel zu tun gab, hier allerdings jede Menge pensionierte Seeleute lebten, waren das leider so einige.

Außerdem fragte sich Morag, ob sich nicht die Strickdamen auch ein Funkgerät zugelegt hatten, so schnell, wie die immer allen Klatsch und Tratsch kannten.

Als an diesem klaren, kalten Morgen, der ideal fürs Fliegen war, im Flughafenbüro das Funkgerät knisterte, meldete sich Morag mit »First Officer MacIntyre«, falls es aus irgendeinem Grund nicht Gregor sein sollte. Dann wäre es doch sehr unangenehm, wenn sie die andere Person mit »Hey, Süßer!« oder so begrüßt hätte. Na ja, allerdings sagten ja selbst ganz vernünftige Leute alberne Sachen, wenn sie verliebt waren.

»Guten Morgen, First Officer«, erklang Gregors typisch amüsierte Stimme, die Morag sofort zum Lächeln brachte.

Dass Donald, der in diesem Moment ins Büro kam, die Augen verdrehte, bekam Morag gar nicht mit. Und es war ja auch liebevoll-spöttisch gemeint.

»Hey, wie sieht's aus bei dir? Kommen!«

»Gut, gut. First Officer, haben Sie sich heute eigentlich schon die Wettervorhersage angeschaut?«

»Natürlich«, antwortete Morag unbeeindruckt. »Vom Norden her zieht ein Tief heran und bringt Regen mit sich. Schwacher bis mäßiger Wind.«

»Ja«, sagte Gregor. »Aber dass es nur Regen wird, glaube ich nicht.«

»Du glaubst nicht an die Wettervorhersage?«

»Ich glaube an Wettervorhersagen als Konzept, solange sie für einen beschränkten Bereich erstellt werden, und zwar basierend auf nachvollziehbaren Mustern und Wolkenformationen ...«

»Hm-hm. Wie geht es eigentlich dem kranken Huhn?«

»Super, danke der Nachfrage.«

»Na, dann hat meine Pinzette wenigstens einem guten Zweck gedient.«

»Ja, das würde ich schon sagen. Du, wenn du das nächste Mal kommst, mache ich dir ein tolles spanisches Omelette, okay?«

»Abgemacht.«

»Dann bring doch bitte eine Paprika mit. Und Tomaten. Und Zwiebeln.«

»Äh, und Kartoffeln?«

»Kartoffeln hab ich da.«

»Alles klar.«

»Hör mal«, kehrte Gregor wieder zum Thema Wetter zurück, »sei einfach nur vorsichtig. Es ist zwar Regen angesagt, aber ich hab eben einen Blick auf die Radieschen geworfen, und die haben immer noch mit Frost zu kämpfen.«

»Deine Radieschen sagen also, dass ich der Wettervorhersage misstrauen soll?«

»Ja, ganz genau.«

»*Die Radieschen haben mit Frost zu kämpfen* – das klingt ja nach einer codierten Nachricht eines Spions.«

»Nein, codiert ist das nicht«, sagte Gregor, »sondern völlig ernst gemeint. Pass bitte einfach gut auf.«

»Das wäre auch ein total bescheuerter Code«, meldete sich jetzt Murdo zu Wort, der alles mit angehört hatte.

»Gramps, du sollst doch deine Rente genießen. Warum bist du so früh schon auf?«

»Ich darf mich ja wohl trotz der Rente dafür interessieren, was du so mit meinem Flugzeug anstellst, oder nicht?«

»Hallo, Sir«, sagte Gregor.

Morag fand es toll, wie respektvoll sich Gregor immer ihrem Großvater gegenüber zeigte. Sie stammten aus völlig unterschiedlichen Welten, hatten aber beide Hochachtung vor der Expertise des anderen und dafür, wie er sich voll und ganz in seine Arbeit einbrachte.

Ein Therapeut würde sich wohl begeistert die Hände reiben, dachte Morag, weil sie sich in einen Mann wie ihren Großvater verliebt hatte. Aber diesen Gedanken verdrängte sie schnell. Wenn Gregor so ein guter Mensch war wie ihr Großvater – und danach sah es ja aus –, dann würde alles gut laufen.

»Was bereitet Ihnen denn Sorgen, Gregor?«

»Entschuldige mal, Gramps, aber das ist ein Funkspruch für mich!«, schaltete sich Morag wieder ein. »Und die Entscheidungen treffe heute auch ich.«

»Ich meine ja nur«, sagte Gregor, »dass starker Regen vorhergesagt ist. Aber meiner Meinung nach wird das eher Schnee oder vielleicht sogar ein Schneesturm.«

Da war etwas dran: Es war Ende März, und zu dieser Jahreszeit musste man hier so ziemlich mit allem rechnen.

Man konnte von milden Frühlingsbrisen und einem endlosen Teppich aus Glockenblumen willkommen geheißen werden, deren Duft die Luft erfüllte und die ganze Welt sanft und schön erscheinen ließ, sodass einem das Herz aufging.

Genauso gut konnte es aber auch passieren, dass die Lämmer auf den Weiden in eine kalte Welt hineingeboren wurden und von einem grausamen Winter mit beißendem Wind in Empfang genommen wurden. Bei solchen Wetterverhältnissen musste man, wenn man nach Hause kam, aus dem Auto springen und schnell zur Tür rennen, um nicht umgeweht zu werden. Wenn man einen Spaziergang ans Meer machen wollte, hüllte man sich besser in eine riesige Jacke, die mindestens so warm war wie eine Bettdecke, und konnte dort drei, vier Meter hohe Wellen mit aller Macht über die Promenade krachen sehen, während sich draußen auf See die Rotoren der Windräder drehten und Fischer mit ernster Miene zu ihrer Fahrt in die Nacht aufbrachen.

Kapitel 30

Die Klingel riss Gertie aus dem Halbschlaf, der ihr gerade einen letzten, nicht unangenehmen morgendlichen Traum beschert hatte. Darin war es darum gegangen, dass Callum eine neue Route nach Frankreich einrichtete und deshalb jemanden brauchte, der mit ihm über Kopfsteinpflaster schlenderte und Croissants probierte und ... Klingeling!

Vielleicht war das ja er!, dachte Gertie, saß augenblicklich senkrecht im Bett und fuhr sich durch das wirre Haar. Womöglich hatte er eine schlaflose Nacht gehabt, weil er immer an sie hatte denken müssen, und hatte heute Morgen keine Sekunde länger warten können. Womöglich war direkt vor ihrer Tür ein Hubschrauber abgestellt.

Gertie schleuderte den alten Schlafanzug mit *Friends*-Logo von sich und schlüpfte in ein schwarzes Kleid, das sie von einem Kleiderbügel riss, bevor sie ins Bad stürzte.

Klingeling!

Sie spülte sich den Mund mit Zahnpasta und Wasser aus und rannte nach unten, während sie sich die Wangen tätschelte, um ein bisschen Farbe darauf zu zaubern. Gleichzeitig mahnte sie sich, nicht albern zu sein. Wahrscheinlich war das nur ein Paketbote, der etwas für Morag abgab.

Aber wer da vor der Tür stand, war Struan. »Ah«, sagte er. »Hi.«

»Hm, hast du denn keinen Schlüssel?«, fragte Gertie. »Das ist schließlich deine Wohnung.«

Struan zuckte mit den Achseln. »Doch, schon …«

Sie trat einen Schritt zurück, um ihn hereinzulassen. »Alles okay mit … deiner Freundin?«

Er verzog das Gesicht. »Nein, eher nicht. Tut mir leid, dass sie so unhöflich zu dir war.«

Gertie zuckte mit den Achseln. Sie war nur froh, dass sie keine Gelegenheit mehr dazu gehabt hatte, ihrem Instinkt zu folgen und Struan zu verraten, dass sie mal etwas für ihn empfunden hatte. Mein Gott, was hatte sie sich dabei nur gedacht?

Struan erklärte ihr, was er wollte. Bei der Klassenfahrt würden zwar die Zelte gestellt werden, aber nicht die Schlafsäcke … Er warf einen Blick in den Abstellraum und fand seinen problemlos, musste aber feststellen, dass der gar nicht gut roch. Er hatte ihn nicht mehr benutzt, seit er letzten Sommer bei einer Reihe von kleinen Folkfestivals gespielt und im Zelt geschlafen hatte. Das waren ein paar schöne Wochen gewesen, aber er war danach leider nicht auf die Idee gekommen, den Schlafsack mal zu waschen. Struan seufzte. Vielleicht würde er ja ein Zelt für sich allein haben. Plötzlich fragte er sich erschaudernd, ob er sich wohl eins mit der Rektorin würde teilen müssen. Nein, bestimmt nicht! Himmel, warum hatten sie nicht bei den gleichen Leuten wie sonst auf Mure gebucht? Allein die Vorstellung, dass Mrs McGinty ihn beim Schlafen beobachten könnte … Nein! Das würde nicht passieren! Nicht in einer Million Jahren, deswegen brauchte er jetzt nicht in Panik zu verfallen.

Struan griff nach seinem Rucksack und schaute sich in seiner alten Wohnung um. Gertie war schnell unter die

Dusche gehuscht, was er irgendwie merkwürdig fand, aber sie musste ja auch gleich zur Arbeit. Er ertappte sich bei der Überlegung, dass sie in dem schwarzen Kleid mit den wirren Haaren echt toll ausgesehen hatte, verscheuchte den Gedanken aber schnell.

Er seufzte noch einmal und holte dann eine seiner alten Gitarren aus dem Abstellraum. Mehr aus Gewohnheit begann er zerstreut, sie zu stimmen. Dann fiel ihm ein, dass bei der Klassenfahrt ja Wandern angesagt war, und er legte sie wieder weg. Allerdings, dachte er, war sie ja nicht schwer. Und sie würden sich im Tempo zehnjähriger Kinder fortbewegen, flott würde es also nicht vorangehen. Und vielleicht … würden sich seine Schüler über ein bisschen Musik am Lagerfeuer freuen … Sie würde die Dinge jedenfalls erträglicher machen. Daher schob er die Gitarre in eine Hülle und hängte sie sich über die Schulter.

Mittlerweile hatte Gertie fertig geduscht, trug ihre Uniform und war so nett, seine Thermoskanne mit starkem, heißem Kaffee aufzufüllen.

»Vielleicht wird es ja sogar ganz cool«, überlegte er und nahm den Kaffee dankend entgegen. »Frische Luft, ein bisschen Bewegung, beim Wandern ein bisschen singen mit den Kindern …«

Sogar hier oben, im weiten, freien, wilden Norden, gab es selbst Jahre nach der Pandemie noch Menschen, die es nie recht geschafft hatten, mal das Handy aus der Hand zu legen und wieder regelmäßig aus dem Haus zu gehen.

Bei dieser Klassenfahrt würden alle Mobiltelefone konfisziert und unten am Flugplatz zurückgelassen werden, damit keins der Kinder versuchen würde, eine Pizza zu bestellen oder einen Hubschrauber zu rufen oder auch nur den Eltern eine Nachricht über das Grauen und die Entbehrungen von mehr als fünfzehn Minuten draußen im Freien zu schicken.

Gertie schaute ihn an. »Ich dachte, du würdest in die Welt hinausziehen, um ein großer Rockstar zu werden. Und jetzt ziehst du eher als Wandersmann in die Berge.«

Er lächelte. »*Aye*. Aber das wird schon laufen. Keine Handys, niemand, der auf mir herumhackt, ein paar Lieder am Lagerfeuer, vielleicht auch eine Gruselgeschichte …«

»Über einen Mann, der seine hübsche Wohnung in Carso aufgegeben hat?«, fragte Gertie.

Struan lächelte wieder, starrte am Ende aber etwas sehnsüchtig aus dem Fenster.

Über dem Meer verfärbte sich ein Himmel voller Wölkchen roséfarben, und auf den Wellen kräuselten sich weiße Schaumkronen. Auf den sanften Hügeln, die in den ersten Sonnenstrahlen aufleuchteten, weideten bereits Schafe.

»Heute ist ein toller Tag zum Fliegen«, bemerkte Gertie.

»*Aye*.« Struan nickte und beobachtete, wie Windböen über die Wasseroberfläche hinwegfegten. Da draußen war es kalt, aber wunderschön. In der Ferne konnte man gerade so eben Inchborn erkennen, dessen Umriss an eine Illustration aus den *Narnia*-Büchern erinnerte, und dahinter lagen dann Larbh und Archland.

»Wenn du auf Tour bist, ist die Unterbringung vermutlich komfortabler, oder? Dann besuchst du auch viele neue Orte«, sagte Gertie, »und musst dich nicht mit Kindern herumschlagen.«

»Ach, da befindet man sich doch meistens im Bus oder in einem Hotelzimmer«, entgegnete Struan. »Alles sieht immer gleich aus. Und verrat das nicht den Blagen, sonst werden sie nur noch unerträglicher, aber … eigentlich mag ich meine Schüler ja.«

Sie mussten in die gleiche Richtung. Die Kinder würden an der Schule von einem Bus abgeholt werden, und Gertie würde von dort aus weiter in Richtung Flughafen laufen, daher verließen sie gemeinsam die Wohnung und traten in den kalten, sonnigen Morgen hinaus.

Struan hatte mit der Kombination aus Rucksack und Gitarre zu kämpfen. »Ich war seit den Festivals letztes Jahr nicht mehr zelten«, sagte er, um das Schweigen zu durchbrechen.

»Ah, und ich hatte mich schon gewundert, was hier so riecht.« Gertie erlaubte sich ein kleines Lächeln.

Struan zog die Nase kraus. »Oh, Himmel, das ist mein Schlafsack, oder? Ich wusste, dass der übel müffelt, aber ich hatte mich irgendwann dran gewöhnt und die Sache dann völlig vergessen. Die Kids werden mich ganz schön piesacken.«

»Na ja, aber das Hascharoma wird sie eingelullt haben, sodass sie lammfromm sind.«

»Auweia, so schlimm?«

Er verdrehte auf ulkige Art und Weise den Kopf und versuchte, hinten an seinem Schlafsack zu riechen.

Mittlerweile musste Gertie breit grinsen.

»Ist es wirklich so übel?«

Sie nickte. »Für dein Zelt suchst du dir am besten ein Plätzchen weit weg von den Kindern.«

»Oh, dazu werden Lehrer sowieso angehalten, keine Sorge. Aber vielleicht haben die Organisatoren noch einen Schlafsack übrig.«

Gertie lachte. »Würdest du wirklich lieber in einen Schlafsack kriechen, den ein Wildfremder zurückgelassen hat, als in deinen eigenen? Was ist da drin nur vorgefallen?«

Verlegen schaute Struan sie an. »Äh, dazu will ich eher nicht …«

»Ich meine, bestimmt haben die da ein paar alte Schafwolldecken.«

Gertie zog ihn bloß auf, und er musste selbst grinsen.

Jetzt erreichten sie den Fuß des Hügels, von dem aus die Straße zur Schule abzweigte. Neben dem Schulgebäude stand bereits ein Bus, der Abgase in die Luft schickte, daneben ein Durcheinander aus Kindern, ihren Eltern und Gepäck. Eigentlich brauchten sie gar kein Extrafahrzeug, weil der Flugplatz nur einen Kilometer entfernt war. Es half aber dabei, die Anzahl der Schüler problemlos zu überprüfen. Weil ein paar aus gesundheitlichen Gründen nicht mitkommen konnten, waren aus der ohnehin schon kleinen Schulklasse heute nur zwölf Kinder mit dabei.

Als Gertie bemerkte, dass Struan plötzlich zurückblieb, war ihr im ersten Moment nicht klar, was los war.

Ah, natürlich, er rückte von ihr ab, damit bloß niemand dachte, dass sie so früh am Morgen zusammen unterwegs waren. Offensichtlich erfüllte ihn die Vorstellung mit Entsetzen, dass jemand sie für ein Paar halten könnte oder auch nur für gute Bekannte. Klar, er wollte vermeiden, dass sich so ein Vorfall wie der mit Shugs junior wiederholte.

Augenblicklich begannen Gerties Wangen zu brennen. Was hatte sie sich nach der Sache mit Callum selbst gesagt? *Halt dich von Männern fern!*

Und was alles noch schlimmer machte: Wahrscheinlich war Struan der Vorfall zu Ohren gekommen, und jetzt dachte er womöglich, dass sie sich verzweifelt an jeden ranschmiss.

»Ich geh dann mal hier lang«, sagte Gertie hastig und überquerte die Straße.

Struan war erleichtert, denn plötzlich hatte ihm gedämmert: Er war drauf und dran gewesen, vor der ganzen Schule mit einer jungen Frau zu erscheinen, die nicht seine Freundin war. Und deshalb hatte er überlegt, wie er ihr taktvoll vermitteln könnte, dass man ihn gnadenlos aufs Korn nehmen würde, wenn sie gemeinsam auftauchten. Außerdem würden sie sich ja später beim Check-in wiedersehen. Als er sich ihr zuwenden wollte, sah er aber bloß noch, wie sie bereits davonmarschierte. Ah, okay. Wahrscheinlich war ihr zuerst der Gedanke gekommen, wie furchtbar es wäre, wenn Leute aus dem Ort sie morgens früh zusammen sähen. Hm.

Ein wenig eingeschnappt ging er zu den aufgeregten Kindern und ihren Eltern hinüber, die in der Nacht davor eindeutig nicht so viel Schlaf bekommen hatten wie erhofft.

Kapitel 31

Murdo war eher dafür, Gregors Warnung ernst zu nehmen, und Morag eigentlich auch. Aber die Wolken sahen nicht unheilvoll aus, daher deutete trotz der Kälte nichts konkret darauf hin, dass sich irgendetwas Schlimmeres anbahnte. Morag war schon öfter in Unwetter geraten, aber danach fühlte sich die Luft heute nicht an. Es war einfach nur kalt.

Trotzdem bereitete Morag das Flugzeug besonders sorgfältig für möglichen Frost vor.

Erno warf Morag einen schrägen Blick zu – als gebürtiger Finne war er davon überzeugt, dass er so ziemlich alles über Eis wusste. Aber er respektierte sie und ließ sie machen.

Als Morag aus der Wellblechhütte Lärm hörte, verzog sie das Gesicht. Gestern hatte im Ort eine Hochzeit stattgefunden, und die Brautleute wollten die Feier mit einer Zeremonie in der Klosterruine von Inchborn abschließen. Deshalb würde es heute noch einen zweiten Flug von MacIntyre Air geben, für den die Truppe allerdings viel zu früh zum Flugplatz gekommen war. Außerdem schien sie jetzt bereits auf Krawall gebürstet zu sein. Morag hatte gesehen, dass die Mitglieder der Hochzeitsgesellschaft einander beim Eintreffen zum Teil finstere Blicke zugeworfen hatten. Hier und da hatte auch jemand eine Plastiktüte mit etwas dabei, was verdächtig nach einer Flasche Whisky aussah. Davon war Morag nicht gerade begeistert.

Inzwischen war auch Gertie eingetroffen und bereitete am Schalter effizient alles für den Check-in vor.

Der erste Flug des Tages war für die Schulkinder reserviert. Bei Bedarf bot MacIntyre Air diesen Service für die Grundschule zum Selbstkostenpreis an.

Für viele der Kinder war der Flug der aufregendste Teil der Klassenfahrt, obwohl die meisten heutzutage zumindest schon mal Urlaub in Spanien gemacht hatten.

Als der Bus eintraf, ging Morag hinüber.

Die Schüler purzelten aus dem Fahrzeug und sahen mit ihren Kapuzenpullis unter dicken Jacken wie kleine Michelinmännchen aus. Sie platzten beinahe vor Aufregung, schleppten sich mit Rucksäcken ab, die beinahe so groß waren wie sie selbst, und diskutierten eifrig, wer gleich im Flugzeug neben wem sitzen würde.

Morag ließ den Blick über die Kinder schweifen. »Mrs McGinty?«, sagte sie dann. »Kann ich kurz mit Ihnen sprechen?«

»Ja?«, sagte Mrs McGinty.

»Es ist nur ... Die Wettervorhersage ...«

»Ja?«

»Der Vorhersage zufolge wird es gleich regnen ...«

»Das ist mir bewusst«, entgegnete Mrs McGinty. »Wissen Sie, ich habe ein Smartphone, wir sind ja keine völligen Dilettanten.«

»Das ist mir schon klar.«

»Und ein bisschen Regen hat noch niemandem geschadet. Für die Kinder wird das sogar ganz gut sein. Endlich verbringen sie mal nicht den ganzen Tag nur mit dem iPad!«

»Ich habe auch kein Problem mit ein bisschen Regen«, sagte Morag ein wenig ungeduldig. »Ich gebe nur zu bedenken, dass es wirklich kalt ist und manche Leute befürchten ... dass aus dem Regen möglicherweise Schnee werden könnte.«

»Jetzt seien Sie mal nicht so dramatisch«, sagte Mrs McGinty. »Was für Leute meinen Sie denn?«

»Na ja, Gregor ...«

»Ach, Ihr Freund glaubt also, es könnte schneien. Sonst noch jemand?«

»Äh, nein, eigentlich nicht.«

»Auch ein bisschen Frühlingsschnee würde den Kindern nicht schaden.«

»Nein, vermutlich nicht.«

»Sind Sie trotzdem noch dazu bereit, mit uns durch ein bisschen kaltes Wetter zu fliegen und uns nach Larbh zu bringen?«

»Natürlich«, erwiderte Morag ein wenig eingeschnappt. Sie erinnerte sich nur zu gut daran, dass Nalitha in der vierten Klasse einige unschöne Erfahrungen mit Mrs McGinty gemacht hatte.

»Gut«, versetzte Mrs McGinty, womit die Unterhaltung für sie beendet war.

Die Rektorin trug frisch erstandene, teure Outdoorkleidung, die sie offensichtlich im Set gekauft hatte, und hatte auch einen schmucken neuen Schlafsack dabei.

Sie rümpfte die Nase über ihren jungen Kollegen, was Struan normalerweise äußerst unhöflich gefunden hätte. Aber er musste zugeben, dass sie angesichts seines Schlafsacks das Recht dazu hatte. Zu seiner Erleichterung hatte sich auch herausgestellt, dass sie tatsächlich nicht im selben Zelt schlafen würden.

Struan würde sich eins mit Skellan teilen, der sich als Gruppenleiter auf der Insel um die Kinder kümmern würde, und Mrs McGinty mit Denise, seiner weiblichen Kollegin.

Der Zeltplatz würde ein kleines Stück den Hang hinauf liegen. Am ersten Tag würden sie gemeinsam hinaufwandern und dort übernachten, am zweiten Tag dann den Weg bis zum Gipfel zurücklegen. Es handelte sich um eine unkomplizierte Route, abgesehen von einer einzigen Stelle, bei der es spannend werden würde, weil mithilfe von Seilen eine kleine Felswand überwunden werden musste.

Als die Gruppe die Wellblechhütte betrat, wartete dort Gertie hinter dem Schalter auf sie. Sie begrüßte Struan mit einem professionellen Nicken und ließ sich ansonsten nicht anmerken, dass sie sich kannten.

»Ihre Haare stehen hinten ab«, sagte Anna-Lise zu Struan.

»Äh, danke, Anna-Lise«, murmelte er.

»Vielleicht gefällt ihm das ja so!«, wandte ihre beste Freundin, Bronte, ein. Bronte war so verliebt in ihren Musiklehrer, wie eine Zehnjährige es eben sein konnte. Allerdings hätte sie selbst kaum in Worte fassen können, wie sehr sie Mr McGhie liebte, wie sehr Pizza und wie sehr ihre Katze. Ganz doll, das traf auf alle drei zu.

»Oh, tut mir leid, Sir«, sagte Anna-Lise.

»Okay, ihr beiden«, sagte Struan. »Dann mal los.«

Als Gertie zum ersten Mal von dem besonderen Flug für die Schüler gehört hatte, war sie begeistert gewesen. Obwohl es nicht nötig war, hatte sie beschlossen, dass sie für jedes Kind eine Bordkarte ausdrucken würde. Als Code, der darauf erscheinen würde, hatte sie »Besonderer Schulausflug« in den Computer eingegeben. Außerdem hatte sie kleine Flugzeugaufkleber gekauft, die sie auf die Bordkarte kleben wollte, um anzuzeigen, dass die Schüler ihr Gepäck aufgegeben hatten.

Morag fand das alles ein bisschen übertrieben, ihr Großvater hingegen war begeistert. Der würde heute mit ihr zusammen im Cockpit sitzen, weil er den Schülerflug um nichts in der Welt verpassen wollte.

Und deshalb stand er bereits neben dem Schalter und begrüßte jeden der kleinen Passagiere persönlich mit feierlicher Miene.

Er beantwortete auch all ihre Fragen: Ja, sie würden ganz hoch fliegen, aber nein, nicht bis in den Weltraum, und nein, einfach nach Amerika rüber könnten sie auch nicht. Nein, es würde unterwegs kein Film gezeigt werden, und niemand würde Malbücher verteilen. Nein, Moss würde nicht einfach mal so das Flugzeug steuern dürfen, und Murdo kaufte es ihm auch nicht ab, als er behauptete, schon »zigmal« selbst im Cockpit gesessen zu haben.

Mrs McGinty unterband irgendwann die lauten Diskussionen darüber, wer sich gleich einen Platz am Fenster schnappen würde.

Am Ende saßen die zwölf Kinder und ihre zwei Lehrer endlich alle im Flugzeug, waren angeschnallt und baumelten begeistert mit den Beinen. Die meisten waren vorher schon mal geflogen, aber in so einer winzigen Twin-Otter-Maschine war es natürlich besonders aufregend, da auf der Piste jedes Steinchen, jede Unebenheit deutlich zu spüren war. Das kleine Flugzeug musste nur ganz kurz beschleunigen, schon hob es ab und stieg in den blauen Himmel.

Als aus dem Passagierraum begeistertes »Ooooh!« zu hören war, schauten sich Morag und Murdo lächelnd an.

Struan hatte vor dem Abflug noch einen besorgten Blick auf seine Wetter-App geworfen, die weiterhin Regen vorhersagte. Heftigen Regen.

»Ach, die sind doch nicht aus Zucker«, hatten vorhin die Eltern und alle möglichen anderen Leute gesagt.

Diese Klassenfahrt wurde nie wegen Regen abgesagt. Wenn man in Schottland damit anfangen würde, Sachen wegen Regen abzusagen, würde man nicht viel erledigt bekommen.

Angeblich waren die Zelte »besonders wetterfest«, und es gab da auch eine Höhle, und die Kinder würden »viel Spaß dabei haben, im Matsch herumzutoben«. Letzteres klang für Struan ja nach einer Garantie für den ein oder anderen gebrochenen Arm, was er aber nicht angesprochen hatte. Er war von mehr als einer Person gefragt worden, ob er eigentlich einen Flachmann dabeihatte.

Als sie über den kleinen Ort hinwegflogen, waren all die düsteren Gedanken aber mit einem Mal wie weggewischt, und Struans müdes Hirn wurde wieder munter.

Auch auf den Gesichtern der Kinder, deren Handys man beschlagnahmt und in einer großen Tasche verstaut hatte, stand Ehrfurcht. Sie starrten aus den Fenstern, deuteten auf die Häuser und stießen sich gegenseitig an, wenn sie ihr eigenes entdeckten.

Wild winkend standen ihre Mütter im Garten und reckten zum Gruß teilweise Brüder oder Schwestern im Babyalter dem Flugzeug entgegen.

Die Maschine drehte eine Extrarunde über dem Schulhof, auf dem sich die anderen Klassen versammelt hatten. Die aus der Siebten waren letztes Jahr ebenfalls nach Larbh geflogen und trugen daher ein wissendes Lächeln zur Schau, weil sie all das bereits mitgemacht hatten.

Die anderen Schüler konnten es kaum ertragen, wie lange es für sie noch bis zu ihrer eigenen Klassenfahrt dauern würde.

Die Kinder oben an Bord forderten mit begeisterten Rufen einen Sturzflug runter zum alten Kloster auf Inchborn, wo Morag später die zerstrittene Hochzeitsgesellschaft absetzen würde, oder den ewigen Favoriten, einen Looping.

(In Murdos Jugend war sein Dad dieser Bitte mal nachgekommen. Murdo erzählte die Geschichte gern mit allen Details, die Kotzerei eingeschlossen.)

Jetzt ging es nach oben, die Maschine brach durch die Wolkendecke und wurde von grellem, weißem Sonnenlicht in Empfang genommen. Es war so angenehm, nach dem langen harten Winter durch die Fenster hindurch die Sonne auf den Wangen zu spüren, eine wahre Freude.

Der Flug dauerte nur etwa eine Dreiviertelstunde, und schon bald kam die Piste von Larbh in Sicht. Während sie sich übers Meer, über die krachenden Wellen hinweg, näherten, bohrte sich vor ihnen der Ben Garrold schmal und hoch in den Himmel. Je näher sie kamen, desto bedrohlicher wirkte er, und die Kinder betrachteten den Berg interessiert.

Am Ende der Piste standen die beiden Gruppenleiter für diese Klassenfahrt, Skellan und Denise, die über beide Ohren strahlten und heftig winkten, als das Flugzeug eine perfekte Landung hinlegte.

Morag sah der Gruppe beim Aussteigen zu. In unmittelbarer Nähe des Berges und weit weg von ihren Eltern waren die Kinder jetzt ein wenig stiller und bewegten sich zögerlicher, so aufgeregt waren sie. »Der ist ja echt hoch«, staunten etliche von ihnen mit weit aufgerissenen Augen. Während bei den meisten vom vorherigen Draufgängertum nicht mehr viel übrig war, blieb der ein oder andere weiterhin unbeeindruckt.

Moss, der Junge, der seiner Meinung nach auch problemlos das Flugzeug steuern könnte, verkündete laut, dass er im Laufschritt den Gipfel erreichen und im Handumdrehen wieder zurück sein könnte.

Und Shugs junior erklärte, dass er sich schon darauf freute, gleich ein paar Kaninchen zu erledigen. Wenn man so an seinen Vater dachte, war das vielleicht nicht einmal Aufschneiderei.

Morag grinste und blickte zu den Lehrern hinüber. Mrs McGinty sprach auf ihre typische Art und Weise mit den Gruppenleitern, nämlich so, als wären sie fünf Jahre alt, und auch noch besonders dämliche Fünfjährige. Selbst aus dem Cockpit konnte Morag erkennen, wie das Lächeln auf den Gesichtern der beiden immer starrer wurde.

Struan schaute sich derweil mit einer Miene um, als sei er sich nicht ganz sicher, was er hier eigentlich machte. Wie immer klebte eine Gitarre an ihm, bei deren Anblick Morag schmunzeln musste.

Der gute alte Struan! Als Morag von innen an die Scheibe klopfte und ihm zuwinkte, winkte er lässig zurück.

Während alle ihre Taschen zur kleinen Flugplatzhütte hinüberbrachten, bereitete sich Murdo auf den Abflug vor. Natürlich hatte er vor, für die Kinder gleich noch eine Runde über der Insel zu fliegen, bevor sie sich auf den Weg zurück machten.

Als Morag hinten den Passagierraum kontrollierte, drang durch die offene Tür eisige Luft herein. Da sie hier über den Inseln schon in den ein oder anderen Sturm geraten war, blieb Morag beim Thema Wetter äußerst wachsam. Und damit war sie nicht allein: Jeder, der im Norden von Schottland ein Flugzeug oder Boot steuerte oder auch nur mal zu Fuß unterwegs war, hatte diesbezüglich ein paar haarsträubende Geschichten zu erzählen, das war klar. Und ja, heute war es wirklich kalt.

Während sich Murdo im Cockpit um alles kümmerte, beendete Morag ihre Kontrolle und schloss die Tür. Zum Glück kannte sich Gruppenleiter Skellan damit schon aus und half ihr von außen, als Morag sie unter Anstrengung hochzog.

Die Kinder standen am Rand und winkten der Twin-Otter-Maschine eifrig hinterher, als sie die Piste entlangholperte und rasch in den Himmel aufstieg.

Murdo konnte der Versuchung nicht widerstehen, drehte eine Runde um die Spitze des Berges und flog dann tief über die Hütte des Flugplatzes hinweg. Seine Hoffnung, damit vielleicht der Rektorin einen ordentlichen Schreck einzujagen, erfüllte sich.

Kapitel 32

Die Kids sind ja so goldig«, sagte Morag, während unter ihnen die Insel kleiner und kleiner wurde.

»Ja«, stimmte Murdo zu, »es macht immer Spaß, die Dreikäsehochs mit an Bord zu haben.«

Morag nickte.

»Und ich würde dir gern noch mal sagen, wie froh ich bin, dass du zurückgekehrt bist«, fügte er hinzu.

Morag wartete ab, weil sie ahnte, dass da noch etwas hinterherkommen würde.

»Ich find es einfach super, dass du wieder für uns fliegst und ich dich jetzt in der Nähe habe … Vor allem ist es schön, wenn sich alle gut verstehen … und sich keiner mit dem anderen anlegt …«

Morag warf ihm einen Blick zu. »Geht es hier etwa um Peigi? *Ich* lege mich nicht mit ihr an, *sie* ist es doch, die immer gemein zu mir ist.«

»Ach, das ist eben ihre Art.«

»Fies zu sein, ist ihre Art?«

»Na ja, weißt du, ihre Ehe war nicht so einfach.«

Dazu sagte Morag nichts, weil sie das wirklich traurig fand. Das war ja alles ein bisschen traurig.

»Es ist schon in Ordnung, dass du ausgezogen bist, aber ich … bedauere einfach … dass du so selten vorbeischaust. Das ist alles.«

»Hat Peigi denn keine Verwandten, bei denen sie wohnen könnte?«

»Es gibt da eine Schwester unten in Peebles, aber mit der redet sie wohl nicht.«

Morag runzelte die Stirn. »Also war sie ihr Leben lang ein Problem für andere. Und deshalb musst du dich eben damit abfinden, dass sie dich Tag für Tag vergiftet? Willst du das damit sagen?«

»Sie vergiftet mich doch nicht!«

»Und ob«, widersprach Morag, »nur eben *ganz, ganz* langsam.«

Mit einem Mal tat er furchtbar beschäftigt, indem er gegen den Höhenmesser klopfte, mit dem natürlich alles in Ordnung war.

Das Flugzeug war in perfektem Zustand, da es sich längst nicht mehr um seine alte *Dolly* handelte, sondern um eine moderne Kopie davon. Weil Murdo gern daran herumwerkelte, stand das Original im Hangar des Flugplatzes. Mittlerweile gab es auch Überlegungen, es vielleicht einem Museum zu überlassen.

»Gibt es denn sonst niemanden?«, fragte Morag leise. »Ich meine, natürlich kann niemand auf der Welt Granny ersetzen … Aber muss es ausgerechnet Peigi sein?«

Überraschenderweise war Murdo nach dieser Frage seltsam still.

Auf dem Weg nach Hause freute sich Morag schon auf den Abend, weil Gertie versprochen hatte, ihr zu zeigen, wie man Maschen anschlug. Sie wollten sich auch eine der leicht ramponierten Schachteln Malteser teilen, die das Personal vom ScotNorth Gertie immer heimlich zusteckte.

Dann erfuhr Morag aber, dass Jean heute Abend kurzfristig irgendwohin eingeladen war und deshalb Gertie gebeten hatte, ihrer Großmutter Gesellschaft zu leisten.

Als sie in ihrem winzigen Zimmer im alten Häuschen aufwachte, wusste Gertie zunächst nicht, was sie geweckt hatte. Gut, es war kalt, richtig eisig, aber das war ja nicht ungewöhnlich. Sie starrte einen Moment zur Decke hoch, bevor ihr Blick zum Fenster hinüberwanderte und sie begriff, was los war. Sie tapste zum Fenster hinüber und betrachtete den fallenden Schnee, der nicht aus feinem Geriesel bestand, sondern aus dicken, fetten Flocken. Dieses Jahr war der Winter hart gewesen, und man konnte jetzt noch in den Cairngorms Ski fahren. Generell wurde das Wetter ja immer unvorhersehbarer.

Gertie erschauderte und musste sofort an die Klassenfahrt denken. Aber die Kinder würden ja in Zelten gemütlich in ihren Schlafsäcken liegen. Natürlich, da brauchte sie sich keine Sorgen zu machen.

Sie warf einen Blick aufs Handy. Vier Uhr morgens. Sie überlegte, eventuell Morag anzurufen, aber sie hätten ja doch nichts ausrichten können, oder? Während ein Jumbojet auch bei den schwierigen Sichtverhältnissen durch heftigen Schnee fliegen könnte, traf das für kleine Flugzeuge sicher nicht zu, oder? Gertie hatte keine Ahnung.

Ach, bestimmt gab es sowieso keinen Anlass zur Sorge. Sie machte sich nur deshalb Gedanken, weil sie neu und noch nicht an solche Situationen gewöhnt war. Sie kannte nur das bequeme Dasein im Supermarkt, deswegen kümmerten sich um solche Fragen ja auch Menschen, die genau wussten, was zu tun war.

Viel zu spät wurde ihr klar, dass sie jetzt sowieso nicht wieder einschlafen würde.

»Gertie?«, ertönte eine klagende Stimme. »Bist du das?«

Sie ging rüber in das Zimmer von Elspeth, dem einzigen Mitglied des Strickzirkels, das ihr noch nie auf die Nerven gegangen war, nicht einmal ein bisschen.

»Warum schläfst du denn nicht?«

Elspeth schnalzte mit der Zunge. »Das tu ich doch nie, mein Mädchen. Schlaf ist für euch junge, schwer beschäftigte Leute. Aber hast du gesehen, wie es da draußen aussieht?«

Gertie nickte. »Soll ich dir etwas Milch warm machen?«

»Ja, das wäre schön. Setzt du dich zu mir und redest ein bisschen mit mir, während ich sie trinke?«

Jean hatte am Abend mehr Lambrusco gebechert, als gut für sie war, daher konnte man sie im großen Schlafzimmer laut vor sich hin schnarchen hören. Ihretwegen mussten sie sich also keine Sorgen machen.

»Natürlich«, sagte Gertie, ging nach unten und stellte die Milch auf die Herdplatte. Als sie einen Moment ins Wohnzimmer hinüberging, fiel ihr Blick durch das Fenster dort, das nach Norden hinausging, und ihr wurde schlagartig klar, dass sie ihr Versprechen nicht würde halten können. Denn durch den wirbelnden Schnee hindurch konnte sie gerade eben erkennen, dass im Flughafengebäude Licht brannte.

Gertie rettete die Milch im letzten Moment und brachte eine Tasse davon hoch zu Elspeth.

»Ich kann leider doch nicht mit dir quatschen«, sagte sie bedauernd, »ich will mal gucken, ob sich am Flughafen was tut und ich helfen kann. Obwohl …«

Plötzlich tönte Jeans Stimme durch ihren Kopf: »*Warum sollten sie denn die vom Check-in-Schalter mit dabeihaben wollen?*«

Vorsichtig nippte Elspeth an der Milch. »Na ja«, sagte sie, »wenn wirklich was Schlimmes passiert ist, dann können sie jede Unterstützung gebrauchen. Und du wirst dich mit Sicherheit als nützlich erweisen. Das wirst du ganz toll machen. Ich meine, guck doch nur mal, wie super du dich um mich kümmerst.«

Blinzelnd sah Gertie sie an.

»Ich bin mir nicht sicher, ob ich dir das oft genug sage.«

Gertie küsste sie auf die weiche Wange und wischte einen Tropfen Milch weg. »Ich halte euch auf dem Laufenden«, versprach sie. »Sicher sind längst Experten im Einsatz. Oder es gibt vielleicht gar kein Problem.«

Durchs Fenster betrachtete Elspeth die wirbelnden Flocken. »Was das angeht, wäre ich mir nicht so sicher«, sagte sie. »1968 ist ja Willie Piper auf Larbh in seiner Hütte erfroren.«

»Ja, allerdings in einer Schäferhütte«, wandte Gertie ein, die die Geschichte nicht zum ersten Mal hörte, »und im Januar. Damals gab es auch keine Schlafsäcke für solche Temperaturen, keine passende Ausrüstung.«

»Er hat drei kleine Würmer hinterlassen ...«

»Okay, okay, jetzt muss ich langsam los«, sagte Gertie. »Glaube ich. Ich will wenigstens mal gucken.«

In ihrem Zimmer schaute sie sich um und stopfte einer Eingebung folgend jede Menge Strümpfe und andere nützliche Sachen in einen Rucksack. Nur für alle Fälle.

Sie kochte Kaffee und packte eine gefüllte Thermoskanne ein, bevor sie sich fertig machte und dicke Strümpfe und eine wasserdichte Hose anzog. Über ihre warmen

Sachen kam noch eine riesige Daunensteppjacke, womit sie zumindest vor Wind und Wetter geschützt war, was auch immer anstand.

Schließlich wagte sie sich hinaus in den Schnee.

Gertie sollte recht behalten: Tatsächlich waren Morag und Donald wach, saßen im Tower nebeneinander und hatten den Blick auf den Wetterradar gerichtet.

Morag hatte die Tür der Wellblechhütte nicht hinter sich abgeschlossen, daher konnte Gertie problemlos hinein- und in den Tower hinaufgehen. Doch die beiden waren zu konzentriert, um sie auch nur zu bemerken.

»Wo stecken die nur?«, murmelte Morag, die am Funkgerät saß.

Gregor, der auf Inchborn vor seinem Funkgerät saß, hörte Morags Worte.

Er beherbergte die komplette, schlecht gelaunte Hochzeitsgesellschaft bei sich zu Hause, die eigentlich am Nachmittag von der Fähre hätte abgeholt werden sollen. War sie aber nicht, und jetzt mussten alle bei ihm zu Hause zusammenrücken.

Gregor war schon unter normalen Umständen nicht besonders erpicht auf Gesellschaft, und heute Abend hatte er sich mit einer Horde betrunkener Hochzeitsgäste herumschlagen müssen, und natürlich mit einer Braut, die immer von einer zauberhaften Frühlingshochzeit geträumt hatte, heute aber einer Unterkühlung nah gewesen war. Weil es nicht genug Zimmer für alle gab, hatte die Truppe beschlossen, die Nacht einfach durchzumachen.

Donald runzelte die Stirn. »Tagsüber hat keine der offiziellen Wettervorhersagen von Schnee gesprochen. Jetzt allerdings schon.«

Morag seufzte. »Ja. Können wir denn nach Larbh fliegen und die Kinder da abholen?«

Sie versuchten noch einmal, Skellan und Denise über Funk zu erreichen.

»Die schlafen sicher«, sagte Morag, »und es ist bestimmt alles in Ordnung. Das ist ja nur ein Schneesturm. Deshalb schläft man ja in Zelten – weil es Spaß macht und bei einem Schneesturm warm und gemütlich ist.«

Gertie dachte an Struans dünnen Schlafsack, der für Festivals im Sommer gedacht war, und an die Schlafsäcke von einigen der Kinder, die mit Einhörnern geschmückt waren. Das bereitete ihr schon Sorgen.

Donald schaute Morag an, die nach draußen blickte. »Würdest du bei so einem Wetter überhaupt fliegen?«

Morag runzelte die Stirn. »Unsere Maschine könnte auch auf dem Everest landen.«

»Ja, aber willst du wirklich selbst da raus? Lass das doch die Hubschraubertypen übernehmen.«

»Wir wissen ja noch nicht einmal, ob es tatsächlich Probleme gibt«, sagte Morag. »Die von der Küstenwache haben sich nicht gemeldet.«

»Vom Wetterdienst wurde eine allgemeine Warnung an alle Schiffe ausgegeben«, sagte Donald. »Wenn es nicht bald aufhört, wird die Fähre morgen nicht fahren.«

»Wie lange soll es denn noch so bleiben?«

»Das ist eine riesige Wetterfront, die auch keine Anstalten macht weiterzuziehen.«

Morag runzelte die Stirn. »Okay, halt mich bitte über alles auf dem Laufenden.« Erst jetzt bemerkte sie, dass sich noch jemand im Raum befand, und zuckte zusammen. »Himmel, Gertie! Dein Spiegelbild auf der Scheibe sah aus wie ein Geist! Was machst du denn hier?«

»Ich hab Licht im Tower gesehen«, sagte Gertie. »Und hab mich gefragt, ob es wohl Probleme gibt.«

»Und deshalb bist du durch den Schnee hierhergestapft?«

Gertie zuckte mit den Achseln. »Ich hab ja eine warme Jacke. Und ich hab euch auch was mitgebracht ...«

Sie zog die Thermoskanne aus ihrem Rucksack.

»O mein Gott, ist das etwa Kaffee?«, fragte Morag. »Das widerliche Gebräu von hier krieg ich nicht mehr runter.«

»Hey!«, protestierte Donald.

»Ach, komm schon, du weißt doch, was ich meine.«

»Du hast gerade gesagt, dass unser Kaffee eklig ist.«

»Ja, weil er das wirklich ist, was auch alle wissen.«

Gertie holte Becher und schenkte jedem ein.

Dankbar schlang Morag die Hände um den ihren. Im Flughafengebäude war es schon unter idealen Umständen nicht warm, und erst recht nicht um halb fünf morgens in einem Schneesturm.

»Ist bei den Kids wirklich alles in Ordnung?«, fragte Gertie. Sie starrte hinaus in das weiße Schneegestöber. Es hatte so gar nichts mit dem milden Frühlingswetter vom Tag des Ceilidh zu tun, der schon ewig zurückzuliegen schien.

»Ja, da bin ich ganz sicher ...«, antwortete Morag sarkastisch. »Deshalb sitze ich ja um diese Uhrzeit hier. Mal abgesehen davon müssen wir morgen vermutlich auch die Hochzeitsgesellschaft abholen, wenn sie denn so lange warten kann. Ich meine, wir könnten auch nach Instrumenten fliegen, also ohne Sicht, aber das möchte ich lieber vermeiden, solange niemand in Gefahr ist. Bei so einem Sturm kann man ja nicht mal erkennen, wo oben und wo unten ist.«

»Echt jetzt?«, fragte Gertie. »Du könntest also auf dem Kopf fliegen und würdest es nicht merken?«

»Dafür hätte ich keinerlei Anhaltspunkte«, sagte Morag nüchtern. »Bis es zu spät ist.«

»Ich wünschte wirklich, das hätte ich nie erfahren«, murmelte Gertie, aber Morag wandte ihre Aufmerksamkeit bereits wieder dem Funkgerät zu. »Gregs, meinst du, die von der Hochzeit können bis morgen früh bei dir auf der Insel bleiben?«

Das Funkgerät knisterte.

»Ja, theoretisch geht das«, antwortete Gregor trocken. »Allerdings schließe ich nicht aus, dass ich sie irgendwann eigenhändig umbringe. Wäre das in Ordnung?«

Man hörte Leute im Hintergrund grölen.

»Es schneit doch noch gar nicht so lange«, sagte Morag. »Greift bei dir jetzt schon Kannibalismus um sich?«

»Ich erinnere mich noch gut an eine Person, die auch bei schlechtem Wetter hier gestrandet ist und es gar nicht toll fand«, sagte Gregor. Damit meinte er Morag selbst, die im Vorjahr eine Notlandung auf Inchborn hatte hinlegen müssen. So waren die beiden zusammengekommen.

»Ich hab allerdings nicht so ein Theater gemacht.« Morag lächelte in sich hinein.

»Du hast ein *Riesentheater* gemacht!«, entgegnete Gregor.

»Na ja, aber mit der Zeit habe ich an der Insel Gefallen gefunden.«

»Ich glaube nicht, dass ich denen so viel Toast machen kann wie dir.«

»Ich hab ja nicht nur wegen des Toastbrots … daran Gefallen gefunden.«

»Okay, wenn ihr beiden langsam mit dem Flirten aufhört, können wir noch mal versuchen, Larbh zu erreichen«, sagte Donald und verdrehte die Augen.

Morag biss sich auf die Lippe und konzentrierte sich wieder auf die aktuelle Situation.

Gertie trat näher an das Funkgerät heran, und just in diesem Moment begann es zu knistern. Im Hintergrund konnte man den Wind heulen hören und etwas, was wie das Flattern einer Zeltplane klang.

»Hallo? Hallo?«

»Hallo, Larbh, hier ist der Tower von Carso. Kommen!«

»Ja, hi, Carso, hier Larbh.«

»Hey, Skellan, ist alles in Ordnung? Kommen!«

»Ja, aber hier draußen ist es ziemlich heftig …«

Plötzlich herrschte im Kontrollraum Stille. Die Verbindung war unterbrochen.

Kapitel 33

Erstaunlicherweise hatte Struan am Morgen der Klassenfahrt zunächst das Gefühl, dass es eigentlich ganz gut lief, als sie auf Larbh fröhlich dem Flugzeug hinterherwinkten.

Skellan und Denise hatten natürlich geahnt, dass die Kinder zu diesem Zeitpunkt längst ihr mitgegebenes Frühstück verzehrt haben würden. Deshalb hatten sie Käsebrote vorbereitet – mit Weißbrot und ohne Remoulade, falls es in der Gruppe mäkelige Esser gab. Und natürlich gab es die, daher war das eine gute Idee gewesen.

Dann stand die Sicherheitseinführung auf dem Programm. Skellan spielte den harten Typen und sprach eine eindringliche Warnung aus: Wer nicht gut aufpasste und seinen Anweisungen nicht Folge leistete, würde in schrecklicher Gefahr sein. Denise hingegen zeigte sich nett und mütterlich und versicherte, dass alles ganz wunderbar laufen würde. Wer welche Rolle übernahm, entschieden sie je nach Gruppe. Wenn Denise *zu* nett war, nannten die Kinder sie nämlich manchmal aus Versehen Mama und wurden etwas weinerlich. Aber diese Truppe wirkte recht robust und war ja auch in der Nähe von Larbh aufgewachsen, daher war der Berg für sie nichts Neues.

Es sah ganz anders aus, wenn sie aufgeregte Stadtkinder in ihrer Obhut hatten, die noch nie ein wildes Kaninchen gesehen hatten, geschweige denn einen Papageientaucher oder Turmfalken.

Bevor sie aufbrachen, wurden die Kinder dazu angehalten, erst einmal zur Toilette zu gehen und – da die Gruppenleiter viel Erfahrung hatten – auch noch ein zweites Mal.

Dann ging es endlich los. Obwohl es kalt war, marschierten die Schüler gut gelaunt los und hatten keine Probleme mit den Schotterwegen sowie gelegentlichen Felsbrocken, über die sie klettern mussten.

Es war ein klarer Tag, und alle waren begeistert davon, wie schnell sie an Höhe gewannen. Schon bald kamen die anderen Inseln – Archland, Cairn, Inchborn – und das Festland in Sicht.

Die meisten Kinder wollten am liebsten alle fünf Minuten stehen bleiben, um Blumen zu betrachten oder sich heimlich die Taschen mit Steinen zu füllen, mit denen sie sich später gegenseitig bewerfen wollten. (Für so etwas hatten die Gruppenleiter einen scharfen Blick entwickelt.) Sie versuchten auch angestrengt, möglichst viel Wasser zu trinken, weil man ihnen heutzutage eintrichterte, wie wichtig das war.

Skellan und Denise trieben freundlich jeden an, der zurückzufallen drohte.

Struan musste feststellen, dass er die Sache geradezu genoss, obwohl er es beinahe sofort bereut hatte, die Gitarre mitgebracht zu haben. »Die lass ich später im Lager«, antwortete er jedes Mal, wenn ihn jemand auf das Instrument ansprach, das ihm hinten gegen die Beine schlug.

Als sie an einer Höhle vorbeikamen, wurde es für die Kinder schnell zu einer Mutprobe, unter ausgelassenem Gekreisch rein- und wieder rauszulaufen.

Struan war versucht, die Gitarre bis zum Rückweg in der Höhle zu verstauen.

»Da pinkelt bestimmt irgendein Tier drauf«, prophezeite Skellan jedoch finster. »Und wenn es ein Fuchs ist … nein, das willst du bestimmt nicht.«

»Ach, nehmen Sie die Gitarre doch mit hoch!«, bat Shugs. »Dann können wir Skellan und Denise unser Lied vorsingen!«

»Aber ohne dich!«, warf Jimmy ein.

»Halt's Maul!«, knurrte Shugs und versuchte, Schotter in Jimmys Richtung zu treten, was ihm aber gründlich misslang.

»Das wäre toll«, sagte Denise, erstaunlich begeistert, wenn man bedachte, dass sie am Lagerfeuer schon so manchem von der Gitarre begleiteten Gesang von Angestellten aus dem mittleren Management oder von christlichen Gruppen hatte lauschen müssen, obwohl sie sich viel lieber einen Podcast angehört hätte.

Je weiter der Tag fortschritt, desto ruhiger wurden die Kinder durch die Bewegung an der frischen Luft, und Struan musste sich eingestehen, dass er es hier gar nicht so schlecht fand. Er konnte selbst kaum fassen, dass er schon ewig nicht mehr in den Bergen gewesen war.

Als sich in der Tiefe die Inselgruppe in all ihrer Schönheit vor ihnen ausbreitete, ging ihm wieder einmal durch den Kopf, wie glücklich er sich doch schätzen konnte, in diesem Teil der Welt zu leben.

Die Luft war stechend kalt, aber ganz klar, und auf der bewegten See spiegelten sich die Wolken, die über den Himmel jagten. Von hier aus gesehen lagen in einer Richtung Mure, die Färöer und Island, in der anderen Amerika und gen Süden das schottische Festland mit seinen Bergen und zauberhaften Tälern. Er konnte sich keinen schöneren

Ort vorstellen. Je höher sie stiegen, in desto weitere Ferne schienen Struans Probleme zu rücken, und es wunderte ihn jetzt nicht mehr, dass Wandern so beliebt war. Es machte wirklich Freude.

Struan begann zu lächeln, obwohl ihm die Gitarre an einer schwierigen Stelle mit losem Geröll zum x-ten Mal gegen die Beine schlug. Und wenn schon. Beim Abstieg würde er sie wieder mit nach unten schleppen müssen, aber wenigstens würde er sie morgen beim Erklimmen des Gipfels im Lager lassen können.

Plötzlich fand er es richtig aufregend, dass sie es bis zum höchsten Punkt schaffen würden, dabei würden sie ja gar nicht groß klettern und so. (Es gab nur eine berühmt-berüchtigte Felswand, an der man sich ein Stück an Seilen entlanghangeln musste. Aber die Stelle war nicht schwierig, und die Gruppenleiter würden dabei für die Sicherheit der Kinder sorgen.)

Die Spitze von The Mermaid's Spyglass ragte über ihnen in die Höhe und zeigte deutlich, dass es hier immer weiter nach oben ging. In dieser Hinsicht war die Bergtour dann doch ein größeres Abenteuer, als Struan erwartet hatte.

Wenn er den Job für die Konzerttour bekommen würde … Er betrachtete seine Schüler, die um ihn herum lachten, Witze rissen, sich kabbelten und das Erstbeste sagten, was ihnen durch den Kopf ging. Bei Kindern wusste man immer, woran man war.

Dann musste er wieder an Saskia denken und fühlte sich schlecht. Struan hatte den Eindruck, dass er irgendwann eine falsche Entscheidung getroffen hatte, irgendwo falsch abgebogen war. Es war nicht so gewesen wie auf diesem Berg, auf dem der Pfad schwierig war, man aber immer sah, wohin er führte.

Als sie eine Pause machten, rief Struan die Kinder zusammen. »Meldet sich vielleicht jemand freiwillig, um meine Gitarre zu tragen?«, fragte er und schaute seine Schüler an, die gerade Schokolade verspeisten.

»Nein!«, riefen alle wie aus einem Munde, bis auf Anna-Lise, die die Hand in die Luft reckte. »Ich mach das, Sir!«

Als alle stöhnten und die Augen verdrehten, setzte das Mädchen eine trotzige Miene auf.

»Danke, Anna-Lise, das ist wirklich lieb«, sagte Struan und betrachtete die zierliche Kleine. Sie war leider nicht groß genug. »Aber ich glaube, ich schaff es doch selbst. Zum Glück bin ich als Musiker ja immer in Topform.«

»Warum sind Sie eigentlich kein richtiger Musiker, Sir?«, fragte Khalid. Das war der Junge mit der nervigen kleinen Schwester.

»Bin ich doch!«, entgegnete Struan ein wenig eingeschnappt.

»Nein, ich meine, weshalb sind Sie nicht wie Harry Styles und so? Wieso sind Sie hier bei uns?«

»Weil ich lieber mit euch Zeit verbringe«, antwortete Struan.

Wieder allgemeines Stöhnen.

»Nie im Leben!«, widersprach Jimmy Gaskell. »Sie wären viel lieber Harry Styles.«

»Ich wünschte, Sie wären Harry Styles«, sagte Oksana ganz leise.

»Ich auch«, entfuhr es Mrs McGinty, die sich erschrocken die Hand vor den Mund schlug.

Die Kinder waren so schockiert, dass sie nicht wussten, ob sie darüber lachen durften oder nicht.

»Harry Styles wäre aber ein furchtbarer Musiklehrer!«, gab Struan zu bedenken. »Er würde nämlich jeden Tag mit seiner Privatmaschine herfliegen müssen und wäre von den Konzerten fix und fertig. Und viel lernen würdet ihr bei ihm auch nicht, weil die Mädchen die ganze Zeit kreischen würden.«

»Ich glaube, wir würden ihn als Musiklehrer trotzdem toll finden«, sagte irgendwann Bronte.

»Jaja, okay. Nach diesen Sprüchen kriegt ihr aber nichts von meiner Schokolade ab«, verkündete Struan.

»Sie haben doch gar keine Schokolade!«

»Weil ich vergessen hab, welche einzupacken. Wer versorgt mich mit?«

Anna-Lise reckte bereits wieder die Hand in die Luft, und er nahm dankbar ein bereits ausgiebig befingertes kleines Stückchen Schokolade entgegen.

Dann schielte er gierig zu einem großen KitKat hinüber, das Mrs McGinty gerade auspackte.

»Auf keinen Fall!«, sagte sie. »Außerdem müssten Sie es sich dann mit allen teilen.«

Struan warf den Kindern einen Blick zu, der sie zum Lachen brachte. Wie sich die Lehrer hier außerhalb der Schule benahmen!

Bald setzte sich die Gruppe wieder in Bewegung. An einer Stelle führte der Pfad um den Berg herum, wodurch man auf der Nordseite schutzlos dem unerbittlichen Wind ausgesetzt war.

Hier und da konnte man in der Ferne einen Blick auf ein enormes Tankschiff erhaschen, das auf dem Weg nach Skandinavien die Wellen durchpflügte. In Richtung Nordosten lag ein riesiger Windpark, dessen Räder sich majestätisch drehten. Der Anblick war wirklich beeindruckend, genau wie der Gedanke, dass dort quasi aus dem Nichts heraus saubere Energie entstand, durch die Menschen ein warmes, sicheres Zuhause hatten. Struan fand die Windräder einfach toll. Sie riefen ihm allerdings in Erinnerung, dass es heute Abend keinen Strom geben würde, weil sie auf halber Höhe eines Berges zelten würden, was ihm plötzlich irgendwie idiotisch erschien. Das holte ihn zurück auf den Boden der Tatsachen.

Auf dieser Seite des Berges war es durch den tosenden Wind so laut, dass sie einander nicht verstehen konnten. Deshalb trieb Skellan sie mit Gesten an, um die Gruppe kleiner Gestalten so schnell wie möglich wieder auf die ruhigere Südseite des Berges zu lotsen.

Als Nächstes erreichten sie die berühmte »Steilwand«, eine fünf Meter hohe, glatte Felswand, in der Bohrhaken befestigt waren. Das war der aufregendste Teils des Aufstiegs, bei dem ansonsten ja mehr gewandert als geklettert wurde.

Skellan erklärte den Kindern geduldig, wie sie an den in den Haken befestigten Seilen hochklettern konnten. Vorher würde er sie mit einem Hüftgurt versehen und mit einem Seil sichern, sodass sie nicht abstürzen konnten, nicht einmal, wenn sie wollten. Er warnte sie aber auch davor, sich einfach zum Spaß fallen zu lassen, weil das gar nicht lustig wäre. Wenn man nicht aufpasste, konnte man durch so eine Aktion heftig gegen die Felswand knallen. Außerdem würde man dann von Skellan hochgezogen werden müssen, und wer konnte schon sagen, was passierte, wenn er allmählich müde wurde?

So langsam machte sich auf den Gesichtern der Kinder Angst breit, bis Denise allen versicherte, dass es schon gut laufen würde.

Zunächst kletterte Skellan wie ein Affe nach oben, was alle schwer beeindruckte, während Denise unten blieb, um nervöse Kletterer zu ermutigen.

Als jemand gesucht wurde, der gern den Anfang machen wollte, drängte sich Jimmy nach vorne und riss Denise quasi den Helm aus der Hand.

Struan wäre es lieber gewesen, wenn ein anderes Kind als Erstes hochgeklettert wäre – es war keine gute Idee, wenn diejenigen, die gern auf anderen herumhackten, ihren Willen bekamen, selbst dann nicht, wenn sie nur angeben wollten. Für ihr eigenes Wohl und das aller anderen mussten sie sofort in ihre Schranken gewiesen werden.

Aber Struans Sorge war unbegründet, weil Jimmy auf halber Höhe ins Straucheln geriet und bald zappelnd vor der glatten Felswand hing. Grinsend beobachteten alle, wie Skellan ihn hochhievte. Dem stinkwütenden Jimmy selbst gelang es nicht, gute Miene zum bösen Spiel zu machen.

»Mit dem Hüftgurt hat was nicht gestimmt!«, rief er von oben laut.

»Ja, weil dein Hintern dafür zu dick war!«, entgegnete Khalid ungewöhnlich mutig, und Struan brachte es nicht über sich, deswegen mit ihm zu schimpfen.

»Probier du es doch selbst!«, rief Jimmy. »Bestimmt gehst du dabei drauf!«

Das ließ sich Khalid nicht zweimal sagen, kletterte problemlos und ohne Theater nach oben und erntete dafür eine Runde Applaus von seinen Klassenkameraden.

Nun ging es mit den Mädchen weiter, danach mit den restlichen Jungen, bis am Ende nur noch Oksana übrig war.

Struan sah sie an.

»Na los, Oksana«, drängte Mrs McGinty, die natürlich nicht untätig abwarten konnte. »Hoch mit dir!«

Denise blickte auf. Sie war an aufgeregte Kinder gewöhnt und hier, um zu helfen. »Das schaffst du schon«, sagte sie ruhig.

»Was ist denn?«, fragte Struan.

Oksana seufzte, guckte sich um und zog Struan beiseite. Als sie endlich den Mund aufmachte, konnte Struan kaum hören, was sie sagte.

Ganz, ganz leise erklärte sie: »Auf unser Nachbarhaus ist eine Bombe gefallen.«

In der Schule hatte sie bisher noch nie über den Donbass gesprochen. Aber Struan wusste von der Gruppe für Ukrainer in Fort William, die ihre Mutter mit ihr in der Hoffnung besuchte, dass sie sich bei Gesprächen in ihrer eigenen Sprache vielleicht eher öffnen würde.

»Wir mussten über die Mauer klettern.« Das hatte sie flüsternd vorgebracht.

Struan erwiderte darauf nichts. Solches Grauen konnte er sich kaum vorstellen, erst recht nicht an so einem friedlichen Ort. Fieberhaft überlegte er. Verdammt, nachdem dieses Kind vor einem Krieg geflohen war und halb Europa durchquert hatte, waren Übungen zur Stärkung des Charakters nun wirklich das Letzte, was es brauchte.

»Ist schon okay«, sagte er sanft. »Willst du lieber wieder nach unten? Oder wir könnten dich einfach hochziehen, das würde Skellan bestimmt schaffen. Aber du brauchst nichts zu tun, was du nicht willst.«

»Oksana Dineko! Jetzt komm mal hierher!«, rief Mrs McGinty. »Du musst dich deinen Ängsten wirklich stellen!«

Oksana und Struan tauschten Blicke.

Eine der grundlegendsten Regeln des Lehrerdaseins bestand darin, Kollegen niemals öffentlich zu widersprechen, was Struan natürlich wusste. Das war furchtbar unprofessionell, wurde als unkollegial angesehen und als unverschämt. Trotzdem. Eine andere Regel fand er viel wichtiger, nämlich die, niemals Kinder zu erniedrigen, weil sie das sonst ein Leben lang mit sich herumtragen würden.

»Pfeif drauf!«, sagte er. »Du musst das wirklich nicht machen, wenn du nicht willst.«

Oksana schaute nach oben, von wo Isla und dann auch Bronte »Du schaffst das!« riefen.

Das Mädchen runzelte die Stirn. Nach ihrer Ankunft in Großbritannien war Oksana zunächst sehr still gewesen. Verständlich, schließlich hatte sie zu diesem Zeitpunkt nur das bisschen Englisch gesprochen, das ihre gehetzte Mutter ihr auf dem langen Weg durch Polen beigebracht hatte. Aber Oksana war schlau, und es wurde bald offensichtlich, dass sie fast alles verstand. Obwohl sie auf Distanz blieb, waren ihr ihre Klassenkameraden zunächst mit Neugier begegnet, dann mit Respekt und manchmal sogar mit Zuneigung.

Oksana schaute zu ihnen hinauf und blickte dann wieder Struan an, der mit den Achseln zuckte und seinen Gesichtsausdruck bewusst neutral hielt.

Es tat ihm in der Seele weh, als er sah, wie sich Oksana nach einer Weile schüttelte, als hätte sie sich selbst gut zugeredet.

Aber immerhin: Sie ging zu Denise hinüber, die sie mit Helm und Hüftgurt ausstattete.

Dann begann sie, vorsichtig zu klettern, hangelte sich an den Seilen nach oben, bewegte die Füße federnd von einem Vorsprung zum nächsten, während sie von ihren Klassenkameraden laut angefeuert wurde. Die umringten sie auch sofort, als sie, vor Freude und Stolz strahlend, oben ankam, gratulierten ihr und klopften ihr auf die Schulter.

Na, sieh mal einer an, dachte Struan. Solche Szenen erlebt man bei Gigs mit der Band eben nicht. Er grinste

Pamela McGinty an, bevor ihm klar wurde, dass jetzt er an der Reihe war.

Struan hatte kein Problem damit, vor Publikum zu spielen, und generell kein Lampenfieber bei jeder Art von Auftritten. Ganz anders sah es allerdings aus, wenn es um das Klettern an einer Felswand ging. Er war nämlich nicht besonders sportlich oder körperlich gewandt, hatte Höhenangst und war schlicht kein sehr mutiger Typ.

Na ja, leider gab es jetzt kein Zurück. Sei doch nicht albern!, mahnte er sich, als er sich mit zitternden Händen der Steilwand näherte. Aus nächster Nähe sah sie echt riesig aus. Kletter da einfach hoch, so wie die Kinder!, sagte er sich. Mensch, selbst Anna-Lise hatte das geschafft, und die war ein zartes Elfchen. Allerdings war es hier vielleicht von Vorteil, ein zartes Elfchen zu sein und nur wenig Körpergewicht an der glatten Felswand hinaufhieven zu müssen.

Auf halber Höhe wollte sich Struan mit einer ganz weltmännischen Geste weiter hochziehen, schätzte aber die Entfernung falsch ein. Als er plötzlich mit zappelnden Beinen in der Luft hing, brachen die Kinder in kreischendes Gelächter aus.

Khalid machte sogar ein Foto mit seiner Wegwerfkamera, die er wegen des Handyverbots extra für die Klassenfahrt gekauft hatte, was Struan aber nicht störte.

Und bei Jimmy war die Laune gleich besser, weil er jetzt laut verkünden konnte, dass selbst er nicht so schlecht gewesen war wie Mr McGhie.

Struan rief sich wieder einmal in Erinnerung, dass Jimmy ja der Sohn eines ziemlich aggressiven Vaters war und der jüngste von vier Brüdern, die es faustdick hinter den Ohren hatten. Das machte ihn zwar nicht sympathischer, sein Verhalten aber verständlicher.

Nachdem auch Mrs McGinty erfolgreich oben angekommen war, zog Skellan mit Denise' Hilfe die Rucksäcke und Struans Gitarre hoch, bevor Denise als Letzte zu ihnen stieß.

Hier oben waren sie der Witterung viel schutzloser ausgeliefert, deshalb mummelten sich alle warm ein, zogen sich die Mützen tiefer in die Stirn und stemmten sich gegen den Wind. Während sie so vorantrotteten, wurde jetzt weniger gelacht und gequatscht, was auch damit zu tun hatte, dass viele in der vergangenen Nacht vor Aufregung kein Auge zugetan hatten.

Eine Stunde später hatten sie es geschafft und erreichten ihr Ziel, das etwas oberhalb der Hälfte des Aufstiegs lag. Hier war an einer natürlich entstandenen geschützten Stelle unterhalb einer Felsnase der berühmte Lagerplatz eingerichtet worden. Weiß angemalte Steine markierten die Grenze des flachen, grasbewachsenen Bereiches. Vögel hielten sich fern, weil der ständige Besuch von Menschen sie daran hinderte, hier Nester zu bauen. Aber man konnte sie ganz in der Nähe über das Wasser sausen sehen.

Zu Struans großer Erleichterung warteten die Zelte dort bereits fertig auf sie. Die selbst aufzubauen, gehörte bei Gruppenaufenthalten von Teenagern mit zum Programm, aber nicht bei denen von jüngeren Kindern. Es gab hier auch eine Höhle, in der in großen Metallkästen Material aufbewahrt wurde. Schlafen konnte man in der Höhle jedoch nicht, nicht nur wegen der niedrigen Decke, sondern auch wegen der Finsternis und Feuchtigkeit und der Hinterlassenschaften von Vögeln.

Struan war ganz schön k. o.

Skellan und Denise war natürlich keinerlei Müdigkeit anzumerken, obwohl sie heute Morgen schon einmal hier oben gewesen waren, um die Zelte aufzubauen.

Struan selbst hätte zu diesem Zeitpunkt um nichts in der Welt damit anfangen wollen, Zeltstangen ineinanderzuschieben. So etwas gehörte nicht zu seinen Stärken.

Jetzt wies man ihm allerdings eine andere Aufgabe zu, nämlich die, den Kindern das Konzept des Plumpsklos zu erklären. Dabei wurde schnell deutlich, dass er selbst noch viel zu lernen hatte.

Denise entzündete nach ihrer Ankunft sofort ein Feuer, dem sich die Schüler auf keinen Fall nähern sollten. Aber leider wurden Kinder von Feuer ja magisch angezogen, erst recht hoch oben in den Bergen.

Sobald die Gruppe nicht mehr in Bewegung war, merkten alle, wie bitterkalt es eigentlich war. Die Sonne war bei ihrem Weg gen Westen über sie hinweggezogen, und das Lager lag im Schatten, weshalb das knisternde Feuer mit seinen hoch flackernden Flammen äußerst willkommen war.

Denise holte große Pakete mit Würstchen aus ihrem Rucksack und eine enorme Bratpfanne aus einer der Kisten in der Höhle.

Die Kinder wuschen sich derweil an einem kleinen Bach, der weiter unten zu einem Wasserfall wurde.

Danach teilte Struan Medikamente an diejenigen seiner Schüler aus, die welche brauchten.

Fürs Abendessen wurden auch noch Kartoffeln mit der Schale in Alufolie gewickelt und ins Feuer gelegt. Dadurch würden sie außen rauchig und knusprig werden, innen ganz weich und lecker. Jede Menge Butter und etwas Salz würden sie noch köstlicher machen.

Und ein Würstchen, bei Sonnenuntergang an einem qualmenden Lagerfeuer im Freien verspeist, war doch etwas Wunderbares, selbst wenn es kalt war.

Alle waren in alte Decken aus den Kisten in der Höhle eingewickelt. Die Kinder rochen nach Rauch, rückten vor dem Feuer gemütlich zusammen, plapperten laut und vertilgten mehr Würstchen, als man eigentlich für möglich gehalten hätte.

Plötzlich stieß Anna-Lise einen spitzen Schrei aus und deutete auf etwas. Bei den Vögeln, die hier um die Klippen geflogen waren, hatte es sich bisher um die übliche Mischung aus Möwen und Lummen gehandelt. Aber jetzt war in der Tiefe plötzlich eine Gruppe Papageientaucher zu sehen, die sich wie kleine Kampfbomber ins Meer stürzten.

»Guckt mal, da!«, rief sie.

Die Kinder sprangen auf und rannten los, um die Vögel zu sehen. Sie wurden noch gerade rechtzeitig von den strengen Stimmen der Gruppenleiter gebremst, bevor sie die Grenze aus weiß angemalten Steinen überschritten, die markierten, wo der abfallende Hang begann.

Wie die kleinen Seevögel ins Wasser eintauchten, um einen Fisch zu ergattern, und dabei die lustigen Füßchen in die Luft reckten, war jedenfalls ein Anblick, bei dem jedem das Herz aufging.

Struan goss sich aus einer Thermoskanne etwas heißen Tee ein. Als er wieder aufschaute, begegnete sein Blick dem von Denise.

»Das ist schon cool, oder?«, sagte sie und schaute zu den aufgeregten, konzentriert beobachtenden Kindern hinüber.

»Irgendwann wird es doch sicher langweilig, wenn man das ständig miterlebt.«

»Nein«, widersprach sie. »Das werd ich nie leid. Kinder ... sind tief im Inneren doch alle gleich. Egal, ob reich oder arm, begünstigt oder benachteiligt ... Die müssen einfach mal an die frische Luft und den jungen Körper bewegen, mit dem sie auf die Welt gekommen sind. Ich find es toll.«

Struan sah zu Oksana hinüber; sie befand sich in einer Traube von Mädchen, die alle begeistert auf die Vögel deuteten.

Der schmächtige Khalid zeigte sich in dieser Klasse voller Bauernsöhne oft eher schüchtern. Mit dem cleveren Schachzug, einen Fotoapparat mitzubringen, war er aber zum wichtigsten Mitglied der Gruppe geworden. Er war zum offiziellen Chronisten der Klassenfahrt avanciert, und alle baten ihn um ein Foto, auf dem auch die Vögel zu sehen sein würden. Dass es unmöglich war, ein Bild zu schießen, auf dem sowohl ein komplettes Gesicht als auch ein Vogel im Hintergrund deutlich zu erkennen waren, war dabei nicht entscheidend, und Khalids zukünftige Beliebtheit war gesichert.

Selbst Jimmy und seine Handlanger hatten Spaß daran, die Vögel zu beobachten, und warfen zum Glück nicht mit Steinen nach ihnen.

»Ja«, murmelte Struan mit einem kleinen Kloß im Hals.

Als er sich später mit der Gitarre ans Lagerfeuer setzte, sangen die Kinder unverdrossen jedes einzelne Lied mit, das er vorschlug, sodass er mit seinem Repertoire langsam zum Ende kam und befürchtete, gleich auf den Bi-Ba-Butzemann zurückgreifen zu müssen.

Stattdessen gab er für die drei Gruppen die Anfangsnote vor, und dann sang die ganze Klasse vor einem feuerroten Sonnenuntergang das Stück, das sie eingeübt hatte. Denise bekam angesichts des zauberhaften Klangs von Kinderstimmen inmitten der Einsamkeit hoch oben auf diesem Berg, an einem so verlassenen, kargen und kalten Ort, ganz feuchte Augen, und selbst die Vögel schienen innezuhalten und zuzuhören.

Weil sie so durchgefroren und müde waren, gab es nicht viel Protest, als danach verkündet wurde, dass langsam Schlafenszeit war.

Die Kinder fanden es toll, dass sie nicht zu baden und sich umzuziehen brauchten, wurden aber zumindest zu oberflächlichem Zähneputzen angehalten.

Trotz des Plumpsklos zogen sich dann alle zurück, ohne sich groß zu beschweren oder den Moment durch Geplapper hinauszuzögern.

Es war wirklich ganz schön kalt. Zum Glück waren alle passend für dieses Wetter angezogen, und Struan ging bei seinem Kontrollgang sicher, dass in den Zelten der Jungen alle in ihren warmen Schlafsäcken lagen.

Er rief ihnen in Erinnerung, dass er direkt nebenan schlief und dass sie auf keinen Fall das Zelt verlassen durften, um in der Dunkelheit herumzulaufen. Generell war das nicht sehr wahrscheinlich. Hilfreich war außerdem, dass wie schon so oft jemand die gleiche alte, völlig frei erfundene Geschichte in Umlauf gebracht hatte. Darin wurde behauptet, der große Bruder einer Freundin habe bei dieser Klassenfahrt mitten in der Nacht zum Klo gemusst und sei dann nie wieder gesehen worden, obwohl man auf der Insel monatelang nach ihm gesucht hatte. Manchmal wurden in der Geschichte Knochen erwähnt, die später gefunden worden waren.

Die Person, von der erzählt wurde, kannte nie jemand persönlich, und die jeweiligen begleitenden Lehrer fanden die Story immer äußerst nützlich, weil sie dazu beitrug, dass alle in ihren Zelten blieben.

Als Struan einen Blick in sein eigenes Zelt warf, musste er zugeben, dass Skellan es für sie beide recht gemütlich hergerichtet hatte. Es gab eine große Taschenlampe und angenehm dicke Isomatten.

Da auch er in der Nacht zuvor kaum geschlafen hatte, heute ordentlich Sport an der frischen Luft gemacht und die perfekte Menge an Würstchen verspeist hatte (nämlich eine mehr als die ohnehin schon als widerlich empfundene Anzahl), war Struan so reif für die Falle wie seine Schüler.

Kapitel 34

Skellan?«, sagte Morag wieder. »Skellan, kannst du mich hören? Kommen!«

Während die drei Anwesenden besorgte Blicke tauschten, begann das Funkgerät zu knistern.

»Jaja, wir sind hier.«

Erleichtert atmeten alle auf.

»Und?«

»Ideal ist die Lage leider nicht.«

Skellan berichtete, dass er mit einer Taschenlampe das Zelt verlassen und nur noch eine weiße Wand aus Schnee vor sich gesehen hatte. In diesem Moment hatte er beschlossen, dass die Situation für die Schüler nicht länger sicher war. Es bestand die Gefahr, dass sie über den Rand der Klippe stürzten. Noch war Nacht, aber wenn das so weiterging, würde auch bei Tagesanbruch keine bessere Sicht herrschen.

Die Kinder waren zu diesem Zeitpunkt alle wach gewesen, viele deswegen, weil sie nur ganz dünne Schlafsäcke dabeihatten. Aufgrund des Schneesturms hatte Skellan das Feuer nicht wieder entzünden können, weshalb sie alle in die Höhle gebracht hatten. Die Kids hatten jedoch richtig Angst. Um sie warm zu halten, hatten die Erwachsenen die Isomatten aus den Zelten geholt, auf die sich die Kinder setzen konnten, und alle mit Decken und Schlafsäcken zugedeckt.

Im Tower starrte Morag hinaus in die Nacht.

»Wie sieht denn die Wettervorhersage aus?«, fragte Skellan. Seine normalerweise so lässige Stimme klang besorgt.

»Der Sturm scheint nicht weiterzuziehen«, antwortete Morag. »Zumindest nicht für einige Zeit.«

»Hier oben ... ist es wirklich kalt.«

»Ja«, murmelte Morag.

»Und ich überlege ... wie wir das mit der Felswand machen sollen. Ich glaube nicht, dass wir die Kids bei diesem Sturm nach unten kriegen, nicht bei diesen Temperaturen und mit null Sicht.«

»Wie viel Essen habt ihr?«

»Genug für zwei Mahlzeiten. Sorgen macht mir eher die Kälte, Morag. Damit bin ich wirklich nicht glücklich, ganz und gar nicht.«

»Das konntet ihr ja alles nicht wissen. Dieser verdammte Wetterdienst ...«

»Ja, ja ...«

Einen Moment herrschte Schweigen, und Morag schaute zu der Stelle hinüber, an der normalerweise der Hubschrauber stand. Sie war leer. »Hast du mit Gavin gesprochen?«

»Ja, hab ich«, sagte Skellan. »Die beiden sind ein ordentliches Stück weit weg, weil eine Frau auf Mure in den Wehen liegt.«

»Du machst Witze!«, stöhnte Morag. »Hätte sie damit nicht noch ein bisschen warten können?«

»Ach, irgendwas ist doch immer«, sagte Skellan mit ausdrucksloser Stimme.

»Aber da geht es nur um ein einziges Baby und hier um eine ganze Gruppe Kinder!«

»Na, sie werden ja wohl kaum eine Hochschwangere einfach sitzen lassen«, erwiderte Skellan trocken. »Und selbst wenn, gäbe es da ein Problem: Um alle zu holen, müssten sie mehrmals hin- und herfliegen. Je nachdem, wie lange das dauert, sind die erlaubten Flugstunden für die Crew schnell ausgeschöpft.«

»Mal abgesehen davon, dass die gerade meilenweit entfernt ist.«

»*Aye*«, kam es von Skellan.

»Was ist mit Aberdeen?«

Aber auch die Aberdeener Suchmannschaften befanden sich in großer Entfernung.

»Einige von den Kids«, sagte Skellan, »tragen Turnschuhe und *Mein-kleines-Pony*-Jacken, die hier zum ersten Mal das Tageslicht außerhalb des Einkaufszentrums sehen.«

»Hm-hm«, machte Morag. Vor ihrem inneren Auge sah sie die Kinder in eisiger Kälte und von Angst erfüllt auf einem Felsvorsprung hocken.

»Ich melde mich bald zurück, Skellan. Ende!«, sagte sie, stellte das Funkgerät aus und drehte sich zu den anderen um. Sie brauchten jetzt Lösungen.

Alle dachten an die Steilwand. Wenn es dort zu windig war oder der Zugang dazu unter Schnee begraben lag …

Morag meldete sich bei Gregor, um ihn über Funk um Rat zu fragen.

»Ihr könntet vom Flugzeug aus abwerfen, was die Kinder brauchen«, schlug er sofort vor. »Vielleicht sogar Wärmepacks. Wenn es denn genug aufklart fürs Fliegen.«

Ja, was das anging, machte sich Morag auch Gedanken. »Glaubst du wirklich, dass es so schlimm ist?«, fragte sie nervös.

»Auf jeden Fall«, antwortete Gregor. »Ich meine, die Gruppe ist doch nur auf eine Nacht da oben vorbereitet, und das Ganze sollte eine einfache Bergwanderung sein, keine lebensbedrohliche Erfahrung. Sind die Kids nicht erst zehn?«

»Dieser verdammte Wetterdienst!«, knurrte Morag.

»Es ist ja nicht deren Schuld«, sagte Gregor. »Mal abgesehen davon dauert es auch nicht mehr lange, bis Roboter deren Arbeit übernehmen.«

»Das muntert mich jetzt nicht gerade auf.«

»Und aufgrund der Erderwärmung passiert so etwas bald auch nicht mehr«, warf Donald ein.

»Ganz im Gegenteil!«, ereiferte sich Morag. »Die macht extreme Wetterphänomene nur noch wahrscheinlicher. Genau darum ...«

Sie bemerkte Donalds gequälte Miene.

»Sorry«, murmelte sie. »Bei mir liegen einfach die Nerven blank.«

»Wir finden schon eine Lösung«, meldete sich Gregor wieder. Im Hintergrund konnte man bei ihm Musik hören.

»Was ist denn da los bei dir?«, fragte Morag.

»Oh, die haben den alten Weinkeller der Priester entdeckt«, erklärte Gregor. »Früher wurde wohl regelmäßig richtig guter Wein vom Vatikan hierhergeschickt, und der ist immer noch da unten. Na ja, oder zumindest war er das bis gestern.«

»Benehmen sich die Hochzeitsgäste denn halbwegs?«

»Nein, tun sie nicht«, entgegnete Gregor mit bewundernswerter Selbstbeherrschung, wenn man bedachte, wie wichtig ihm ein ruhiges Leben war. »Sie haben mir für den Wein einen Schuldschein geschrieben, und es könnte gut sein, dass das glückliche Paar bei der Rückkehr zum Festland bereits getrennt ist.«

»Kannst du nicht Frances bitten, sie zu beißen?«

»Frances stört es nicht, wenn andere Leute heiraten. Sie hat nur Probleme mit der Beziehung zwischen dir und mir.«

Einen Moment herrschte Stille.

Wenn sie nicht von anderen Menschen umgeben wären und wenn ihr Funkspruch nicht von jedem aus dem Ort und der Umgebung problemlos abgehört werden könnte, wäre Morag auf das Thema gern genauer eingegangen.

»Hm«, machte sie schließlich, aber da erklangen im Hintergrund lautes Poltern und Gackern.

»O Gott«, sagte Gregor. »Jetzt haben sie die Hühner aufgescheucht. Da sollte ich wohl mal eingreifen.«

»Jetzt komm schon her! Ich will doch nur ein Eiersandwich!«, war eine laute Stimme zu vernehmen, und dann wurde die Verbindung unterbrochen.

Morag sog Luft durch die Zähne. Sie meldete sich wieder bei Skellan. »Äh, okay«, sagte sie. »Ich meine, es bringt nichts, dass wir auf der Insel landen, wenn ihr es nicht runter zur Landebahn schafft, oder?«

»Richtig«, bestätigte Skellan. Aber das mit dem Abwurf von Material fand er gut.

Morag versuchte, den Felsvorsprung vor ihrem inneren Auge heraufzubeschwören, doch es wollte nicht gelingen. Sie war sich allerdings ziemlich sicher, dass der Lagerplatz wirklich klein war.

»Was braucht ihr denn?«

Dankbar schaute Morag Gertie an, die diskret mit Stift und Notizblock herantrat, um mitzuschreiben.

»Kleidung. Decken. Handwärmer. Ein Gasöfchen, wenn das geht.«

»Ich schmeiße doch keinen Gasofen aus einem Flugzeug.«

»Vielleicht könntet ihr ihn vorher gut einpacken? Und ganz niedrig fliegen?«

»Ich fliege doch nicht mitten in einem Schneesturm und in der Nähe eines Berges ganz niedrig!«, protestierte Morag. »Und Murdo auch nicht, sorry. Wir könnten allerdings Anzündwürfel, Streichhölzer und Brennholz abwerfen, falls das hilft.«

»Tut es«, bestätigte Skellan. »Aber ... ich meine, wir wissen ja nicht, wie lange dieses verdammte Unwetter noch wütet.«

Morag blickte nach draußen. »Können wir abwarten, bis es draußen hell wird? Bei Tageslicht könnten wir um einiges niedriger fliegen«, sagte sie.

Kurz herrschte Stille in der Leitung.

»Ja«, sagte er. »Aber kommt dann bitte so schnell wie möglich.«

Gertie setzte sich in Bewegung. »Dann will ich mal los und das Zeug besorgen.«

Morag runzelte die Stirn. »Wie, jetzt?«

Es war genau fünf Uhr morgens.

»Was denkst du denn, wie das bei ScotNorth läuft?«, fragte Gertie. »Glaubst du, da erscheint jeder, wann ihm der Sinn danach steht, als wäre er in seinem eigenen Flugzeug hergeflogen?«

Überrascht lächelte Morag angesichts dieser frechen Bemerkung, während Gertie sich wieder in vier Lagen warme Kleidung hüllte, die Liste einsteckte und hinaus in die Nacht zog.

Seufzend starrte Morag aus dem Fenster. Sie würde wohl noch eine Stunde warten, bevor sie Erno und Gramps anrief, damit alle mit von der Partie waren.

Morag war nicht religiös, zumindest nicht nach den strengen Maßstäben der Church of Scotland. Doch beim Blick in die aufgewühlte Finsternis sprach sie ein kurzes Gebet.

Kapitel 35

Tatsächlich bereitete man sich in dem kleinen Supermarkt schon auf den heutigen Tag vor. Eier und Milch wurden früh geliefert, und in der Bäckerei wurde fleißig gearbeitet. Die Zeitungen wurden gebracht. ScotNorth machte um halb sieben auf, und vorher war viel zu tun.

Aufgeregt klopfte Gertie an die offene Hintertür und trat ein. Man würde sie hier längst vergessen haben, oder? Mit den anderen Verkäuferinnen hatte sie zwischendurch immer mal wieder gesprochen, das war in so einem Nest ja unvermeidlich. Aber Mr Wainwright war sie noch nicht wieder begegnet, und sie hoffte, er würde so früh noch nicht im Laden sein.

Da das Geschäft im Moment allerdings ein wenig unterbesetzt war, musste Gertie zu ihrem Unbehagen feststellen, dass sich ihr alter Chef heute Morgen unter das Personal gemischt hatte, mit derselben grummeligen, unnahbaren Miene wie immer. Im Eingangsbereich half er gerade Johannes dabei, den Milchwagen zu entladen.

Gertie hielt inne.

In diesem Augenblick schaute Mr Wainwright auf, und zu Gerties absoluter Verblüffung ging ein strahlendes Lächeln über sein Gesicht. »Ach, sieh mal einer an, die kleine Gertie! Ich dachte, Sie hätten uns für immer verlassen!«

»Äh ...«, stammelte sie mit brennenden Wangen. »Nein.«

»Wieso sind Sie denn bei diesem Wetter schon unterwegs?«, fragte er und deutete auf den wirbelnden Schnee. »Da gefriert ja beinahe die Milch. Na los, packen Sie mal mit an.«

Wortlos ging sie ihm zur Hand, weil sie es einfacher fand, etwas Praktisches zu tun, als den Mund aufzumachen.

»Nein, mal im Ernst«, begann er wieder, als sie im warmen Laden waren.

Nach all der Zeit fand Gertie das vertraute Summen der Neonröhren überraschend tröstlich.

»Warum sind Sie denn schon auf den Beinen? So früh fliegen die Flugzeuge doch nicht, oder?« Streng musterte er sie. »Nimmt Morag Sie zu hart ran? Sie wissen ja, dass Sie gern zu uns zurückkehren können, und wir stellen auch keine Fragen.«

Tatsächlich hatte er ihr gerade gleich mehrere Fragen gestellt. Gertie war aber zu höflich, um ihn darauf hinzuweisen.

»Nein«, antwortete sie mit ganz leiser Stimme, bevor sie sich rasch wieder zusammenriss. Das hier war wichtig, daher räusperte sie sich und erklärte: »Es geht um den Schulausflug nach Larbh, um die Kinder.«

Mr Wainwright vergrub die Finger in seiner Jacke. »O mein Gott, natürlich!«, sagte er kopfschüttelnd. »Das hab ich ganz ... Ich hab gar nicht daran gedacht, weil meine längst groß sind«, fügte er entschuldigend hinzu. »Himmel, geht es allen gut?«

»Schon, aber wir wollen ein paar Lebensmittel und Decken über der Insel abwerfen«, erklärte Gertie. »Vorsorglich, falls sie noch länger da oben bleiben müssen.«

Mr Wainwright nickte heftig. »Ja, natürlich, hier.« Er schaute sich um und begann, Lebensmittel aus den Regalen zu holen, Schokoladenplätzchen, Instantnudeln, Wasser-flaschen, Babybels.

»Nicht die Babybels!«, protestierte Gertie. »Die sind furchtbar teuer!«

»Dafür nehme ich doch kein Geld an!«

Gertie blinzelte. Das war ja ganz was Neues!

»Für die Kinder nur das Beste!«

Sprachlos nickte Gertie und hielt eine große Tüte auf. Er hätte auch zwei davon gefüllt, wenn sie ihm nicht behutsam gesagt hätte, dass sie aus Sicherheitsgründen nur ein paar Sachen abwerfen konnten und sich vor allem auf Brennholz konzentrieren mussten. Davon war im März bedauerlicher-weise nicht mehr viel übrig. Mittlerweile hatten Sonnen-brillen, Eimer und kleine Schaufeln den Platz im vorderen Bereich des Ladens eingenommen, lauter Dinge, die in die-ser Situation nicht weiterhalfen.

Zum Glück gab es in der Grillecke jede Menge Anmach-holz und Anzündwürfel. Vorsichtshalber packten sie auch noch ein paar Einweggrillschalen ein, für den Fall, dass der Wind das Entzünden des Feuers erschweren würde. Scha-den konnte es nicht.

»Okay, ich glaube, mehr kann ich nicht tragen«, sagte Gertie.

»Oh, da finden wir doch sicher eine bessere Lösung«, überlegte Mr Wainwright. »Ganz bestimmt. Ich bin heute allerdings zu Fuß gekommen, weil der Porsche bei diesem Wetter wohl Probleme gehabt hätte …«

»Und mein Milchwägelchen wird es bis zum Flughafen auch nicht schaffen«, sagte der Milchmann kopfschüttelnd. »Mich hat schon überrascht, dass ich auf dem Weg hierher nicht liegen geblieben bin.«

Sie betrachteten den Haufen am Boden.

»Natürlich könnte ich …« Mr Wainwright hatte einen ganz schönen Bauch, und Gertie war nicht sicher, ob sie den Filialleiter wirklich da draußen im Sturm an ihrer Seite haben wollte. Wenn noch etwas anderes schieflief, wollte sie dafür nicht verantwortlich sein.

Plötzlich hörte man vor dem Laden Schritte, und es wurde laut ans Fenster geklopft.

Gertie kniff die Augen zusammen, um zu sehen, wer gekommen war.

Kapitel 36

Jetzt mach schon!«, rief Jean laut. »Hier draußen ist es *kalt!*«

In etwa zwanzig Lagen Handgemachtes aus Wolle gehüllt, stand vor dem Geschäft der komplette Strickzirkel außer Elspeth. Majabeen, Jean, die Zwillinge und auch Marian winkten heftig.

Gertie ging zur Ladentür hinüber, die sich nach dem Milchabladen hinter ihnen geschlossen hatte, und gab, ohne nachzudenken, den Code zum Öffnen ein. Offensichtlich war er nach ihrem Weggang nicht geändert worden, obwohl das angebracht gewesen wäre.

»Wir haben Stricksachen mitgebracht!«, verkündete Jean laut das Augenscheinliche.

»Woher wisst ihr denn Bescheid?«

»Jemand hat es über den Funk mitbekommen«, sagte Jean. Sie wollte nur ungern zugeben, dass Murdo und sie mittlerweile regelmäßig in Kontakt standen, na ja, oder eher gelegentlich. Sie spielten übers Telefon zusammen Wordle, vor allem nachts, weil mit dem Älterwerden manchmal eben das Schlafen schwerfiel. Das war alles ganz unschuldig, daher wollte sie sich auch keine Sprüche von Gertie anhören.

»Du bist doch nicht böse auf uns, weil wir alte Tratsch-tanten uns in alles einmischen, oder?«

»Wir haben auch Decken für die Kinder dabei!«, fügte Majabeen hinzu.

Gertie sah die Truppe an, lächelte und schüttelte den Kopf. »Vielleicht«, sagte sie, »braucht die Welt ja manchmal alte Tratschtanten, die sich in alles einmischen.«

»Du machst wohl Witze!«, sagte Jean und schloss ihre geliebte Tochter in die Arme. »Ohne die würde doch alles den Bach runtergehen.«

Gertie deutete auf das angesammelte Zeug auf dem Fußboden.

Marian trat augenblicklich vor, und auch die anderen griffen zu. Bei schlechtem Wetter schwere Einkaufstaschen nach Hause zu schleppen, war eine Fähigkeit, die Frauen mittleren Alters aus Carso schon vor Jahrzehnten perfektioniert hatten.

»Na dann!«, rief Jean, die mit ihrem Strickmantel in leuchtendem Lila im Schneegestöber und der einsetzenden Dämmerung am deutlichsten zu sehen war. »Mir nach!«

Und so kam es, dass Morag und ihr Großvater wenig später beim Blick hinaus die Truppe entdeckten, die sich zu ihrer Verblüffung auf der über einen Kilometer langen Straße zum Flughafen durch Wind und Wetter näherte, beladen mit schweren Taschen. Wie im Lied vom König Wenzeslaus traten dabei alle in die Fußstapfen der Person davor.

»Okay«, sagte Morag, als sie ihre Spende auf dem Boden des Flughafengebäudes absetzten. »Ja, das sollte wohl reichen.«

»Hol die Kinder zurück nach Hause!«, bat Jean.

Morag schaute auf und stellte fest, dass diese Worte Murdo gegolten hatten. Der hatte sich vor einer halben

Stunde diskret zu ihnen gesellt und studierte gerade die frisch ausgedruckten letzten Vorhersagen des Wetterdienstes. Er blickte Jean an und nickte einmal kurz.

Kapitel 37

Struan war nicht sicher, was ihn geweckt hatte, spürte aber sofort, dass ihm kalt war, ganz furchtbar kalt. Und irgendetwas fühlte sich seltsam an. Als er nach seinem Handy griff und die Taschenlampenfunktion einschaltete, sah er, dass das Kondenswasser im Inneren des Zeltes zu frieren begann. Außerdem bemerkte er jetzt, dass Skellan weg war.

(Tatsächlich war Struan aufgewacht, weil ihn der Gruppenleiter im Vorbeigehen wach gerüttelt hatte.)

Struan rieb sich die Augen, griff nach der Flasche neben seinem Schlafsack und nahm einen tiefen Schluck – das Wasser darin war eiskalt.

Dann kroch er aus dem Schlafsack und robbte zum Eingang des Zeltes hinüber. Er traute seinen Augen kaum, als er den Reißverschluss öffnete: Vor ihm stand eine weiße Wand aus wirbelnden Schneeflocken. Das war wahrlich etwas anderes als der Regen, mit dem doch eigentlich alle gerechnet hatten. Jetzt fiel ihm wieder ein, dass er ja eine größere, bessere Taschenlampe hatte, und er machte sie statt des Handys an. Empfang hatte er hier sowieso nicht.

Struan zog Jacke und Handschuhe an und wagte sich hinaus ins Freie. Obwohl sie dem Wind hier nicht so ausgesetzt waren wie auf der Nordseite, wo die Zustände im peitschenden Wind geradezu arktisch sein mussten, fühlte es sich total verrückt an, als wäre er in einen Strudel geraten. Er kam sich vor wie Captain Scott.

Als er sich umsah, musste er feststellen, dass der Wind gefährlich an den Zelten ruckelte und zerrte. Einen Moment erfasste ihn wegen der Kinder Panik. Nachdem sich seine Augen etwas mehr an die Umgebung gewöhnt hatten, bemerkte Struan aber Licht in der Höhle, wo unter Skellans und Denise' Aufsicht bereits alle Schüler hockten.

Er ging zu ihnen hinüber und wurde begeistert empfangen. Der Enthusiasmus der Kinder wandelte sich allerdings schnell zu Enttäuschung, als sie erkannten, dass es nur er war und kein Rettungskommando.

»Hey!«, rief er. »Wenigstens regnet es nicht!«

Hier und da sah er ein wenig überzeugtes Lächeln, aber Struan war fest entschlossen, in dieser Situation auf Humor zu setzen. »Na ja«, sagte er, »vielleicht pustet der Wind ja meine Gitarre weg, das wäre doch nicht schlecht.«

Erneut gequältes Lächeln.

»Wird alles wieder gut, Sir?«

Jetzt trat Skellan vor. »Natürlich wird es das«, sagte er rasch. »Wir holen jetzt all eure Schlafsäcke, dann könnt ihr euch zusammen da drunterkuscheln.«

»Aber nicht mit den Jungs zusammen, igitt!«, rief Bronte.

Als Denise zu bedenken gab, dass es dann aber ganz schön kalt sein würde, fragte Bronte, ob die Jungen zumindest mit dem Pupsen aufhören würden.

»Nein, auf keinen Fall!«, rief Jimmy und legte zum Beweis gleich los, was Struan ein wenig zuversichtlicher machte.

»Wir werden es hier schön warm haben«, fuhr Skellan fort. »Und wenn es aufhört zu schneien, dann rennen wir durch den Schnee und machen eine Schneeballschlacht und haben ganz viel Spaß!«

»Können wir vielleicht einfach nach Hause?«, fragte Khalid mit zittriger Stimme. Mehrere seiner Mitschüler gaben zustimmende Laute von sich.

»Na ja, mal gucken«, sagte Skellan. »So, wer hätte gern einen Energieriegel?«

Denise war bereits losgezogen und brachte jetzt die Schlafsäcke und Isomatten. »Da könnt ihr euch auch draufsetzen«, sagte sie. »Damit von unten nicht die Kälte hochzieht.«

Struan runzelte die Stirn. »Meint ihr, die Temperaturen werden noch sinken?«

Denise zuckte mit den Achseln. »Wenn man in den Bergen denkt, dass man schon alles gesehen hat, dann geht es oft erst richtig los …« Sie verstummte einen Moment. »So ist das eben, das kann man nicht vorhersagen.«

Kapitel 38

Quälend langsam brach der Morgen an, was man im weißen Chaos jedoch kaum merkte. Der Hintergrund verfärbte sich lediglich ein bisschen von Schwarz zu Tiefblau zu dunklem Grau, und es fielen weiter dichte Flocken.

Finster starrte Morag aus dem Fenster, bis sie sich um sieben Uhr morgens schließlich zu Murdo umdrehte.

Er machte sich weniger wegen des Schnees Sorgen als vielmehr wegen der Seitenwinde. Während sie für große, schwere Flugzeuge eigentlich kein Problem darstellten, war ihre kleine Twin-Otter-Maschine damit nicht sehr glücklich.

»Das wird ziemlich ruckelig.«

Morag nickte. »Weißt du«, sagte sie, »du behauptest doch manchmal, dass du diese Route mit geschlossenen Augen fliegen könntest …«

Murdo nickte. »Jap. Ob das stimmt, wird sich wohl gleich herausstellen.«

Heute würde sich von Carso aus niemand sonst auf den Weg machen, weder Fähren noch andere Flugzeuge. Die Hubschraubertypen waren beschäftigt und wären sowieso nicht dazu in der Lage gewesen, eine ganze Schulklasse abzutransportieren. Das konnte nur *Dolly 2* schaffen.

Mackintosh und Donald waren bereits draußen und befreiten die knirschende Startbahn vom Schnee.

Auf Larbh würde das leider niemand tun. Deshalb würden sie es vom Wetter abhängig machen, ob sie nur das Material abwerfen und dann abdrehen würden, um bis zum nächsten Morgen zu warten, oder ob sie bei einer leichten Verbesserung der Verhältnisse die Landung versuchen würden.

Morag setzte sich einen Moment mit Gertie zusammen, die mit an Bord musste. Ihre Unterstützung würden sie unbedingt brauchen, wenn sie nicht landen konnten. Im Fall einer möglichen Landung würde sich Gertie ebenfalls als nützlich erweisen, deshalb musste sie für alles bereit sein.

Wie gern hätte Morag jetzt Nalitha mit dabeigehabt, die mit dem Flugzeug vertraut war. Aber auch Gertie würde das sicher toll hinkriegen.

Im hinteren Bereich des Flugzeugs gab es eine Luke. Während Morag das Kommando übernehmen und niedrig fliegen würde, würde Murdo nach hinten gehen und die Luke öffnen. Sie würden so exakt wie möglich arbeiten müssen, weshalb Murdo mal wieder angefangen hatte, von seinem Vater und Bombenabwürfen im Krieg zu erzählen. Zwei Bündel waren fertig gemacht und zunächst in Wolldecken und dann noch in Luftpolsterfolie eingepackt worden. Wenn auch nur eins davon sein Ziel erreichen würde, würden sie das als Erfolg verbuchen.

Für die beiden Piloten würde die Sache aber knifflig werden, furchtbar knifflig. Unter so schwierigen Umständen so niedrig zu fliegen ... Morag dachte zurück an ihre alte Arbeit, bei der sie als Co-Pilotin den Weg von Urlaubern nach Portugal, Spanien und Griechenland begleitet hatte: fröhliche Kinder, die betrunkenen Teilnehmer von Junggesellenabschieden ... Das waren sichere, monotone, problemlose Flüge gewesen, bei denen sie oft stundenlang nichts zu tun gehabt hatte.

Aber heute ... ging es ums Ganze. Jetzt würde sie sich auf ihre Fähigkeiten verlassen müssen, auf alles, was sie gelernt hatte, und auch auf ihre Erfahrung. Morag konnte es kaum erwarten.

Sie ertappte Murdo dabei, wie er sie anschaute und ihre Gedanken zu lesen schien. Aber als er ihr zuzwinkerte, weil er sie genau verstand, fühlte sie sich bestätigt. Gramps hatte also keinerlei Zweifel daran, dass sie es schaffen konnten, schließlich waren sie genau hierfür ausgebildet und trainiert. Offenbar freute er sich sogar darauf.

Morag machte sich auf den Weg zum Flugzeug, und es war ein echter Schock für sie, wie heftig der Wind sie draußen packte. Er verschlug ihr geradezu den Atem. Die Kinder, die armen Kinder!

Bei einem Blick zurück bemerkte sie, dass sich im Inneren der Wellblechhütte etwas tat. Ach, da trafen gerade die Eltern der Schüler ein. Die Sache hatte sich offenbar herumgesprochen. Morag runzelte die Stirn und kehrte ins Gebäude zurück. Dort hielt Gertie unerschütterlich die Stellung und beantwortete bestmöglich alle Fragen.

»Wann kommen sie endlich nach Hause?«, rief jemand.

»Warum seid ihr überhaupt noch hier? Wieso seid ihr nicht schon in der Nacht losgeflogen?«

»Wo steckt bloß der Hubschrauber? Und kann nicht die Fähre da rausfahren?«

»Sind denn alle in Sicherheit? Ich will jetzt sofort mit meinem Kind sprechen!«

»Das hier ist kein Supermarkt, Gertrude! Hier sind Kinder in Gefahr!«

Gertie hatte die Hände gehoben, um die Eltern zu beschwichtigen, war aber tiefrot angelaufen. Sie wollte ihnen so gern versichern, dass alles in Ordnung kommen würde, aber was, wenn das nicht stimmte? Was, wenn die Kleinen wirklich in Gefahr waren? Die Mutter von Khalid war in Tränen aufgelöst, viele andere zitterten, und sie hatten ja völlig recht: Das hier war nicht der Supermarkt, und vielleicht war Gertie nicht die richtige Person, um mitzufliegen. Vielleicht würde sie dabei gar nicht helfen können. Während draußen der Wind wieder zunahm und an den Wänden des Flughafengebäudes rüttelte, das schließlich die reinste Blechbüchse war, wurde Gerties Sorge immer größer.

Morag überlegte, was sie tun sollte. Wenn sie jetzt einschritt, würde es dann nicht so aussehen, als hätte auch sie kein Vertrauen zu Gertie?

Aber in diesem Moment marschierten auf einmal die Strickdamen herbei und platzierten sich zwischen Gerties Schalter und den Familien.

»Jetzt hört mal zu!«, rief Jean. »Ihr wisst doch auch, dass die MacIntyres hier schon ewig fliegen, oder nicht? Und die Gruppenleiter auf Larbh, die sind für ihre Tätigkeit ja ausgebildet!«

»Aber mein Sohn hat nur einen Iron-Man-Schlafsack«, klagte Jimmys Mutter besorgt. »Ich glaube, der ist gar nicht dafür gedacht, dass man ihn im Zelt benutzt. Diese Klassenfahrt hab ich damals auch mitgemacht, aber bei uns war es total warm, und es hat die ganze Zeit die Sonne geschienen. Deshalb hab ich das gar nicht ernst genommen.«

»Aus diesem Grund schicken wir auch zusätzliche Decken rüber!«, entgegnete Jean mit scharfer Stimme.

Die anderen Strickdamen schirmten Gertie von den Müttern ab.

»Gertie wird mitfliegen und helfen … während wir hier die Stellung halten«, versetzte Jean mit Nachdruck.

Sie tauschte Blicke mit ihrer Tochter, die nickte.

Als Murdo »Eine wirklich beeindruckende Frau!« murmelte, schaute Morag ihn überrascht an.

»Wir bleiben hier und kümmern uns um euch«, versicherte Jean. »Keine Sorge. Gertie würde euch doch niemals enttäuschen. Das würde keiner von den dreien.«

Gertie selbst hatte einen dicken Kloß im Hals.

Als die schweren Türen des Gebäudes im Wind klapperten, schaute eine der Mütter zum Unwetter hinaus und stieß unwillkürlich einen gequälten, leisen Laut aus.

»Okay«, sagte Morag ruhig, aber entschlossen. »Dann wollen wir mal. Los geht's, Gertie!«

Kapitel 39

Der ungeschützt dem Wind ausgesetzte Flugplatz wirkte wie ein brodelndes Höllenloch. Donald und Mackintosh, die normalerweise alles ganz entspannt angingen, schwangen heute ungewöhnlich verbissen die Schneeschaufel. Zusätzlich taten Salz und Streugut das Ihre, sodass sich die Startbahn schließlich dunkel vom weißen Hintergrund abhob.

Morag warf einen Blick aufs Handy und seufzte.

»Was denn?«

»Der Hubschrauber ist immer noch unterwegs, weil überall Wanderer in Not gerettet werden müssen. Da hat wohl ein Typ, der mit gebrochenem Bein im Unwetter feststeckt, Vorrang vor ein paar Kindern, die sich in eine Höhle retten konnten.«

»Was aber wirklich nicht so sein sollte«, befand Murdo.

»Es wird schon alles gut gehen«, sagte wieder Morag, die damit vor allem sich selbst zu überzeugen versuchte.

Sie sahen einander an.

»Die rechtlich erlaubte Flugzeit der Hubschraubercrew wird bald erreicht sein«, sagte Morag.

»Bestimmt übernimmt ein Team von den Ölplattformen.«

»Die Idee ist gut«, sagte Morag, »aber es sind ja kaum noch Plattformen aktiv. Und die wenigen verbliebenen sind viel zu weit weg.«

Murdo überprüfte, ob sie genug Treibstoff hatten – mit der Tankfüllung würden sie zweimal hin- und wieder zurückfliegen können, wenn nötig, und sie würden auch lange kreisen können. So konnten sie flexibel bleiben. Die Starterlaubnis war kein Problem, weil hier in der Gegend heute niemand sonst abheben würde. In diesem Sturm würde sich keine kleinere Maschine hinauswagen. Als Donald kurz mit Glasgow Rücksprache gehalten hatte, hatten die dort versprochen, die Augen offen zu halten. Außerdem hatten sie der ganzen Mannschaft aus Carso für ihren Einsatz ihren Dank ausgesprochen.

Die vorbereiteten Bündel waren bereits an Bord, und die Maschine würde mit wenig Gewicht, aber vollem Tank fliegen, was in dieser Situation ideal war.

Während sich Gertie hinten anschnallte, schauten sich im Cockpit Morag und Murdo noch einmal an. Dann blickten sie hinaus ins Schneegestöber über der Startbahn.

»Die Ehre gebührt dir«, sagte Morag.

In ein oder zwei Jahren würde sich Murdo aus dem Geschäft komplett zurückziehen. Deshalb würde es für ihn nicht mehr viele Gelegenheiten wie diese geben.

Kapitel 40

Die Kinder waren ungewohnt still, als sie sich unter die Decken und Schlafsäcke kuschelten.

Skellan und Denise bemühten sich am Eingang der Höhle verzweifelt darum, ein Feuer in Gang zu bringen, was aber gar nicht so einfach war. Als es endlich flackerte, brachte es wenig Licht und Wärme, dafür aber umso mehr beißenden Rauch mit sich. Nach etlichen vergeblichen Versuchen blieben leider nicht mehr viele Streichhölzer übrig, und das Brennholz ging auch schnell zur Neige.

Die beiden beratschlagten mit leiser Stimme und nickten am Ende mit entschlossener Miene.

Was Mrs McGinty anging, so schien sie völlig neben sich zu stehen. Statt wie sonst anscheinend willkürlich Schüler anzublaffen, saß sie starr und wie betäubt da und war nicht ansprechbar.

Struan redete sich immer wieder ein, dass schon alles gut gehen würde. Sie waren hier schließlich in Großbritannien, einem Land mit einem so freundlichen, milden Klima, wie es das nur an wenigen Orten der Welt gab. Er dachte an all die Wanderer, die jedes Jahr wegen unzeitgemäßem Wetter oder nicht angemessenem Schuhwerk in Schwierigkeiten gerieten und problemlos gerettet wurden. Auch diese Kinder hier trugen nur Turnschuhe aus dem Supermarkt.

Wenn doch oft ganze Rettungstrupps für einzelne Bergsteiger losgeschickt wurden, dann für eine ganze Schulklasse wohl erst recht. Sicher würden sie die gesamte Luftwaffe mobilisieren, wenn nötig, weil alles andere ein Riesenskandal wäre. Also brachte es ja nichts, sich jetzt verrückt zu machen, es würde alles in Ordnung kommen!

Aber Oksana war den Tränen nah, und Struan wollte auf keinen Fall, dass sie damit die anderen ansteckte, wie das so oft passierte.

Deshalb robbte er zum Eingang der Höhle hinüber, formte dort aus einer Handvoll Schnee einen Schneeball und warf ihn. »Hey, Leute!«, rief er. »Wir machen ein Schneeballwettwerfen! Mal sehen, welcher am weitesten über die Kante fliegt!«

Ausgerechnet Jimmy war mit von der Partie. »Meiner!«, rief er laut, und bald wagten sich fast alle Kinder aus der Höhle, hopsten herum und kratzten mit den behandschuhten Fingern Schnee zusammen.

Denise presste die Lippen aufeinander. Sie war nicht sehr begeistert davon, dass die Kinder nasse Hände bekamen. Aber es war wohl das Beste für sie, wenn sie draußen herumtobten und sich keine Sorgen machten.

Sie schaute zu Skellan hinüber, der nickte, und dann zu Mrs McGinty, die das längst entladene Handy in ihrer Hand anstarrte.

Nachdem sie sich per Blick mit Skellan verständigt hatte, ging Denise zu Struan hinüber.

»Äh«, sagte sie. »Okay, ich denke … Skellan wird sich wohl nach unten wagen.«

Struan betrachtete den Himmel jenseits des Felsvorsprungs. Der Anblick war einfach Furcht einflößend. »Im Ernst? Bei diesem Wetter?«

»Er kennt den Weg ganz genau und passt gut auf.« Sie errötete ein wenig, weil sie so stolz auf ihren Partner war.

»Aber warum denn nur?«

»Wir machen uns Sorgen wegen des Flugzeugs. Jemand muss unten die Pistenscheinwerfer einschalten und eventuell die Landebahn räumen, sonst kann die Maschine nicht landen. Außerdem will Skellan mal gucken, wie es mit der Steilwand aussieht.«

»Wieso?«, fragte Struan. Über die glatte Wand hatte er sich gar keine Sorgen gemacht. Er hatte einfach gedacht, dass sie eben mit dem Abstieg beginnen würden, sobald kein Schnee mehr fiel.

»Wenn der Felsen dort vereist ist...« Denise zuckte mit den Achseln. »Na ja, dann wird es mit dem Klettern schwierig.«

»Wie schwierig?«

Sie blinzelte. »Die Kinder würden es wohl nicht schaffen.«

Struan runzelte die Stirn. »Aber was...?«

»Skellan wird es sich mal angucken«, zischte sie. »Aber sag bitte nichts, vor allem nicht zu *ihr*.«

Gemeint war Mrs McGinty.

Struan nickte, hatte aber plötzlich selbst noch mehr Angst.

»Ich kümmere mich wieder um das Feuer. Mal gucken, ob ich etwas Wasser heiß machen kann.«

Das schien angesichts der kläglich flackernden kleinen Flammen eher unwahrscheinlich, aber viel mehr gab es nicht zu sagen.

»Achte darauf, dass sie beschäftigt sind und in Bewegung bleiben«, bat Denise. »Aber... die Handschuhe sollten sie besser anbehalten, um Erfrierungen vorzubeugen.«

Skellan wog jede Bewegung sorgfältig ab. Er war zwanzig Jahre lang professioneller Kletterführer gewesen.

Und auf diesem Berg war er schon bei jedem Wetter gewesen, weshalb er genau wusste, dass man ihm besser nicht respektlos begegnete, nicht eine Sekunde lang. Nach einer schlaflosen Nacht war das ohne Kaffee zwar nicht so einfach, aber auch nicht unmöglich.

Und unten hatten sie zusätzliches Material, mehr Streichhölzer und Thermoskannen und vor allem eine Rettungswinde – alles, was sie brauchten. Er würde die Sachen in einen Rucksack packen und sich auf den Rückweg machen. Außerdem würde er für das Flugzeug die Landescheinwerfer anstellen. Er hatte größte Hochachtung vor Morag und Murdo, wusste aber, dass sie bei so einem Wetter gar nicht erst starten würden, wenn sie die Wahl hätten.

Der Wind fühlte sich auf den Wangen scharf wie ein Messer an. Das Unwetter, das direkt vom Nordpol auf diesen Felsbrocken mitten im Ozean zu treffen schien, packte und schüttelte ihn ein ums andere Mal. Man nannte den Berg ja Das Fernglas der Meerjungfrau. Aber jetzt schien diese Gestalt aus der Tiefe nicht mehr durch ihr Fernglas zu schauen, um nach ihrem niemals zurückkehrenden irdischen Liebhaber zu suchen, sondern aus ihrem nassen Grab aufgestanden zu sein und zu brüllen: »Du bist hier nicht willkommen, du gehörst nicht hierher! Das ist kein Ort für euch Menschen! Geh weg! VERSCHWINDE!«

Skellan respektierte die Elemente und senkte das Haupt. Er war der gleichen Meinung, sie sollten jetzt wirklich nicht hier sein.

»Aber bitte«, murmelte er vor sich hin. »Bitte verschon die Kinder.«

Dieses Versprechen gab ihm der Wind leider nicht.

Als Skellan die Steilwand erreichte, sog er scharf die Luft durch die Zähne.

Kapitel 41

Gertie saß in dem kleinen Passagierraum in der ersten Reihe. Was genau Morag und Murdo da vorne machten, wusste sie natürlich nicht. Die beiden Piloten wirkten allerdings kompetent wie immer und blieben ganz ruhig, deshalb versuchte auch Gertie, trotz ihrer Angst die Nerven zu behalten.

Ihr ging einfach nicht aus dem Kopf, wie fröhlich und begeistert die Kinder noch am Tag zuvor gewesen waren, wie sie sich auf das Abenteuer gefreut hatten. Wenn man sich jetzt vorstellte, dass sie ganz allein dort oben hockten … Im Vergleich dazu war ihr eigenes bisschen Aufgeregtheit doch gar nichts. Gertie klammerte sich fest an die beiden Bündel mit sorgfältig in Gestricktes eingewickelten Flaschen und Anzündwürfeln. Am nützlichsten würden wohl die Handwärmer sein, die sich erhitzten, wenn man sie knickte. Da sie sich mit Knoten auskannte, war Gertie diejenige gewesen, die zur Sicherheit mit Zwirn die Luftpolsterfolie um die Bündel festgebunden hatte.

Als Morag einen Blick auf ihre Arbeit geworfen hatte, hatte sie einmal kurz genickt, was für Gertie einem überschwänglichen Lob gleichgekommen war.

»Nein, übernimm du lieber«, sagte jetzt Murdo zu Morag.

Seine Enkelin schaute ihn an.

»Deine Augen sind viel jünger als meine«, fügte er schließlich hinzu. »Jaja, mit mir ist alles okay. Heute brauchen wir allerdings ›perfekt‹, nicht ›okay‹.«

»Du hast aber fünfundvierzig Jahre mehr Erfahrung als ich«, wandte Morag ein.

Trotzdem wechselte sie auf den linken Sitz, checkte die Instrumente ein erstes und dann vorsichtshalber noch ein zweites Mal.

»In Ordnung«, sagte Morag, während Murdo den Flugplan ausfüllte.

»Es geht direkt in Richtung Norden, auf Larbh zu. Wir werden The Mermaid's Spyglass umrunden, dann auf vierzig Meter runtergehen, hinten die Luke öffnen und unsere Fracht abwerfen, hoffentlich genau auf den Felsvorsprung …«

Morag grinste. »Das ist ja wie bei *Mission Impossible*!«

»Du traust dir das wohl nicht zu!«

»Sprich für dich selbst, Gramps!«

Es tröstete Gertie unendlich, die beiden so scherzen zu hören, während sie selbst ganz starr vor Angst war. Ja, sie hatte echte Panik, aber sie würde das durchstehen.

»Skellan ist ja auch auf dem Weg nach unten und wird hoffentlich die Piste für uns vorbereiten«, fuhr Morag fort. »Wenn es aufklart, können wir ein paar Runden drehen und dann die Landung wagen. Wenn nicht, müssen wir eben später wiederkommen. Dass es auf Larbh keinen Hangar gibt, stellt allerdings ein Problem dar. Wenn Dolly zufriert, wird alles noch komplizierter.«

Murdo nickte. »Wir treffen unsere Entscheidung, wenn es so weit ist.«

»Das ist aber nicht mehr lange hin.«

»Keine Sorge, wir haben ja einen vollen Tank. Und wenn sie uns sehen, werden die Schüler bestimmt sofort munter und machen sich begeistert auf den Weg nach unten. Kinder sind doch wie Bergziegen.«

Morag nickte. »Okay«, sagte sie. »Dann mal los!«

Skellan starrte die Felswand fassungslos an. Sie war nicht nur mit einer dicken Eisschicht bedeckt, weil Schnee daran hängen geblieben und festgefroren war. Zusätzlich hatte der Wind die daran befestigten Seile losgerissen. Er fluchte. Diese Seile waren unglaublich robust, das mussten sie ja sein. Aber der Sturm war hier oben so erbarmungslos, dass er selbst Felsen zum Bersten gebracht hatte. Und deshalb hatte Skellan jetzt eine spiegelglatte Fläche unter sich, eine fünf Meter lange Eisplatte. Er würde beim Abseilen keinerlei Möglichkeit haben, sich zusätzlich irgendwo festzuhalten.

Zum Glück war Gertie keine erfahrene Passagierin und wusste daher nicht, wie schwierig dieser Flug war.

Morag war mit so einer kleinen Maschine schon mal ohne Instrumente geflogen, aber an einem Tag mit perfekter Sicht in alle Richtungen. Heute hatte sie es genau mit dem Gegenteil zu tun. Sie befanden sich mitten in einem Strudel aus Flocken, und der Wind drückte sie in alle Richtungen.

Murdo beugte den Kopf über den Flugplan, berechnete ihre Geschwindigkeit und checkte immer wieder die Instrumente, um sicherzugehen, dass sie nicht womöglich gleich ins für sie unsichtbare Meer stürzen würden.

»Sind wir auf dem richtigen Kurs?«, fragte Morag, die das bebende Steuerhorn umklammerte.

Murdo nickte.

Das Flugzeug zuckte und bockte auf seinem Weg durch die Luft, aber Gertie hatte sich Fliegen ja mehr oder weniger immer so vorgestellt, wie einen Ritt auf dem Rücken eines Pferdes, daher störte sie sich nicht groß daran. Von ihrem Platz aus hatte sie freie Sicht ins Cockpit und blickte durch die Scheibe dort mitten in das Schneegestöber. Zum ersten Mal sah sie die Lichter der Leuchttürme von Inchborn und Cairn von oben, wie ihre Strahlen im Einklang miteinander das Dunkel durchschnitten und sich miteinander verwoben.

»Wow!«, entfuhr es ihr.

Positiv überrascht blickte Morag einen Moment nach hinten.

Nach einer Dreiviertelstunde Flug, bei dem sie sich rein auf die Instrumente hatten verlassen müssen, drehte sich Morag erneut um und war noch verblüffter, als sie Gertie in aller Seelenruhe stricken sah, als säße sie nicht in einem winzigen durchgeschüttelten Flugzeug mitten in einem unberechenbaren Schneesturm.

»Gertie, was …?«

»Das ist äußerst beruhigend«, verteidigte sie sich.

»Na dann!«, sagte Morag verständnisvoll und fügte schnell hinzu: »In dem Fall habe ich nichts dagegen.« Zwei Sekunden später kam jedoch schon: »Aber Moment, eigentlich hatten wir doch klargestellt, dass du keine Stricknadeln mit an Bord nehmen darfst!«

Murdo schnaubte laut.

»Was denn?«

»Nun ja, bei dem Thema haben wir schon lange klein beigegeben, wenn mal welche von den Strickdamen mitgeflogen sind. Aber das weißt du nicht, weil du erst seit Kurzem wieder da bist.«

»Wie jetzt, Nalitha hat die ganze Zeit das Stricken an Bord erlaubt?«

In diesem Moment sackte die Maschine durch Fallwind zwölf Meter in die Tiefe, was allen den Atem verschlug. Morag umklammerte das Steuerhorn noch fester.

»Eine lokale Fluglinie zu leiten, bedeutet eben, dass man manchmal flexibel sein muss.«

»Und dass man deshalb gegen internationales Luftfahrtrecht verstößt?«

Gertie blickte auf, und das Klicken der Nadeln verstummte.

»Nein, ist schon okay«, sagte Morag und richtete Murdos Berechnungen entsprechend die Nase des Flugzeugs neu aus. Jetzt befanden sie sich außerhalb des Bereichs, in dem die Leuchttürme zu sehen waren. »Strick ruhig weiter. Das wird unser *Schal der Abenteuer*. Etwas, was uns immer an den heutigen Tag erinnern wird.«

Das Funkgerät knisterte, es kam aber keine Nachricht rein.

Morag und Murdo tauschten Blicke. Offensichtlich wartete unten niemand auf sie, da die Scheinwerfer der Piste nicht eingeschaltet waren. So konnten sie sich nur auf die Instrumente und ihre Erfahrung verlassen, und nichts gab Aufschluss darüber, ob eine Landung möglich war oder nicht. Wenn sie es nicht gewusst hätten, hätte ihnen in dieser Situation nur die Information auf dem Flugplan verraten, dass sich unter ihnen überhaupt Land befand.

»Sieht nicht so aus, als wäre da jemand«, knurrte Murdo.

Morag nickte. »Dann werfen wir am besten die Bündel ab und fliegen zurück.«

Sie blickten hinaus in den brausenden Wind. Jetzt zurückzufliegen, war wirklich das Letzte, was sie wollten. Keiner wusste, wann der Hubschrauber wieder zur Verfügung stehen würde. Die Idee, zum sicheren Festland zurückzukehren, widerstrebte Morag in jeder Hinsicht. Aber sie musste sich eingestehen, dass die Landebahn vereist sein konnte. Dadurch war sie vielleicht uneben geworden, und man konnte darauf ins Schlingern geraten oder nach dem Landen schnell festfrieren. Und all das, wenn sie sie überhaupt fanden. Es konnte wirklich niemand sagen, was passieren würde.

»Okay, dann auf zum Lager«, sagte Morag. Sie reckte den Hals, um bessere Sicht zu haben, und drehte eine große Runde um The Mermaid's Spyglass.

Auf dem Felsvorsprung begannen die Augen der Kinder zu leuchten, als sie das Brummen des Flugzeugs hörten.

»Da kommt jemand, um uns zu retten!«, rief Khalid.

»Na, na«, sagte Denise. »Wir müssen jetzt ruhig bleiben. Kommt bitte alle in die Höhle zurück.«

Morag umflog die spitz in den Himmel ragende Bergkuppe in immer engeren Kreisen. Im Sinkflug bestand besonders große Gefahr, den Motor abzuwürgen, aber auch dieses Mal beeindruckte *Dolly 2* wieder. Sie war nicht kompliziert – zumindest für ein Flugzeug nicht –, sondern eine leicht zu steuernde Maschine, die auf jede Handbewegung sofort reagierte. Außerdem kannte Morag dieses Flugzeug besser als jedes andere auf der Welt.

Das Funkgerät erwachte knisternd zum Leben. »Wir haben Sichtkontakt!« Das kam von Denise.

»Wunderbar«, sagte Morag. »Leider ist unten im Landebereich nichts zu erkennen. Kommen!«

Es dauerte einen Moment, bis darauf geantwortet wurde. »Ah«, machte Denise. »Aber Skellan ist ja auf dem Weg ...« Sie verstummte. Was, wenn er es nicht geschafft hatte? Wenn er gestolpert und gestürzt war. Was, wenn ...?

»Wir probieren es gleich noch einmal«, sagte Morag. »Aber sind jetzt erst einmal alle aus dem Weg?«

»Ja, bestätige!«

Vom Boden aus einen flugzeugförmigen Schemen im Schneegestöber am Himmel zu erkennen, war wesentlich einfacher, als von oben eine Person auf einem zugeschneiten Felsvorsprung in der Tiefe auszumachen, selbst mit dem Fernglas, wie Murdo es jetzt versuchte.

»Ich zünde eine Leuchtfackel«, schlug Denise vor, und kurz darauf wurde ein Bereich des Hangs von rosafarbenem Licht erhellt.

»Hey, da seid ihr ja!«, rief Morag.

Murdo und sie blickten sich an.

»Okay«, sagte sie. »Wir sinken weiter. Ich gehe auf 220 Meter runter.«

Murdo nickte, obwohl er gedanklich nie aufs metrische System umgestellt hatte. Es ging hier um etwa 700 Fuß über dem Meeresspiegel, ungefähr 50 Fuß oberhalb des Felsvorsprungs. Das würde furchtbar knapp werden. Und sie würden gerade mal zwei Sekunden haben, um die Bündel an der richtigen Stelle abzuwerfen.

Murdo schnallte sich ab und forderte auch Gertie mit einer Geste dazu auf, dann schoben sie sich in den hinteren Bereich des Flugzeugs. Direkt neben der Trennwand zum Frachtraum hob Murdo an einer Stelle den Teppichboden hoch, unter dem eine verriegelte Luke zum Vorschein kam. Ohne den Bodenbelag war es dort auf einen Schlag viel kälter und lauter. Jetzt mussten sich Murdo und Morag per Funk verständigen, obwohl sie sich doch im selben winzigen Flugzeug befanden, das weiterhin im Sinkflug war und mit abgehackten Bewegungen hin- und herschwankte.

Die erlöschende Leuchtfackel tauchte den Schnee in einen Schein von unheilvoller Schönheit, aber es stieg sofort eine zweite in die Luft.

Gertie griff nach dem ersten riesigen, in weiches Material verpackten Bündel und zerrte es herbei.

Murdo sah sie an, nickte und brüllte: »GUT FESTHALTEN!« Er deutete auf eine der Streben des Flugzeugs und öffnete dann unter Anstrengungen die Luke.

Auf einen Schlag veränderte sich alles. Sie wurden von einer Hölle aus Lärm und Angst verschluckt, und es wehte von der ersten Sekunde an Schnee ins Innere der Maschine. Der tosende Wind, der unerbittlich an ihnen zerrte, dröhnte in den Ohren. Während das Funkgerät knisterte, sanken sie weiter in die Tiefe, immer weiter.

Gertie schaute durch die Luke nach unten. Inzwischen konnte man durch das Gestöber hindurch den Berg erkennen. Er sauste unfassbar schnell an ihnen vorbei und war erschreckend nahe, als könnte sie ihn berühren.

Gertie schluckte. Mit klopfendem Herzen dachte sie an die Kinder. Die brauchten sie, deshalb durfte sie jetzt nicht in Panik geraten, auf keinen Fall!

Morag versuchte, die Maschine bestmöglich stabil zu halten, aber sie konnte leider nicht verhindern, dass das Flugzeug seitlich hin- und herruckelte. Als der Lagerplatz in Sicht kam, begann sie den Countdown für Murdo: »Fünf … vier … drei … zwei …«

»GERTIE!« Murdo packte sie am Ärmel.

Gertie wurde aus ihrer blinden Panik gerissen und presste ihm eine Ecke des Bündels in die Hand.

Beide reckten einen Arm hinaus in die Luft und hielten das Hilfspaket mit eisigen Fingern fest, bis Morag über Funk »JETZT!« rief.

Gleichzeitig ließen sie los und sahen dabei zu, wie das Bündel nach unten fiel, gegen die Felswand prallte und dann zu ihrem Entsetzen auf die Kante des Vorsprungs zurollte, von wo es hinunter ins Meer stürzte.

Gertie schloss die Augen. »Mist.«

»Keine Sorge«, sagte Morag über Funk, ihre Stimme so ruhig wie immer. »Deshalb haben wir ja zwei mitgebracht. Wir drehen noch eine Runde.«

Die Spitze des Berges mit offener Luke erneut zu umkreisen, war nicht sehr angenehm. Weil sich Murdo dafür nicht wieder anschnallte, kam die weniger erfahrene Gertie auch nicht auf die Idee und klammerte sich verzweifelt an die Streben. In ihrem Inneren bebte und zitterte alles im Einklang mit den Bewegungen dieser klapprigen kleinen Blechbüchse, die den machtvollen Elementen nichts entgegenzusetzen zu haben schien.

Murdo schaute Gertie an und tätschelte ihr die eisigen Finger. »Der nächste Versuch klappt bestimmt.«

Gertie arbeitete sich zum zweiten Bündel vor, um es ranzuschieben.

Morag hatte den Gipfel einmal umrundet und näherte sich wieder der Abwurfstelle. Während sie mit dem Countdown begann, zog sie das Flugzeug noch etwas weiter nach links rüber, womit sie dem Berg nahe kam – tatsächlich gefährlich nahe, da die Spitze der Tragfläche nur noch etwa drei Meter davon entfernt war.

Den Kindern, die von der Höhle aus alles beobachten konnten, blieb beinahe das Herz stehen, weil sie dachten, dass das Flugzeug gleich gegen den Berg prallen würde.

Als der Moment gekommen war, ließen Gertie und Murdo das Hilfspaket dieses Mal so sanft wie möglich in die Tiefe gleiten. Ihre Strategie zahlte sich aus. Bevor Morag am Steuerhorn zog und das Flugzeug wieder gen Himmel lenkte, konnten sie noch beobachten, wie das Bündel einmal, zweimal aufprallte und schließlich zum Stillstand kam. Es war nicht weit von der Kante entfernt, befand sich aber sicher auf dem Felsvorsprung, womit sie sich mehrere Stunden Zeit erkauft hatten.

Mit vor Kälte steifen Fingern legte Skellan den Hüftgurt an und bereitete sich darauf vor, sich abzuseilen. Es würde nicht einfach werden, nachher die Kinder hier runterzubekommen, doch darum würde er sich später Gedanken machen. Auf keinen Fall durften sie eine weitere Nacht wie die vergangene dort oben verbringen … Aber zunächst musste er sich darauf konzentrieren, was jetzt anstand.

Skellan war eiskalt, als er sich vorsichtig über die Kante schob. Um keinen Preis durfte er abrutschen, ein Stück unkontrolliert fallen und gegen die komplett vereiste Felsoberfläche prallen. Aber er war für solche Situationen schließlich ausgebildet. Behutsam gab er Seil nach. Als er den Abstieg begann, zerrte der Wind jedoch so heftig an ihm, dass er beinahe den Halt verlor.

Sein Funkgerät rauschte, aber Skellan war es in dieser Situation unmöglich, danach zu greifen. Und ihm blieb auch keine Zeit, während des Abstiegs die Halteseile wieder in den Bohrhaken festzuknoten. Tatsächlich hatte er ja schon genug damit zu tun, sich nicht vom Wind von der Felswand wegreißen zu lassen, weshalb er nur Zentimeter für Zentimeter vorankam. Es war gar nicht so einfach, dabei die Panik im Zaum zu halten.

Skellan gab ein bisschen Seil nach und dann rasch noch ein bisschen, während die eiskalte Luft seiner Lunge zu schaffen machte und seine Finger unkontrolliert zitterten.

Sein Verstand wusste, dass er langsam machen musste, während sein Körper so schnell wie möglich wieder festen Boden unter den Füßen haben wollte.

Er kletterte weiter ... und immer weiter. Als er sich etwa auf halber Höhe befand, blickte er nach oben und musste feststellen, dass das Seil an einer Stelle durchzuscheuern begann, weil es die ganze Zeit über die scharfe Oberfläche der Eisschicht geschabt hatte. In seiner Panik machte er eine ruckartige Bewegung, wodurch das Seil endgültig riss. Skellan stürzte in die Tiefe und hoffte nur, er würde beim Aufschlagen auf dem felsigen Untergrund den Fall etwas abfedern können ...

Kapitel 42

Während sie wieder in die Höhe stiegen, überlegte Morag fieberhaft. Sollten sie jetzt abdrehen und zurückfliegen oder eine Weile hier kreisen? Eine Zwischenlandung in der Nähe war keine Möglichkeit, da der Strand von Inchborn und die Landebahnen auf den anderen Inseln bestimmt auch mit Schnee bedeckt waren. Höchstwahrscheinlich hatte niemand Zeit gehabt, sie zu räumen, wenn überhaupt jemand da war, der sich darum hätte kümmern können.

Morag zog die Maschine hoch und war froh, endlich von der Bergspitze wegzukommen. Sie hatte darauf spekuliert, dass es vielleicht ein bisschen aufklaren würde, aber es fiel immer noch Schnee, der durch den heftigen Wind von allen Seiten kam. Natürlich schneite es hier im März öfter mal – gelegentlich sogar noch im Mai –, aber Morag konnte sich nicht daran erinnern, dass es zu dieser Jahreszeit je zu solchen Problemen geführt hatte. Und dass die vom Wetterdienst so falschgelegen hatten … Nun gut, Morag versuchte, ihnen ein gewisses Verständnis entgegenzubringen, da das Erstellen meteorologischer Prognosen keine einfache Aufgabe war.

Hier hatte eine kleine Fehlkalkulation aber dazu geführt, dass etliche Menschen nicht etwa nur nass geworden, sondern in ernsthafte Schwierigkeiten geraten waren.

Das Büro des Wetterdienstes befand sich in Exeter, und Morag dachte manchmal, dass das so manches erklärte. Die Leute dort rechneten eben nicht damit, dass ihre Kinder bei vorhergesagtem heftigem Regen draußen waren. Diese verweichlichten Typen aus dem Süden!

Wie auch immer, diese Überlegungen halfen ihnen jetzt auch nicht weiter. Während sie noch eine Runde drehte, bemerkte Morag, dass Gertie wieder zu stricken angefangen hatte, da man über das Brausen des Windes und der Motoren hinweg ganz leise ihre Stricknadeln klappern hörte. Morag war stolz darauf, wie ruhig ihre Mitbewohnerin blieb. Nalitha hatte also von Anfang an richtiggelegen.

Der Schmerz durchfuhr Skellan wie ein elektrischer Schlag und verschlug ihm den Atem, sodass er nur innerlich fluchte. Als er aufzustehen versuchte, zitterte er am ganzen Körper und musste feststellen, dass er sich den Knöchel gebrochen hatte. Der Schmerz war grauenhaft – scharf und beißend. Jetzt wetterte er tatsächlich lauthals, während er sich für das wappnete, was vor ihm lag. Es ging für ihn nur in eine Richtung weiter, nämlich nach unten.

Vor sich hin schimpfend, manchmal vor Schmerz laut brüllend, humpelte Skellan voran, zog den kaputten Knöchel über glatten Felsen und Geröll. Wenn er es nicht rechtzeitig nach unten schaffte, um die Scheinwerfer einzuschalten, würde das Flugzeug wieder abdrehen. Und er hatte ja selbst gesehen, in was für einem Zustand sich einige ihrer kleinen Schützlinge befanden … Deshalb durfte er das nicht zulassen. Unterkühlung konnte innerhalb weniger Stunden zum Tod führen, gerade bei Kindern, deren Körperoberfläche sich von der Erwachsener unterschied. Ja, in den schottischen Bergen konnte man erfrieren, und das war schon vorgekommen, aber es würde nicht passieren, solange er die Verantwortung trug.

Die letzten hundert Meter waren die reinste Qual, und es gelang ihm nur mit fest zusammengebissenen Zähnen, sie zurückzulegen. Gott sei Dank!, dachte er, als endlich die Piste in sein Blickfeld kam und sich herausstellte, dass sich darauf keine dicke Schneeschicht gebildet hatte. Abgesehen davon, dass dieser Bereich der Insel dem Wind ausgesetzt war, war der Asphalt der Landebahn erst vor relativ kurzer Zeit erneuert worden. Deshalb war der Schnee nicht liegen geblieben, und Skellan musste nicht die komplette Piste räumen. Dazu hatte er nicht nur keine Lust, er wäre in seinem momentanen Zustand wohl auch nicht dazu in der Lage gewesen.

Bei der Hütte angekommen, zog sich Skellan auf allen vieren mit Tränen in den Augen Stufe für quälende, erbarmungslose Stufe hinauf. Endlich erreichte er den Schalter und betätigte ihn, bevor er vor dem Fenster in sich zusammensank. Als er Motorenlärm hörte, blieb ihm nicht einmal die Kraft, hinauszuschauen und die Landung des Flugzeugs zu beobachten.

Wie ein magischer, außerirdischer Pfad erschien in der Tiefe plötzlich die Landebahn, als sich die Scheinwerfer einer nach dem anderen einschalteten, zunächst grüne Lichter auf der Nordseite, die ihnen eine sichere Anflugschneise aufzeigten, dann sich in der Ferne verlierende weiße.

Erst beim Anblick der leuchtenden Punkte merkte Morag, dass sie zuvor den Atem angehalten hatte.

Murdo nickte, und sie begann, eine letzte Runde zu drehen, während sie Donald informierte.

Abgesehen von ein paar schweren Transatlantik-Airbussen aus Edinburgh oder Glasgow, denen egal war, bei welchem Wetter sie flogen, war hier in der Gegend heute niemand unterwegs.

Morag ahnte, dass weit und breit alle Lotsen mithörten und ihr stillschweigend viel Glück wünschten. Aber man ließ sich beim Funkkontakt natürlich nichts anmerken, daher blieben die Stimmen neutral.

»Landeerlaubnis für Dolly 2 auf Larbh erteilt.«

»Verstanden«, sagte Morag.

Kapitel 43

Morag, Murdo und Gertie fanden es ganz schön unheimlich, als sie beim Verlassen der Maschine in eine verwaiste Landschaft hinaustraten. Der Schnee dämpfte alle Geräusche, und nach dem ratternden Flug durch brausenden Wind erschien ihnen die plötzliche Stille seltsam und ein wenig schaurig. Außerdem wurden sie von niemandem in Empfang genommen.

Schließlich fand Gertie den kreidebleichen Skellan in der kleinen Hütte. Weil sie ihn nicht sofort abtransportieren konnten, bandagierten sie ihm erst einmal den Knöchel und setzten ihn vor das elektrische Heizöfchen, das seinen Strom vom Flughafengenerator erhielt. Sie versorgten ihn mit Paracetamol und einem großen Glas Whisky, was alles andere als vernünftig war. Aber solange er dazu reichlich Wasser trinken würde, war es wohl okay, fanden sie.

Über Funk informierten sie Denise, die wie üblich die Ruhe selbst war, sogar als sie die Einzelheiten vom Vorfall an der Felswand hörte.

»Trotzdem«, antwortete sie, »wäre es meiner Meinung nach besser, wenn wir uns jetzt mit den Kindern auf den Rückweg machen, nicht erst heute Abend.« Das war ihre Art und Weise zu sagen: »Bringt uns, verdammt noch mal, endlich von dieser Insel weg.«

Struan hatte oben im Lager nichts davon mitbekommen, was sich gerade abspielte. Er genoss es in seiner komfortablen Ahnungslosigkeit, die Kinder zusammenzurufen, sie etwas auf und ab hüpfen zu lassen und dann Sachen aus dem abgeworfenen Bündel zu verteilen – weder er noch Denise erachteten es als notwendig, sich die Sachen einzuteilen. Wenn das Wetter es zuließ, dass das Flugzeug hier Material für sie abwarf, dann würden sie doch bestimmt heute noch abgeholt werden.

Schließlich hatten sie mitbekommen, dass das Flugzeug nach ein paar Kreisen am Himmel nicht abgedreht hatte, sondern in die Tiefe gegangen war, bevor es aus ihrem Blickfeld verschwunden war.

Deshalb waren Struan und Denise ziemlich zuversichtlich, dass sie bald den Heimweg antreten würden.

Struan kramte wie ein fröhlicher Weihnachtsmann zwischen den Sachen herum und fand unter anderem wollene Strümpfe, Mützen und Schals, mit denen sich die Kinder warm einmummeln konnten. Es war vor allem ein Segen, dass einige von ihnen endlich ihre nassen Strümpfe ausziehen konnten, wobei allerdings blau angelaufene Füße zum Vorschein kamen, die Denise gar nicht gefielen. Sie war wirklich froh über die Handwärmer, die sich einige von den Turnschuhträgern auch an die Füße hielten.

Das Bündel enthielt außerdem Schokolade, Wasser und Bananen. Dass die vom Fall ein bisschen zerquetscht waren, fand niemand schlimm. Weil es ihnen leider immer noch nicht gelang, im Freien ein Feuer zu entfachen, hielt Denise trotz des Rauchs hartnäckig das im Höhleneingang am Leben. Bisher hatten sie vergeblich darauf gehofft, dass die Flammen hoch genug loderten, um darauf Wasser heiß zu machen.

Es war nämlich das eine, ein Zeit lang draußen im Schnee zu spielen, dann ins Warme zurückzukehren und vor dem Kamin eine heiße Schokolade zu trinken. Etwas ganz anderes war es, den ganzen Tag im Freien zu verbringen und als Rückzugsort nichts anderes als eine feuchte Höhle zu haben. Immerhin hatten sie jetzt neues Brennholz.

Mrs McGinty hatte sich mittlerweile ganz in den hinteren Teil der Höhle zurückgezogen.

Eigentlich hätte sich Denise ja mit der Rektorin absprechen sollen, nachdem sie über Funk auf den neusten Stand gebracht worden war. Doch ein Blick reichte ihr, um zu beschließen, dass sie sich besser an Struan hielt.

Sie mussten zwölf Kinder eine fünf Meter hohe Felswand hinunterbekommen, die komplett mit Eis bedeckt war und an der es keine Seile mehr als Kletterhilfe gab. Die Steilwand war glatt und gefährlich, und die Kinder waren in keiner besonders guten Form, aber je länger sie der Kälte ausgesetzt waren, desto größer wurde das Risiko einer Unterkühlung. Die Temperatur lag bei null Grad, fühlte sich durch den Wind jedoch noch kälter an, und es bestand durchaus die Gefahr, dass es zu Erfrierungen kam. Einige der Kinder hatten es bereits abgelehnt, etwas zu essen, was deutlich zeigte, wie sehr ihnen die Kälte zusetzte.

Leider würden sie das Feuer trotz des abgeworfenen Brennholzes nur noch wenige Stunden am Leben halten können. Und wenn es erst heruntergebrannt war, würden sie in ernsthaften Schwierigkeiten stecken.

Durch den Funk wussten sie, dass die lokale Hubschraubercrew frühestens am Nachmittag wieder fliegen durfte.

Die Royal-Air-Force-Leute aus Lossiemouth waren damit beschäftigt, ein paar Männer von einer Ölplattform zu evakuieren.

Positiv war natürlich, dass die Besatzung von MacIntyre Air bereit war zu helfen. Skellan selbst konnte nicht wieder nach oben, aber er konnte ihnen erklären, was zu tun war. Und am Fuße des Berges war ja auch zusätzliche Ausrüstung gelagert. Die Crew musste einfach nur loslegen, sich an die Arbeit machen.

Denise fasste den Entschluss, die Kinder jetzt nach unten zu bringen, und Struan war einverstanden, nachdem sie ihm ihre Gründe dargelegt hatte. Sie hatten sich in die Höhle zurückgezogen, um ungestört darüber sprechen zu können.

»Wir müssen es ihnen wie ein Spiel verkaufen«, erklärte Denise, und Struan nickte zum Zeichen, dass er da natürlich mitziehen würde. »Es muss Spaß machen. Wenn die Kids Angst bekommen, funktioniert es nicht.«

In diesem Moment brach Mrs McGinty in Tränen aus.

Unten am Flugplatz ging Skellan mit den drei anderen durch, was zu tun war.

»Kennt sich jemand mit Knoten aus?«, fragte er.

»Wir sind Piloten, keine Seeleute«, entgegnete Morag ein wenig gereizt.

»Hm«, machte Gertie. »Na ja, ein bisschen schon.«

Skellan strahlte. »Gott sei Dank!«

Bescheiden zuckte Gertie mit den Achseln, während er damit fortfuhr, ihnen alles genau zu erklären.

Sie hatten eine Bergungswinde, die auf eine bestimmte Art und Weise eingerichtet werden musste und mit der die Kinder nach unten gelassen werden konnten.

Morag schielte zu Murdo hinüber und fragte sich, ob ihr Großvater in seinem Alter wirklich noch in einem Schneesturm den Berg hinaufstapfen würde. Kaum bemerkte sie seinen fest entschlossenen Gesichtsausdruck, war ihr allerdings klar, dass sich diese Frage überhaupt nicht stellte. Er war offensichtlich zu allem bereit und tatsächlich von der Herausforderung begeistert.

Sie zogen eine absurde Menge an Outdoorkleidung an, die in dem winzigen Flughafengebäude gelagert war, dazu riesige, derbe Wanderstiefel. Jeder setzte einen vollgepackten Rucksack auf, dann verließen sie die Sicherheit der Hütte und begannen den Aufstieg des Furcht einflößenden, schneebedeckten Berges: Sie hatten eine Mission.

Es war nicht so einfach gewesen, im Topf Schnee zu schmelzen und das Wasser dann zu erhitzen. Weil es nicht richtig gekocht hatte, hatte sich das Pulver für heiße Schokolade darin nicht komplett aufgelöst, sodass das Getränk Klümpchen hatte. Es beschwerte sich aber niemand, auch nicht darüber, dass jeder nur ganz wenig abbekam, was ziemlich beunruhigend war.

»Okay!«, rief Denise dann mit ihrer Kindersendungsmoderatorinnenstimme – die gehörte zu ihren effektivsten Hilfsmitteln. »Gleich machen wir uns auf den Weg nach unten!«

Die Nachricht wurde mit Schweigen aufgenommen.

»Bei diesem Wetter?«, fragte schließlich Anna-Lise.

»Das klappt schon!«, rief Struan. »Und macht bestimmt Spaß. Das gehört alles mit zu unserer Mut-Challenge!«

»Ich will aber keine Mut-Challenge!«, protestierte Khalid. »Diese Challenge ist mir ganz egal.«

»Es gibt auch Medaillen!«, improvisierte Struan.

Das weckte ein gewisses Interesse, und Anna-Lise meldete sich wieder zu Wort: »Für alle oder nur für ein paar Leute?«

»Für alle, die an der Challenge teilnehmen«, verkündete Struan und drückte die Daumen.

»Den Berg runter im Schnee?«, tönte Jimmy. »Kein Problem!«

Dieses eine Mal war Struan für sein Draufgängertum dankbar, das in dieser Situation wirklich half.

»Ja, aber wir haben alle gesehen, dass du nur eine große Klappe hast und nichts dahintersteckt«, wandte Shugs junior ein.

Dass Shugs Jimmy an seine Blamage beim Klettern erinnern musste, passte Struan gerade gar nicht.

»Besteht diese Challenge nur darin, im Schnee den Berg runterzugehen?«, fragte irgendwann Oksana.

Struan nickte.

Oksana zuckte mit den Achseln. »Ich hab schon Schlimmeres gemacht.«

Da konnte nun wirklich niemand widersprechen.

Obwohl sie die meisten der mitgebrachten Sachen zurücklassen würden, legte Denise Wert darauf, dass vor dem Aufbruch der Lagerplatz ein bisschen aufgeräumt wurde. Zum einen wollte sie damit Zeit gewinnen und sichergehen, dass die Leute von der Fluglinie bis zur Felswand gekommen waren, zum anderen wollte sie den Kindern auch halbwegs den Eindruck von Normalität vermitteln. Wenn sie jetzt fluchtartig aufbrachen, wäre der Ernst der Situation nicht mehr zu übersehen. Letztlich setzte sich aber die ganze Gruppe – inklusive Mrs McGinty, um die sich Denise vielleicht die meisten Sorgen machte – endlich in Bewegung und folgte Oksana den Weg hinunter.

Struan sang mit den Kindern Lieder und erzählte ihnen von Shackletons Abenteuern, sparte sich aber einige Details, wie das Töten von Seerobben oder die Tatsache, dass der Forscher *ein ganzes Jahr* in Eis und Schnee verbracht hatte.

Denise hätte es in einer Million Jahren nicht zugegeben, aber sie war unendlich erleichtert, als sich Morag per Funk bei ihr meldete. Murdo, sie und ihre Mitarbeiterin hatten die Stelle an der Nordseite umrundet und würden bald am Fuße der Felswand ankommen.

Gertie fand das alles ganz erstaunlich. Natürlich war sie ein Kind der Highlands, war vertraut mit langen Wintern und beißendem Wind, mit rauem Gras und sich biegenden Binsen, mit der Behaglichkeit vor dem Kamin nach einem kalten Nachmittag im Freien.

Aber was sie hier gerade erlebte, empfand sie als völlig neu und seltsam, weil das Wetter komplett außer Kontrolle war. Im Supermarkt hatte es an den Abläufen nichts geändert, ob die Sonne schien, es regnete oder schneite. Und auch in der Wellblechhütte am Flugplatz sahen die Tage alle gleich aus, vor allem war es immer gleich kalt.

Aber das hier, das war etwas ganz anderes. Mit diesem Wetter schien die Welt auf Zerstörung aus zu sein. Der Wind toste ganz gezielt um The Mermaid's Spyglass herum, zerrte an ihnen und kreischte: »Ihr gehört nicht hierher!«

Obwohl Gertie dick eingepackt war, zwei Mützen und zwei Paar Handschuhe trug, blieb die Botschaft für sie unverkennbar. »Verschwindet, hier ist für euch kein Platz!«, schrillte der Wind wie ein Chor aus Todesfeen.

Schritt für Schritt arbeiteten sie sich weiter voran, Murdo vorneweg, die beiden Frauen hinter ihm.

Auf der Nordseite wurde es beim Umrunden des Berges beinahe unerträglich. Weil sie im Schneegestöber nichts mehr erkennen konnten, mussten sie sich Zentimeter für Zentimeter an der Felswand entlangtasten. Obwohl sie es nicht aussprachen, mussten alle daran denken, wie schwierig dieses Stück für die Kinder werden würde.

Aber jetzt mussten sie erst einmal selbst den Weg bewältigen. Eine gute Stunde marschierten sie unermüdlich voran, bis es in Gerties Welt nichts weiter gab als Schnee und brausenden Wind. Sie hätte selbst nicht mehr sagen können, wie lange sie schon unterwegs waren. Die Lichtverhältnisse änderten sich nicht, und der Wind wirbelte den Schnee immer wieder in alle Richtungen auf, sodass er nicht liegen blieb. Durch die weichen weißen Flocken vor dunstig grauem Hintergrund hindurch konnte man nicht viel erkennen.

Dann erreichten sie endlich die vertikale Felswand.

Als Gertie an der vereisten Steilwand hinaufschaute und oben ein Gesicht entdeckte, durchflutete Adrenalin augenblicklich ihren ganzen Körper. Es war so weit weg.

Die Kinder waren ganz aufgeregt, und Struan versuchte, sie zunächst einmal von der Felskante fernzuhalten. Mittlerweile flossen hier und da Tränen, und selbst die forschesten unter ihnen sahen gar nicht mehr glücklich aus, so durchgefroren, wie sie waren.

Morag holte aus ihrem Rucksack die Rettungswinde, die sie zu dritt so vorbereiteten, wie Skellan es ihnen gezeigt hatte. Dabei handelte es sich um ein dreibeiniges Stativ, das man aufstellen konnte, um daran ein Seil mit Hüftgurt zu befestigen.

Es war ein einfaches, aber effektives System, solange nur alle ruhig blieben und einen kühlen Kopf bewahrten, statt in Panik zu verfallen.

Vorsichtig kletterte Gertie auf Murdos Schultern, wodurch sie genug Höhe gewann, um Denise, die sich über die

Kante beugte, das zusammengeklappte Stativ hochschleudern zu können.

Es dauerte etwas, aber schließlich gelang es ihr mit einem schwungvollen Wurf.

Murdo verzog nur ein kleines bisschen das Gesicht.

Denise, Struan und Mrs McGinty würden oben das Dreibein sichern und kurbeln, um die Schüler einen nach dem anderen nach unten zu bringen.

Als nächste Herausforderung würde das kurze Stück auf der Nordseite der Insel auf sie warten, aber danach mussten sie nur noch bis zum Fuß des Berges hinuntermarschieren und dabei gut aufpassen. Sobald sie das hier erst einmal geschafft hatten, war das schwierige Stück überwunden. Solange nur niemand …

»Das schaff ich nicht. ICH KANN DAS NICHT!«

Am Fuße der Felswand war Gertie mit dem Vorbereiten von Seil und Hüftgurt fertig. Die Knoten waren so sauber und ordentlich, wie man es sich nur wünschen konnte, und Morag schaute sie sich gut an. Ja, sie sahen genauso aus wie die Zeichnungen auf der Karte mit den Anweisungen, die Skellan ihnen mitgegeben hatte.

Weil Sprechen bei diesem heulenden Wind schwierig war, reckte Morag beide Daumen in die Luft.

Oben war Struan zu Mrs McGinty hinübergegangen, die sich in eine kleine Nische im Fels zurückgezogen hatte, um sich vor dem Wind zu schützen.

»Wir müssen die Kinder nach unten bringen«, sagte er.

Sie starrte nur das Gestein an. »Das ist nicht sicher«, murmelte sie immer wieder. »Es ist nicht sicher.«

»Wir kriegen das schon hin«, sagte Struan. Er wollte ungern vollmundig behaupten, dass keinerlei Risiko bestand, wenn das Gegenteil offensichtlich war. »Na los, die Kinder brauchen uns. Mit so einem Verhalten verunsichern Sie sie nur.«

»Kann denn kein Hubschrauber kommen?«

»Die haben uns ein Flugzeug geschickt«, sagte Struan. »Hier.« Er hielt einen wunderschönen roséfarbenen Schal hoch, der in dem Bündel gewesen war. »Nehmen Sie den, der hält Sie schön warm.«

Heftig schüttelte Mrs McGinty den Kopf. »Da kriegt mich niemand runter!«

Struan musterte sie und schaute dann rasch zu Denise hinüber, die alle Hände voll zu tun hatte, um die Kinder von der Kante fernzuhalten.

»Ich fürchte … anders geht es nicht«, sagte er.

Durch ihr bockiges Kopfschütteln wirkte Mrs McGinty wie ein noch jüngeres Kind als die, die sich jetzt am Rand in einer Reihe aufzustellen begannen.

Denise hatte die Winde fachgerecht aufgebaut und schickte als Erstes einen vollen Rucksack nach unten, um zu überprüfen, ob auch alles hielt. Das tat es problemlos, aber der Rucksack war ja relativ leicht. Manche von den Kindern brachten einiges auf die Waage, und die Erwachsenen selbst mussten ja auch noch nach unten.

Denise ging davon aus, dass sie es schaffen würde, selbst nach unten zu klettern und damit als Letzte und ohne Winde hinunterzukommen. Am besten schickten sie die leichtesten Kinder erst am Ende der ganzen Prozedur nach unten, sodass dann eine Person allein die Winde sichern konnte. Aber das würde alles nichts helfen, wenn Mrs McGinty weiterhin bockte.

Trotz der Umstände versuchten Denise und Struan, mit ihrer fröhlichsten Stimme zu sprechen, was die Kinder normalerweise sofort durchschaut hätten. Aber in diesem Moment sehnten sie sich einfach nur nach etwas Ermunterung, wollten so verzweifelt daran glauben, dass alles gut gehen würde. Deshalb waren sie absolut empfänglich für ein Trällern in der Stimme, ein bisschen Singsang.

Mit versteinerter Miene trat Oksana freiwillig als Erste vor, was von ihren Klassenkameraden laut bejubelt wurde.

Struan fand es zwar furchtbar, dass sie wieder einmal so stark sein musste, war gleichzeitig aber sehr stolz auf sie.

Mit einer Hand, die in einem Fäustling steckte, hielt sie sich fest und winkte mit der anderen ihren Klassenkameraden zu.

Nach und nach ließen sie sie vorsichtig nach unten, wo sie von der MacIntyre-Air-Crew in Empfang genommen wurde. Morag und Gertie waren erleichtert, sie zu sehen, und froh, dass mit ihr alles in Ordnung war.

Dadurch wurde die Laune gleich besser, allerdings hatte es über sechs Minuten gedauert, Oksana sicher nach unten zu bringen. Und jetzt mussten ja auch noch die Seile gut überprüft werden, bevor der Sitz wieder nach oben geschickt werden konnte. Insgesamt waren es zwölf Kinder, was bedeutete, dass sie mindestens neunzig Minuten brauchen würden, vorausgesetzt, es gab keine Probleme. Hier unten befanden sie sich an einer dem Wind ausgesetzten Stelle, und weit und breit gab es keine Höhle, in die man sich hätte zurückziehen können.

Wäre Skellan hier gewesen, hätte er schon mal damit anfangen können, die ersten Kinder nach unten zu bringen, aber er war nun mal nicht da.

»Stell dich so nah wie möglich an den Felsen«, sagte Morag. Ihr war selbst längst eiskalt, und sie konnte deutlich erkennen, wie erschöpft und durchgefroren Oksana war. Das war wirklich nicht ideal.

»Können wir nicht ein bisschen schneller machen?«, fragte sie über Funk.

Denise und Struan gaben wirklich alles, stimmten die Kinder ein, schnallten sie sorgfältig fest und beruhigten je nach Notwendigkeit oder munterten auf. Aber auch ihre Fröhlichkeit wurde mit zunehmender Erschöpfung immer gequälter.

Gertie machte sich wirklich Sorgen, weil es furchtbar anstrengend war, was sie da oben leisteten. Einige der Zehn- und Elfjährigen waren ziemlich groß, und heftige Bewegungen des Seils mussten nach Möglichkeit vermieden werden, damit die Kids auf dem Weg nach unten nicht hin und her baumelten.

Es war harte Arbeit, deshalb wurden sie im Laufe der Zeit sogar noch langsamer.

Der Anblick der unten angekommenen Kinder, die sich zitternd aneinanderdrängten, gefiel Gertie überhaupt nicht.

»NA LOS!«, rief Morag über Funk. »Jetzt macht schon. Wir müssen die Kids runter zum Flugplatz bringen.«

Denise meldete sich zurück: »Die Kinder sind schon alle unten. Aber es gibt da ein Problem.«

Das gab es allerdings – Mrs McGinty weigerte sich weiterhin standhaft, sich den Hüftgurt anlegen zu lassen, da half alles nichts. Struan hatte versucht, sie sanft zu überreden, während Denise etwas forscher gewesen war, aber beide konnten sie nicht dazu bewegen. Nein, sie würde sich nicht in das Ding schnallen lassen, auf keinen Fall!

Sie versuchten, logisch zu argumentieren, aber die Rektorin ließ sich nicht davon abbringen, dass sie zu schwer war und das Seil reißen würde.

Morag machte sich immer größere Sorgen um die Kinder, die still und durchgefroren am Fuß der Steilwand ausharrten. Am liebsten hätte sie sie selbst nach unten gebracht, aber sie hatte Bedenken wegen des Pfads und des Gerölls, vor allem bei dem Stück auf der Nordseite. Das war schon für sie drei beim Aufstieg schwierig gewesen, dabei waren sie ja Erwachsene.

Gertie blickte sie nachdenklich an und hatte plötzlich eine Idee. »Die sollen mich hochziehen!«, sagte sie. »Ich kann Struan dabei helfen, Denise nach unten zu lassen, und die kann die Kinder mit dir zusammen durch den Sturm begleiten. Dann schicken wir noch Mrs McGinty nach unten, und Struan und ich können allein runterklettern.«

Morag blickte erst sie an und dann die Kinder. »Bist du sicher?«

»Ja«, nickte Gertie. »Du kannst unten schon mal das Flugzeug checken und für den Rückflug fertig machen, was ich ja nicht kann. Wir kommen dann direkt hinterher. Ich kann die Seile auf dem Weg nach unten wieder in den Haken befestigen, sodass man sich daran festhalten kann – das schaffe ich schon. Dann kann ich Struan daran hinunterlassen, wenn ich ihn von hier unten zusätzlich sichere.«

Das war eine ziemlich kühne Behauptung.

Morag schaute zu ihrem Großvater hinüber, der es niemals zugegeben hätte, aber auch längst erschöpft war.

Als Morag Denise per Funk den Plan unterbreitete, musterte die Struan. Der hatte alles absolut richtig gemacht, war ruhig geblieben, hatte sich als hilfreich erwiesen und genau gewusst, was er tat.

»Bring McGinty irgendwie nach unten, und wenn du sie schmeißen musst«, sagte sie leise.

»Es läuft bestimmt besser, wenn wir sie nicht mehr unter Druck setzen«, sagte Struan, was ein überzeugendes Argument war.

Und in diesem Moment waren die Kinder einfach die Hauptsache – weil ihre Überlebenschancen bei diesen Temperaturen viel geringer waren.

Schließlich nickte Denise. »Okay.«

Gertie hatte sich noch nie selbst als tapfer empfunden. Ganz im Gegenteil: Eigentlich kam sie sich eher wie ein Feigling vor und war ja auch jemand, der im Leben oft übersehen wurde. Niemand hielt sie für besonders wichtig – noch nicht einmal ihre eigene Mutter. Deshalb hatte sie sich in ihrem sicheren kleinen Dasein eingerichtet und Abenteuer nur in ihren Tagträumen erlebt, die ihr viel besser gefielen als das wahre Leben.

Aber dann waren vor ein paar Wochen Morag und Nalitha in den Supermarkt gekommen und hatten Gertie mit ihrem Vorschlag aus ihrer Traumwelt gerissen.

Seitdem hatte sie versucht, mutig zu sein. Okay, dachte Gertie, bei der Sache mit Callum war das leider nicht sehr gut gelaufen.

Jetzt kam ihr allerdings der Gedanke, dass Mut womöglich etwas war, was man üben musste. Vielleicht wurde man mit der Zeit ja besser. Statt direkt ins tiefe Wasser zu springen, war es wahrscheinlich empfehlenswerter, sich Schritt für Schritt hineinzuwagen. Oder sich eben Zentimeter um Zentimeter langsam an einer Felswand hochziehen zu lassen.

»Okay«, sagte sie. Angesichts des brausenden Windes war ihre Stimme kaum zu hören. »Dann schnallt mich mal fest.«

Murdo kam der Aufforderung nach und sagte: »Es ist mir eine Ehre, Sie bei MacIntyre Air mit im Team zu haben.«

Sie schenkte ihm ein beklommenes Lächeln und reckte die Daumen in die Luft. Als Morag zweimal kurz am Seil zog, gaben die Kinder ihr Bestes, um Gertie mit einem – etwas entkräfteten – Jubel zu unterstützen. Dabei konnten sie in ihrer Benommenheit und Verwirrung ja kaum die Situation erfassen.

Gertie entfuhr ein überrasches Keuchen, als sie in der eisigen Luft langsam nach oben schwebte. Je weiter es hinaufging, desto heftiger wurde das Schneetreiben und desto deutlicher fühlte sie die Eiseskälte. In der Ferne erahnte sie den Schein eines Leuchtturms und das Glitzern der Landescheinwerfer. Sie waren jetzt der einzige Hinweis darauf, wo oben und unten war.

In diesem Moment kam sich Gertie noch mehr als sonst wie ein winziger Punkt in einem riesigen Universum vor.

Normalerweise war es nicht angenehm, sich als so klein zu empfinden. Denn es brachte ja ein Gefühl von Bedeutungslosigkeit mit sich, den Eindruck, dass man ins Leere rufen konnte – wie Gertie das jetzt wortwörtlich tun könnte – und von niemandem gehört werden würde, weil es allen egal war.

Ja, Gertie war nun ein unbedeutender kleiner Fleck, und das hier war kein Traum, sondern so echt, wie es nur sein konnte. Sie erstarrte, blickte hinaus in den wirbelnden Schnee und fragte sich einen Augenblick ernsthaft, ob sie wirklich nicht von Bedeutung war. Wenn sie jetzt verschwinden würde, wenn sie den Hüftgurt lösen und sich in

den Wind fallen lassen würde… Es waren keine Selbst-
mordgedanken, sondern eher so etwas wie der merk-
würdige Kick, wenn an der Bahnsteigkante plötzlich der
Gedanke durch den Kopf huscht, dass man etwas Absurdes
tun und einen Schritt ins Leere machen könnte.

Da hörte sie über sich eine Stimme.

Kapitel 44

Gertie blinzelte sich den Schnee aus den Augen und spürte das Seil zucken. Als sie nach oben schaute, blickten sie zwei braune Augen über die Kante hinweg verwirrt an. Der Mensch, zu dem diese Augen gehörten, versuchte angestrengt, sie ganz nach oben zu hieven.

»Sorry, sorry, alles in Ordnung, zieh mich hoch!«, sagte sie und schüttelte den Kopf, um wieder einen klaren Gedanken fassen zu können.

Als sie endlich oben war, steckten Struan, Denise und Gertie kurz die Köpfe zusammen, um sich zu bereden.

Obwohl auch Gertie, wie eigentlich alle, immer furchtbare Angst vor der Rektorin gehabt hatte, ging sie danach zu Mrs McGinty hinüber, die sich weiterhin in die Felsnische presste und kaum ansprechbar war. »Hey«, sagte sie.

Mrs McGinty schüttelte heftig den Kopf. »Ich will da nicht runter!«

Denise legte sich bereits den Hüftgurt an. »Ich muss los«, sagte sie mit strenger Stimme. »Und Pamela, entweder reißen Sie sich jetzt zusammen, oder Sie müssen zurück nach oben in die Höhle, bis das Wetter besser wird oder sich eine andere Lösung findet.«

Es war nur ein Bluff, um bei der Rektorin eine Reaktion hervorzurufen, der aber nichts brachte. Mrs McGinty blickte sie weiterhin trotzig an.

So langsam hatte Denise die Nase voll. »Tut mir leid«, sagte sie, »ich hab jetzt wirklich Wichtigeres zu tun.«

»Stimmt, es eilt«, bekräftigte Gertie. »Die Kinder ...«

»Ja«, sagte Denise, der es offenkundig trotzdem widerstrebte, jemanden zurücklassen zu müssen. Rasch warf sie einen Blick nach unten.

Struan zeigte Gertie, was zu tun war, und dann ließen sie Denise hinunter, so schnell sie konnten.

Gertie hatte keine Ahnung, wie sie die Rektorin dazu bewegen sollten, ihr zu folgen.

Und nachdem er dabei mitgeholfen hatte, seine zwölf wohlgenährten Schüler nach unten zu transportieren, war auch Struan mit seinen Kräften wie mit seiner Weisheit am Ende. Er warf einen Blick hinüber zur Felsnische und blickte dann Gertie an.

Sie kannten einander ja kaum, aber merkwürdigerweise wussten sie sofort, was der andere dachte. Würden sie Mrs McGinty hier wirklich zurücklassen müssen?

Denise landete sanft am Fuße der Felswand und befreite sich vom Hüftgurt, den die anderen beiden wieder hochzogen.

Besorgt fragte sie sich, wie es jetzt weitergehen sollte. Würde sich Mrs McGinty endlich in Bewegung setzen? Und wenn nicht, was blieben ihnen noch für Möglichkeiten?

Tatsächlich schoss Mrs McGinty herbei, sobald sie bemerkt hatte, dass die Gruppenleiterin nicht mehr da war.

»Wo ist Denise?«, rief sie mit zerzauster Mähne und wildem Blick. Weil sie sich die Mütze vom Kopf gerissen hatte, waren ihre Haare schnell voller Schneeflocken, wodurch sie wie eine verrückte Hexe aussah.

»Äh, die haben wir gerade abgeseilt«, murmelte Gertie.

»O mein Gott!«, jaulte Mrs McGinty. »Sie arbeiten doch im Supermarkt, oder? Himmel, sind etwa *Sie* hier, um uns zu retten?«

»Denise muss doch die Kinder nach unten begleiten«, antwortete Struan.

»Aber ich … Ich will bei Denise bleiben!«, rief Mrs McGinty und warf Gertie einen fiesen Blick zu. »Nicht bei der Kassiererin!«

»Wenn Sie Gertie so unterschätzen«, fauchte Struan wütend, »dann ist das Ihr Problem!«

Gertie starrte ihn überrascht an, musste aber sofort daran denken, dass sie Mrs McGinty ja nicht dazu ermutigen wollten, hier oben zu bleiben.

»Nein, nein, nein!«, sagte sie und machte einen Schritt auf die Rektorin zu. »Sie haben völlig recht, ich bin nur eine Verkäuferin und hier in den Bergen völlig nutzlos, deshalb sollten Sie lieber Denise folgen.« Sie hielt den Hüftgurt hoch.

Eine Sekunde stand Mrs McGinty mit panischem Gesichtsausdruck zwischen den beiden. Sie ließ den Blick vom einen zum anderen wandern. Dann schnappte sie sich den Hüftgurt, trat an die Kante und brüllte: »DENISE!«

»Gucken Sie mal, so lösen Sie unten den Hüftgurt«, erklärte Struan, aber Mrs McGinty hörte offensichtlich nicht zu. Sie sagte immer wieder: »Denise wird sich schon darum kümmern.«

Gertie ging davon aus, dass Denise sich nicht einmal mehr am Fuße der Felswand befand. Wahrscheinlich war sie bereits mit den Kindern aufgebrochen, damit sie es bald warm hatten und in Sicherheit waren.

»Ich muss mich beeilen«, murmelte Mrs McGinty vor sich hin.

Na ja, vielleicht würde sie die Gruppe gerade eben noch erwischen.

Als Gertie einen Funkspruch absetzte, antwortete Murdo und erklärte, dass er am Fuße der Steilwand geblieben war und auf sie wartete, während Morag und Denise mit den Kindern losgezogen waren.

Sobald Mrs McGinty unten sein würde, müssten sie sehen, wie Gertie das mit den Knoten hinbekommen würde. Aber das würde schon klappen.

Als Mrs McGinty mitkriegte, dass Denise bereits mit den Kindern losgezogen war, hatte sie es nur noch eiliger. Sie hörte Struans mehrfach wiederholten Erklärungen einfach nicht zu, und als sie über die Kante nach unten glitt, trieb sie die beiden jungen Leute lauthals zur Eile an. Sobald sie frei in der Luft hing, stieß sie sich sogar mit den Beinen an der eisigen Felsfläche ab, weil sie wohl glaubte, dass es so schneller gehen würde. Damit zerrte sie heftig am Seil.

Gertie und Struan arbeiteten an der Winde zusammen.

»Was für ein Albtraum!«, stöhnte Struan und rollte mit den Augen.

»Ich wusste immer schon, wie übel diese Frau ist, selbst in der vierten Klasse«, sagte Gertie.

Struan lächelte. »Ja, das fand ich auch. Meine Mutter hat zwar immer gesagt, dass das Quatsch ist, aber …«

Sie tauschten Blicke.

Unten angekommen, hätte Mrs McGinty eigentlich aus dem Hüftgurt schlüpfen sollen, damit Struan und Gertie ihn hochziehen und selbst für den Abstieg benutzen konnten. Da sie in ihrer Panik nicht richtig zugehört hatte, tat sie das aber nicht. Sobald sie festen Boden unter den

Füßen hatte, rannte sie stattdessen auf der Suche nach der tüchtigen, klugen Denise den Berg hinunter, wobei sie das Seil hinter sich herzog. Als sie es bemerkte, begann sie, heftig am Hüftgurt zu zerren, woraufhin er zu Boden fiel, auf dem gefrorenen Untergrund vom Pfad rutschte und mit dem Seil zusammen den Berg hinunterpurzelte.

Kapitel 45

Gertie und Struan fehlte es an Erfahrung, daher bemerkten sie nicht, was sich abspielte, bis es zu spät war – nachdem Mrs McGinty den Boden erreicht hatte, war das Seil nicht mehr gespannt. Sie lockerten den Griff, und es rutschte ihnen einfach durch die Finger, fiel über die Kante der Steilwand und verschwand in der Tiefe.

Als Gertie vorstürzte, um vielleicht den Zipfel noch zu erhaschen, packte Struan sie, damit sie nicht noch hinterherfiel.

Dann standen die beiden da und blickten entsetzt nach unten.

Mrs McGinty war den mit Geröll bedeckten Hang unterhalb der Steilwand schon zur Hälfte hinuntergelaufen, als ihr bewusst wurde, was sie getan hatte.

Während Murdo lautstark ins Funkgerät fluchte, drehte sie sich um und rief benommen: »Äh, tut mir leid?« Aber es war längst zu spät.

Murdo probierte ein paar Sachen aus, um das Seil wieder nach oben zu bekommen, wie einen dicken Knoten am Ende, eine lassoartige Schlinge oder sogar einen festgebundenen Stein. Aber ein Seil fünf Meter nach oben zu bekommen, ist ohne Pfeil und Bogen so gut wie unmöglich.

Irgendwann bat Gertie ihn, es nicht mehr weiterzuversuchen. Er hielt sich schon viel zu lange im Freien auf und musste doch sicher frieren. Struan und sie würden wohl hier oben bleiben müssen, hatten aber zumindest genug Vorräte in der Höhle.

Von oben schauten sie dabei zu, wie sich das ungleiche Duo – Mrs McGinty und Murdo – im brausenden Sturm unhörbar entfernte und überraschend schnell vom Schneegestöber verschluckt wurde.

Und so fanden sich Gertie und Struan plötzlich ganz allein wieder.

Als Erstes gingen sie hoch zur Höhle, wo Gertie sich einen Überblick darüber verschaffte, was vom abgeworfenen Hilfspaket noch übrig war. Weil das Feuer zu erlöschen drohte, griff sie nach ein paar Anzündwürfeln aus dem Bündel und warf sie hinein. Flammen loderten auf.

»Okay«, sagte Gertie fröhlich, »lass mich erst mal Wasser heiß machen, und dann können wir gucken, wie es weitergeht.«

Die Kinder hatten die gesamte Schokolade vertilgt, aber es waren noch Plätzchen übrig und auch ein paar Teebeutel.

In einem Topf aus einer der Kisten würde sie wohl Schnee schmelzen können. Sie hatte keine Ahnung, wie lange das dauern würde, deshalb machte sie sich gleich ans Werk.

Sie schaute zu Struan, der draußen vor der Höhle im heulenden Wind stand. Er starrte auf den einsamen Pfad in Richtung Sicherheit hinunter – die für sie im Moment allerdings außer Reichweite war. Längst waren die Fußstapfen der Kinder vom Schnee bedeckt.

Gertie kniff die Augen zusammen und rief Struan. Als der sich nicht einmal zu ihr umdrehte, dämmerte ihr, was los war. Klar, während sie in professioneller Allwetterkleidung den Berg hinaufgestapft war, hatte sich Struan den ganzen Morgen und auch einen großen Teil der Nacht zuvor um die Kinder gekümmert. Und das in einem Outfit, in dem er wohl auch zu einem Festival gehen würde. Jetzt war er komplett durchnässt und völlig durchgefroren.

Während Denise und Skellan am Feuer beratschlagt hatten, hatte Struan draußen mit den Kindern gespielt. Und als nach und nach alle anderen über die Felswand abgeseilt wurden, hatte er mit seinen schlecht sitzenden und hastig zusammengesuchten Klamotten wie ein Fels in der Brandung die Stellung gehalten.

Nach alldem wusste er plötzlich nicht mehr recht, was hier eigentlich los war. Er fühlte sich so benommen und schläfrig, dass er sich erst einmal in den Schnee setzte.

»Struan!«, rief Gertie entsetzt, als sie es bemerkte.

Als er nicht reagierte, eilte sie zu ihm hinüber und versuchte sanft, ihn zum Aufstehen zu bewegen.

»Ich bin so müde«, murmelte er. »Lass mich nur schnell ein Nickerchen machen.«

»Nein, auf keinen Fall!«, versetzte Gertie so streng, wie sie noch nie mit jemandem gesprochen hatte, und versuchte, ihn in Richtung Höhle zu ziehen.

In den schottischen Bergen konnte man an Unterkühlung sterben, was alle nur zu gut wussten, die hier in der Gegend lebten, schließlich kamen jedes Jahr Kletterer ums Leben. Wer dachte, dass es in Großbritannien wegen des gemäßigten Klimas nicht so gefährlich war wie in Südamerika oder im Himalaja, lag eindeutig falsch. Zum Glück waren die fantastischen Rettungsteams meist rechtzeitig vor Ort, aber

Struan und Gertie hatten keine Ahnung, wann sie jemand holen würde.

Immerhin wusste Gertie jedoch, was in so einer Situation zu tun war, weil das hier alle in der Schule lernten. Leider hing der Erfolg der Aktion auch davon ab, dass die entsprechende Person die Gefahr erkannt hatte und sich helfen ließ, statt wie ein Sack Kartoffeln dazuhocken und darauf zu bestehen, dass sie ein Nickerchen mitten im eisigen Schneesturm machen wollte.

Gertie ging zum Feuer hinüber, legte Holz nach und biss die Zähne zusammen, weil die Höhle voller Rauch war. Wenigstens wurde es langsam warm. Nun gut, tatsächlich war es immer noch kalt, aber wärmer als draußen im Wind. Okay, eins nach dem anderen, dachte sie beim Anblick der knisternden Flammen.

Dann rief sie »STRUAN!«, während sie wieder nach draußen ging. Als er nicht reagierte, wurde sie lauter, was ihn aber noch immer nicht aus seiner Starre riss. Dass Gertie mittlerweile zitterte, hatte nicht nur mit der Kälte zu tun. Was, wenn sie es nicht schaffte, Struan zu bewegen, wenn er sich einfach nicht vom Fleck rührte? Lange würde er nicht überleben, wenn er da draußen reglos hockte. Und selbst wenn schließlich jemand zu ihnen hochklettern und alles Nötige fürs Abseilen mitbringen würde, konnte es durchaus sein, dass der geschwächte Struan es nicht einmal bis zur Steilwand schaffte.

Darüber wollte Gertie bloß nicht nachdenken. Sie musste Struan jetzt unbedingt in die Höhle kriegen. Aber er war ja nicht ansprechbar. Gertie kniete sich neben ihn und sagte zu ihm die Worte, die sie selbst ihr Leben lang immer wieder von anderen gehört hatte. »Los«, flüsterte sie. »Wach werden! Jetzt hör schon auf zu träumen!«

»Hm?«

»Komm, reiß dich zusammen! Du musst in die Höhle, das ist die Realität, also beweg dich!«

Nachdem Struan den Kopf gedreht und ein wenig die Lider geöffnet hatte, blickte er sich um, als begriffe er nicht, wo er war.

»Gut so! Bleib bei mir. Nicht wieder einschlafen!«, drängte Gertie. »Wir müssen rüber zum Feuer. Auf geht's, und wach bleiben! Bleib schön wach.«

Rabiat zerrte sie ihn hoch, bis er endlich auf die Füße kam und ein paar Schritte in die richtige Richtung stolperte.

»Fantastisch«, sagte Gertie inmitten des tobenden Sturms laut. »Schön wach bleiben, reiß dich zusammen. Hör auf zu träumen. Keine Träumerei mehr, Struan. Sag mal, weißt du, wer ich bin?«

»Ich hab … Ich hab dich immer gekannt«, erklang seine Stimme leise und verwirrt. »Ich kannte dich immer schon.«

Oh, verdammt!, dachte Gertie. Der ist so weggetreten, dass er schon im Fieberwahn brabbelt. Weil sie plötzlich furchtbare Angst bekam, wurde ihre Stimme noch schneidender. »LOS!«, kreischte sie auf eine Art und Weise, die wohl Jean überrascht hätte, nicht aber Gerties fischende Vorfahren. »Komm schon, du musst in die Höhle. Das ist kein Witz, das ist todernst. Also vorwärts, nur noch ein paar Schritte!«

Und zu ihrer Verblüffung gehorchte er mit einem Mal. Es klappte. Obwohl der zitternde Struan seine Umgebung kaum wahrzunehmen schien, ließ er sich von ihr in die Höhle führen und neben das zuckende Feuer setzen.

Gertie betrachtete Struan, musterte dieses blöde Gesicht, von dem sie so lange hin und weg gewesen war, von dem sie ewig geträumt hatte. Struans Kieferpartie war wesentlich definierter als in seiner Jugend, sein Gesicht war nicht mehr so weich, und die einst glatten, haarlosen Wangen waren weniger voll, dafür aber von Bartstoppeln geziert. Er war immer noch ein wirklich attraktiver Mann.

Innerlich stöhnte Gertie bei dem Gedanken auf, dass sie ihm nur in einem halb komatösen Zustand so nahe kommen konnte, wenn es galt, ihn vor dem Erfrierungstod zu retten. Nun gut. Das hier war keine Fantasie, kein Tagtraum. Die Zeit für solche Luftschlösser war vorbei, weil sie sich jetzt der echten Welt stellen musste. Gertie wusste, was zu tun war, und es gab keine andere Möglichkeit. Als Erstes holte sie die Schlafsäcke, die die Kinder zurückgelassen hatten, und hängte ein paar davon vor den Eingang der Höhle. Dadurch wurde das Innere nur noch verrauchter, was ihr jetzt aber egal war, weil sie um jeden Preis die Temperatur erhöhen musste.

Dann breitete sie in der Nähe des Feuers ein paar Decken aus dem abgeworfenen Bündel, Handschuhe, eine Mütze und Strümpfe aus, um sie anzuwärmen.

Zum Schluss griff sie nach zwei Schlafsäcken und verband sie über die Reißverschlüsse zu einem einzigen großen. Den legte sie neben dem Feuer auf Isomatten und breitete weitere Schlafsäcke und Decken darüber. Dann kniete sie sich hin und begann vorsichtig damit, Struan die Stiefel auszuziehen.

Das Feuer knisterte, während Gertie Struan die Füße mit einem Handtuch abrubbelte – sie waren klatschnass und ganz blau. Ihr wurde augenblicklich klar, dass sie ihm auch die Hose würde ausziehen müssen. Gott, wie absurd. Wenn ihr dreizehnjähriges Ich sie jetzt sehen könnte! Aber die

Gertie von damals hätte wohl keine Ahnung gehabt, was zu tun war.

Ein weiteres Mal rief sich Gertie in Erinnerung, dass ihre nächsten Handgriffe eine medizinische Notwendigkeit waren und sie dabei ganz professionell bleiben musste.

Als sie sich dann vorlehnte, stieg ihr ganz schwach ein Hauch seines Aftershaves in die Nase. Er trug also immer noch das gleiche wie damals in der Schulzeit, keinen betont männlichen, sondern vielmehr einen neutralen, wässrigen Duft der Neunziger.

Weil sie ihn mit Struan assoziierte, hatte Gertie später immer ein Problem damit gehabt, wenn ihr der Duft bei anderen Männern aufgefallen war. Sie riss sich zusammen, um sich auf das Entscheidende zu konzentrieren.

»Wir ziehen dir jetzt die Hose aus«, sagte sie so streng, wie sie es denn hinbekam. »Damit du dich danach besser fühlst.«

Struan streifte ganz langsam seine Fäustlinge ab und wollte selbst die Knöpfe aufmachen, konnte die dunkel angelaufenen Finger aber nicht krümmen.

Besorgt betrachtete Gertie sie. Dann befreite sie ihn selbst von der Hose, der Jacke und dem durchnässten Fleeceoberteil. Selbst sein Unterhemd war nass und die Haut so kalt und weiß wie Marmor.

Schnell zog ihm Gertie die vorgewärmten Handschuhe und Strümpfe an, zwei Paar übereinander, rubbelte ihm die lockigen Haare trocken und setzte ihm eine Mütze auf.

Sie überlegte, aber es half ja alles nichts. Selbst war sie korrekt gekleidet, und es wurde in der verrauchten Höhle auch langsam wärmer. Gertie bugsierte Struan, der inzwischen nur noch seine Boxershorts trug, in den Schlafsack.

Dann verdrehte sie seufzend die Augen, weil alles so lächerlich war, zog die Jacke und den obersten Pulli aus und schob sich zu ihm in den Schlafsack, so wie man es ihr beigebracht hatte.

Kapitel 46

Struan war kalt wie ein Eisklotz, hatte die Augen nur einen Spalt weit geöffnet und blickte ins Leere.

Gemeinsam lagen sie neben dem Feuer, Gertie fühlte sich dabei jedoch furchtbar, so als sei ihr wie bei *Die Affenpfote* ein Wunsch erfüllt worden, aber mit schrecklichen Konsequenzen.

Der dämliche Struan McGhie, dem sie nie aufgefallen war, weil er sich für wer weiß wen gehalten hatte, und der sie jetzt, Jahre später, nicht einmal wiedererkannt hatte.

Aber sie wusste, was zu tun war. Vorsichtig streifte sich Gertie auch den Rest der Kleidung ab und presste sich dann in Unterwäsche gegen Struan, woraufhin die Wärme ihres Körpers auf den seinen überzugehen begann. Es war ein merkwürdiges Gefühl.

Als Struan etwas murmelte, wurde sein Atem als Wölkchen in der Luft sichtbar, und Gertie schob sich näher an seinen Mund heran, um ihn besser zu verstehen.

»Ich bin so müde.«

»Nein«, widersprach ihm Gertie. »Nein, du bist nicht müde, und du darfst jetzt auf keinen Fall schlafen!«

Er blinzelte, als sie nach einer seiner Hände griff, den Handschuh abstreifte und versuchte, etwas Leben hineinzurubbeln. Irgendwann gab sie es auf und schob sich seine

Hände im verzweifelten Versuch, sie warm zu bekommen, in die Achselhöhlen.

»Ich ... was ...« Er klang so benommen und durcheinander.

»Konzentrier dich!«, zischte sie.

Wieder blinzelte er verwirrt und sagte: »Kleine Gertie, bist du das?« Das klang schon eher nach ihm.

»Ja, ich bin's«, antwortete sie. »Sprich weiter.«

Er überlegte lange und fragte schließlich: »Haben wir uns zusammen betrunken?«

Gertie presste die Arme so heftig gegen den Körper, das seine Hände gequetscht wurden.

»Au!«

»Hast du das gespürt?«, fragte sie.

Struan blinzelte. »Ja, ich denke schon.«

Sie machte es noch einmal.

»Uff, warum ... Wo sind wir denn hier? Und warum quälst du mich so?«

»Vielleicht deshalb, weil du denkst, dass wir nur nach ordentlich Alkohol zusammen unter einer Decke gelandet sein können!«

Struan war immer noch nicht richtig klar im Kopf und verzog das Gesicht. »Nein, das denke ich gar nicht.« Seine Stimme klang ganz weit weg, als befände er sich in einem Traum. Er schien nicht recht zu wissen, was er da sagte, und sich in seinem entrückten Zustand auch nicht darum zu scheren. »Das würde ich niemals denken. Wenn das hier echt wäre ... dann wäre es ...« Seine Stimme verstummte.

»Sprich weiter«, drängte Gertie, und dieses Mal aus mehr als nur einem Grund.

»Das wäre ... wunderschön«, sagte er schließlich.

Gertie sah ihn an. »Du weißt also nicht einmal, wo wir hier sind?«

Langsam blinzelte Struan wieder. »Ich bin mir nicht ganz sicher«, lallte er.

Es war gar nicht so einfach, aber schließlich gelang es Gertie, die Hand aus dem Schlafsack zu schieben und nach einem Becher zu greifen, in dem in lauwarmem Schneewasser ein Teebeutel hing.

»Hier, trink das«, befahl sie. »Aber langsam.«

Ihr fiel auf, dass er nicht versuchte, von ihr abzurücken, als er den Tee schlürfte. Am Ende schmiegte er sich mit flatternden Lidern sogar wieder an sie und schlang die Arme um sie.

»Nein«, knurrte Gertie. »Nein, wach auf! Du darfst jetzt nicht schlafen.«

»Aber das ist so gemütlich«, entgegnete er. Er klang wie ein bockiges Kind. »Mir ist gar nicht mehr kalt, und es ist so schön mit dir hier, wie in einem Traum.«

»Aber es ist kein Traum«, versetzte Gertie streng und begann, ihm die Arme zu reiben.

»Ich fände es toll, in deinen Armen einzuschlafen, Gertie. Dann wäre ich ein glücklicher Mann.«

»Dann würdest du als glücklicher Mann STERBEN!« Gertie rubbelte vielleicht etwas heftiger als beabsichtigt.

»Äh, ja«, kam von ihm, und dann: »Au!« Und noch einmal: »Au!«

»Gut«, sagte Gertie unbeirrt. »Das bedeutet, dass die Nervenenden wieder zum Leben erwachen.«

»Ich …« Struan zog eine Grimasse. »Ist das wirklich …? Bin ich immer noch oben in den Bergen?« Plötzlich zuckte er gequält zusammen. »Wo sind denn die Kinder?«, fragte er panisch.

»Denen geht es gut, sie sind in Sicherheit«, beruhigte Gertie ihn mit beschwichtigender Stimme. Das Feuer warf flackernde Schatten an die Wände der Höhle. »Denen hast du doch nach unten geholfen, weißt du das nicht mehr?«

»Ich erinnere mich nur noch vage«, murmelte Struan, bevor ihm wieder ein »Au!« entfuhr.

»So ist es gut«, sagte Gertie sanft. »Was tut dir denn weh?«

»Immer noch die Hände.«

»Nicht die Füße?«

»Ich würde einfach so gern … ein bisschen schlafen.«

»Das geht aber nicht«, stellte Gertie klar. »Zieh mal die Füße an.«

Struan wusste offensichtlich nicht recht, wie, weshalb Gertie wenig elegant an seinen Knien zerrte.

»Das ist wirklich ein komischer One-Night-Stand«, beschwerte sich Struan.

»Ich nehme mal an«, entgegnete Gertie, »dass du dich an diese Worte morgen entweder nicht erinnern oder dich tausendmal dafür entschuldigen wirst.«

Plötzlich wirkte Struan ein wenig wacher. »Sorry, sorry. Hab ich irgendwas falsch gemacht?«

»Nein, hast du nicht. Aber du musst unbedingt wach bleiben, und ich muss jetzt versuchen, deine Füße zu retten.«

»Dieser Traum ist wirklich seltsam«, murmelte Struan.

»Sprich weiter«, sagte Gertie, während sie sich im Schlafsack nach unten schob. Trotz zwei Paar von ihr gestrickter Strümpfe waren seine Füße immer noch eiskalt. Weil ihr nichts Besseres einfiel, schlang sie die Arme darum und presste sie eng an sich.

»Aber es ist auch ein angenehmer Traum«, fuhr Struan fort. »Ich meine, hier mit dir zusammen zu sein, ist echt schön. Allerdings hätte ich nicht damit gerechnet, dass du meine Füße umarmen würdest.«

»Ja, das hätte ich mir auch nie träumen lassen«, stöhnte Gertie.

»Aber ich finde es schon schön.«

»Red weiter«, sagte Gertie, während sie ihm die Füße so heftig knetete und massierte, wie sie konnte.

»Und ich kenne dich«, sagte er wieder.

Gertie schürzte die Lippen. Er war ja wegen der Kälte völlig durch den Wind und wusste nicht, was er da sagte. Sie wechselte das Thema. »Erzähl mir doch mal lieber… von zu Hause.« Sie war fest entschlossen, sich nicht von der Besorgnis übermannen zu lassen, nicht in Panik zu verfallen.

Struan schmunzelte. »Niemand will je mit mir über zu Hause reden. Alle sagen immer: ›Oh, Struan, warum gehst du nicht nach Aberdeen?‹, ›Oh, Struan, du solltest mehr touren‹, ›Oh, Struan, du bist einfach nicht ehrgeizig genug‹.«

Gertie gab ihr Bestes und versuchte angestrengt, wieder Leben in seine Füße zu rubbeln.

»Und dann möchte ich einfach nur… Ich möchte sagen: ›Guckt euch das doch mal an. Kommt an einem Abend vorbei, wenn der Wind frisch vom Norden her weht, und schaut euch an, wo die Meere ineinanderfließen. Das ist doch der Gipfel der Welt, wo man die Brise auf den Wangen spüren und Seehunden Hallo sagen kann, wo man auslaufenden Fischerbooten hinterherwinken und ordentlich durchatmen und ein winziges Flugzeug abheben sehen kann.‹ Gertie, findest du nicht auch, dass es keinen besseren Ort auf Erden gibt? Wenn ich die Salter's Road entlanglaufe, dann erkennen mich sogar die Kühe wieder und kommen herbei, um mich zu begrüßen. Kinder bitten mich um ein Lied, und es gibt hier kaum jemanden, der mich nicht bei sich zu Hause willkommen heißen würde, vor dessen Kaminfeuer ich es mir nicht gemütlich machen könnte, *aye*.«

»Sprich weiter«, drängte Gertie.

»Alles andere ist nur Schall und Rauch, Gertie, das verpufft einfach. Geld oder Autos oder die große weite Welt, das interessiert doch irgendwann nicht mehr. Was am Ende bleibt, sind Freunde und Familie und Musik, das, was man liebt. Das ist alles.«

Gertie fragte sich, ob seine Worte wohl von Herzen kamen oder dem Fieberwahn entsprangen.

»Natürlich sagen immer alle, dass ich losziehen und all den anderen Sachen hinterherjagen soll«, fuhr er fort. »Au, meine Zehen!«

»Sehr gut«, sagte Gertie. »Wenn du die Zehen spüren kannst, ist das echt super!«

»Verdammt, und ob ich die spüre! O mein Gott!« Er blinzelte und schien durch den Schmerz viel wacher zu werden. Jetzt zitterte er unkontrollierbar und presste die stechenden, krebsroten Hände gegeneinander. »Oh, verdammt!«

»Sprich weiter!«

Struan kniff die Augen zusammen, und dann machte er es einfach. Er erzählte Gertie alles über Saskia und das Vorspielen und wie ihn alle in die Welt hinaus schicken wollten, damit er nach Großem strebte. »Manchmal hab ich das Gefühl«, sagte er schließlich, »dass ich mir erst dann wie ein Versager vorkomme, wenn ich in den Augen aller anderen einer bin.«

Gertie hielt einen Moment inne. »Ich weiß, was du meinst«, hörte sie sich sagen. »Das kann ich gut nachvollziehen.«

Plötzlich spürte sie, wie er sanft ihre Schulter berührte.

»Ich stecke ganz schön in der Klemme, oder, Gertie?«

Sie kroch wieder nach oben und schaute ihm in die Augen. »Es wird alles gut«, versprach sie. »Dir muss bloß wieder warm werden.«

»Aber das ... klappt einfach nicht.«

»Na, komm her«, sagte sie.

Sie schloss ihn in die Arme und wiegte ihn und brachte ihn dazu, dass er seinen Schmerz hinaussang. Als er sein Lied anstimmte, hatte sie das Gefühl, dass sogar ihr dadurch wärmer wurde. Am Ende dachte sie, dass es insgesamt gesehen doch ein schöner Moment war. Das Feuer brannte herunter, und sie wusste nicht, ob sie es wieder in Gang bringen könnte und ob es je zu schneien aufhören würde oder ob sie einfach beide vom Schlaf übermannt werden und sich in ewigen Träumen verlieren würden.

Kapitel 47

Die Kinder hatten nichts mehr von der fröhlichen, wuseligen Truppe, die Morag am Tag zuvor auf die Insel geflogen hatte. Sie waren müde, hatten Tränen in den Augen und sehnten sich alle verzweifelt nach ihrer Mum.

Morag stellte im Flugzeug die Heizung so hoch, wie es möglich war, ohne wertvollen Treibstoff zu vergeuden.

Am Flugplatz von Carso hockten zitternd und angespannt die Familien in der Wellblechhütte.

Bedauerlicherweise warteten sie nicht als Einzige, da inzwischen auch Vertreter der Medien Wind davon bekommen hatten, dass hier Kinder von einem Schneesturm überrascht worden waren. Dass die Medienleute sich wie Geier auf die Geschichte stürzten, war absolut widerlich, aber man konnte leider nichts dagegen tun.

Als Nalitha das gehört hatte, hatte sie sich wutentbrannt zum Flugplatz geschleppt, obwohl sie nicht einmal mehr annähernd in ihre Uniform passte. Trotzdem gab sie ihr Bestes, um offiziell auszusehen und die Leute dazu zu bringen, sich zu verziehen.

Die Pressevertreter bedrängten die Eltern so rücksichtslos, dass Nalitha wohl höchstpersönlich handgreiflich geworden wäre, wenn die Sorge um ihr ungeborenes Kind sie nicht gebremst hätte. Stattdessen ging sie zu Shugs senior hinüber und eröffnete ihm, dass er gerade zum offiziellen

Leibwächter der Familien ernannt worden war. Jedes Mal, wenn sich jemand von einer der Zeitungen an die »besorgten Eltern der Mermaid's-Spyglass-Kinder« heranzuschieben versuchte, ging er dazwischen und knurrte in bedrohlichem Tonfall: »Kein Kommentar!« Es stellte sich heraus, dass er diese Aufgabe durchaus genoss.

Gegen zwei Uhr ließ der Schneesturm endlich ein wenig nach. Obwohl einige schmalere Straßen weiterhin unpassierbar und etliche Autos eingeschneit waren, hatten sich mittlerweile die meisten Bewohner des Ortes am Flugplatz eingefunden.

Donalds Frau, Lisa, verdiente mit ihrem widerlichen Kaffee ein Vermögen, aber Gebäck hatte sie längst keins mehr, weshalb die Leute Toblerone herumreichten. Nein, das hier war kein großer Airport, aber doch immerhin ein Flughafen. Und wenn Carso als Flughafen durchgehen wollte, dann musste man wohl auch Toblerone verkaufen, wie Nalitha gern betonte. Bestimmt war das irgendwo im Luftfahrtrecht vermerkt. Dem widersprach Morag jedes Mal, doch davon wollte Nalitha nichts hören. Als zusätzliches Argument führte sie an, dass man die Schokolade mit ihren zackenförmigen Stücken im Fall einer Flugzeugentführung auch gut als Waffe benutzen könnte.

Morag meldete sich per Funk im Tower bei Donald, der Nalitha Bescheid sagte.

Die bemühte sich wirklich darum, diskret zu sein, nur versuchte bei ihrer Rückkehr aus Donalds Büro die gesamte Bevölkerung von Carso, ihren Gesichtsausdruck zu interpretieren.

Deshalb wusste jeder sofort Bescheid: Die Kinder waren gefunden und auf dem Weg hierher!

Eifrig strömten alle hinaus auf die Piste, wo schon die Lokalpolizei und die Freiwilligen der örtlichen Feuerwehr warteten. Trotz einer langen Nacht, in der sie etliche Lämmer aus dem Schnee ausgegraben hatten, waren sie jetzt hier, falls ihr Einsatz nötig sein sollte.

Zunächst war kaum etwas zu vernehmen, nur ein leichtes Brummen, das man gut hätte überhören können. Es begann ganz leise ... wurde aber zunehmend lauter, bis am weiten, endlosen Himmel schließlich etwas Metallisches aufblitzte.

Alle am Boden hielten den Atem an, hier und da umklammerte jemand einen Arm, zupfte an einem Ärmel oder presste eine Hand ... während *Dolly 2*, die kleine Propellermaschine, zwischen den dichten Wolken zu erahnen war, allmählich Form annahm und beim Sinkflug in der stürmischen Luft hin- und hergeworfen wurde.

Instinktiv traten die Wartenden einen Schritt zurück, aber sie brauchten sich keine Sorgen zu machen. Unbeirrbar zuckelte der Flieger heran und landete mit einem Dröhnen problemlos am Ende der Piste. Er sauste voran, wurde nach und nach langsamer und hielt dann fünfzig Meter von der Menschenmenge entfernt.

Im ersten Moment hätte man eine Nadel fallen hören können, bevor auf einen Schlag Chaos ausbrach.

Nalitha und Donald waren wirklich froh, dass die Feuerwehrleute und Shugs senior für Ordnung sorgten, weil sich die Menge am liebsten auf das Flugzeug gestürzt hätte. Irgendwann beruhigten sich alle wieder und warteten ab, viele mit der Kamera im Anschlag, während die Maschine zum völligen Stillstand kam und der Propeller auslief.

Morag stand auf und verließ das Cockpit. Sie hatte unterwegs die Heizung höchstmöglich aufgedreht, und die meisten der Kinder waren eingeschlafen, obwohl der Flug durch den Schneesturm nicht sehr lang und so laut wie unruhig gewesen war.

Mrs McGinty hatten sie auf einem Fensterplatz angeschnallt, auf dem sie nach draußen starrte und die Blicke der anderen mied.

»Okay«, sagte Morag.

Die Kinder begannen, sich zu rühren, und waren plötzlich hellwach, als sie begriffen, dass sie gleich ihre Eltern wiedersehen würden.

Murdo hatte sich an der Tür positioniert.

»Ich wollte nur sagen, dass ihr das ganz toll gemeistert habt und supertapfer wart. Ihr seid alle fantastisch und richtige Helden! Außerdem könnt ihr denen aus der Siebten jetzt eine *Wahnsinnsstory* erzählen!«

Die auf einmal erstaunlich munteren Kinder jubelten mit der wenigen ihnen verbliebenen Energie.

»Und jetzt möchte ich euch bitten, einer nach dem anderen langsam zur Tür rüberzugehen und Captain MacIntyre in einer ordentlichen Reihe die Stufen hinunter zu folgen. Unten dürft ihr auf keinen Fall losrennen, weil es streng verboten ist, einfach über eine Rollbahn zu laufen. Verstanden?«

Das hatten die Schüler sofort begriffen und nickten ernst.

»Ihr müsst vermutlich noch untersucht werden, obwohl ihr für mich ja ziemlich fit ausseht. Und zum Abendessen bekommt ihr bestimmt alle euer Lieblingsgericht.«

»Pizza!«, rief Khalid.

»Pommes!«, ein anderes Kind.

»Nein, Eis!«, kam es von Shugs junior, was zu lautem Gelächter führte.

»Okay«, sagte Morag. »Dann schnallt euch mal ab. Ihr wart wirklich ganz toll.« Sie stellte sich neben die Tür und schüttelte jedem Kind würdevoll die Hand, bevor es das Flugzeug verließ.

Oksanas Mutter war zwar mit den anderen Eltern zum Flughafen gekommen, stand dort aber ein wenig abseits. Sie weigerte sich schlicht, die willkürliche Grausamkeit des Schicksals zu akzeptieren, deshalb ließ sie sich kaum etwas anmerken, als Oksana aus dem Flugzeug stieg. Ihr entging jedoch nicht, dass ihre Tochter sich mitten in einer Traube von Mädchen befand, die sich bei den Händen hielten und vertraut flüsterten.

Als die beiden endlich wieder miteinander vereint waren, war das Wiedersehen auch nicht von Gefühlsausbrüchen und Tränen geprägt wie bei den anderen Familien. Sie umarmten sich nur einmal förmlich.

Allerdings lag plötzlich ein verstörter Ausdruck auf Oksanas Zügen, als sie sich von ihrer Mutter löste. »Bodhan!«, rief sie entsetzt. »Ich hab meinen Bären verloren! Das hab ich gar nicht gemerkt.«

»Na, *kokhannya*, dann brauchst du ihn vielleicht nicht mehr«, sagte ihre Mutter.

Kapitel 48

Gertie widersetzte sich der Müdigkeit standhaft. Auf keinen Fall durfte sie jetzt ins Träumen geraten und am Ende doch noch einschlafen, deshalb kroch sie lieber aus dem Schlafsack.

Sie wollte Holz nachlegen und den Vorhang vor dem Eingang zum Lüften etwas zur Seite ziehen, weil der Rauch nicht nur unangenehm, sondern auch schädlich war.

»Schlaf bloß nicht ein«, warnte sie Struan. »In zwei Minuten bin ich wieder bei dir.«

»Ja, komm schnell zurück«, bat Struan. »Ich kuschel nämlich so gern mit dir.«

»Darum geht es hier nun wirklich nicht«, knurrte Gertie.

Außerhalb des Schlafsacks war es eiskalt. Als sie den improvisierten Vorhang etwas zur Seite schob, sah sie aber, dass das Schneegestöber mittlerweile etwas nachzulassen schien. Gertie legte das letzte Holzscheit aufs Feuer und füllte noch etwas Schnee in den Topf. Dann suchte sie Struans überall verstreute Kleidung zusammen, um sie vor den Flammen auszubreiten, damit sie wenigstens ein bisschen trocknete. Irgendwann würde er die Sachen ja wieder anziehen müssen. Als sie nach seinen Fäustlingen griff und den ersten davon auf links drehte, fiel zu ihrer Überraschung etwas heraus. Es war ein weiterer Handschuh, den er darunter getragen hatte, fingerlos, verwaschen und schon furchtbar zerfranst …

Gertie trat an den Schlafsack heran. »Hey«, sprach sie Struan an. »HEY!«

»Was denn? Ich bin wach, ich bin ja wach!«, beteuerte er. »Ich bin im Kopf gerade den Quintenzirkel durchgegangen.«

»Was ist das hier?«, fragte Gertie und hielt ihm den Handschuh vor die Nase.

Struan betrachtete ihn. »Kannst du nicht wieder hier reinkriechen?«, bat er. »Mir ist so kalt.«

Gertie kam seiner Aufforderung nach und versuchte dann, Struan zu wärmen und sich gleichzeitig so weit wie möglich von ihm fernzuhalten, was in einem Schlafsack gar nicht so einfach war.

Endlich griff Struan blinzelnd und mit steifen Fingern nach dem Handschuh. »Das ist ein fingerloser Handschuh.«

»Ich weiß, was das ist«, sagte Gertie. »Meine Frage lautet eher, wo du den herhast.«

»Das weiß ich gar nicht mehr«, antwortete Struan. »Ach, doch. Ich glaube, diese Handschuhe habe ich mal vor Ewigkeiten zum Valentinstag bekommen. Die hat mir jemand geschenkt.«

»Jemand?«

»Ja, ich konnte aber nicht herausfinden, wer. Das war damals in der Schule, also, als ich selbst Schüler war und noch kein Lehrer. Gott, das wäre ja seltsam gewesen. Egal, jedenfalls sind diese Handschuhe echt cool, einfach perfekt zum Gitarrespielen, weil die Finger dabei frei bleiben und …«

»Das weiß ich auch, du Idiot«, unterbrach Gertie ihn. »Schließlich hab ich die damals für dich gestrickt!«

Struan starrte sie an. »Zum Valentinstag?«

»Ja, zum Valentinstag 2010!«

»Was? Und warum hast du NIE WAS GESAGT?«

»Ich dachte, ihr wüsstet das alle und hättet deshalb über mich gelacht! Und später hab ich geglaubt, dass du die ganze Sache einfach vergessen hast. Das fand ich noch schlimmer.«

»Wie sollte ich denn die besten Handschuhe vergessen, die ich je hatte?«

Er blickte sie an, und mit einem Mal kamen ihre vom Schein des Feuers erhellten Gesichter einander ganz nahe.

»Wusste ich's doch, dass ich dich kenne«, sagte er leise. »Das hab ich immer gewusst.«

Genau in diesem Moment ertönte Motorenlärm.

Kapitel 49

Hastig krabbelte Gertie aus dem Schlafsack und zog sich wieder an. Dabei zappelte sie vor Kälte, für ihre glühenden Wangen gab es aber einen anderen Grund.

Als sie den improvisierten Vorhang vor dem Höhleneingang beiseitezog, begann sich durch den Propeller des Hubschraubers aufgewirbelter Schnee bereits davor aufzutürmen.

Die Maschine passte anscheinend nur gerade eben auf den Vorsprung, viel mehr konnte Gertie wegen des grellen Scheinwerfers aber nicht erkennen.

Sie hielt sich die Hand vor die Augen und stolperte auf den Helikopter zu. »Was …?«

Als sich der Propeller nicht mehr drehte, erschien hinter dem Licht eine Gestalt mit weit ausgebreiteten Armen. »Gertie!«

Gertie kniff die Augen zusammen.

»Ich bin hier, um die Helden zu retten!«

Es war Callum Frost, der eine elegante Verbeugung machte und zu Gerties größtem Erstaunen ihren Schal trug.

Struan war genervt, weil Jimbo und Gavin darauf bestanden hatten, ihn auf einer Liege festzuschnallen, was er total peinlich fand.

Gertie war genervt, weil Callum eine Fernsehreporterin mitgebracht hatte, die tausend Fragen dazu stellte, wie sie sich bei der Rettung der Kinder gefühlt hatte.

Und Callum war genervt, weil sich Gertie der Reporterin gegenüber so schüchtern zeigte, beim Liveinterview als Gegenleistung für ihre Rettung nicht einmal seine Fluggesellschaft namentlich erwähnte und sich am Ende lieber nach hinten verzog, um leise mit Struan zu reden und ihn wach zu halten. Dabei befand der sich doch längst außer Gefahr.

»Alles okay?«, sagte Callum in Richtung Gertie.

Sie nickte, verzog dann das Gesicht und fragte: »Haben die etwa *Sie* den Hubschrauber landen lassen?«

Er musste vor laufender Kamera verneinen.

»Ach«, sagte die Reporterin, als sie den Landeanflug begannen. »Die aus der Moderedaktion wollten auch noch mit Ihnen sprechen und einen Termin für ein Shooting ausmachen – mir wurde gesagt, dass die Kinder Haute-Couture-Strickwaren mit unglaublich tollen Designs getragen haben.«

Kapitel 50

Im Krankenhaus wartete Saskia auf Struan. »Mal im Ernst«, flüsterte sie, »hast du dich etwa in Todesgefahr gebracht, nur um dich vor diesem Vorspielen zu drücken?«

Er setzte ein kleines Lächeln auf. »Es tut mir so leid, Saskia.«

»Mir tut es auch leid«, sagte sie. »Eigentlich würde ich dich jetzt bitten, deine Sachen zu packen ... aber so richtig eingezogen bist du in die neue Wohnung ja nicht.«

»Ich hab dich doch gewarnt: Musiker sind einfach keine gute Idee!«

»Mit einem Musiker hätte ich gar kein Problem!«, empörte sie sich. »Aber offensichtlich willst *du* lieber Grundschullehrer bleiben.«

Sie gingen nicht direkt als Freunde auseinander ... aber auch nicht als Feinde.

Als Murdo nach der Rettungsaktion das Flugzeug verlassen hatte, hatte er so erschöpft ausgesehen, dass Jean gar nicht anders gekonnt hatte – wie sie sich später glühend verteidigte. Sie war auf ihn zugerannt und hatte ihn vor aller Augen in die Arme geschlossen.

Jean hasste es aus voller Seele, im Mittelpunkt von Klatsch und Tratsch zu stehen, den sie nicht selbst in die Welt gesetzt hatte.

Man musste allerdings sagen, dass Murdo nicht protestiert hatte, ganz im Gegenteil.

Die Strickdamen hatten eigentlich große Pläne für den Sommer gehabt, weil sie fürs Erntedankfest thematisch passende Dekorationen für alle Briefkästen in der Gegend hatten stricken wollen. Aber das würde wohl zeitlich knapp werden, wenn sie dabei nicht mit Jeans vollem Einsatz rechnen konnten.

Sie bekamen aber unerwartet Verstärkung: Als Jean eines Abends mal wieder geheimnisvolle Pläne hatte, klingelte es bei den Mooneys am Shore Close an der Tür. Marian machte auf und hatte eine betont bescheiden dreinblickende Peigi vor sich. Sie fragte, ob sie vielleicht mal – ohne Hund – vorbeischauen und mit der Gruppe stricken könnte. Offenbar war sie zurück in ihr kleines Häuschen an derselben Straße gezogen.

Nachdem die Strickdamen ihre Verblüffung überwunden hatten, versicherten sie ihr, dass sie sich wirklich freuen würden.

Jean schaute sich im sauberen, aber ein wenig spartanisch eingerichteten Wohnzimmer in Murdos großem, zugigem Haus um. »Hm«, machte sie.

»Sag bitte nicht, dass hier ein weiblicher Touch fehlt«, bat Murdo. »Schließlich hat hier fast immer auch eine Frau gelebt.«

Jean betrachtete die Familienfotos an den Wänden. »Vermisst du deine Frau immer noch?«

»Ja, ständig«, antwortete Murdo ehrlich. »Und was ist mit dir?«

Jean schüttelte den Kopf. »Gott, nein. Aber ich hab ja Gertie.«

Jetzt nickte Murdo. »Ihr Frauen haltet zusammen, was?«

»O ja!« Jean lächelte.

Murdo streckte seine große, sichere, ruhige Hand aus. »Möchtest du vielleicht zum Essen bleiben? Allerdings muss ich dazusagen, dass ich leider kein sehr guter Koch bin.«

»Wir können uns doch Pommes holen«, sagte Jean, lächelte ihn an und kam näher. »Später.«

Während sie ihm die Hand drückte, fragte sie sich, ob das eigentlich die erste Hand war, die sie hielt, seit Gertie die ihre zögerlich losgelassen hatte, um die Flügel auszubreiten und sich allein in die Lüfte zu schwingen.

Strahlend schaute sie zu ihm auf. »Am besten erzählen wir es den Mädchen noch nicht«, sagte sie.

»Okay«, nickte Murdo. »Zum Glück spricht sich hier in Carso ja nie was rum.«

Als in der WG die beiden Frauen beim Frühstück zusammensaßen, musterte Morag Gertie über ihren Porridge hinweg.

»Was guckst du denn so?«, fragte Gertie nervös. »Geht es um die Zeitung?«

Die Lifestylerubrik hatte zig Fotos von den Kindern mit ihren tollen Mützen und Schals gezeigt, weshalb jetzt Menschen aus aller Welt ihren Blog besuchten und dort begeisterte Kommentare schrieben. Auch E-Mails hatte sie bereits bekommen.

Morag schüttelte den Kopf. »Nein«, sagte sie. »Aber ich hab Struan im Krankenhaus besucht, und er hat mir erzählt, dass diese Valentinskarte aus der Schulzeit … von dir war.«

Gertie lief rot an. »Das ist doch ewig her, und ihr habt mich ja auch ausgelacht.«

»Ich WUSSTE DOCH, dass mich die Sache mit dem Schal für Callum an irgendwas erinnert hat!«, rief Morag aus. »Und wir haben dich nicht ausgelacht, schließlich wussten wir nicht einmal, wer dahintergesteckt hat. Tatsächlich waren wir ganz begeistert von den tollen Handschuhen, das war alles, was wir gesagt haben. Mit dir haben wir die gar nicht in Verbindung gebracht. Später wurde es zu einer Art Running Gag, dass vielleicht eine von den Lehrerinnen die für Struan gestrickt hatte, was schon ironisch ist, wenn man seinen heutigen Job bedenkt.«

»Okay«, murmelte Gertie.

»Bist du denn immer noch …? Ich meine, er hat nach dir gefragt.«

Gertie wirkte verwirrt. »Das ist doch nur, weil ich mit ihm in den Schlafsack gekrochen bin.«

Morag musterte sie lange.

»Was denn?«

»Ich könnte mir euch schon zusammen vorstellen. Das würde passen, weil ihr beide ein bisschen kauzig seid.«

»Ich bin doch nicht kauzig!«, empörte sich Gertie. Ihr Protest wäre glaubwürdiger gewesen, wenn sie sich nicht die Haare mit einer Stricknadel hochgesteckt hätte.

»Hm«, kam es von Morag.

»Na ja«, sagte Gertie, »er hat sowieso eine Freundin, und ich … ich will auch nicht länger meine Zeit mit der Schwärmerei für irgendwelche Typen vergeuden. Denk doch nur daran, was mit Callum passiert ist, und damals in der Schule mit Struan. Das war alles so peinlich, deshalb sollte ich mich jetzt auf die echte Welt konzentrieren und dort jemanden finden, wie die Strickdamen es mir immer geraten haben.«

»Da oben auf dem Berg hast du dich in der echten Welt ja gut geschlagen«, sagte Morag ernst. »Es gibt Leute, die selbst nach jahrelanger Ausbildung in so einer Situation nicht so umsichtig gehandelt hätten wie du.«

Gertie errötete. »Danke.«

»Na ja, aber noch mal zurück zu Struan ...«, fuhr Morag zögerlich fort.

»Was denn?«

»Also, er kommt hierher zurück, weil Saskia und er sich getrennt haben.«

Mit einem Mal saß Gertie kerzengerade da. »Ah.« Sie überlegte einen Moment. »Dann ziehe ich wohl besser wieder bei Mum ein.«

Morag schüttelte den Kopf. »Musst du gar nicht. Das hier ist dein Leben in der echten Welt, schon vergessen?« Sie lächelte ein wenig. »Ich bin ja sowieso kaum hier, und nach der Rettungsaktion ...« Morag verstummte und errötete jetzt ebenfalls. »Hm, die Sache hat Gregor wohl zu denken gegeben, und er möchte jetzt doch, dass wir uns eine Wohnung suchen, also, er und ich zusammen. Über alles andere müssen wir noch reden.«

»Okay«, murmelte Gertie und fügte noch etwas hinzu, was ihr plötzlich klar geworden war: »Du wirst mir fehlen.«

»Aber wir arbeiten ja noch einige Zeit zusammen«, wandte Morag ein. »Außerdem glaube ich ... dass deine Mutter und mein Großvater ...«

»O mein Gott!«, rief Gertie aus. »Deshalb ist sie neuerdings so viel unterwegs.«

»So sieht es wohl aus.«

Gertie strahlte. »Mensch!«

»Ich weiß«, sagte Morag. »Und ich denke ... Hey, wenn die beiden heiraten, was ist dann eigentlich unser Verwandtschaftsverhältnis?«

Gertie lachte.

»Ach, und noch was: Den hier haben die Putzleute im Flugzeug gefunden. Könntest du ihn Struan geben, damit er ihn mit in die Schule nimmt?« Sie warf Gertie einen zerfledderten kleinen Teddybären zu.

Nach den Osterferien kehrte Struan endlich in die Schule zurück, die mittlerweile der Leitung einer neuen Rektorin unterstand, nämlich der Respekt einflößenden Mrs Thompson.

Mal abgesehen davon, dass er jetzt zwei Zehen weniger hatte, war die Sache für Struan ziemlich glimpflich ausgegangen, und in der sechsten Klasse wartete heute eine Überraschung auf ihn. Die Schüler waren mucksmäuschenstill, als er hereinkam, und sagten nicht einmal Hallo. Es war nur hier und da ein Kichern von Bronte oder Oksana zu hören, die aber mit einem finsteren Blick von Anna-Lise zum Schweigen gebracht wurden.

Und da entdeckte Struan sie: Auf seinem Pult lag eine nagelneue akustische Gitarre von Gibson, als Ersatz für die, die der Sturm auf Larbh zu Kleinholz gemacht hatte.

Verblüfft starrte Struan das Instrument an, während die Klasse in begeistertem Jubel ausbrach.

Es näherte sich das Datum, an dem Struan ursprünglich zu dem Vorspielen in London gefahren wäre. Stattdessen hatte er die Sechstklässler für diesen Tag beim Mòd angemeldet, einem Festival für gälische Musik, das auf mehreren schottischen Inseln stattfand. Die am nächsten gelegene Veranstaltung stieg dieses Jahr auf Cairn.

Kapitel 51

An einem Abend Ende April marschierten die Strickdamen die Treppe hinauf und freuten sich darauf,
endlich Gerties WG zu besuchen. Sie waren begeistert von
der Wohnung mit neuen Teppichen und Überwürfen in
sanften Farben.

Ein Highlight war für alle, dass heute mal wieder Jean
mit von der Partie war und man ihr höchstpersönlich unter
die Nase reiben konnte, was so über sie erzählt wurde.

Selbst Elspeth hatte die Stufen ohne große Probleme be-
wältigt und bewunderte jetzt die tolle Aussicht aufs Meer.

Mittlerweile konnte man definitiv von Frühling sprechen. Die Luft war immer noch kühl, aber die Sonne
strahlte am Himmel. Vor dem Hintergrund des frischen
Grüns der Hecken explodierten die Blüten geradezu, in den
Wäldern erstreckte sich ein blauer Teppich aus Glockenblumen, die Vögel zwitscherten um die Wette, und die Zeit
der hellen Sommernächte rückte näher.

»Wo steckt denn dein ›Mitbewohner‹?«, fragte Jean und
lächelte die Strickdamen vielsagend an.

»Mu-um!«, stöhnte Gertie. Sie reichte die Rosinenplätz-
chen herum, die sie gebacken hatte. »Musst du das jedes
Mal so aussprechen, dass man die Anführungszeichen
deutlich mithört? Lass es gut sein, wir wohnen wirklich nur
zusammen.«

Wie aufs Stichwort schlenderte jetzt Struan ins Zimmer, der eine Gitarre in der Hand hielt und vor sich hin summte. »Hey!«, sagte er geistesabwesend zu den Besucherinnen, bevor er mit leuchtenden Augen das Gebäck ins Visier nahm.

Jean reichte ihm ein Plätzchen. »Wie läuft es so mit euch beiden als ›Mitbewohnern‹?«, fragte sie.

Struan zuckte mit den Achseln. »Ganz gut, oder nicht, Gertie? Ich meine, wir sehen uns ja kaum, weil ich in der Schule so beschäftigt bin. Wir bereiten uns im Moment auf das Mòd-Festival vor.«

»Ooooh«, flötete Jean. »Wie findest du es, Gertie?«

»Es ist alles okay«, sagte Gertie. »Mal im Ernst, Mum, du brauchst dir nicht solche Sorgen um mich zu machen. Ich bin schon erwachsen, und es geht mir gut.«

Als sie am Ende des Besuchs aufstand und Gertie zärtlich in die Arme schloss, sagte Jean: »Erwachsen werden die eigenen Kinder doch nie.«

»Ja, ganz genau«, stimmte Elspeth zu.

Nach dem Abschied schaute Gertie lächelnd den Frauen hinterher, die mit ihren Stricknadeln und Taschen und Schachteln gemeinsam die Straße entlangliefen. Sie hatten beschlossen, dass sie sich doch ein paar Pommes holen konnten, wenn sie schon mal unterwegs waren. Und wenn Murdo gleich noch dazustoßen würde, hätte Jean nichts dagegen. Die Strickdamen zankten auf vertraute Art und Weise miteinander, wobei es allerdings ein neues Thema gab: wie unglaublich nervig Peigi doch war. So viel Spaß hatten sie schon seit Jahren nicht mehr gehabt!

Gertie hatte sich ihnen nicht angeschlossen, weil sie am nächsten Tag ganz früh zum Flughafen musste.

Lächelnd kam Struan wieder herein. »Ach, die guten See-
len …«

*Er ging zu Gertie hinüber, die einen Schritt vom Fenster zu-
rücktrat, damit man sie nicht zusammen sehen konnte. Als sie
völlig unbeobachtet waren, bewegte sie sich langsam auf ihn zu.*

*»Backen kannst du also auch?«, sagte er. »Mensch, Gertie, du
hast einfach viel zu viele Talente.«*

*Plötzlich sagte sie: »Hör mal, könntest du mich vielleicht anders
nennen, nicht Gertie? Diesen Namen hab ich nie so richtig gemocht.«*

*Er richtete sich etwas weiter auf, wobei er darauf achtgab,
nicht zu viel Gewicht auf die lädierten Zehen zu verlagern. Nachdenklich kratzte er sich am Kinn, das unrasiert war. Sein Drei-
tagebart war aber genau Gerties Ding.*

Schließlich sagte er …

»Im Ernst? Okay. Was fändest du denn besser?«

»Ich weiß nicht recht«, musste Gertie zugeben.

»Wie wär es zum Beispiel mit *Trudie*?«

»Oh!«, sagte Gertie. »Das gefällt mir.«

Das stimmte zwar, allerdings gefiel ihr ja alles, was er
sagte.

»Mir auch. Das klingt wirklich sexy … nach einer Frau,
die echt verführerisch ist. Aber das bist du ja sowieso, egal,
wie ich dich nenne, und egal, was du tust.« Bei diesen Worten hatte sich die Stimme von Struan verändert, war tiefer
geworden, und er streckte die Hand aus, um Gerties Wange
zu berühren.

Als Morag für ihren Auszug ihre Sachen zusammengesucht
hatte, hatte sich Struan bei ihr noch über Saskia ausgeheult.
Trotzdem hatte es seitdem zwischen Gertie und ihm heftig
geknistert.

Einerseits hatte Gertie kaum fassen können, was da passierte, andererseits hatte es sich wie das Natürlichste auf der Welt angefühlt.

Von der Sekunde an, in der er mit seinem Rucksack zur Tür hereinkam, konnte Struan nicht mehr aufhören, sie anzustarren, sodass sie sich am Ende ganz bescheuert vorkam.

Auch sie schielte immer wieder zu ihm hinüber und wurde knallrot, sobald er den Raum betrat.

Struan gab Gertie seine alten Handschuhe, damit sie sie flickte, was sie auch gewissenhaft tat. Dass sie sie ihm dann eigenhändig wieder überstreifte, war aber etwas zu viel des Guten, sodass sich danach beide hastig in ihr jeweiliges Zimmer verzogen.

Am fünften Tag frühstückte Gertie gerade, als Struan herbeigehumpelt kam und sich zu ihr setzte.

Fragend schaute sie zu ihm auf.

»Ich bin mir nicht sicher«, sagte er, »ob das funktioniert.«

»Was meinst du?«

»Na, das mit uns beiden als Mitbewohnern.«

»Wieso?«, wollte sie wissen.

Er legte den Kopf auf die Tischplatte, wuschelte sich durchs Haar und blickte aus verlegen zusammengekniffenen Augen zu ihr hoch. »Weil ich nachts nicht schlafen kann und kaum was runterkriege und … oh, Gertie, ich hab mich total in dich verknallt.«

Es war beinahe wie in einem Traum oder wie in einem Film – mal abgesehen davon, dass sie einen Snoopyschlafanzug anhatte und gerade auf einem großen Bissen Toast mit Marmelade herumkaute, dass Hagel gegen die Scheiben prasselte und Struan zwei Zehen fehlten …

Obwohl sie riskierte, zu spät zur Arbeit zu kommen, tat Gertie jetzt etwas ganz Untypisches: Erst rutschte sie mit dem Stuhl näher heran, dann stand sie direkt auf und setzte sich auf Struans Schoß.

Struan küsste sie, und sie schmeckten beide nach Marmelade, und das war einfach alles, wovon sie je geträumt hatte.

»Irgendwann müssen wir es den Leuten aber mal erzählen«, sagte Gertie nun.

Struan zog sie näher an sich heran. »Schon klar, aber …«

»Die Strickdamen werden sicher bald misstrauisch«, murmelte sie.

»Bestimmt werden alle sagen, dass es für mich noch zu früh ist«, stöhnte Struan und presste sie an sich.

»Ist es das denn?«

»Nein.« Er drückte sie ganz fest, damit keinerlei Zweifel mehr bestand.

»Mein Mutter wird ausflippen.«

»Und die Schüler …«

»Okay, noch ein bisschen länger«, sagte Gertie, weil auch sie die Zeit in ihrer hier oben zu zweit erschaffenen kleinen Traumwelt so sehr genoss, in ihrem Luftschloss hoch über Carso.

Kapitel 52

Zwei Wochen später betrat Gertie die Blechbüchsenflughalle mit beschwingtem Schritt. Sie hatte eine ganz besondere Person als Gast mitgebracht, für die sie erst einmal ein gemütliches Plätzchen suchte, bevor sie ihr etwas vom mitgebrachten Kaffee einschenkte. Gertie lächelte Mackintosh und Donald zu und summte einen von Struans Songs vor sich hin, während sie am Check-in-Schalter für Ordnung sorgte.

Der in ein Gespräch mit den Hubschrauberpiloten verwickelte Callum bemerkte sie aus den Augenwinkeln und fragte sich, ob ihm vorher wirklich nie aufgefallen war, was für tolle Beine sie hatte. Er schlenderte zu ihr hinüber. »Hey«, murmelte er. »Ich wollte nur sagen, dass es mir leidtut … und dass ich vielleicht ein bisschen voreilig war.«

Einer von Gerties Schals war doch tatsächlich in der *Vogue* vorgestellt worden. Gut, es war nur ein kleiner Artikel gewesen, der nicht einmal eine ganze Seite eingenommen hatte, und neben einem Foto von ihrem Schal hatte er vor allem Bilder der rotwangigen, frisch geretteten Kinder gezeigt, die ihre Entwürfe trugen. Der Titel hatte *Die häkelnde Heldin* gelautet, was ziemlicher Quatsch gewesen war, weil sie ja eigentlich nie häkelte. Egal, jedenfalls gab es im Strickzirkel momentan kaum ein anderes Thema, und selbst Tara zog inzwischen in Erwägung, mal Wolle in einer anderen Farbe als Gelb zu bestellen.

»Hm-hm«, machte Gertie höflich, ohne ihre Tätigkeit zu unterbrechen.

»Ich meine, ich weiß natürlich, dass ich reich bin und mir die Frauen immer nach … gewissen Kriterien ausgesucht habe. Aber vielleicht wünsche ich mir einfach mal eine, die mich um meiner selbst willen kennenlernen möchte. Mein wahres Ich.«

»Ich mag Ihr wahres Ich«, entgegnete Gertie sanft. »Allerdings denke ich inzwischen, dass es wohl nicht zu meinem wahren Ich passt.«

Callum seufzte. Mit einem Mal war sie für ihn so unerreichbar wie das Ziel, je selbst einen Hubschrauber zu fliegen.

Die Sechstklässler würden heute zum Mòd fliegen und marschierten so begeistert wie aufgeregt zum Flugzeug hinüber. Die Geschichte ihrer Nacht in den Bergen war im Laufe der Zeit immer mehr ausgeschmückt worden, sodass inzwischen auch die Flugzeugstaffel der Armee, Maschinenpistolen und gelegentlich Dinosaurier darin vorkamen.

Glücklich schaute Gertie sich um, während sie die alte Dame stützte, die sie für diesen Flug eingeladen hatte: ihre Großmutter, die zum ersten Mal in ihrem Leben in die Lüfte aufsteigen würde.

»Ach, ihr Knirpse schon wieder«, sagte Elspeth strahlend. »Na, welches Abenteuer wartet wohl dieses Mal auf euch? Vielleicht ein Schiffsunglück?«

Ganz bewusst würdigte Gertie Struan keines Blickes, bis sie Elspeth auf ihrem Platz in der ersten Reihe am Fenster angeschnallt hatte.

»Du meine Güte!«, sagte Elspeth bei einem Blick nach draußen. »Die Menschen sehen von hier oben wie Ameisen aus.«

»Das sind auch Ameisen, was du da siehst«, entgegnete Gertie. »Wir sind doch noch gar nicht in der Luft.«

»Hundertprozentig sicher bin ich mir bei der Sache ja nicht«, murmelte Elspeth leise.

»Oh, es wird dir gefallen!«, versprach Gertie. »Das Flugzeug bringt einfach alles zusammen: Erde und Menschen, Himmel und Meer.«

Sie drückte ihrer Großmutter die alte, faltige, immer noch so flinke Hand. Dann schaute sie zu Struan im hinteren Teil des Flugzeugs hinüber.

Rein theoretisch hielten sie die Sache zwischen ihnen weiter geheim, erst recht vor den Kindern, daher nickte sie ihm bloß zu. Und es war völlig in Ordnung, dass er einfach nur zurücknickte. In echten Beziehungen ging es nicht wie in Geschichten oder Tagträumen darum, sich zu brüsten und mit großen Gesten anzugeben. Manchmal stand schlicht die Liebe selbst im Mittelpunkt, das Glück und Zusammensein.

Gertie kehrte nach vorne zurück und führte dort die Sicherheitseinführung durch, für die sie sich mittlerweile qualifiziert hatte. Am Ende öffnete sie ihre Tasche und sagte: »Eins noch: Hier bei MacIntyre Air scheint sich ein blinder Passagier an Bord geschlichen zu haben.«

Und sie zog Oksanas Teddy hervor, den sie gewaschen und geflickt hatte und für den sie einen Pullover in den Farben der Fluglinie gestrickt hatte.

Mit großen Augen keuchte Oksana auf, und Gertie reichte ihr grinsend den Bären, den Oksanas neue Freundinnen lautstark bewunderten.

Das brachte das Fass für Struan zum Überlaufen. Weil er nicht länger an sich halten konnte, sprang er mit seinen lädierten Füßen auf, rannte nach vorne und küsste Gertie vor versammelter Mannschaft auf den Mund.

Alle Kinder machten laut: »OOOH!«

»WUSSTE ICH'S DOCH, dass das Ihre Freundin ist!«, rief Shugs junior.

»Äh, hallo, es herrscht schon Anschnallpflicht!«, rief Morag aus dem Cockpit.

»Ich dachte, wir wollten es langsam angehen«, murmelte Gertie.

»Ach, na ja«, sagte Struan. »Es ist, wie es ist.«

»Lausch dem Wind in den Hügeln, bis das Wasser zurückgeht.«

»Èist ri gaoth nam beann gus an traogh na h-uisgeachan.«

Die Kinder waren gerade ausgestiegen, als Morags Funkgerät knisterte.

Kurz darauf kam sie in die Kabine, wo Gertie soeben Elspeths Anschnallgurt löste.

»Äh«, sagte Morag, »warte mal!«

Fragend schaute Gertie sie an.

»Die von der Luftrettung haben angefragt, ob wir einen Transport für sie übernehmen können. Sie sind in der Nähe von Carso mit einem Unfall auf der A17 beschäftigt, und jetzt muss eine Hochschwangere ins Krankenhaus.«

»O mein Gott!«, rief Gertie aus und starrte sie an. »Geht es etwa um Nalitha? Ist alles in Ordnung mit ihr?«

»Es wird alles in Ordnung kommen, wenn wir jetzt Gas geben«, sagte Morag, die schon wieder zurück auf dem Weg ins Cockpit war. »Kommst du zur Unterstützung mit?«

»Oh, Grandma«, sagte Gertie, »eigentlich wollte ich doch mit dir zum Mòd!«

»Keine Sorge«, sagte Elspeth strahlend und lehnte sich zurück. »So viel Spaß hatte ich schon seit Jahren nicht mehr. Also, in welcher Farbe soll ich etwas für dieses Baby stricken?«

Nachwort

Meine Mutter hat mir Stricken und Nähen beigebracht, und sie war früher eigentlich immer mit irgendeiner Strickarbeit beschäftigt, genau wie meine Großmutter.

Meine Großmutter war eine tolle Strickerin, allerdings mit üblem Geschmack, die mir immer lila Strickjacken mit gelben Ärmeln und solche Sachen geschickt hat. Auch meine Mum hat mit Begeisterung gestrickt, hat dabei aber gern gequatscht oder ferngesehen.

Ich gehöre nun wirklich nicht zu den Leuten, die Sachen horten. Aber auch Jahre nach ihrem Tod bringe ich es einfach nicht über mich, die Jäckchen wegzugeben, die sie für meine Kinder gestrickt hat und bei denen hier und da der Saum schief ist oder sie Maschen fallen lassen hat, weil offensichtlich der Film so spannend oder gerade Robert Redford auf der Bildfläche erschienen war. Sie hat auch nie wirklich verstanden, warum ich für Babys neutrale Farben mag.

Gern denke ich an Momente in meiner Kindheit zurück, in denen meine Mum abends noch aufgeblieben ist, um meine kleinen Strickprojekte für mich fertigzustellen. Die einzelnen Teile sauber zusammenzunähen, war für mich nämlich immer das größte Problem.

Ich fand es toll, für meine Kinder Sachen zu stricken, als sie Babys waren, habe diese Gewohnheit allerdings nicht beibehalten, als sie größer wurden.

In letzter Zeit hat mich aber eine neue Generation von Instagrammern, wie @petiteknit und @laerkebagger, dazu inspiriert, die Stricknadeln wieder hervorzukramen. So ist auch dieses Buch entstanden.

Bei einem Aufenthalt in Neuseeland habe ich die Strickvorlagen von Debbie Bliss entdeckt, nach denen ich gern arbeite. Das sind wunderschöne, einfache und zauberhaft klassische Sachen, vor allem für Kinder.

Es freut mich sehr, dass die Designerin mir erlaubt hat, zwei ihrer tollsten, einfachsten Anleitungen für ein Babymützchen und einen Babypullover hier abzudrucken.

Ich hab beide schon mehrfach in tollen Farben gestrickt und kann euch versichern, dass das immer klappt.

Alles Liebe
Jenny
:-) :-)

»Ich brauche ein Buch, das mein Leben retten wird«

Coverabbildungen vorbehalten

Jenny Colgan

Happy Ever After – Wo das Glück zu Hause ist

Roman

Aus dem Englischen
von Sonja Hagemann
Piper Taschenbuch, 448 Seiten
ISBN 978-3-492-31634-7

Bibliothekarin Nina weiß genau, was ihre Kundinnen lesen sollten, was gegen Liebeskummer hilft oder Trübsal vertreibt. Doch als die Bibliothek geschlossen und Nina arbeitslos wird, helfen Bücher ihr auch nicht weiter. Oder vielleicht doch? Nina eröffnet ihre ganz besondere eigene Buchhandlung: Mit einem Bücherbus kutschiert sie durch die schottischen Highlands, um Leser mit Lektüre zu versorgen – nur um festzustellen, dass das Happy End im wahren Leben komplizierter ist als in manchen Romanen …

PIPER

Leseproben, E-Books und mehr unter www.piper.de

Mit diesem Roman kann der Sommer kommen

Jenny Colgan

Happy Ever After – Wo dich das Leben anlächelt

Roman

Aus dem Englischen
von Sonja Hagemann
Piper Taschenbuch, 592 Seiten
ISBN 978-3-492-31661-3

Das Leben ist kein Streichelzoo für die alleinerziehende Mutter Zoe. Die Miete für ihre Londoner Wohnung ist schon wieder gestiegen, ihr Beruf als Erzierherin wird immer anstrengender, und ihr vierjähriger Sohn weigert sich zu sprechen. Das Angebot, eine fahrende Buchhandlung im idyllischen Schottland zu übernehmen und die drei Kinder eines Schlossherrn zu betreuen, scheint da ein wahrer Traum. Doch die Realität ist nicht ganz so kuschelig. Erst eine geniale Geschäftsidee, ein dramatisches Ereignis und eine Liebeserklärung machen Schottland zum Land von Zoes Träumen.

PIPER

Von Jenny Colgan liegen im Piper Verlag vor: